KB237200

글숨의 광합성

정과리 비평집
글숨의 광합성—한국 소설의 내밀한 충동들

펴 낸 날 2009년 2월 27일
지 은 이 정과리
펴 낸 이 홍정선 김수영
펴 낸 곳 ㈜문학과지성사
등록번호 제10-918호(1993. 12. 16)
주　　소 121-840 서울 마포구 서교동 395-2
전　　화 02)338-7224
팩　　스 02)323-4180(편집)　02)338-7221(영업)
전자우편 moonji@moonji.com
홈페이지 www.moonji.com

ⓒ 정과리, 2009. Printed in Seoul, Korea

ISBN 978-89-320-1946-8

::정과리 비평집

글숨의 광합성

— 한국 소설의 내밀한 충동들

문학과지성사
2009

> 만일 내게 『안나 카레니나』가 무엇에 관한 것이냐고 묻는다면,
> 나는 그 책을 다시 한 번 더 쓰는 수밖에 없다.
> ─틀스토이

지난해 앞머리에 『네안데르탈인의 귀환』을 출간하면서 예고했던 형제 편을 이제야 내게 되었다. 게으름을 빼고는 달리 변명할 길이 없다. 나에게 이 작업은 연옥에서 보낸 한 철을 마무리하는 의미도 포함하고 있다. 때문에 서둘러 처치하고 싶다는 욕심이 부적 옆구리를 죄었으나 저린 신호뿐 몸은 느린 시간 속에서 내내 종종거리고 있었다. 지나고 나서 돌이켜 보면 허무의 먼지만이 보얀데 막상 닥쳤을 때에는 빡빡한 생각들과 거친 숨소리 그리고 들큰한 신열이 진동하는 건 도대체 웬일인지, 이 불가해한 것들, 아니 내 마음이 이해 불능 쪽으로 밀어놓고 싶어 하는, 일상의 잡사들 새를 정글 헤치듯 허우적대고 말았던 것이다. 이제라도 겨우 정리해서 내는 게 관성의 역사(役事)인지 아니면 한 방울 남은 의지의 식은땀인지…… 여하튼 소설 쪽은 이렇게 해서 매듭을 짓는다.

『귀환』의 서문에서 '조념 비평'에 대해 몇 마디 한 후, 이런저런 반응들이 있었다. 그런데 내가 한 시대의 유행에 주목한 건 분명하지만

그것을 젊은 비평가들의 문제로 좁혀서 거론한 것은 아니다. 다시 말해 이것은 보편적 현상이지 세대적 특성이 아니라는 말이다. 이 말은 이 유행이 어떤 지적 편향에 대한 한때의 '들림'의 문제가 아니라 꾸준히 조직적으로 들끓은 지적 욕망의 흐름 속에서 그리고 반복적이고 강박적인 지적 상황의 지둔 위에서 형성된 것이라는 진술로 이어진다. 이 현상의 배후에 놓인 것은, 내가 판단하는 한, 문학의 제도화와 산업화라는 상호추동적 운동과 그 운동을 타고 관절이 탈구된 채로 춤추는 세계화의 욕망이다. 관절이 탈구된 원인을 두고 어떤 이들은 소위 "기관 없는 신체"의 제3세계적 발생을 떠올릴지도 모르겠으나, 실은 문학적 수용 층위의 벼랑 꼴 낙차가 야기한 도착적 현상이라고 봐야 할 것이다. 세계적 규모와 세계적 수준을 향해 마구 뻗쳐 오른 "우리들의 팔다리"가 그 낙차를 감당하지 못하다 보니, 재빨리 요점 정리해서 큰 개념들만을 상식으로 환원된 정의에 담아 기억하고, 그다음 개념과 실제 사이의 연산은 점검된 바 없는 자율신경계에 그냥 맡겨버려서 자동 진화하게끔 방치하였으니, 그래서 저 세계화된 팔다리들은 탈구된 게 오히려 정상적 신체 상황의 자격을 얻고, 그다음부터는 그 상황에 걸맞게 환상적으로 변이해 언어 공간의 산지사방에 제멋대로의 담론들을 "주저리주저리" 열리게 했던 것이고, 다시 저 팔다리의 주체들은 사실상 제 몸에 난 종기 같은 것들을 제철 과일 따 먹듯 흥청망청 소비하는 가운데, 타인의 어휘를 제 것처럼 사용하는 겉모양에 의해서 세계의 유수한 논객들과 어깨를 나란히 하고 있다는 행복한 착각을 또한 향락하는 것이다.

여기까지 오면 '조념 비평'의 주체는 젊은이들이라기보다 오히려 이런 화려한 담론 상황을 도모하고 조장하고 이끌어온 지긋한 사람들, 소위 여론 주도층 인사들이자 문학 제도화의 핵심 간부들이라는 점을 이해할 수 있을 것이다. 내가 『귀환』에서 지목한 한 프랑스 정신분석가에 대한 특별한 경사는 그러한 개념 독재 현상의 특별한 사례에 지나지 않는다. 그것은 가장 상징적인 현상이자 사실상 그중 가장 일탈적인 현상이기도 한데, 왜냐하면 거기에는 거기에 이끌린 비평가들의 '호기심'이 강력하게 작용해 제도와 산업의 '작란'을 흐려 버리고 있기 때문이다. 나는 이 현상의 상징성을 이용해, 독자들이 그곳을 경유해 현상의 중심 쪽으로 선회해 들어가길 기대했던 것이고 그 기대는 독자에 따라 호응한 바가 달랐다.

오늘의 지적 상황으로 돌아가 보면, 이 담론 상황은 외관상 매우 풍요로운 듯이 보인다. 하지만 여기에는 오직 한 가지 강박관념만이 작동하고 있는데 그것은 신기성(新奇性)을 기준으로 개념들을 끌어모은 다음, 모든 개념의 문제를 '무엇인가'에 집중시킨다는 것이다. 그 '무엇' 안에 대개는 상투적인 내용이 우겨넣어지기 일쑤인데, 그것에 빵빵한 탄성감을 부여하는 건 개념의 신기성이며, 그 점에서 그 탄성감은 일종의 환각이다. 그 환각으로부터 좁은 공간에 갇힌 빛처럼 개념들 사이를 난반사하는 개념 중독증과 개념들을 엇비슷이 붙여서 근사 개념들을 남조(濫造)하는 개념 분열증이 발동하는 것이다.

그런데 이런 상황은 글쟁이들에겐 기막히게 숨 막히는 환경을 강요한다. 왜냐하면 그들은 개념이 아니라 언어를 사는 사람들이기 때문이다. 언어는 그들에게 일용할 양식이고 존재의 질료 자체이다. 물론 글쟁이들이 개념을 결코 모른 채로 또는 전혀 모르는 체 사는 건 아니다. 오히려 그들은 개념들마저 언어의 사건으로 산다. 때문에 그들도 새로운 개념을 무척 좋아하지만 그것은 그 새로움이 자신의 참된 실존으로부터 솟아나서 자신의 현존을 입증할 때만 그러하다는 것은 새삼 말할 필요가 없다. (그런데 바로 여기에 아주 미묘한 차이가 발생해서 근본적으로 다른 세계관들을 분만하는 것이다.) 그러한 실존의 전류자기장이 흐르지 않는 개념이란 아무리 화사하고 신비롭다 하더라도, 김수영이 타매해 마지않았던 '목마'나 '숙녀'와 하등 다를 바가 없는 것이다.

언어가 존재의 질료라는 건, 글쟁이들은 언어로 호흡을 한다는 것을 뜻한다. 그들은 숨을 쉬듯 언어를 쉰다. 언어를 거둔다는 것은 숨을 거둔다는 것과 동의어이다. 그렇게 언어를 쉬어서 그들이 하는 건 삶을 주어진 관념의 틀 안에 가두지 않고 생생히 되살아보게끔 하는 것이다. 문학의 역할을 반성과 상상으로 요약할 수 있다면, 그것들은 방향이 다를 뿐, 모든 삶을 신생으로 되돌린다는 점에서 공히 같은 일을 한다. 그리고 신생의 삶을 산다는 것은 결국 우리가 그 언어를 '어떻게'의 차원에서 맞이한다는 것을 가리킨다. '무엇을 가지느냐'가 중요한 게 아니라 '어떻게 사느냐'가 중요하다는 상식적인 금언은 사실 문학의 진실과 그리 멀지 않다. 그러나 그걸 실천하기란 얼마나 어려운가?

나는 내가 살펴보고 해독하려고 애쓴 소설가들이 바로 그 '어떻게'라는 언어의 운명에 전력투구한 사람들이라고 감히 말할 수 있다. 그러나 그들의 노력은 언제나 은밀한 충동들의 형식으로 복류해왔다. 그것은 한국 문학의 수용의 장이 한국 문학을 다른 방식으로 소비하는 데 매우 익숙하다는 것을 가리킨다. 그러한 어긋남의 하나의 결과가 오늘의 문학의 제도화와 산업화에 한국 문학이, 소설가들 자신을 포함해서, 지극히 무력한 소이이다. 이 환경 속에 살면서, 나는 숨 막히는가, 아니, 그래도 이들이 그나마 숨통을 틔어주고 있지 아니한 가? 그런가, 아니한가? 그 저울 위에 내 책 역시 놓이길 바란다.

2009년 2월
정과리

존재의 나침반

21세기에 다시 읽는 최인훈 문학의 문제성

다들 아시다시피, 『화두』[1]는 최인훈이 '전집'을 완간(1980) 한 이후 14년의 침묵을 깨고 발표한 장편이다. 이 기다란 침묵이 의미하는 바는 무엇인가? 그 대답을 위한 가장 중요한 표지들은 『화두』 안에 있을 것이다. 그런데 어디에, 무엇으로? 아마도 등잔 밑의 회색 물질로 있는 듯하다.

『화두』가 발표되었을 때 사람들은 그 적나라한 사실성에 당혹해했다. 작가의 개인사를 그대로 판박았다는 인상이 압도했던 것이다. 그리고 곧바로 소설성을 부인하는 발언들이 잇따랐다. 이러한 반응은, 그러나 문학 텍스트 읽기의 본의를 벗어나 시비를 위한 시비가 되고 말 위험이 다분했다. 우선, 소설이냐 아니냐는 논란은 텍스트의 지적·정서적 효과에 앞설 수 없다는 것이다. 다시 말해 이 텍스트가 지극히 개인적인 사건들로 꿰어져 있다 하더라도 그것이 보편적 경험의

---

1) 민음사판, 1994; 문이재판, 2002; 문학과지성사판, 2008. 이하 본문 인용은 문학과지성사판에서 가져온다.

값을 이루고 정서적 감동과 지적 성찰을 유도한다면, 소설이건 자서전이건 에세이건 장르적 구분은 부차적이라는 것이다. 그 점을 감안하면, 이 텍스트에의 사실성으로부터 비소설성을 이끌어내고 다시 이 텍스트에 내포된 사색의 양에 빗대어 소설에 어울리지 않는 관념성을 이끌어내는 판단에는 논리의 분별없는 전도가 있다. 거꾸로 했다면 체질화된 버릇대로 관념적이라는 판단을 적당히 내릴 게 아니라 사유의 굴곡을 좇아 그 의미를 캐야 했을 것이다.

그러나 그럼에도 불구하고 우리는 이 텍스트를 '소설'이라고 규정한 작가의 의사를 또한 고려하지 않을 수 없다. 작가는 분명 「서문」에서 이 책을 '소설'이라 정의하였다. 사람들이 당황할 까닭은 의당 있었다. 그러나 사람들은 작가가 그 정의에 붙여놓은 풀이에 주목하는 데 소홀하였던 듯하다. 작가는 거기에 이렇게 써놓았다.

이 소설의 부분들은 대부분 사실에 근거하지만 그 부분들의 원래의 시간적, 공간적 위치는 소설 속에서는 반드시 원형과 일치하지 않는다. 즉, 이 소설은 소설이다. (『화두』 1, p. 19)

이 진술은 이 소설의 소설됨의 이유를 밝혀놓고 있다. 우선 이 소설의 내용은 거의 사실이라는 점을 작가가 확인해주고 있다. 그러니까 작가는 내용의 허구성에서 소설됨의 근거를 찾지 말라고 말하는 것이다. 그렇다면 무엇이 소설됨인가? 작가의 기준은 분명 '허구성 fictionality'이다. 그런데 그 허구성은 경험 사실에 있는 게 아니라 바로 경험 사실들의 배치에 있다. 그것을 작가는 "시간적, 공간적 위치"가 "원형과 일치하지 않는다"는 말로 적시하고 있다.

사실들의 배치가 허구적이라는 것, 거기에 이 소설의 소설됨이 있다는 것이데, 이 말을 이해하려면 서문의 앞부분을 다시 들여다봐야 할 것 같다. 거기에 작가는 아주 특별한 형상을 묘사해놓고 있다.

인류를 커다란 공룡에 비유해본다면, 그 머리는 20세기의 마지막 부분에서 바야흐로 21세기를 넘보고 있는데, 꼬리 쪽은 아직도 19세기의 마지막 부분에서 진흙탕과 바위산 틈바구니에서 피투성이가 되어 짓이겨지면서 20세기의 분수령을 넘어서려고 안간힘을 쓰고 있다 —— 이런 그림이 떠오르고, 어떤 사람들은 이 꼬리 부분의 한 토막이다 —— 이런 생각이 떠오른다. (『화두』 1, p. 18)

이 공룡 그림은 괴이하다. 19세기, 20세기와 21세기 사이에 순차적인 단계를 가정하지도 않고 세 세기를 하나로 보지도 않기 때문이다. 다시 말해 이 그림의 세계관은 근대적이지도, 전통적이지도 않다. 이 그림은 두 시간대가 근본적으로 단절이 된 상태에서 하나로 이어져 있다고 말한다. 교과서에서 배운 함수로는 해독되지 않는 그림이다. 때문에 세 세기의 관계의 형상은 '공룡'이 될 수밖에 없었을 것이다. 이 이음매가 보이지 않는 두 폭 병풍에서 19세기에서 20세기로 넘어가는 국면과 20세기에서 21세기로 넘어가는 국면이 각각 꼬리와 머리를 담당하면서 각자의 입장에서 서로를 괴물로서 바라보고 있다. 19~20세기가 볼 때 20~21세기는 도저히 불가해한 방식으로 변화하고 있으며, 20~21세기가 볼 때, 20세기의 막바지는 여전히 19세기에서 20세기로 넘어가는 고개에서 기를 쓰고 있는 것이다.

이러한 그림을 논리적으로 이해하려면, 단절이 된 상태를 시간대들 사이의 차이로 보고 이어진 상태는 그것의 공시적 분포로 이해하는 것이다. 하나의 시공간 안에 서로 다른 시대들이 공존하고 있는 것으로 보는 거다. 그리고 우리는 이런 구도에 대한 설명이 있었음을 기억한다. 사회구성체Social Formation론이 그것이다. 한 시대의 사회적 모양을, 주 생산양식이 중앙의 큰 부분을 차지하고 있고 부 생산양식들이 주변에 분포되어 있다고 파악하는 것. 그러나 최인훈의 공룡 그림에는 그것만으로 이해되지 않는 지점이 있다. 순서상의 분리는 있으나 주된 것과 부차적인 것의 구별이 없다는 것이 그것이다.

이제 이 공룡 그림이 21세기의 문턱에 거의 다가간 한국 사회의 정신적 풍경임을 짐작할 수 있을 것이다. 1990년대 초의 어느 한 순간 작가는 한국 사회의 19, 20, 21세기라는 세 개의 시간대가 불가해한 양식으로 뒤엉켜 공존하고 있음을 본 것이다. 아니 이건 정확한 말이 아니다. 무엇보다도 이 그림은 허구인 것이다. 1990년대 초의 어느 한 순간 작가는 한국 사회의 시간적 전개에 돌이킬 수 없는 단절이 일어났음을 보았다. 그러나 그는 그것을 납득할 수가 없었다. 때문에 그 세 세기를 하나로 이어놓아야 할 내면의 요청을 들었다. 그 요청을 수락한 결과가 경험적 사실을 그대로 두고 그 시·공간적 배치를 바꾸는 작업이다. 그러나 그 사실의 단절적 내용은 변함이 없기 때문에 이 그림은 19~20세기와 20~21세기가 한 치의 양보도 없이 각자 자신의 필연성을 끈덕지게 요구하는 형국이 된 것이다. 1990년대의 한국 사회는 그래서 거대해졌고 또한 그만큼 더욱 불가해하고 무서운 것이 되었다. 공룡의 이미지는 그래서 나타났다.

그러니까 이 그림의 공룡성은 작가의 허구적 재구성의 결과이다. 왜 이 재구성이 필요했으며, 그것을 공룡으로 느꼈다는 것은 어떤 소설적 의미를 띠는 것일까?

작품에 기술된 내용에 의하면 그것은 현실 사회주의권의 붕괴와 관련되어 있다. 그것은 새로운 세기의 시작을 알린다. 이제 (19~)20세기의 문제틀은 사라졌고 바야흐로 (20~)21세기의 문제틀이 탄생하고 있다는 것이다. 그러나 20세기의 문제틀이 사라지려면 그것이 해결되었어야 했다. 작가가 보기에 그것은 전혀 해결되지 않았다. 21세기의 문제틀을 20세기 문제틀의 연장선상에서 파악하고자 한 작가의 '상상'은 거기에서 비롯된다. 그는 "소련 멸망은 이태준의 「허방 전후」의 후일담의 의미를 가"진다고 보는 것이다. 물론 작가가 이어서 풀이하고 있듯이 「해방 전후」가 쓰여질 당시 소련이 "거대한 등장인물"이었기 때문에 이러한 해석에 아주 무리가 있다고는 할 수 없다. 그러나 독자가 주목해야 할 것은 소련 멸망이라는 세계사적 사건과 「해방 전후」의 민족사적 과제를 잇는 그 배치법이다. 그 하나로 잇는 배치에 근거할 때, 20세기 한복판에서 거대한 등장인물이었던 소련이 오늘날 홀연히 붕괴되어 흔적을 거의 남기지 않게 된 데 반해, 민족사적 과제는 여전히 남았다고 한다면, 그것은 양자에 똑같이 영향을 미쳐, 그것들을 성찰케 하고 더 나아가 재구성할 것을 요구한다. 후자의 편에서 보면 세계사적 사건으로서의 소련의 붕괴는 어처구니없는 일이 된다. 그것은 그동안의 한국인의 고난과 동경과 의지와 행동의 모든 것을, 그것의 옳고 그름에 관계없이, 통째로 무화시킨다. 도대체 그런 허망한 우상 때문에 한국인이 그렇게 진땀과 피골을 바쳤단 말인가? 이것은 세계사 내부의 현실 사회주의의 적합성을 따지는 것과는 다른 문제다. 20세기 한반도라는 조그만 시공간에 소속된 인간들이 세계 전체의 운동에 대해 갖는 관계의 의미를 묻는 것이다.

『화두』에는 그 문제에 대한 암시가 있다. 소설 속의 화자는『제8요일』이라는 폴란드의 소설이 세계 전망에 대해 무심한 듯 보이는 점에 잠시 의아심을 갖다가 거기에 의아심을 품는 태도 자체가 의아한 것임을 문득 깨닫는다.

　우리도 개화기 이전 시대에는 문인들이 시를 지을 때 밑바닥에서는 그렇게 전제하고 있었다. 삶은 괴로운 바다에서의 힘겨운 항해라고 알고 있었다. 〔……〕 인생은 무상하며, 인심은 조석으로 변하는 것이며, 물 좋고 정자 좋은 자리가 없다는 문명 감각은 말하면 잔소리였다. 이 사정이 개화기에 크게 달라졌다. '문명개화'라는 것이 균형 감각을 잃게 하고, 현실의 상대적 개선에 지나지 않는 것을 마치 종교에서의 '해탈'이나 '구원'에 대입(代入)해서 이해하게 된다. '민족'이나 '국가'라는 것도 우리가 가져보지 못했던 무엇이기나 한 것처럼 생각하고, 그것의 '존속'이나 '회복'을 '극락왕생'이나 '부활' 같은 걸로 생각하게 된다. 만일 그렇다면 현재 '민족'을 보존한 나라, 게다가 '강대국'은 곧 천당일 텐데 그 나라 문학을 읽어보면 그렇지 않은 것은 너무나 뚜렷하다. 거기에는 여전한 '고해중생(苦海衆生)'이 허덕이는 모습이 오해하지 말라는 듯이 시시콜콜 그려져 있다. 그래도 개화기의 계몽적 정서에는 그 사정이 이상하게도 시야에 들어오지 않는다. (『화두』1, pp. 130~31)

　극동의 조그만 반도에 세계사가 개입하는 순간 모든 게 달라졌던 것이다. 정작 세계인은 하지도 않을 생각과 열망을 이곳 사람들은 하게 된 것이다. 그런데, 그렇게 한국인을 변모시킨 세계사 자체의 구도가 저 스스로 붕괴했다면, 그건 한국인에게 여간 황당한 일이 아닐 수 없다. 1백 년 동안의 한국인의 삶에 어떤 방식으로든 의미를 부여해야 한다면, 그 세계사적 맥락이 여전히 20세기 문제틀의 연장선상에 있거나 아니면 한국인이 파악한 세계사적 맥락이 완전히 다른 것이어야 한다.

반면 세계사적 사건의 관점에서 민족사적 과제 역시 성찰의 대상이 되어야 한다. 우리가, 혹은 한국의 지식인이, 좀더 좁혀서 4·19 세대 지식인들이 파악한 민족사적 과제의 온당성을 따져야 한다. 1950년대 이후 그렇게 밀접하게 보였던 그것과 세계사적 사건 사이의 연관이 왜 21세기의 문턱에서 망실되었는가를 묻는 일은 곧 그러한 이해의 재구성을 독촉하는 것이다.

『화두』에는 이 두 방향의 성찰이 복잡하게 얽혀 있는 듯이 보인다. 그 구조와 성층을 다 읽어볼 능력도 의지도 지금 내게는 없다. 다만 그중 한 가지 사항만 취하여 간단히 거론해보기로 한다. 그것은 방금 제시한 두 방향의 성찰 중 후자의 어느 한 측면에 대한 것이다. 후자의 성찰은 민족사의 과제 설정의 타당성에 대한 성찰이다. 그런데 그 성찰이 최인훈의 작품 세계 전체에 연관되어 진행되어야 할 것임은 당연한 일이다. 그것을 촉발한 것이 최인훈의 최근작이므로. 이 당연한 사실을 잊지 않을 때, 그 성찰은 민족사적 과제의 재설정뿐만 아니라 최인훈의 작품 세계에 대한 재해석을 동시적으로 요구한다. 왜냐하면, 민족사적 과제의 재설정이라는 과제가 제기된 것은 한 한국 지식인의 1950년에서 1990년에 이르는 실제의 경험을 시·공간적으로 재배치하여 허구적으로 통일시킨 상상의 작업에 의거하기 때문이다.

그렇다는 것은 이 작업이 또한 『화두』와 그 이전의 작품들 사이에 가교를 놓는 작업으로 이어져야 한다는 것을 가리킨다. 지금까지 이해되어온 바에 의하면, 1980년 완간된 전집의 세계는 민족사의 과제에 대한 실험들의 총체라고 할 수 있고 『화두』는 소련의 붕괴라는 세계사적 사건에 직면하여 솟아난 새로운 생각의 개진이라고 할 수 있다. 그러나 『화두』가 그렇게 요구했듯이 세계사적 사건과 민족사적 과제가 단절될 수가 없다면, 그것은 또한 『화두』와 1980년 판 '전집' 사이 역시 단절될 수가 없는 것이다.

그래서 김인호는 "『화두』로 이르는 길은 복잡하고 멀다[2]"라고 썼던 것으로 보인다. 그가 명료하게 기술하고 있지는 않지만, 그 길이 복잡하고 먼 까닭은, 『화두』를 "단순히 최인훈의 다른 작품의 연장선상에서 해석"할 수도 없으면서도, 둘 사이를 일방적인 단절로 본다면 "반쪽 연구에 불과"하고 말 것이기 때문에 발생하는 것으로 이해될 수 있다. 어떻게 연장(延長)이 아니면서 동시에 단절도 아닌 관계가 그 안에 있을 수 있는가?

나는 여기에서 하나의 아이디어를 제시하고자 한다: 『화두』 이전의 작품들에 기왕의 해석들이 미처 착안하지 못한 이야기 뭉치가 숨어 있다. 그것은 세계사의 진행에 비추어 본 민족사의 문제틀에 관한 것이다. 그것은 민족사의 문제틀에 기대어 있다는 점에서 『화두』와는 다른 층위에 놓이지만 동시에 그것이 세계사의 진행에 비추어 본 민족사의 문제틀이라는 점에서 『화두』를 요청한다. 그럼으로써 그것은 1980년 간 전집의 작품 더미와 『화두』를 점선으로 연결하면서 동시

---

2) 김인호, 「'최인훈 연구'의 현황과 향후 과제」, 『해체와 저항의 서사—최인훈과 그의 문학』, 문학과지성사, 2004, p. 42.

에 그 작품 더미 전체에 대한 재해석을 환기한다.

나는 최인훈 문학의 재해석의 실마리가 그의 두 데뷔작 중의 하나인 「라울전」에 있다고 생각한다. 즉 나의 의견은 최인훈 문학을 처음부터 다시 생각하자는 것이다.

우선, 지금까지 '민족사의 과제'라고 막연하게 지칭되어온 것에 대해 살펴보기로 하자. 그렇게 막연하게 지칭한 것은 그것이 여럿이기 때문이다. 즉 최인훈의 소설에 관해서 그것은 다양한 내용으로 이루어져 있으며, 그것이 최인훈 소설을 이해하는 다양한 태도를 낳는다. 흥미롭게도 그러한 다양성은, 최인훈 문학에 대한 상이한 독서들이라기보다 최인훈 소설의 성층을 이룬다고 생각할 수 있다. 왜냐하면, 작가 스스로가 그 다양성에 대해서 언급하고 있기 때문이다. 작가는 『광장』의 일본 동수사판에 대한 '서문'에서 "세상을 살면서 무언가 저마다 짐작을 가지고 살아간다"고 전제하고는, 그러나 "그 삶의 짐작을 아무도 가르쳐주지 않고, 혼자 힘으로 깨닫기는, 혼자서 태어나기가 어려운 만큼이나 어려운 시대"에서 사는 "끔찍함"을 언급하고는, 그런 시대에 있어서의 사람의 사는 양상을 다음 넷으로 나눈다.

(1) "초목이나 짐승처럼, 알지 못하는 힘에 밀려서 때와 공간을 차지"하는 삶.

(2) 거기에 주저앉아버려, "산다는 일을 무언가 신비한 도깨비놀음처럼 알게" 되는 태도.

(3) "철조망이나 시멘트 벽 쪽을 골라 사는 사람들"의 태도: "어떤 짐작이 들었노라고 스스로 믿는" 삶.

(4) "그들의 짐작이라는 것은, 함부로 버리기 어려운 무엇인가를 버리지 않고는 얻을 수 없는 그런 짐작"으로, "그것을 잃지 말자는 마음을 버리고서야 비로소 얻어지는 그 짐작이 가져다주는 평화에, 선뜻 몸과 마음을 내키지도 못하는 사람들"의 태도.

작가는 네번째 태도가 이명준의 것임을 적시하고 있으나 그것은 그의 최종적인 선택의 경우일 뿐, 그의 삶의 굴곡을 몽땅 셈하자면 (2)를 제외한 세 태도가 모두 이명준의 한때의 모습들에 해당한다고 할 수 있다.[3] 그렇다는 것을 그에 대한 독서가 알려주고 있다. 한국 독자들에게 있어서 『광장』에 대한 독서의 성층은 바로 이 세 가지 태도로 포개져 있다는 것이다.

우선 중등 과정의 문학 교과서 주위를 지배하고 있는 독법은 『광장』을 바깥으로부터 주어진 이데올로기에 대한 회의와 반성으로서 읽는 것이다. 이러한 독법이 틀렸다고 할 수는 없으나, 그것은 그 주어진 것에 대한 인물의 주체적 선택의 차원을 배제하고 있다. 그 차원을 고려한다면 이명준의 실질적인 태도는 (3)에 가깝다고 할 수 있다. 세계에 대한 나름의 "짐작"을 가지고 거기에 투신하는 모습 말이다. 그런 점에서 이명준은 근대인(자유인)으로서의 한국인에 대한 최초의 실험을 보여주었으며, 따라서 "『광장』은 개인주의 사회 이념에 대한 정확한 문학적 상관물을 이룬다."[4] 그러나 이러한 이명준의 모

---

3) 이것은 최인훈의 소설에만 해당하는 이야기이다. (2)의 태도는 최인훈 '희곡'의 인물들에 해당한다고 할 수 있다. 작가는 "만남은 언제나 신비하고 예측도 계획도 할 수 없다. 예측하고 계획해도 그대로 되지 않는다./희곡의 인물들도 이 근원적인 신비에 눈을 뜬 사람들이다"라고 말한 적이 있다(최인훈, 「인생, '만남'과 '헤어짐'의 모자이크」, 『길에 관한 명상』, 청하, 1980, p. 118).

험은 실패로 끝났을 뿐만 아니라 그 실패가 이명준 자신에게 '소설적 아이러니'를 야기하는 것도 아니었다. 다시 말해, 이 모험에 대한 확신과 그 확신의 이행 끝에 도달한 허무와 반성과 치유를 제공하는 것도 아니었다. 르네 지라르에 의하면, 세계를 정복하고자 출분한 소설 속의 인물은 온갖 종류의 허망한 모험 끝에 두 번의 죽음을 맞이하는데, 첫번째 죽음이 "정신의 파멸로서의 죽음"이라면, 두번째 죽음은 그 파멸을 그대로 수락하여 옛날의 환상을 소멸시킴으로써 맞는 "신생으로서의 죽음"[5]이다. 그러한 두 번의 죽음을 통한 근원적인 회심을, 지라르는 "낭만적 거짓"(세계를 정복하고자 하는 욕망)을 뛰어넘는 "소설적 진실"이라고 보고 있거니와, 그러한 회심의 조건은 낭만적 거짓에 대한 확신과 그것의 남김 없는 실천이었다. 그런데 이명준의 경우는 바로 그러한 조건을 충족시켰다고 할 수도 있고 아니라고 할 수도 있는 모호한 입장에 놓인다. 같은 서문에서 작가가 "소설의 주인공이란, 정말 사람보다는 얼마쯤 분명한 걸음걸이를 보여주지 않으면 안 된다"고 말할 때, 그것은 이명준이 한국인의 열망을 앞서 실천한 문제적 개인임을 가리킨다. 그러나 이명준에게 있어서 그러한 실천은 언제나 어떤 거리낌의 감정을 남겨놓고 있었다. 독자는 그것을 다음의 두 가지 예를 통해 확인해볼 수 있다.

첫번째 예는 명준이 포로로 잡힌 친구 '태식'에게 가한 폭력 사건이다. 그는 그 장면에서 기꺼이 "악한"이 되려고 한다. 왜냐하면 그것이 자신의 주체적 선택을 철저히 실행하는 것이기 때문이다. 그래서 그는 태식의 멱살을 잡고 얼굴을 갈기고 아랫배를 걷어찬다. 그러나

---

4) 졸고, 「광장에서 다시 시작하기」, 『문신공방·하나』, 역락, 2005, p. 15.
5) René Girard, *Mensonge romantique et vérité romanesque*, Grasset, 1961, p. 290.

이 몸의 길에는 "꼭 제 몸이 허수아비 놀 듯, 자기와 몸 사이에 짜증스런 겉돎이 있었다." 이 겉돎은 그가 자신이 선택한 길을 실천하기도 전에 이미 회의를 내장하고 있음을 암시한다. 그 때문에 그는 곧이어서 남의 아내가 된 '윤애'를 범하려다가 그것을 포기하고 만다.

또 하나의 예는 낙동강 전선에서의 은혜와의 밀애에 대한 명준의 회상 대목이다. 그 밀회의 시간 동안, 명준은 온통 만남에 몰입했었다. 아니 몰입하려 했었다.

이 여자를 죽도록 사랑하는 수컷이면 그만이다. 이 햇빛, 저 여름 풀. 뜨거운 땅. 네 개의 다리와 네 개의 팔이 굳세게 꼬여진, 원시의 작은 광장에, 여름 한낮의 햇빛이 숨가쁘게 헐떡이고 있었다. 바람은 없다. (『광장』, 문학과지성사, 2008, p. 188)

그 만남의 장소는 "살아 있음을 다짐하는 마지막 광장"이었다. 그 마지막 광장의 경험은 결국 명준으로 하여금 중립국행이 아닌 실종(죽음)을 선택하게끔 하는 원인이 된다. 그는 배를 따라오는 갈매기에게서 '은혜'와 '딸'을 알아보고 중립국행의 덧없음을 깨달은 것이다. 그렇기 때문에 그것은 그의 선택의 최종적 완성으로 읽힐 만했다. "무덤 속에서 몸을 푼 여자의 용기를, 방금 태어난 아기를 한 팔로 보듬고 다른 팔로 무덤을 깨뜨리고 하늘 높이 치솟는 여자를, 그리고 마침내 그를 찾아내고야 만 그들의 사랑을" 그가 알아보고 거기에 맞추어 그녀들을 따라간 것이다. 그러나 여기에서 독자는 왜 그것이 죽음으로 귀결되어야만 했을까, 라는 의문을 품을 수 있다. 만일 무덤 속에서 몸을 푼 여자의 용기를 참말로 알아챈 것이라면, 중립국행인

들 대수이겠는가 말이다. 왜냐하면 중립국 역시 무덤일 터이니 말이
다. 중립국의 덧없음을 깨닫는 이유는 분명하다. 처음에 명준은 그곳
을 망각의 장소로 삼았다. "모르는 나라, 아무도 자기를 알 리 없는
먼 나라로 가서, 전혀 새사람이 되기 위해 이 배를 탔"던 것이다. 그
러나 갈매기들에게서 은혜와 딸을 알아본 이후, 그것이 덧없음을 깨
닫는다. 즉 중립국에 가서도 은혜와 딸의 기억은 끝까지 그를 따라
다닐 것을 깨달은 것이다. 그러니 중립국행은 뜻없는 것이다. 또한
그러니 중립국행이 아니라, 은혜와 자신의 사랑을 완성할 길을 택한
것이다. 그것이 두 마리 갈매기를 따라 실종되는 길이다. 논리적으로
무리가 없는 듯하다. 그러나 그 효과는?

희한하게도 사랑의 완성의 효과는 '망각'이다. 세상 사람들로부터
명준의 사건의 완벽한 망각. 실로 망각의 사태 그 자체로 작품은 메
지나고 있다.

흰 바다새들의 그림자는 보이지 않는다. 마스트에도, 그 언저리 바
다에도.
아마, 마카오에서, 다른 데로 가버린 모양이다. (『광장』, p. 218)

그러니 사랑의 완성이라는 최종적 선택의 결과는 중립국행의 의도
가 노린 그대로이다. 그 대신 사랑의 완성을 증거하는 열정과 행동,
그 네 개의 팔다리는 실종된다. 만일 이 깨달음 다음에 명준이 끝내
중립국행을 택했더라면, 사랑의 완성(의 가능성)은 미완의 양태로 끝
끝내 지속되었을 것이다. 왜냐하면 은혜와 딸의 기억이 그를 줄곧 따
라다닐 것이기에.

　이 또한 소설적 아이러니임에 틀림이 없다. 그런데 이 아이러니는 욕망의 남김 없는 실천 끝에 발생하는 아이러니가 아니라 욕망의 실행의 구조 자체가 내포하고 있는 아이러니이다. 의도와 효과가 어긋나게끔 그렇게 구조화되었다는 것이다. 이것을 '이명준의 행동은 내재적으로 간섭되어 있다'라는 진술로 정의할 수 있을 것이다.

　이렇게 해서 두번째 예와 첫번째 예는 바로 그 진술에 의해 하나로 만난다. 악한이 되고자 한 명준은 친구에게 폭력을 휘두르는 것으로 자신의 욕망의 완성을 확인하고자 하나 바로 그러한 욕망의 의식 자체가, 그 작위성을 강조하여, 그의 행동을 겉돌게 한다. 모르는 사람이 아니라 친구에게 폭력을 휘두르는 만큼 악한 되는 길이 단축되지만 그 단축을 위해서 친구가 고의적으로 동원되었다는 자의식이 동시에 표출되는 것이다. 따라서 욕망에 충실하려 하면 할수록, 다시 말해 몰입하면 할수록 겉돎도 증대할 수밖에 없다. 한편 그 역시 몰입의 양태로 실천되어야 할 사랑의 욕망은, 그 욕망의 완성이 진행되는 정도만큼 욕망의 '표상'은 소실된다.

　이 내재적 간섭에 의해 유발된 아이러니의 결과로서, 이명준의 최종적 태도의 성층은 네번째로 귀착한다. 세번째 태도가 세상에 대한 짐작으로 그걸 실천하는 자의 태도라면, 네번째 태도는 그 짐작의 실행이 필경 귀한 무엇을 버리고 마는 것이기에 실행 이전에 미리 실행을 보류하는 자의 태도이다. "초목처럼 살기도 싫고, 그렇다고 계산이 다 되지도 않은 데를 잔인하게 잘라버리고 사는 데도 내키지 않는 사람," 작가는 그런 사람이 "이 얘기의 주인공"이라고 말한다.

　이 실행 이전의 보류 속에서 뒤척이는 자, 그런 존재에 대해 오생

근은 「Grey 구락부 전말기」에 기대어 "'창 타입'의 인간"이라고 말한다. 이 '창 타입'의 인간은 외부와의 소통을 꿈꾸는 존재이며, 지적 관찰을 즐기는 존재이고, "사회적 신분이나 직업적 굴레에 얽매어 있지 않은" 자유로운 존재이며, 먼 과거의 낙원을 추억하는 몽상적 존재이고, 또 무엇보다도 분열된 존재이지만, 그 분열에 의해 자아를 되돌아보는 존재이다.[6]

독자는 여기에 하나의 규정을 덧붙여야 하리라. '창 타입'의 인간은 그렇게 '사이'에 있는 자신의 존재론적 지위를 누리고 활용하는 존재이기도 하지만, 무엇보다도 그렇게 사이에 끼여 있을 까닭에 대해 대답할 책임이 있는 존재라는 것이다. 그 모든 쾌락과 유용성 이전에 왜 그는 거기에 있었던 것인가? 있어야만 했던가? 창 바깥에서 욕망의 남김 없는 실행의 끝에도 지혜와 반성과 편안함과 추억이 있을 수 있다고, 그에게 소설의 모형을 제공한 먼 나라의 선편(先篇)들이 예증하고 있는 데 말이다. 왜 최인훈의 인물은 미리 간섭되어 실행과 예고된 좌절 사이에서 오래도록 망설이는가? 이에 대해 대답을 할 수 있을 때, 독자는 최인훈의 네번째 태도 역시 또 하나의 세계관임을, 달리 말해, 그 역시 특별한 방식으로서의 민족적 과제임을 알기 되리라. 「라울전」을 통해 그에 대한 암시를 얻기로 한다.

「라울전」은 바울(바울의 회심 전 이름은 사울이다. 이 글에서는 바울로 통일한다)에게 패배한 친구의 이야기이다. 라울은 누구보다도 공부의 깊이가 깊고 사태에 대한 관찰이 정확하다. 그가 열심히 노력한

---

6) 오생근, 「창을 넘어 삶의 광장으로」, 『문학의 숲에서 느리게 걷기』, 문학과지성사, 2003, pp. 321~23.

결과이다. 그러나 매사에 "팔팔하고 조급"한 바울이, 결정적인 순간에는 항상 라울을 앞서 나간다. 그 때문에 그는 바울에 대해 "운명적인 열등감"을 갖게 되는데, 그러한 열등감은 처음부터 마지막까지 그야말로 운명적으로 라울의 삶을 지배한다. 급기야는 라울이 면밀히 조사해 예수가 메시아임을 거의 확신으로 굳혀나가고 있는 도중에, 예수의 제자들을 탄압하고 라울의 불경스러움을 경고했던 바울이 먼저 회심하여 예수와 종으로 거듭났던 것이다.

무엇이 문제였을까? 라울의 이 운명을 있는 그대로 이해해, 산다는 사실 자체의 아이러니를 표현하려 했다고 읽을 수도 있을 것이다. 28년 전의 나의 독법이 그랬다. 그러나 이러한 독법은 마지막 대목에 가서 라울이 괴물처럼 변해버린 까닭을 풀이하지 못한다. 그게 운명이라서 문제가 아니라 그것을 운명으로 만든 라울의 행동에 근본적인 문제가 감추어져 있는 것이 아닐까?

라울의 행동에 특별히 돋보이는 건, 그의 운명이 그대로 가리키듯 바울과의 경쟁의식과 그 경쟁에서 이기고자 하는 데서 나온 그의 성실성이며, 그러한 성실을 가능케 한, "무엇이 어찌 되었건, 자기는 삶에 있어서 마지막 것을 쥐고 있다는 자신"감이다. "여호와와 더불어 있"다는 확신.

이 두 가지 태도를 다시 보기로 하자. 라울의 경쟁의식은 다음과 같이 나타난다.

(1) 어린 시절. 내일로 예정된 시험에서 바울이 찍은 대목을 라울은 일부러 공부하지 않는다. 문제는 바로 거기에서 출제된다.

(2) 예수의 존재를 알았을 때. "바울이 나사렛 사람을 전혀 따져볼

값도 없는 엉터리라고 나오자, 라울은 다르게 생각하고 싶은 마음이
더 굳어졌다. 〔……〕 (바울이 아니라고 하니까……) 나는 그렇다고
해야지. 그런 심사였다."

(3) 랍비 안나스가 라울에게 예수를 고발하라는 요청을 하면서 그
요청에 힘을 주고자 바울의 말을 빌렸을 때, 라울은 바울이 자신을
밀고했다는 사실에 전율하다가 곧 바울의 "사람을 짓밟는 무엇인가
가" 괘씸해져서 자신에게 닥칠 위험을 아랑곳 않고 랍비 안나스의 요
청을 단호히 거절한다.

이 세 가지 보기는 동일한 태도의 다양한 사례들로 볼 수가 있다.
얼핏 보아서는 부당한 운명에 대한 감정적인 항거가 두드러진다. 그
러나 좀더 자세히 보면 미묘한 문제가 있다. 그것은 라울이 바울에게
서 얻고자 하는 것은 바울의 실패라는 것이다. 즉 라울은 바울이 누
리는 행복에 더 보태서 더 큰 행복을 누리고자 하기보다는, 바울이
자기가 누리는 것보다 덜한 행복을 취하길 바란다. 그런데 라울은 스
스로 생각하기에 행복을 누릴 기회가 매우 드문 것이니, 그 말은 사
실상 바울이 행복해지지 않기를 바란다는 말과 동의어이다. 이것은
사소한 것 같지만 중요한 차이이다. 이에 대한 날카로운 규정이 있으니
들어보기로 하자.

시기envie와 질투jalousie는 완벽히 반대되는 감정이다. 질투하는
사람은 자신만의 복락의 독점적인 향유를 보장받기를 욕망한다. 반면
시기하는 자는 타인에게서 그의 복락을 빼앗으려고 갈망하지도 않는
다. 그는 단지 타인이 그 복락을 누리는 걸 방해하고자 한다. 시기는

그래서 아리스토텔레스의 리페lype, 즉 '타인의 행복으로 인하여 받게 되는 고통'과 가깝다.[7]

이 진술에서 우리가 눈여겨봐야 할 것은 타인의 복락보다 더 큰 복락을 누리려는 태도와 타인이 복락을 누리길 바라지 않는 태도는 완벽히 상반되는 감정이라는 것이다. 폴록은, 아니 이 글의 원본으로 작용하는 세미나에서 라캉은 후자의 감정을 '시기envie'[8]라고 부른다. 그 용어를 수락한다면 라울은 시기하는 자이다. 그런데 이 시기하는 태도는 단지 바울에게만 향하지 않는다. 그는 자신의 여종 '시바'의 아름다움에 매혹당하기보다는 그것에 대해 짜증을 낸다. 그리고 그녀가 총독의 무관과 몰래 만나는 광경을 목격하고는 배신감에 젖어 그녀를 노예상인에게 팔려고 한다. 라울이 시바에게서 갖는 욕망도 시바를 갖고자 하는 것이 아니라 시바가 쾌락을 누리지 못하도록 하는 것이다. 그러니 시바에 대한 감정 역시 바울에 대한 감정과 마찬가지로 시기다. 그렇다면 사실 라울의 시기는 부당한 운명 때문이 아니다. 그것은 핑계에 지나지 않는다.

이 시기의 근원은 무엇인가? 가장 먼저 눈에 띄는 것은 시기하는 자는 복락을 누리는 사실 자체에는 무심하려고 하거나 무심하다는 것

---

7) Jonathan Pollock, "L'apocalypse selon D.H. Lawrence," *Critique* No 671, 2003. 4, p.279. 폴록의 이 진술은 라캉의 1964년 3월 11일의 세미나(in *Séminaire XI-Les quatres concepts fondamentaux de la psychanalyse*, Seuil, 1973)의 내용을 간단하게 요약하고 있는 것이다.

8) 영어 envy의 상식적인 정의('부러움')가 혼란을 야기할 수도 있기에 부연한다. '시기'로 번역한 envie의 어원은 라틴어 enveie로서, 이것은 invidere('나쁜 눈길로 바라보다')로부터 파생되었다. videre는 '보다'라는 뜻이다(cf. *Dictionnaire culturel en langue française*, sous la direction de Alain Rey, Tome 2, Le Robert, 2005, p. 564).

이다. 그것이 복락에 대한 경계이든, 아니면 무관심이든 사실상 같은 욕망이라 할 수 있다. 전자라면 그는 복락을 누리는 존재가 아닌 다른 어떤 존재가 되길 원하는 것이고, 후자라면 그는 이미 복락을 누리는 것과는 다른 어떤 존재이다. 소망의 형식으로든 실제의 형식으로든, 그는 복락에 주린 자가 아니다. 다시 말해 모자라고 가난하고 슬프고 굶주린 불쌍한 인간이 아니다. 모자란 인간이 아니라면?

바로 여기에서 독자는 자연스럽게 라울의 또 다른 태도, 즉 "여호와와 더불어 있다는 확신"으로 넘어간다. 그 확신은 궁극적으로 자신이 옳다는 확신이다. 그 확신이 어디에서 왔는가? 바로 "속임수에 빠지지 않는다는 자신. 그것은 라울의 배움"에서 온 것이었다. 즉 그는 쉼 없는 공부와 주도면밀한 조사로 절대적 진리에 가 닿을 수 있다고 생각한 것이다. 오로지 혼자의 노력으로. 혼자 힘으로. 그러니까 라울의 복락 너머의 욕망은, 정신분석의 일반적 용어로 치환해 말하자면, '쾌락 원칙 너머'의 욕망은 프로이트가 인간에게서 보았던 '죽음 충동'이 아니라, 무류(無謬)에 대한 욕망, 다시 말해 세상의 인간들의 온갖 오류들에 대한 감시자로서의 욕망이다.

이제 라울의 파탄은 그의 힘으로서는 어찌할 수 없는 운명 때문이 아니라 그 자신으로 인한 것이라고 말해도 되겠다. 그의 문제는 무엇인가? 오직 혼자 힘으로, 혼자만이, 절대를 포지(抱持)하겠다는 욕망이다. 다시 말해, 절대자의 은밀한, 즉 배후의 동료가 되길 꿈꾸는 것이다. 그래서 그는 언제나 '은밀히' 예수를 수색하는 것이다. 이러한 '혼자만'에 대한 욕망은 바울의 태도와 뚜렷이 구분된다. 바울은 예수의 종이 된 후, 라울에게 찾아와 자신이 예수의 부름을 받은 걸 자랑하기보다는 그렇게 되도록 이끌어준 라울에게 감사를 하는 것이

다. 그뿐이랴. 라울과 바울을 가르는 또 다른 태도는 라울은 주를 제
눈으로 확인하려고 하는 데 비해, 바울은 감히 쳐다보지 못하고 주가
하늘로 올라간 이후에야 그의 영광을 똑똑히 본다는 것이다. '주'를
보려 한 것과 '주의 영광'을 보았던 것은 결코 같은 것이 아닌 것이다.

    만일 이 나사렛 사람이 메시아라고 밝혀졌다면, 제사장의 옷을 벗
고, 땅에 내려온 '여호아의 아들'을 따라나서면 그만일 것이지만, 그것
을 할 수 없는 라울이었다. 라울은 경전을 통해서 그 나사렛 사람에 대
한 많은 것을 알고 있었으나, 기실 아무것도 모르는 것이었다. <u>라울은
아직 그를 보지 못한 것이다.</u> / 〔……〕 (라울은) 오랜 기도를 하였다.
〔……〕 어리석은 자의 믿음을 굳건히 하시고자 그대의 큰 조화를 느
끼게 하시고자, 인간에게 눈을 주신, 모두 아는 여호와시여. 이 어리석
은 눈에 당신의 대답을 보여주시옵소서. <u>두 눈이 의심할 수 없는 증거</u>
를 보여주시옵소서. (『우상의 집』, 문학과지성사, pp. 51~52)

    나(=바울)는 땅에 엎드린 채 머리를 조아려 <u>감히 들지 못하였던 것
이오.</u> 간신히 눈을 들어 주를 보았을 때, 주는 하늘로 올라가고 계셨
소. 나는 <u>주의 영광</u>을 똑똑히 보았소. 영롱한 구름을 밟고, 천사군의
지킴 속에 높이 하늘로 사라질 때까지, 나는 그 자리에 앉아 움직일 줄
을 몰랐소. (같은 책, p. 68, 밑줄과 괄호는 인용자)

이 '시선의 권능'에 대한 라울의 욕망이 의미하는 바는 무엇인가?
그것은 최인훈의 소설에 관한 한 무엇보다도 '해방 이후'의 한국인의
민족적 과제에 연결되는 욕망이다. "도둑처럼 닥친" '해방'과 더불어

한국인은 3·1 운동의 좌절 이후 서랍 속에 묵혀두었던 근대 국가와 근대인이 되고자 하는 욕망 혹은 그래야 한다는 당위를 또 한 번의 독립선언문처럼 꺼내게 된다. 스스로 주인이 되어 스스로 주인됨을 선포해야만 하는 것이다. 그러나 어떻게? 무슨 근거로? 무슨 원리로? 일군의 집단으로부터 그에 대한 훌륭한 대답으로서 간주되었던 이태준의 「해방 전후」는 그 문제를 해결할 한 가지 중요한 방법론을 제공한다. 그 방법론은 의외로 간단하다. 일제 강점기 하에서 겪었던 말 못할 수모와 또한 그 역시 밝혀선 안 될 창피스럽고도 자질구레한 협력들을 이제 모두 접고 조국 건설의 사업에 열심히 참여하면 된다는 것이다. 그러니까 제 손으로 거두지 못한 해방이기 때문에 당연히 운산(運算)되었어야 할 근대인으로서의 능력competence의 여부와, 이웃 민족을 그렇게 못살게 굴었으면서도 세계사의 경쟁에서 탈락한 모자란 제국에게 협력한 대가로 그 역시 당연히 검증되었어야 할 자격quality의 문제를, 조국 건설이라는 대의로 봉합해버린 것이다.[9] 그러고는 '김직원'이라는 구태의연한 인물 하나를 내세워 조국 건설의 대의와 어울리지 않는 모든 문제들을 뭉뚱그려 그이에게 몰아붙이고 그것을 낡은 돌머리로 눌러버림으로써 그것들이 다시 고개를 내밀 가능성을 없애버린 것이다. 그러니 조국 건설 역시 거대한 눈동자였던 것이다. 그 눈동자가 쬐는 열 아래서 자격과 능력이라는 자질구레한 문제들은 다 녹아버리고 오로지 그 눈동자 자신의 열기만이 활활 불타올랐던 것이다.

「라울전」이 바로 이 눈동자가 되고자 하는 욕망을 다루고 있다는

---

9) 이 자격과 능력의 문제를 정직하게 캐물었던 작가는 채만식과 손창섭이다. 그들의 계보를 살피는 일은 한국 문학의 또 하나의 시간 줄기를 찾는 일이 될 것이다.

것, 그것이 운명의 양태로 나타났지만 실은 자기 구성의 절차를 따라 형성되었다는 것을 세밀화로 그려놓고 있다는 것은 이 작품이 앞에서 '짐작의 실행'이라는 이름으로 제출된 민족사의 과제를 반성적으로 재검토할 시간을 제공하고 있다는 것을 뜻할 것이다. 이태준의 「해방 전후」가 용맹하게 그 과제에 참여할 것을 촉구한 이래, 아마도 북의 인민들은 말 그대로 용맹하게 그 주문을 따랐는지 모르겠으나 남의 국민들은 용맹하게라기보다는 저도 모르게 그저 살아야 한다는 한 가지 일념으로 제가 무엇을 하는지도 모르고 실행하고 더 나아가 키워 온 것이기도 하다. 그 실행의 과정은 북에서는 지상낙원의 신화로부터 "일상이 지옥인 나라"[10]로의 추락 쪽으로 나아가는 과정이었고, 남에서는 국민소득 60달러로부터 '한강의 기적'을 거쳐 OECD 가입국으로 나아가는 과정이었다. 그러나 그 어느 쪽의 방향이든 오늘의 결과를 향해 남북의 한국인들을 끌고 간 에너지는, 똑같이 민족주의라는 열정이었다. "사회주의의 최고의 학습장"[11]이라고 일컬어진 매스 게임에서거나 도심의 교통을 마비시키며 들끓은 대형전광판 응원 문화에서거나 그것의 상징화 형식들도 그리 다르지 않았다. 여하튼 민족주의의 용광로는 세계가 홀연히 변화해나가는 도중에도 식을 줄을 몰랐다. 그리고 이제 우리는 근대 국민으로서의 한국인이 아니라

---

10) 이 표현은, 프랑스의 언론인 도미니크 엔느켕Dominique Hennequin이 잠입취재한 북한의 실상을 베르나르 드 라 빌라디에르Bernard de la Villardière가 제작하여, 2007년 1월 23일 프랑스 TV 방송 M6에서 방영한 기록물, 「북한, 나날의 지옥 Corée du Nord, l'enfer au quotidien」에서 빌려왔다.

11) 이것은 김정일 국방위원장의 말이다. 영국과 북한의 합작으로 다니엘 고든Daniel Gordon이 제작한, 매스 게임에 참여하는 북한의 두 어린 여학생을 주인공으로 한 TV 기록물 「어떤 정서A State of Mind」(2004)에 나온다.

세계시민으로서의 한국인의 존재론적 지위와 형상을 성찰할 단계에
와 있다. 「라울전」은 작가 최인훈이 한국 문학사상 최초로 주체적인
개인의 한국적 존재 여부를 맹렬히 실험하던 그 한 켠에서 매우 암시
적인 방식으로 실행된 그 실험에 대한 반성적 돌이킴의 최초의 시도
라고 할 수 있다. 그러니까 그 역시 또 하나의 실험, 즉 독립적 자유
인이라는 의미에서의 근대 국민이 되고자 하는 욕망을 분석적으로 해
체해 세계시민으로서 나아갈 통로를 열어놓기 위한 최초의 실험이라
고도 할 수 있을 것이다. 이 돌이킴의 과정이 주체됨의 거대한 실험
장으로서의 최인훈 ‘전집’의 지하 얼마쯤에서 복류해왔으며, 그 굽이
는 어떠한지 독자는 아직 살피지 않았다. 아니 이제 겨우, 그 물줄기
의 시원을 발견했을 뿐이다. 그 복류천은 어쨌든 1980년 판 ‘전집’과
『화두』를 이을 가장 명랑한 물살이 될 것이다.

모르기, 모르려 하기, 모른 체하기
—『광장』에서 『태풍』으로, 혹은 자발적 무지의 생존술

앎의 주체로서 가정된 주체의 오인(誤認)의 구조 속에서
정신분석가는 그의 행위의 확실성과
그의 법칙을 이루고 있는 균열을 발견해야 한다
—자크 라캉[1]

　줄거리는 다 아실 테니까 대뜸 물어보기로 하자. 왜『태풍』인가? 한 인간의 회심 혹은 변신을 다루고 있는 이 소설의 제목이 왜 그것인가? 즉석에서 대답할 분이 있을 것이다. 그의 완벽한 변신을 가능케 한 계기가 '태풍'이었으니까 말이다. 그러나 꼭 태풍을 만나야 할 까닭이 어디 있는가? 변신의 계기는 사방에, 도처에 있을 수 있다. 하필이면 왜 태풍인가? 벼락이나 민들레가 아니고. 태풍은 오토메나크의 과거를 다 휩쓸어버렸으니까? 그러나 그것은 사실이 아니다. 죽은 줄 알았던 카르노스는 살아 있었고 그의 과거는 결코 사라지지 않는다. 왜냐하면 그는 만일 산다면 본래의 장소로 귀환해야 하기 때문이다. 귀환의 운명, 그것은 그에게 로빈슨 크루소의 선택을 허용하지 않는다.[2]

---

1) Jacques Lacan, "La méprise du sujet supposé savoir," *Scilicet*, N° *1*, 1968, p. 40.
2) 물론 로빈슨도 귀환한다. 그러나 로빈슨의 귀환은 운명이 아니라 선택이다. 그것이 훗날 투르니에로 하여금 『방드르디 혹은 태평양의 끝』을 쓰게 한다. 투르니에의 작품에서 로

귀환은 과거의 자명성 그리고 엄존성의 증거이다. 언제나 그 자리로 돌아가는 것. 결코 그 자리를 떠날 수 없다는 것. 그것이 그의 현실의 자리, 정신분석학을 맛본 사람이면 실재의 자리라고 말할 장소이다. 이 현실의 자리를 거부하려면 죽음밖에 다른 길이 없다. 태풍이 왔다고 해서 이 양자택일의 궁지에서 빠져나갈 수는 없다. 난파한 섬에서 오토메나크가, "배에서보다 한결 고분고분"(p. 309[3])해진 상사를 부관으로 두고 서른 명의 부하와 포로를 '지배'하는 절대권자로 행세하면서도, "그래 죽자"고 결심하는 건 그 때문이다: "그러나 그 옛날의 배와는 달리 바리마 호에 탄 사람들을 기다리고 있는 것은 삶이 아니라 죽음이었다. 아니, 이 배의 노아는 그쪽을 택한 것이었다." (p. 320)

1. 『광장』에서 『광장』으로

태풍은 바다의 사건이다. 이 점에 착목한 독자는 자연스럽게 『광장』의 연장선상에서 이 작품을 생각할 수가 있다. 『광장』은 '이명준'이 바다에서 실종되는 것으로 메지나기 때문이다. 그리고 『태풍』에서도 바다는 텍스트를 움직이는 핵심적 기능소로 작동하기 때문이다. 보기에 따라서는 바다에서 이명준이 실종된 장소, 그것은 곧바로 오토메나크의 로파그니스 섬일 수 있다. 로파그니스 섬은 전쟁의 한복

빈슨은 귀환화지 않는다. 거꾸로 '방드르디'가 화이트버드 호에 올라탄다.
3) 본문 안에 작품 표시 없이 쪽수만 표기된 인용은 모두 『태풍』(최인훈 전집 5, 재판본, 문학과지성사, 1992)에서 따온 것이다.

판에 있으면서도 동시에 전쟁이라는 상황으로부터 비껴서 있는 무위의 공간이기 때문이다. 기껏 거기에서 하는 일은 토착민의 지도자를 감시하고 민간인 억류자들을 통제하고 그리고 밤에는 적군이 시설한 "환락장"에서 술에 취하는 것뿐이다. 게다가 이명준이 실종된 곳은 "남지나 바다"가 아니던가? '로파그니스'가 싱가포르의 아나그람 조어임을 상기한다면, 그리고 싱가포르의 앞바다가 남지나해임을 감안한다면, 로파그니스 섬과 남지나 바다는 특별한 인접성을 가지고 있다고 추측할 수 있다(물론 『광장』의 마지막 문장이 지시하고 있듯이 명준이 사라진 지점은 '마카오' 근처이다. 마카오와 싱가포르 사이의 거리는 꽤 멀다. 그러나 그 사이는 여전히 남지나해이다). 『광장』의 배에서 일어난 사건이 『태풍』에서도 되풀이되었다는 것 또한 둘 사이의 연관을 강조한다. 『광장』의 배가 석방자들을 호송했다면, 『태풍』의 배도 석방시킬 포로들을 싣고 있다. 그리고 『광장』의 석방자들이 폭동을 일으켰듯이 『태풍』의 포로들도 반란을 일으켰다.

더 문학적이고 확실한 징표가 있다. 오토메나크가 아만다와 처음으로 나눈 사랑을 떠올려보자. 작가는 아만다를 바로 바다로 은유하고 있는 것이다:

아만다는 바다처럼 미끈하고 따뜻했다.
오토메나크는 카누를 타고 눈부신 바다를 저어갔다. 바다는 요람처럼 출렁거렸다. (p. 132)

이명준이 실종된 바다, 그 속에서 지금 오토메나크는 힘차게 헤엄치고 있지 않은가? 이 바다와 카누의 사랑의 끝머리에 작가는 이렇게 적는다. "십자성보다도 더 오래전부터 카누는 바다 위에 있었다./잊어버린 것이 돌아온 것이었다./잊음의 고향에 들어온 바다 속의 카누는 이름을 모두 잊어버렸다." 과연, 오토메나크는 사랑 속에서 스스로 실종한 것이다. 거기는 잊음의 고향이니까 말이다.

여기까지 오면 『광장』의 직접적인 후속편으로 『태풍』이 놓임을 확신할 수 있다. 그것은, "『광장』 - 『회색인』 - 『서유기』 - 『소설가 구보씨의 일일』 - 『태풍』이 결과적으로 5부작으로 읽혀지기를 바란다"[4]는 작가의 발언을 한편으로 확인하고 한편으로 궁리케 한다. 왜냐하면, 저 다섯 개의 작품을 잇고 있는 선이 연속의 선으로 읽혀지질 않기 때문이다. 그렇게 읽기에는 『회색인』『서유기』의 관념의 모험과 『태풍』의 사실주의적 기술 사이의 차이가 무척 커 보인다. 차라리 『광장』을 잇는 두 개의 길이 있었던 것이 아닐까? 『광장』에서 『회색인』 - 『서유기』 - 『소설가 구보씨의 일일』로 우회하는 분석의 길과 『광장』에서 『태풍』으로 직행하는 체험의 길로 분화된 게 아닐까? 다른 작품들을 자세히 재검할 시간적 여유를 확보하지 못한 지금은 이것을 그저 물음표 안에 가두어두기로 하자.

다만, 『광장』 - 『태풍』 사이에 직행로가 뚫려 있다는 것단을 더 캐보기로 하자. 사실주의적 기술의 일치로 보자면 그 직행로의 성격은 체험의 길이다. 좀더 자세히 말하면, 그 체험의 길은 사랑의 길이다. 『태풍』은 『광장』의 사랑을 다시 쓴다. 그런데 이것은 의아심을 불러일으킨다. 『광장』의 사랑에 무슨 문제가 있었던 것일까? 그렇지 않으면 다시 쓸 까닭이 없기 때문이다. 우리는 작가가 다섯 번의 개작을

---

4) 최인훈, 「원시인이 되기 위한 문명한 의식」, 『길에 관한 명상』, 청하, 1989, p. 41.

통해 『광장』을 사랑의 소설로 완성했음을 잘 알고 있다. 적어도 그렇다고 한 해석이 있었다. 김현의 해석이 바로 그것이다. 그의 말을 직접 들어보자.

> 그 이전의 판본에서 이명준의 죽음은 중립국에서도 별로 보람 있는 삶을 찾을 수 없으리라는 것을 깨달은 자의 죽음이지만, 전집판에서의 죽음은 정말로 사랑이라는 것이 무엇인가를 투철하게 깨달은 자의 자기가 사랑한 여자와의 합일, 작자의 표현을 빌면 "무덤 속에서 몸을 푼 여자의 용기"에 해당하는 행위인 것이다.[5]

이명준의 실종 혹은 죽음은 역설적이게도 사랑을 "투철하게 깨달은 자의 자기가 사랑한 여자와의 합일"이다. 그것은 현실에서 못 이룬 사랑의 완성이다. 지적으로든, 육체적으로든, 다시 말해 온몸으로. 이 사랑이 왜 의미 있었던가? 과거와 화해하는 유일한 방법이기 때문이다. 『광장』에서도 과거는 떠나지 않는다. 중립국을 택한 이후에도, 그곳으로 가는 배를 탄 이후에도, 그것은 은밀한 그림자로 숨어 그를 따라왔다.

> 그들이었다. 배를 탄 이후 그를 괴롭히는 그림자는, 그들의 빠른 움직임 때문에, 어떤 인물이 자기를 엿보고 있다가, 뒤돌아보면 싹 숨고 마는 환각을 주어왔던 것이다. (『광장』, p. 180[6])

---

5) 김현, 「사랑의 재확인」, 『광장/구운몽』, 최인훈 전집 1, 문학과지성사, 1989, p. 321.
6) 앞으로 『광장』에서의 인용은 특별한 표시가 없는 한 모두 1989년 전집판으로부터 따온다.

물거품 속에서 쏜살같이 튀어나온 갈매기에 놀란 직후의 생각을 기술하고 있는 이 대목은 『광장』에 도사린 두개의 문제가 한꺼번에 풀리는 지점이다. 첫째, 배에서 이명준을 내내 따라다녔던 "얼굴 없는 눈"은 '남들,' 즉 그가 인연을 끊고 떠나온 사람들의 그것이라는 것이다. 그것은 과거의 끈질긴 관성을 가리킨다. 둘째, 갈매기 또한 '그들'이라는 것은 그의 사랑조차도 과거의 망령이라는 것, 아니, 사랑이야말로 과거의 최후의, 즉 가장 질긴 끄나풀이라는 것을 뜻한다. 전집판 이전 판본에서 과거의 그림자와 사랑의 추억은 분리되어 있었다. 즉 갈매기들이, 비록 '그녀들'로 지칭되었음에도 불구하고, 처음에는 과거의 그림자로서만 감지되었다는 것이다. 그 분리에 힘입어 신파조의 해결이 노정되었다. 갑자기 갈매기들이 '은혜'와 '윤애'로 돌변하여 "용서하세요, 쏘지 말아요!"(민음사판, 1973, p. 204)라고 외쳤던 것이다. 이것은 인연을 끊고자 한 그의 결단이 결국 인연에 속박되고 마는 것을 보여주며, 따라서 중립국행이 무의미함을 가리킨다. 어디를 가든 과거는 엄존하는 것이다. 그에 비해 전집판에서 과거의 요구와 과거의 사랑은 분리되지 않는다. 그것을 명료하게 보여주는 대목이 다음이다.

나는 영웅이 싫다. 나는 평범한 사람이 좋다. 내 이름도 물리고 싶다. 수억 마리 사람 중의 이름 없는 한 마리면 된다. 다만, 나에게 한 뼘의 광장과 한 마리의 벗을 달라. 그리고, 이 한 뼘의 광장에 들어설 땐, 어느 누구도 나에게 그만한 알은체를 하고, 허락을 받고 나서 움직이도록 하라. 내 허락도 없이 그 한 마리의 공서자를 <u>끌어가지</u> 말라." (『광장』, p. 179, 밑줄은 인용자)

밑줄이 그어진 "끌어가지 말라"가 민음사판에서는 "학살하지 말라"(민음사판, p. 199)로 되어 있었다. 사소한 차이 같으나 결정적인 차이이다. 전집판 이전 판본에서는 명준과 은혜·윤애는 한편이며, 그것에 '타인들'이 대립한다. 그것은 끝끝내 그렇다. 타인들이 여인들을 자기편으로 끌어들이는 순간 그들은 여인들을 '학살'할 것이기 때문이다. 그러나 전집판에서는 여인들은 명준과 한편이었다가 그들에게 끌려간 다음에는 그들과 한편이 된다. 적어도 여전히 명준의 편이라는 보장은 주어지지 않는다. 그리하여 동굴에서의 마지막 약속에서 은혜가 "끝내, 나타나지 않"(전집판, p. 164; 민음사판, p. 184)은 것이 전집판 이전 판본에서는 타의에 의한 것으로 해석할 확률이 높으나, 전집판에서는 자발적인 것이라고 해석할 확률이 더 높다(그 이튿날 은혜가 전사하는 것은 이 문제와는 관련이 없다).

전집판에서는 따라서 해결의 방향이 다르다. 앞의 인용문에서 보듯 이명준은 철저한 개인주의와 고립주의와 쾌락주의의 복합체로서 자신을 굳힌다. 이 태도는 그를 과거와의 단호한 단절로 몰고 가는데, 타인들의 요구와 여인과의 사랑이 분리되지 않았기 때문에 그는 과거로 돌아갈 어떠한 통로도 스스로 봉쇄해버린 셈이다. 그러나 하나의 출구가 있었다.

> 그의 총구멍에 똑바로 겨눠져 앉혀진 새는 다른 한 마리의 반쯤한 작은 새였다. (『광장』, p. 182)

전집판 『광장』을 유명하게 만든 바로 그 대목이다. 이전의 판본에서 은혜와 윤애를 표상하였던 두 마리 갈매기가 은혜와 딸의 표상으로 바뀌었다. 그래서 무엇이 달라졌단 말인가? 은혜의 잉태가, 그래서, 과거가 다시 한 번 재생산되었다는 것이 무슨 의미가 있단 말인가? 김현으로 하여금 명준의 죽음을 "사랑이 무엇인가를 투철하게 깨달은 자"의 행위라고 해석하게 한 무엇이 여기에 있단 말인가?

명준의 입장에서 보면, 은혜의 잉태는 과거의 단순한 지속에 지나지 않는다. 그것이 비록 미래에 연결되었다 할지라도, 그의 씨가, 즉 그의 몸의 일부가 세상에 존속한다는 것은 기껏 종족 번식의 욕망의 투사에 지나지 않는다. 그러나 잉태는 명준의 사건이 아니라 은혜의 사건이다. 바로 여기에 핵심이 있다. 은혜는 시시각각으로 다가오는 죽음을 알면서도 잉태를 하였다. 그것은 과거를 재생산하는 것이 아니라, 과거를 미래에 대한 투기로, 즉 미지 속으로 던져 넣는 행위인 것이다. 그렇게 함으로써 과거의 성질이 변화한다. 있었던 것의 되풀이로서의 과거가 아니라 이루어야 할 과거, 즉 가능성의 과거가 되는 것이다. 때문에 그것은 "무덤 속에서 몸을 푼 한 여자의 용기" "방금 태어난 아기를 한 팔로 보듬고 무덤을 깨뜨리고 하늘 높이 치솟는"(『광장』, pp. 187~88) 행위가 된 것이다.

은혜가 전사를 했다든가, 갈매기들이 기껏 심상에 지나지 않는다든가 하는 지적들은 여기에서 의미가 없다. 그것이 명준의 사건이 아니라 은혜의 사건이기 때문에, 무엇을 통해서든, 명준이 해독해야 할 징후로서 그의 앞에 우뚝 선다. 갈매기가 은혜를 환기시키는 게 아니라 은혜가 갈매기를 날게 한다. 은혜로부터 날아온 갈매기를 통해서 은혜의 행위는 곧바로 명준의 선택과 비교의 천칭 위에 놓인다. 그 비교의 결과는 무엇인가?

그는 지금, 부채의 사북자리에 서 있다. 삶의 광장은 좁아지다 못해 끝내 그의 두 발바닥이 차지하는 넓이가 되고 말았다. 자 이제는? 모르는 나라, 아무도 자기를 알 리 없는 먼 나라로 가서, 전혀 새사람이 되기 위해 이 배를 탔다. 사람은, 모르는 사람들 사이에서는, 자기 성격까지도 마음대로 골라잡을 수도 있다고 믿는다. 성격을 골라잡다니! 모든 일이 잘 될 터이었다. <u>다만 한 가지가 없었다면.</u> (『광장』, p. 187, 밑줄은 인용자)

명준의 선택은 겨우 그의 "두 발바닥이 차지하는 넓이"만을 제공한다. 그에 비하면, 은혜의 기투(企投)는 미지의 넓이로 펼쳐진다. "푸른 광장"(『광장』, p. 188)이 거기에 있었던 것이다. 명준에게 그의 부채의 사북자리가 접는 자리였다면, 은혜에게 그것은 펼치는 자리였던 것이다.

이 비교는 중립국의 선택이 뜻 없음을 증명하기에 충분하다. 이것은 이전의 판본에서 보여준 것과 얼핏 유사하다. 그러나 이전의 판본에서는 과거의 엄존성이 지배 요인이었다. 전집판에서는 행위들의 몫이 지배 요인이다. 중립국이라 할지라도 세계 내의 한 장소이기 때문에 무의미한 게 아니라, 사랑의 투기에 비하면 중립국을 선택한 결과는 너무나 하찮은 것이기 때문에 무의미하다. 명준이 죽음을 선택하는 것은, 따라서 절망의 발로가 아니라 논리적인 귀결이다. 운산의 끝에서 그는 갈매기를 타고 은혜를 따라갈 수밖에 없는 것이다.[7]

----

7) 그러나 논리적인 귀결은, 행동의 '효과'와는 다른 것이다. 나는 이 문제를 앞의 글 「21세기에 다시 읽는 최인훈 문학의 문제」에서 간단히 언급하였다.

여기에서 『광장』의 부채는 파노라마의 부채에서 마술의 부채로 바뀐다.

부채꼴 사북까지 뒷걸음질친 그는 지금 핑그르 뒤로 돌아선다. 제정신이 든 눈에 비친 푸른 광장이 거기 있다. (『광장』, p. 188)

돌아선 것이 명준이라기보다 뒤집힌 것이 부채라고 하는 것이 더 정확하다. 왜냐하면 명준이 논리적인 귀결을 통해서 죽음을 선택할 수밖에 없게 된 순간, 작품 전체를 꿰뚫고 있는 행위축에 근본적인 이동이 일어났기 때문이다. 어떤 이동인가? 그 이전의 행위축은 주체성의 실험이었다. 다들 알고 계시겠지만, 체험의 형식으로 근대적 주체의 존재 양식을 최초로 실험한 한국 소설은 『광장』이다. 『광장』은 그렇게 기억된다. 이명준은 "풍문에 만족치 않고 현장에 있으려고 한"(이 말은 60년판과 61년판의 「서문」에서 되풀이된다) 이였고, 그 때문에 "안내 없는 바다에 내려간 용사"(민음사판 「서문」)였다. 다시 말해 그는 삶의 바다에 내려간 최초의 인간이었다. 그런데 개작을 통해 개인의 일대기는 인물들 사이의 내기로, 즉 소쉬르적인 의미에서의 '장기판'으로 바뀌었다. 그리고 그 장기의 결과는 사랑의 승리였다.

2. 『광장』에서 『태풍』으로

그걸로 완성된 것일까? 그렇다면 "삶의 바다"에 또 다른 "잠수부"를 내려 보낼 이유가 없었을 것이다. 작가는 명준 이후에 '연이어 적잖은 수의 잠수부를 같은 해역에 내려보냈다"(민음사판 「서문」)고 밝혔었다. 『태풍』의 오토메나크는 분명 명준을 뒤이은 잠수부였다. 왜? 그리고 어떻게?

작가는 『태풍』을 두고 "부활의 논리"를 적용하였다고 말하면서, "『광장』에서 내가 내놓지 못했던 이 지상에서의 창조적 생활의 원리가 되지 않을까 싶은 것"[8]이라고 밝힌 바가 있다. '부활의 논리'에 대한 구체적인 풀이는 잠시 접어둔다 하더라도, 이 말은 작가가 『광장』을 넘어선 자리에 『태풍』을 놓으려는 의도를 가지고 있었음을 가리킨다. 그런데 우리는 앞에서 『광장』과 『태풍』 사이에 직행로를 설치하고 그것을 '체험의 길'이라 명명했었다. 그러고는 곧바로 그 체험의 길에 '사랑의 길'이라는 특성을 부여하였다. 그런데 작가는 『태풍』이 『광장』과 다르다고 말한다. 이 다름을 우리는 두 가지 방향으로 해석할 수 있다. 하나는 『광장』이 사랑의 길이듯, 『태풍』도 사랑의 길인데, 두 사랑은 성질이 다른 사랑이라는 것이다. 다른 하나는 『광장』은 사랑의 완성으로 매듭을 지은 데 비해, 『태풍』은 사랑의 실패와 다른 종류의 '부활'의 가능성을 모색했다고 읽는 것이다.

아마도 후자 쪽인 듯하다. 우리가 소설의 내용을 통해 우선 알 수 있는 것은 『태풍』이 사랑의 완성을 부인하고 있다는 점이다. 오토메나크가 표류한 섬으로부터 현실의 무대로 귀환했을 때 아만다는 카르노스의 "첩자이자 정부"임이 밝혀지고, 나중에 카르노스가 죽은 후에도 아만다는 "화교 선박업자와 재혼"하였으며, 오토메나크는 니브리타인 피억류자였던 '메어리나'와 결혼했던 것이다.

---

8) 최인훈, 「원시인이 되기 위한 문명한 의식」, p. 41.

　이 사실을 확인한 독자는 곧바로 이것을 태풍의 이미지에 대입할 수 있을 것이다. 앞에서도 말했듯이 태풍은 바다의 사건이다. 그런데 이 사건은 환경을 깨뜨리는 사건이다. 바다에 극렬한 바람이 불어 저 푸른 바다(『광장』의 마무리를 상기한다면, 푸른 바다는 "푸른 광장"이다)를 암흑과 혼돈으로 휩싸는 것이다.

　물론 이 암흑과 혼돈이 절멸만을 야기하는 것은 아니다. 때로는 완벽한 부활을 가능케 할 수도 있을 것이다. 『태풍』의 '태풍'은 결국 오토메나크에게 새 삶을 주었다. 그러나 그 새 삶은 엄청난 대가를 치르고 주어진 것이었다. 무엇보다도 아만다의 비밀을 알았고 그녀와의 사랑은 망각 속에 묻혔다. 『광장』에서는 해결의 포인트였던 사랑이 왜 여기에서는 실패로 끝나는 것일까? 그 실패에도 불구하고 오토메나크가 '바냐킴 씨'로 거듭 태어났다는 것은 무엇을 말하는가?

　다시 돌아가 더듬어보기로 하자. 우리는 『광장』에서 과거의 현실과 과거의 사랑이 궁극적으로 같은 집합에 속함을 보았다. 잘못된 역사와 절실한 사랑이 실은 하나의 샘에서 솟아난 것이다. 그런데, 『태풍』에서도 이 문제는 똑같이 되풀이된다.

　나파유 군인이 되었으니 아만다를 만났다. 원수의 군대에 잘못 들어왔다는 일과, 난생처음의 사랑을 얻었다는 일─이 두 가지 일이 조화될 수 있을까. 이 모순에는 조화가 있을 수 있을까. 아만다의 갈색 몸뚱어리가 아이세노딘만큼 크고 벅차 보였다. (p. 154)

　물론 우리는 그 두 원소가 분리될 수 있다는 것 또한 『광장』에서 이미 보았다. 그 분리는 과거의 사랑과 최후의 사랑 사이의 분리이

다. 전집판 이전 판본에서 그 분리는 미리 있었고, 전집판에서 그것
은 사후에 발생했다. 미리 있었을 때 그 분리는 신파를 낳았다. 떨어
지지 않는 것을 떼려다 보니 과도한 감성의 분비액이 필요했던 것이
다. 그러나 전집판의 분리는 다르다. 전집판의 최후의 사랑은 과거의
삶과 과거의 사랑이 한데 얽혀 있는 상황으로부터 탈출할 출구로서
고안되었다. 그렇다면 이 최후의 사랑은 무엇인가? 그것은 어떻게 이
전의 사랑과 다른가?

서둘러 답하자면, 우리의 질문이 잘못되었다. 즉 과거와 사랑이 분
리된 게 아니라는 것이다. 그리고, 따라서, 생의 항목들에서 취사선
택이 행해진 게 아니라, 전면적인 변개(變改)가 이루어졌다는 것이
다. 즉 삶으로부터 사랑이 분리된 게 아니라 두 차원의 삶-사랑이 있
는 것이다. 저 사랑을 연 것이 은혜의 사건이었다는 것을 다시 생각
해보자. 그것은 행동의 윤리를 동반한 것이다. 그리고 무릇 윤리란
사회의 용어이다. 공동체를 전제로 한다. 최소한의 공동체가 있으면
그것은 삶의 사건이다. 은혜의 "무덤 속에서 몸을 푼 여자의 용기"는
그대로 삶의 실천이다. 은혜의 사랑이 결국 명준의 상상 속에서 "푸
른 광장"을 이루는 것은 바로 그것을 가리킨다.

두 개의 태양이 공존할 수 없듯이 하나가 삶이라면 다른 하나의 삶
은 같은 장소에 있을 수 없다. 그것은 죽음으로서의 삶이 될 수밖에
없다. 명준의 최후의 선택은 소설이라는 현재 세계의 문화적 체계 내
에서 죽음의 형태를 띨 수밖에 없다.

그런데 작가는 현재의 삶의 공간에 산다. 상상 속에서 골백번 죽어
도 작가는 여전히 이곳에서 숨 쉬고 있다. 죽음이라는 상상적 해결은
그렇다면 연속성을 가지지 못한다. 작가가 그 세계 속에서 '살' 수 없

기 때문이다. 물론 상상 속에서 죽음 여행을 할 수도 있으리라. 아마 『회색인』과 『서유기』가 보여준 관념 속의 편력이 그것일지 모른다. 그러나 어찌 됐든 그것은 현재의 공간으로 되비쳐져야만 한다. 독자도 현재의 삶의 공간에 살기 때문이다. 그것은 불변의 원칙이다. 피안의 송장은 차안의 유령을 부른다.

이제 다시 왜 태풍인가, 라고 물어보자. 태풍은 바다에 바람이 분 것이다. 그러나 『태풍』의 '태풍'은 단지 그 풀이만으로 전모를 보이지 않는다. 바람이 어디에서 부는가, 가 밝혀지지 않기 때문이다. 그것이 단지 자연현상에 불과하다면 우리는 더 추적할 필요가 없다. 그러나 『태풍』의 '태풍'은 오토메나크의 삶의 은유이다. 그렇기 때문에 어떠한 것도 우연한 것은 없다. 은유는 최고의 우연성으로 최상의 필연성을 창출하는 일이니까 말이다.

바람은 어디에서 부는가? 그 묘사를 직접 살펴보기로 하자.

"보시오."

오토메나크는 가리켜진 쪽을 보았다. 뱃길 앞에 아직도 많이 남은 햇빛 아래 수평선이 바라보일 뿐이다.

"잘 보시오. 수평선 위에 구름이 몰려오는 것이 안 보입니까?"

보이지 않았다.

선장이 무슨 꾀를 내서 신파를 꾸미고 있는가, 하는 생각이 퍼뜩 들어서, 선장의 낯빛을 얼른 살폈다. 그러고 보니, 수평선 위에 엷은 줄이 한결 더 그어진 것처럼 보였다.

"태풍입니다." (p. 287)

"아빠, 태풍이 지나갔대요."

늙은 부부는 손님이 사라진 쪽으로 향했던 눈길을 돌려 딸이 가리키는 곳을 보았다. 신시가지 쪽 하늘 한 귀퉁이가 희미하게 그곳만 비구름이 엷어 보였다. (p. 363)

이 인용문들에 특별한 무엇이 있는가? 있다. 둘 모두 구름을 언급하고 있다. 구름은 태풍의 전조이다. 구름이 하늘에 두터운 띠를 두르고 지상에 그늘을 드리우기 시작하면, 그것은 암흑과 혼돈을 가져올 태풍을 예고한다. 하지만 정말 중요한 것은 구름이 아니고 구름이 드리울 그늘이다. 왜냐하면 "그늘 속에는 언제나 바람이 있다고 아이세노던 사람들은 말"(p. 147)하기 때문이다. 태풍의 진앙지는 그늘 속이다. 그러나 바람이 그늘 속에만 있을 때 바람은 아직 태풍의 낌새가 아니다. 태풍은 그늘 속의 바람이 불현듯 그늘 밖으로 튀어나왔을 때 불어 닥친다. 마치 『광장』의 갈매기가 물속에서 느닷없이 솟구쳐 오르듯이.

여태껏 아버지 그늘에서 세상을 보아온 것이었다. 마야카가 그늘에서 그를 끌어냈다. 그렇게 해서 지금 오토메나크는 앞길에 죽음만을 보고 있는 사람이 됐다. (p. 273)

오토메나크에게 최초의 태풍이 분 것은 바로 마야카 씨가 그늘에서 그를 끌어냈을 때이다. 혹은 다음 구절들은 어떤가?

"그러면, 카르노스 선생의 부인께서는……"

이것은 결정적인 실수였다. 메어리나 부인이 심상치 않은 눈빛이 됐기 때문이다. 그러나 두 가지 불행 중 다행을 부처님께서는 마련해두고 계셨다. 한 가지는, 메어리나 부인의 그 심상치 않은, 눈 속의 태풍은 번개보다도 약간 빠르게 이내 숨어버린 일이었다. (pp. 362~63)

"카르노스 선생의 철학은 얼핏 보기에 종교와 같은 너그러움이 감동적입니다만, 그것을 받치고 있는 깊은 리얼리즘을 보지 못하면 카르노스의 적들의 선전에 말려드는 게 아니겠습니까?"
  젊은 외교관은 바냐킴 씨의 낯빛이 거의 흉악하게 한 순간 변한 것을 그만 리얼리스트답지도 않게 놓쳐버리고 애써 지은 웃음만을 보았다. 흉악함과 그 웃음 사이는 너무 짧았기 때문이다. (p. 354)

메어리나의 "눈 속의 태풍"이나 바냐킴 씨의 "흉악함"은 그들이 애써 회피하고 싶은 과거를, 즉 그늘 속의 현실을 현재 속으로 코드네주 씨가 부지중에 끌어내려 했을 때, 다시 말해 현재의 현실로 만들려 할 때, 순식간에 분다.
  이제 대답을 할 때가 되었다. 왜 '태풍'인가에 대답하기 전에 우선 '태풍'이란 무엇인가에 대해 답하기로 하자. 태풍은 그늘 속에 숨어 있는 바람이 갑자기 현실 속으로 튀어나올 때 분다. 말을 바꾸면 태풍은 다음 세 가지 요인의 다원적 결정물이다.

(1) 이중적인 의미에서의 과거의 엄존성
    ① 과거는 지워지지 않는다.
    ② 과거는 여전히 주체를 충동한다.

(2) 과거를 은폐하려는 주체의 욕구: 과거는 현재화되어서는 안
되는 엄연한 현실의 자리, 정신분석학의 용어를 빌리면, 실재
의 자리이다.

(3) 과거를 현재화하려는 제3의 인물의 존재와 행위: 타인들의 모
든 행위는 무의식의 주체에게 과거를 현재화시키려는 기미로
작용한다.[9]

그러니까 태풍은 억압된 것의 회귀이다. 끊임없이 회피되면서 끊임
없이 충동되는 그것, 결코 말로 표현될 수 없는, 발설되어서는 안 되
는 그것이다. 왜 태풍인가? 아이세노던 사람들이 말하듯이, 그것이
그늘과 바람의 결합으로 씨를 밴 것이기 때문이다. 그것은 그늘의 파
열. 그것은 작게 불 때는 망각과 휴식의 기능을 가질 것이 돌연히 파
열하여, 모든 망각과 휴식과 삶을 붕괴시키는 사건이다.

이 무시무시한 폭로의 광풍이 왜 불어닥치는가? 태풍이 억압된 것
의 회귀라면 무엇인가가 은폐되어 있기 때문이다. 은폐된 것이 무엇
인가에 대해서는 굳이 설명할 필요가 없을 것이다. 직접적으로는 나
파유 제국이 패배한다는 '예정된 사실'의 은폐이다. 그러나 그것뿐일
까? 아마도 중요한 것은 은폐된 내용이 아니라 은폐의 방식일 것이
다. 왜냐하면 은폐는 그 사실에서 그치는 것이 아니라 양태를 달리
하여 계속 되풀이되기 때문이다. 나파유 제국이 패배할 것이라는 예

---

9) 지나가는 길에 덧붙이자면, 상무관의 이름이 '코드네주'인 것은 그것을 은밀히 암시하고
   자 한 작가의 장난의 산물이 아닐까? 즉 '코드네'는 '꼬드기네'의 희롱적 압축형이 아닐
   까? 왜냐하면, 그의 기능은 은폐된 것을, 그 자신은 모르는 채로, 드러내려는 무의식의
   교묘한 시도를 수행하는 것이니까. 아마 '바냐킴'의 '바냐'는 '반야(般若 혹은 半夜라는
   상호모순적인 동음이의어의 압축형이라는 의미에서)'일 터이고.

정된 사실에 대한 은폐는, 표류한 섬에서 오토메나크가 부하 및 포로들에게 사실을 감추는 것으로 이어지며, 또한 현실로 귀환한 후의 오토메나크의 바냐킴 씨로의 화려한 변신은 과거의 은폐에 의해 가능했던 것이다. 오토메나크뿐인가? 아만다도, 카르노스도 은폐를 고스란히 살고 있는 인물인 것이다. 그러니, 실로 은폐는 편재적인 것이다. 은폐가 편재적이라면 은폐의 본성은 그것의 방식에 있지 그것의 내용들에 있지 않다.

우선, 은폐가 편재적이라는 것은 그것이 전면적일 뿐만 아니라 동시에 무차별적인 감염력을 가지고 있다는 것을 뜻한다. 마야카 씨의 한 마디는 오토메나크의 태도로 환유적으로 전염되고 오토메나크의 섬에서의 태도는 현실로 귀환한 이후의 그의 행동에 은유적으로 되풀이된다. 그뿐만이 아니다. 그것은 인물들의 행동들에 전염될 뿐만 아니라, 심지어 작가의 문체에까지 퍼져나간다. 가령, 다음을 보자.

"총영사?"
"네, 명예 총영삽니다."
① 코드네주 씨는 매우 흡족했다. 바냐킴 씨의 얼굴에 감동의 빛이 떠올랐기 때문이다. ② 갑자기 말하자면 자그마한 태풍이라도 만난 바다처럼 낯빛이, 흔들리는 마음을 비쳐 보였다. 바냐킴 씨는 보이지 않는 태풍과 싸우는 사람처럼 말없이 앉아 있었다. (p. 355. 번호는 인용자)

①은 코드네주의 시선을 그대로 옮긴다. 코드네주가 3인칭으로 지칭되어 있다 하더라도, 다시 말해 그가 객관적 대상으로 지시되어 있

다 하더라도, 이 시선이 코드네주의 시선을 그대로 옮기고 있다는 것은 '코드네주'를 '나'로 바꾸어서 읽어보는 것으로 충분히 알 수 있다. 그런데 ②는 화자의 시선이다. 코드네주는 '감동'을 보았을 뿐이기 때문이다. 그런데 그것이 화자의 시선이라는 것이 명확히 드러나 있지 않다. 게다가 "갑자기 말하자면"이란 무슨 뜻인가? 이것은 "서둘러 말하자면" 혹은 "단도직입적으로 말하자면"이란 뜻인가? 그런데 서둘러 말할 까닭이 어디에 있는가? 아닐 것이다. 아마도 "말하자면" 앞에 쉼표가 붙어야 했었을 것이다. 즉 "갑자기, 말하자면 자그마한 태풍이라도 만난 바다처럼"일 것이다. 그러면, '갑자기'는 "자그마한 태풍이라도 만난 것처럼"이라는 뜻일 것이다. 그런데, 그렇게 해석하자면, "갑자기 말하자면" 앞에 무언가가 붙는 게 자연스럽다. 시선의 변화 혹은 코드네주의 착각과 다르게 '실상은 이렇다'는 것을 지시하는 단어가 있어야 한단 말이다. '그러나' 혹은 '그런데' 정도의. 그런데, 그것들이 누락되어 있다. 다시 말해 은폐되어 있다. 그것은 화자조차도, 더 나아가 작가조차도, 이 태풍에 대해 말 꺼내기를 두려워한다는 것을 은밀히 보여준다.

이 은폐의 전면적 감염성은 두 가지 대극적 방향으로 우리의 탐구를 이끌고 간다. 한편으로는 왜 은폐가 이렇듯 가득한가 하는 까닭에 대한 물음이 있어야 하며, 다른 방향으로는 만일 은폐가 보편적이라면 그것은 선택적이 아니라 필연적인 것이 아닌가, 또한 그러나, 그렇기 때문에 불가피하기에 앞서서 자발적인 것이 아닌가 하는 물음이 가능하다. 두번째 물음은 첫번째 물음에 대한 대답이 주어질 때 정반대의 방향으로 튕겨나가며 그 윤곽을 명료히 드러낼 것이다.

왜 은폐인가? "마야카가 그늘에서 그를 끌어냈다. 그렇게 해서 지금 오토메나크는 앞길에 죽음만을 보고 있는 사람이 됐다"(p. 273)라는 말이 그대로 지시하듯이 태풍이 죽음을 몰아오기 때문이다. 태풍을 만나 섬으로 표류했을 때도 오토메나크는 죽음 이외의 어떤 선택도 생각하지 못한다. 왜냐하면 그 이전까지 그의 유일한 삶의 지표이자 축이던 것을 태풍이 박살내었기 때문이다. "자기 시대의 이데올로기의 허망됨을 알게 된 사람처럼 괴상한 사람도 드물다. 게다가 오토메나크의 세대는 종교에 대한 느낌도 잊어버린 세대였다. 이데올로기도, 종교도 없는 사람이란 건, 이미 사람이 아니라 짐승 비슷한 무엇이다. 짐승에겐 제일 두려운 것이 죽음이다. 지금 오토메나크에게도 단 한 가지 두려운 것은 죽음이었다"(p. 339). 그리고 "확실한 일은 죽음은 바다 쪽에서 오리라는 일이었다." 태풍은 무서운 앎의 격발이며, 앎은 곧바로 죽음을 유발한다. 앎은 나파유의 신민으로서의 오토메나크의 전 삶을 붕괴시킨다. 표류한 섬에서 들려온 무선기 속의 부드러운 목소리의 나파유 말은 오토메나크에게 그의 회의를 결정적인 것으로 만든다. 그런데 앎은 항상 늦게 온다: "그런데 이제 알아봤자 쓸데없게 된 판국에서 정말을 알 수 있게 된 것이 원통했다"(p. 337).

앎은 죽음이니 살기 위해서는 이 앎을 부정해야 한다. 부인은 때문에 선택의 문제가 아니라 필연의 문제이다. 그런데 오토메나크는 부정의 불가피함을 말할 뿐 아니라 그 안에 윤리학을 끌어들인다. 그의 앎은 늦게 왔다는 것이다. 그렇기 때문에 자신에게는 책임이 없다는 것이다. 자기 시대의 허망한 이데올로기를 형성하는 데 오토메나크 자신이 담당한 몫은 추호도 없다. 결국 부인의 필연성을 가능케 하는 것은 앎으로부터의 면책이다. 무지는 부인의 생명수이다. "나는 몰랐다"는 "나에게는 책임이 없다"와 동의어이고, 다시 그것은 "나의 삶은 부당하지 않았다"와 동의어이다. 다시 말해, 나는 "살아야 할 이유가 있다." 반면, "나는 이체 알았다"는 "나는 죽을 수밖에 없다"와 동의어이다. 한데, "나는 죽을 수밖에 없다"는 "나는 죽어야 한다"와 동의어가 아니다. 그렇기 때문에 "나는 살아야 할 이유가 있다"와 "나는 죽을 수밖에 없다" 사이에는 논리의 연결선이 존재하지 않는다. 논리의 연결선이 부재하는 곳에는 양자택일의 문제만이 남는다. 그는 사는 쪽을 선택한다. 그리고 그것을 위해 '무지'를 방치한다. "나는 모른 체로, 다시 말해, 모른 체하면서 살기로 한다"가 오토메나크의 최종 선택이다. 이 논리적 곡예의 끝에 바냐킴 씨로의 화려한 '부활'이 있다.

그러나 그는 정말 몰랐을까? 물론 마야카 씨가 말해주기 전까지 그는 나파유가 패망하리라고는 꿈속에서조차 짐작하지 못했다. 하지만, 다시 묻건대, 그는 정말 몰랐을까? 어쩌면 그는 자발적으로 모르려 하지 않았을까? 그것을 살피기 위해서『태풍』의 첫 대목으로 눈길을 돌려보자.

로파그니스에 있는 나파유군 사령부는, 원래 이곳의 지배자였던 니브리타 총독부 건물이다. 오토메나크 중위는 현관에 들어서면서 자랑스러웠다. 무슨 일로 불렸는지를 알 수는 없었다. 오토메나크 중위, 1일 1시까지 사령부에 출두하라는 지시만으로는 아무것도 알 수 없었다. 그러나 포로 수용소의 하급 관리장교이며, 식민지 애로크 출신인 오토메나크가 사령부의 직접 소환을 받을 일은 없었다. (p. 9)

우선, 오토메나크가 알고 있었던 것이 있다. 자신이 "식민지 애로크 출신"이라는 것을 그는 알고 있었다. 뿐만 아니라 그는 그 사실에 대해 지나치게 민감했다. "식민지 출신의 자격지심"(p. 10)은 그의 "그의 마음 한구석에 늘 도사리고 있는" 것이었다. 그의 자격지심은 사령부 건물에 들어섰을 때 "야전에서보다 한결 심하게" 가중된다. 그 때문에 그는 찾아간 사무실의 상사의 말투가 "명령하듯이 무뚝뚝"(p. 11)하다고 느끼고, 그의 "지극히 공손 건방진 태도"(p. 12)에 실망한다. 이 자격지심을 그는 어떻게 극복하면서 살 수 있었을까? 실력을 쌓아 이겨야 한다는 상투적인 대답은 오토메나크에게도 진리였다. "기묘하게도 상관인 나파유인들조차도 그를 어려워하"도록 만드는 것만이 그에게 유일하게 남아 있는 길이었다. 그는 "사관학교 출신보다 더 사관학교 출신다운 식민지 출신 장교가 되"었으며, 나파유인 장교들도 잘 모르는 "나파유 고전 문학의 지식"을 "몸 속의 피처럼"(p. 13) 갖춘 사람이 되었다.

이 실력에 뒷받침되어 그는 자연스럽게 동화(同化)의 욕망을 발전시켜 나간다. 그는 자신을 나파유인과 동일시하려고 시도했고 그 시도는 마침내 성공하였다. "식민지 애로크 출신인 오토메나크가 사령부의 직접 소환을 받을 일은 없었"지만, 그는 소환을 받았다. 그는 이제 "식민지 애로크 출신"이라는 딱지를 떼게 된 것이다. 동화에의 욕망은 거기에서 그치지 않는다. 그가 찾아간 나파유 사령부는 "원래 이곳의 지배자였던 니브리타 총독부 건물"이었다. 그 건물의 "현관으로 들어서면서 오토메나크 중위는 문득 그 맹방(盟邦) 군인들의 몸짓을 몸으로 느"낀다. "그 맹방 군인들의 몸짓"은 무엇인가? '그 맹방'은 독일을 가리키고, 그 독일군의 몸짓은 "파리에 입성하"던 순간에 "근대식 국가의 군인들[……]에서는 찾아보기 힘들게 된 어떤 것," 즉 "신화의 얼굴이라고나 할 그런 낯빛들이 줄지은 카키색 제복의 열병 행렬 위에 작은 태양처럼 빛나던" 때의 몸짓을 가리킨다. 나는 나파유에 동화되고, 다시 나-나파유는 독일에 동화되며, 그렇게 해서 하나가 된 나-나파유-독일은 근대를 무찌르고 신화를 세우는 역사(役事)의 거대한 주체로서 우뚝 선다. 소설의 첫 문장에서 나파유군 사령부 건물이 적성국 니브리타의 옛 총독부 건물임을 적고 있는 것은 그 때문이다. 이 모두(冒頭)의 언급은 이 소설의 기본 배경이 세계 내의 두 체제(근대와 신화로 요약되는)의 대립이며, 주인공 오토메나크는 그 대립의 한쪽에 핵심적 성원으로 참여하고 있다는 것을, 아니, 그렇게 오토메나크가 생각한다는 것을 가리킨다. 그리고 이후의 전개는 이 모두의 지시 사항에 대한 배반의 과정이다.

그런데 나-나파유-독일로 확대되는 이 동화의 절차는 그저 실력을 키우는 것만으로 이루어지지 않는다. 오토메나크는 신분적 지위를 획득하는 것만으로 그것이 이루어질 수 없다는 것을 잘 알고 있었다. 그러나 동시에 지식을 쌓는 것도 요원한 일임을 절감하고 있었다.

아버지의 권세는 자기 권세가 아니었고, 서른 안쪽의 청년에게 학문의 세계는 끝없는 밀림과 같았다. 오토메나크 중위의 자신이 없고 초조하기만 하던 청년 시절에 처음으로 든든한 발판과 초점이 잡힌 눈을 준 것이 군인이라는 신분이었다. (p. 12)

때로 아버지의 권세에 의존하는 사람도 있을 것이다. 그러나 오토메나크는 그것이 결국 나-나파유의 하나됨의 관문을 통과하는 데 소용될 수 없으리라는 것을 알고 있었다. 출신은 지워지지 않으므로 신분에 의존할 수가 없는 것이다(신분은 출신의 제도적 표현이기 때문이다). 그렇다면 신분은 지워야 할 것이지 표 낼 것이 아니다. 신분을 지우고 무엇을 그 공백에 채울 것인가? 오토메나크는 '지식'을 끌어온다. 그의 지식은 나파유인 장교들마저 그를 어렵게 대하게 해즐 것이다. 그러나 그 지식 또한 궁극적인 수단이 될 수가 없었다. 왜냐하면, "학문의 세계는 끝없는 밀림과 같"기 때문이다. 이로부터 지식의 재구성이 이루어진다. 그의 지식은 순수한 지식이 아니라 '무엇에 의해 맞추어진' 지식으로 바뀐다. 그 '무엇'은 바로 "군인이라는 신분"이다. 즉 출신에 의해서 내림되는 신분이 아니라 다른 무엇에 의해서 쟁취되는 신분이다. 따라서 신분도 재구성된다. 지식과 신분이 함께 수용되고 함께 재편된다. 어떻게 재편되는가?

지식은 우선은 나파유 고전 문학의 세계이다. 그런데 그 고전 문학의 세계를 있는 그대로 배울 때는 그것은 "유리 칸막이 너머로 보는 수족관 속의 모습처럼 딴 세상 풍경의 서먹서먹함을 풍기며 어른거"릴 뿐이었다. 그것이 "몸속의 피처럼 울컥 알아"진 것은 그가 "군대에 들어온 지 얼마 되어갈 무렵"이다. 어떻게 그것이 가능했던가? "나파유 내셔널리즘 관계의 책들을 탐독"하고, 또한 그 책들을 통해 "나파유 정신의 뛰어남을 논리적으로가 아니라 시적으로 노래한 글들을, 〔……〕 깊이 들이마"신 덕분이었다. 그러니까 그의 지식은 말의 엄격한 의미에서의 지식답게(논리적으로) 받아들여진 것이 아니었다. 그것은 감성적으로 그리고 심미적으로(시적으로) 변용됨으로써 오토메나크의 "몸속 피"가 되었다. 다른 한편 신분은?

사람이란 개인을 미워할 수 있듯이 민족도 미워할 수 있다. 그리고 남을 미워할 수 있듯이 자기도 미워할 수 있다. 자기가 피를 받은 민족이 광포하지 못했다는 사실에 화가 난 청년은 자기 민족을 미워했다. 그는 부끄러운 피를 스스로 바꾸기로 결심했다. '나파유 정신'을 자기 피로 선택함으로써 그는 이 문제를 해결했다. 그리고 지금 나파유 정신이란 다름아닌 '전쟁 정신'이었다. (p. 13)

신분은 피를 정신으로 바꾸는 과정을 통해 쟁취된다. 다시 말해 타고난 피가 아니라 정신을 피로 선택함으로써 새로운 신분이 태어난 것이다.[10)

이 과정이 무엇을 말하는가? 이것이 신분과 지식의 새로운 결합이고 새로운 형성이라면, 이 지식과 신분의 재구성은 그 대가로 어떤 무지(들)를 전제로 한다는 것이다. 그 무지는 우선은 고전 문학의 세계를 '논리적으로' 이해하는 방향에 대한 무지이다. 다음, 그 무지는 피갈음은 불가능하다는 것에 대한 무지이다.

---

10) 이 대목은 파시즘에 대한 하나의 암시를 담고 있다. 프랑크푸르트학파 이래 '피와 땅에 대한 집착'을 파시즘의 기본 속성으로 이해해왔다는 것은 주지의 사실이다. 그런데 위의 오토메나크의 '방법론'이 일본 파시즘의 형성과 깊은 관련을 맺고 있다고 생각한다면, 파시즘은 피에 대한 집착을 넘어서 피갈음의 의례가 제도화할 때 완성된다. 아우슈비츠와 보스니아에서의 종족 살해가 나쁜 피를 박멸하는 양태로 나타난 데 비해 일본의 파시즘은 나쁜 피를 좋은 피로 가는 방식을 택했다(이것의 정치적 표현이 대동아공영권이라 할 수 있을 것이다). 그 점에서 일본 파시즘의 우생학은 서양에서의 그것들보다 '논리적으로' 단수가 높았고(아마도 여기에는 일본인의 체질화된 이중성의 문화가 작용했을 것이다), 또한 그래서 내구력을 확보할 수 있었던 것으로 보인다. 이러한 생각은 파시즘 안에도 아주 다양하고 복잡한 층위가 있다는 생각으로 자연스럽게 이어지는데, 오늘날 한국 사회에서 내적 반성의 차원에서 제기되고 있는 '우리 안의 파시즘'이 겨냥하고 있는 민족주의적 집착을 문자 그대로 파시즘으로 규정할 것인지 아니면 전-파시즘적 단계로 볼 것인지 또는 그것도 아니면, 결코 완성되지 못할 파시즘적 성향으로 볼 것인지에 대해서는 좀더 정밀한 탐구가 필요한 듯하다.

무지는 조건이 아니라 선택이다. 다시 말해 오토메나크는 몰랐던 것이 아니라 모르려 했던 것이다. 그의 무지의 선택은, 앎의 최초의 회귀가 있기 전에도 이미 실행되었고 또한 교묘히 변주되고 있었던 것이다. 왜 변주되는가? 저 무지가 가능케 해주리라고 믿는 나-나파유 제국의 동화가 항상 도달될 수 없는 저 자리에 놓여져 있기 때문이다. 오토메나크는 실로 수시로 앎에 직면한다. 그는 "애로크 독립 운동에 대해서 전혀 모르지는 않았다"(p. 16); 또한 그가 나파유 사령부에 호출되어 "비밀 공작에 큰 임무를 나누어" 받았을 때, "매우 만족"하였으나, "다만 오토메나크는 바보가 아니었으므로 마음 한구석에 미진한 데가 있었다"(p. 28). 앎의 계기가 찾아올 때마다 오토메나크는 서둘러 무지 쪽으로 단호히 등을 돌린다: "그때 파시즘이 나파유를 휩쓸기 시작했다. 오토메나크는 사회주의와 내셔널리즘과 보수주의를 한데 묶은 그 사상 속에 구원을 발견했다. 거의 본능적이었다"(p. 16). "오토메나크는 몇 시간 전에 받은 명령이 꿈결 같았다. 그러나 꿈이 아니었다. 지금 그는 분명히 로파그니스의 나파유 군사령부 안에 있는 장교 숙소의 침대 위에 앉아서 목련을 닮은 나무를 바라보고 있다"(p. 28).

그가 파시즘 쪽으로 '본능적으로' 몸을 돌리는 것은 '바보가 아니기' 때문이다. 그는 몰라서가 아니라 알기 때문에 그렇게 한다. 왜냐하면 앎은 무력(無力)이기 때문이다. 앎이 무력하다면, 무력(武力)은 오직 무지에서 온다. 그러나 동시에 앎의 출몰은 멈추지 않는다. 그는 바보가 아니기 때문이다. 그의 모습은 따라서 완벽한 자발적 무지를 선택한 자의 평화로운 모습이 아니라 앎과 무지 사이를 신경질적으로 반복하는 강박증 환자의 모습이다. 최초의 앎의 노출, 다시 말해, 앓이 태풍이 되어 오토메나크에게 불어왔던 그 시간에 마야카 씨와 마주 앉은 자리에서 그의 모습이 그토록 어색하게 독자의 눈에 비치는 것은 그 때문이다. 마야카 씨가 '패전'을 귀띔했을 때, 오토메나크의 첫 반응을 보자:

　"무슨 말씀이십니까?"
　겨우 입을 열어, 이렇게 말했다. 자기 목소리가 뜻밖에 약하다. 둘레의 귀를 염려한 것만은 아니라는 느낌이 들어 더욱 섬뜩했다. (p. 56)

　그는 마야카 씨에게 겨우 반문한다. 그런데, 자신의 목소리가 '뜻밖에 약하다'고 그는 생각한다. 그리고 이 목소리의 약함이 "둘레의 귀를 염려한 것만은 아니라"고 느낀다. 그것만이 아니라면 무언가? 그것은 자신의 귀를 염려했기 때문이 아니겠는가? 그리고 그것은 그의 귀가 지금까지 앓의 소리를 차단해왔다는 것을 가리키는 것이 아니겠는가? 다음, 오토메나크는 마야카 씨의 말에 놀라고 겨우 반문한 다음 "말문이 막힌 채" 침묵에 빠져든다. 이 반응은 자연스럽다. 그러나, "밴드가 요란하게 〔……〕 높"인 음향을 따라 다시 깨어난다. 그리고 이 순간부터 수다스러워진다. 그는 마야카 씨를 힐난하고, 곧이어 부친에 대한 노여움을 느낀다. 그 노여움을 느끼고 난 후 그는 마야카 씨가 말하는 도중에 "주먹으로 탁자를 쾅 두드"(p. 58)린다. 이 짧은 지속은 부자연스럽다. 자연스러우려면 침묵에 빠지기 전에 탁자를 쳤거나, 아니면 침묵에 빠진 후에는 허탈한 표정으로 헤어져야 했을 것이다. 이 부자연스러운 수다와 지속은 그러니까 모종의 계산이 진행된 시간이다. 즉 '패전'의 목소리를 자신의 귀로부터 방향을

64

돌려 다른 이의 귀에게로 향하게 하는 계산 말이다. 힐난과 노여움이 바로 그 계산을 집행하는 절차이다. 그러니까 그는 여기에서도 다시 한 번, 아니 여전히, 자발적 무지를 선택한 것이다. 무지가 그의 양식이기 때문이다. 아는 것이 힘이 아니라 무지가 힘이기 때문이다. 그것은 "역동적인 가치"[11]인 것이다.

3. 결어를 대신하여: 『태풍』에서 『태풍』으로

『광장』과 『태풍』 사이에 무슨 일이 일어났는가? 이 두 작품 사이에 직행의 통로를 개설할 수 있다는 것이 우리의 전제였고, 앞부분에서 그것을 나름대로 증명해보았다. 그다음에 우리의 관심을 끈 것은 변화의 까닭과 의미이다. 우선은 그 변화의 의미에 대해 이렇게 정리할 수 있겠다. 『광장』이 간 길이 사랑의 길이라면 그 사랑의 길은 동시에 죽음의 길이었다. 전집판 이전 판본 『광장』에서의 '사랑'은 사랑 ⊂ 현실의 수식으로 나타나며, 따라서, 삶을 부정할 수 있는 자리는 삶 안 어디에도 없다는 인식으로 명준을 이끌고 간다. 명준의 죽음은 현실을 통째로 부정하려면 사랑 또한 끊을 수밖에 없다는 것을 보여주는 사후적(事後的) 절차이다. 반면, 전집판 『광장』에서의 사랑은 죽음=사랑이라는 등식을 통해 솟아오르며, 이때의 사랑은 현실의 경계를 뚫고 나가는 힘이다. 그것은 단지, 살기를 부인한다는 의미에서가 아니다. 즉 현실을 거부하고 죽음을 선택한 것이 아니라,

---

11) Jacques Lacan, *Séminaire VII: L'éthique de la psychanalyse*, Seuil, 1986, p. 342.

삶에 '아랑곳하지' 않는 사랑(실존적 투기로서의 은혜의 잉태), 따라서
그 양태는 삶의 확산이지만 그 존재태는 삶 안에 있을 수 없기 때문
에 죽음을 수반하는 사랑이다.

전집판 이전 판본『광장』은 따라서 삶의 부정성 그 자체라고 할 수
있으며, 전집판『광장』은 삶을 부정하는 힘, 그 부정으로서 살해된
(사랑의) 삶을 환기하는 힘에 의해 현실 저편으로 발진하는 텍스트라
고 할 수 있을 것이다.

『태풍』에서 작가는 다시 현실의 영역으로 귀환한다. 아마도 전집판
『광장』의 '사랑'이 죽음을 수반할 수밖에 없었다는 것 때문이리라. 죽
음의 사건은 결코 삶을 놓아주지 않는 삶의 표징이지만, 그럼에도,
삶의 영역 속으로 들어오지 않는다. 그것은 환기력을 가지고 있으나
실행하는 힘은 아니다. 과연, 『태풍』에서도 사랑은 앎과 밀접히 연관
되어 있으며, 앎은 동시에 죽음을 유발하는 것이다.[12]

그 자신도 지금 서른 명의 사람들을 이 기계에서 떨어져 있게 하고,
바깥 소식을 가로막음으로써만 그들을 지휘할 수 있었다. 이렇게 거짓
의 틀은 되풀이된다. 오토메나크는 리시버를 다시 썼다. 그렇게 끔찍
한 소식이 첫 정든 여자의 몸처럼, 뿌리치지 못하게 끌어당긴다. 앎이
란 그렇게 외설한 것이었다. (p. 330)

---

12) 언젠가 밝혀볼 생각이지만, 사랑이 앎에만 연결되어 있는 것은 아니다. 그것은 동시에
무지에도 연결되어 있다. 그 연결의 방식들은 물론 다르다. 미리 말해두자면, 사랑은
앎과 인접적으로(환유적으로) 연결되어 있는 데 비해, 무지와는 선택적으로(은유적으
로) 연결되어 있다.

현실로 귀환함으로써 그는 현실의 영역 안에서 사랑에 버금갈 만한 새로운 삶의 논리를 발견하려 한 것일까? 분명 작가는 그러한 의도를 가지고 있었다고 할 수 있다. 앞에서 보았듯이 작가는 『태풍』에서 '부활의 논리'를 탐색하고 적용하려 했었던 것이다. 그러나, 그 부활의 논리에 가 닿기에 앞서서 독자는 『태풍』이 무서운 진실을 감추고 있음을 발견한다. 그것은 『태풍』의 인물들의 삶은 '부인의 논리'에 기초해 있으며, 그것은 처음부터 끝까지 자발적 무지에서 동력을 끌어온다는 것이다. 다시 말하면, 오토메나크는 몰랐던 게 아니라, 모르려 했다는 것이다. 그의 앎은 이 '모르려 함'에 기초해서 피어나며, 동시에, 그것 때문에 돌연 태풍으로 불어와 그의 전 삶을 뒤흔든다. 나파유 고전 문학의 세계를 그가 '시적으로' 탐독해 '몸속의 피'로 만들게 되는 앎의 과정은 그 고전 문학의 세계를 '논리적으로는' 무지하기로 선택하는 데에 근거해 있었다. 그 선택된 무지가 문득 지표면을 뚫고 회귀하였을 때 그의 앎 전체는 허망함의 나락 속으로 둘러 떨어진다. 그러나, 그 허망함에 대한 수락은 그를 죽음과 직면케 하기 때문에 살기 위해서는 그 앎이 귀를 통해 자신의 '몸속 피' 안으로 스며드는 것을 차단해야만 한다. 오토메나크는 실제로 그것을 실행한다. 무지는 어찌할 수 없는 바깥으로부터의 결과가 아니라, 주체의 확실한 행위이며 또한 그의 삶의 법칙이다. 앎의 주체는 실상 무지의 주체인 것이다.[13]

---

13) 아마도 라캉의 다음과 같은 명제는 이러한 사태를 명료하게 표현하고 있다 할 것이다. "무의식, 그것은 기억을 잃지 않는 것이다." 그러나, 동시에 "무의식, 그것은 아는 것을 회상하지 않는 것이다"(Jacques Lacan, "La méprise du sujet supposé savoir," *Scilicet, N° 1*, 1968, p. 35).

궁극적으로 그가 무엇을 모르려 했던가? 그는 과거를 모르려 했다. 그 무지를 통해 결코 사라지지 않는 과거를 지우려 했다. 그 지움에 근거해 그는 "애로크 독립운동이 있다는 사실을 모르지 않았"음을 모르려 했다. 또한 그 지움을 통해 애로크-나파유의 동화의 불가능성을 모르려 했다. 그리하여 자신이 비밀공작에 발탁되었을 때 "마음 한구석에 미진한 데가 있"음을 모르려 했다. 이 말은 그가 자신이 "바보가 아니"라는 것을 모르려 했다는 말과 동의어이다. 다시 말해, 그는 알고 난 후에도 모르려 했다. 여기에서 무의식적인-그러나-자발적인 무지는 의식적인-그러나-불가피한 부인의 논리로 건너간다. 그는 나파유의 패전을 모르려 했다. 그는 아만다와 사랑을 나누면서 앎과 무지를 동시에 강화해나간다. 그 동시적 강화 속에서 언제나 지배력을 갖고 있는 것은 무지이며, 지배력을 행사하는 무지가 곧 부인의 논리이다.

만일 이것이 가장 충성스런 나파유 제국의 군인이 된 애로크인에게 감추어진 진실이라면 이 진실은 곧바로 애로크 지식인 일반에게로 퍼져 나간다. 그리고 이것은 다시 단박에 이 작품이 노골적으로 환기하고 있는 일제 강점기 하의 한국 현실로 파고든다. 일제 강점기 하에 일본에 협력한 한국 지식인들의 생존의 동력은 바로 자발적 무지가 아니었을까? 그들은 일본이 패망할 것을 몰랐던 게 아니라 모르려 했던 것이 아닐까? 그들이 내선일체의 사상을 따른 것은 단순히 목숨을 보존하기 위해서도 혹은 정반대로 대동아공영권에 대한 지적 탐구의 결과로서도 아니라, 내선일체 사상에 대한 무지의 방식으로 실행된 지식의 획득의 결과로서가 아닐까? 더 나아가, 이것은 일제 강점기의 현실을 넘어 한국 근대사를 통틀어 형성된 한국 지식인의 사유의 구조에 영향을 끼친 것은 아닐까? 다시 말해, 무지의 방식으로 실행된 지식의 획득은 민족적인 것에 대한 집요한 갈망과 외국 이론에 대한 무분별한 무차별적 수용으로 나타나는 새것 콤플렉스를 양 극단으로 가지는 한국 지식인의 사유 구조의 기본 뼈대를 이루는 게 아닐까? 『태풍』이 궁극적으로 독자 앞에 던져놓는 질문은 이것이다.

물론 『태풍』이 이 질문만을 던져놓는 것은 아니다. '부인의 논리' 다음에 '부활의 논리'가 놓이며, 이것은 작가가 직접 언명한 것이다. 부인의 논리를 알게 된 독자는 '부활의 논리' 앞에서 놀란다. 왜냐하면, 부활의 논리 또한 부인의 논리에 기초해 있기 때문이다. 오토메나크가 바냐킴 씨로 거듭난 것은 그가 다시 한 번 과거를 송두리째 부인한 덕분이다. 그는 여전히 "거짓의 틀"을 되풀이해 돌린다. 다만, 이 부인의 논리는 자발적 무지를 생명원으로 두고 있지 않다. 앞의 인용문들에서 충분히 확인할 수 있듯이, 이번에는 그의 부인은 필연적인 것, 즉 불가피한 것이 아니라, 자발적이다. 그리고 이 자발적-부인의 뒤에는 자발적-무지가 있는 것이 아니라, 은폐의 방식으로 내장된 앎이 있다. 시시때때로 바냐킴 씨의 눈가를 험악하게 스쳐가는 그 태풍(들) 말이다. 그런 점에서 바냐킴 씨의 태도는 '모르려 하기'로 규정될 수 있는 것이 아니다. 그것은 그가 애로크인 코드네 주 앞에서 한껏 시침 떼는 데서 볼 수 있듯이 '모른 체하기'이다.

모르려 하기와 모른 체하기, 이 차이가 무엇을 말하는가? 작가의 언명에 의하면, '부활의 논리'는 분명 다른 것이다. '자발적 무지'가 '신화'를 꿈꾸었다면, '부활의 논리'는 "국경 밖에서도 통하는 어떤 정신의 기준 화폐"에 근거한 논리이다. 그 화폐의 가정 위에 "숙명론과 물물교환적 현물주의 대신 국제 통화에 의한 신용결제의 논리로서의 부활을 생각해보았다"고 작가는 말한다. 이 언명만으로 보자면, '부활의 논리'는 보편화된, 아니 보편성으로서 공준된 상태에서의 근대의 논리이다. 그것은 『태풍』의 앞머리에서 오토메나크가 그리는 신화의 세계와 정면으로 대립한다. 물론, 작가의 언명이 그 자체로서 '부활의 논리'의 전모를 보여주는 것은 아니다. 그것을 '알기' 위해서는 그 현장을 직시해야 한다. 즉 작품으로 되돌아가야 한다. 그것을 기약하기로 하자.

참고 문헌

최인훈, 『광장/구운몽』, 최인훈 전집 1, 재판본, 문학과지성사, 1989.

______, 『광장』, 민음사, 1973.

______, 『태풍』, 최인훈 전집 5, 재판본, 문학과지성사, 1992.

______, 『길에 관한 명상』, 청하, 1989.

Jacques Lacan, *Séminaire VII: L'éthique de la psychanalyse*, Seuil, 1986.

______, *Scilicet, No 1*, Seuil, 1968.

꿈 이야기: 한국적 모더니티의 한 심연

―이청준의 「날개의 집」을 빌려

이 글에서 나는 소설의 한 대목을 분석하기로 한다. 그 소설은 이청준의 『목수의 집』(열림원, 2000)에 수록된 「날개의 집」이며, 내가 분석하고자 하는 대목은 주인공 '세민'이 "마을 뒷길가 언덕배기에 서 있는 늙은 검팽나무를 기어올라"(「날개의 집」, p. 62. 이하 쪽수만 표기) 다닌 버릇과 그 버릇으로 인해 일어난 사건을 묘사하고 있는 부분이다. 이 대목을 분석하고 싶은 마음은 두 가지 먼 방향에 연원을 두고 있다. 하나는 나의 독서 체험이다. '나무에 오르기'는 나에게 금세 마르트 로베르Marthe Robert가 『기원의 소설, 소설의 기원 *Roman des origines et origines du roman*』(Grasset, 1972; 김치수·이윤옥 옮김, 문학과지성사, 1999)에서 분석하고 있는 카프카 소설의 주인공이 담벼락을 올라가는 장면을 상기시킨다. 그리고 동시에, 황순원의 「소리 그림자」(『탈/기타』, 황순원 전집 5, 문학과지성사, 1984〔1976〕)와 박영한의 「후투티 목장의 여름」(『우묵배미의 사랑』, 민음사, 1989)이 떠오른다. 로베르/카프카(그리고 장-파울, 클로델)와의 비교 연상

은 정신분석학적 관점에서 작가의 무의식을 엿보고 싶다는 충동에서
비롯된 것이며, 황순원/박영한과의 비교 기억은 세대 간의 차이를 살
피고 싶다는 욕구에서 나온 것이다(물론 비교 목록은 더 늘어날 수도
있을 것이다). 나무 위로 올라가는 대목에 대한 관심을 유발한 또 하
나의 심원은 나의 개인적인 체험이다. 나 역시 유·소년 시절, 집 마
당에서 키우던 자귀나무에 종종 올라가 책도 읽고 낮잠도 자곤 했던
것이다. 자귀나무 가지라는 게 아무리 굵어봤자 어른 팔뚝만큼밖에
안 되어서 등을 붙이고 눕기에는 협소하고, 또 그 울퉁불퉁한 생김새
때문에 등이 꽤 아렸는데도 불구하고, 거기에 굳이 올라가서 태평스
럽게 낮잠을 즐긴 까닭은 무엇일까? 내 마음속에 어떤 원숭이가 숨어
있던 것일까? 아니면, 어떤 캥거루가 제 어미의 배주머니를 잃어버렸
던 것일까?

　「날개의 집」의 '검팽나무' 일화는 단순히 사실 효과를 주기 위한 보
조 묘사로서 쓰인 것이 아니다. 검팽나무 일화는 주인공 '세민'의 삶
의 방향을 결정적으로 트는 구조적 경첩의 기능을 한다. 게다가 이
일화는 이전의 이야기를 접어서 되풀이하고 있기도 하다. '세민'이 겪
어온 경험을 차례로 묘사한 다음, 화자(話者)는 "하다 보니 세민은
어느덧 그 망연한 시간들을 혼자서 견뎌갈 수 있는 괴상한 버릇 한
가지를 새로 익혀가고 있었다"라고 말하면서, 문제의 나무 기어오르
는 버릇에 대해 운을 뗀다. "하다 보니"는 마치 이전에 겪은 경험 다
음에 괴상한 버릇이 생겨난 것으로 판단케 한다. 그런 인상은 교육
제도를 통해 인과율의 논법을 열심히 훈련해온 사람에게는 더욱 강하
게 느껴진다. 하지만, 실제 이 버릇은 그 경험 '다음에' 생긴 것이 아

니라, 그 경험의 '와중에' 생긴 것이다. 이전에 묘사된 세민의 경험이 초등학교에 입학하면서부터라면, 나무에 오르는 버릇은 "학교에 다니기 시작한 지 1년쯤이 되는 이듬해" "초가을"(p. 62)부터 생겨났으니, 경험이 버릇보다 앞서 시작한 것은 분명하다. 하지만, 나무 오르는 버릇은 그 다음 해 봄까지 계속되었는데, "그 무렵엔 세민의 꿈이 이미 엿장수도 우체부도 아닌 형사 아저씨 쪽으로 기울고 있었"(p. 64)다. 그런데 형사가 되겠다는 꿈을 촉발시킨 계기는 "어느 추운 겨울날 오후"(p. 51)에 있었던 사건이다. 그렇다면, "초가을"에 시작된 나무 오르는 버릇은 세민이 형사의 꿈을 가지기 전, 즉 아직도 우체부의 꿈을 간직하고 있던, 아니 그 꿈에 대해 "매력과 흥미를 잃어가"(이것이 시작된 것은 그 직전 여름이고, 6·25 전란이 터진 시점이다)고 있었던 무렵에 생겨난 것이다.

이전의 경험과 검팽나무 일화가 중첩되어 있다는 것은 이청준 특유의 시간 전개법, 즉 내력들을 약간 어긋나게 포개어서 앞으로 나아가려면 뒤로 돌아갈 수밖에 없게 하는 시간 기술법을 상기시킨다. 여기에서는 이 점을 자세하게 풀이하기보다는 검팽나무 일화에서 이 시간 기술법이 중요한 기능적 장치임을, 따라서 그 전 이야기들이 접혀진 상태로 포함된다는 것을 주목하기로 한다. 그렇다는 것은 검팽나무 일화가 「날개의 집」의 실질적인 두번째 출발점을 이룬다는 것을 암시한다.

이 검팽나무 일화에서 무엇이 일어났던가? 우선은 그 이전 이야기의 내용을 먼저 점검하는 게 필요할 듯하다.

"너는 장차 자라서 어떤 사람이 되고 싶으냐?"의 도입부가 암시하고 있듯이 이 소설은 어린 시절의 소망을 가리키는 꿈 이야기이다.

동시에 이 소설은 제목이 가리키듯이 집 이야기이기도 하다. 그 집은 이 소설의 바로 앞에 수록되었으며 소설집의 표제작이기도 한 「목수의 집」에 명료하게 나타나 있는 것처럼 '삶의 뜻의 이룸'을 대신하는 기호이다. 따라서, 집 이야기는 꿈 이야기이며, 그 동의성에 의해 꿈 이야기에 존재함의 무거움 혹은 진실성의 무게가 부여된다. 즉 유년의 꿈은 막연하고 자유로운 그런 꿈이 아니라 꿈꾼 자의 실천에 의해서 완성되어야 할 실제적 목표가 된다.

그런데 검팽나무 일화는 이 꿈의 실천에 두 개의 단계가 있다는 것을 가리킨다. 꿈의 내용은 다양할 수 있지만, 두 개의 단계가 있다는 것은 무슨 말인가? 꿈꾸기의 방식, 즉 실천의 방식에 두 개의 단계가 있다는 것을 그것은 가리킨다. 그리고 검팽나무 일화는 그 단계의 이동 사이에 놓인 축이다.

그 꿈은 우선 세민의 꿈만을 가리키는 것은 아니다. 한국인의 근·현대사에서 가장 특기할 만한 것 중의 하나는 한국인의 꿈은 개인의 꿈도 집단의 꿈도 아니라 복수 주체의 꿈이었다는 것이다. 그 복수 주체는 꿈의 실행자와 꿈의 입안자가 나누어져 있다는 것 때문에 나온다. 즉 한국인에게 있어서 꿈의 입안자는 부모 혹은 어른 세대이며, 꿈의 실행자는 자식 혹은 어린 세대이다. 그것이 거의 모든 한국 문학에 공통된 것이라는 것은, 이상을 비롯하여 한국 문학의 뼈대를 이룬 몇몇 중요한 작가·시인을 상기하는 것으로 족하다. 이청준의 꿈 이야기 역시 크게 보면 같은 범주에 속한다. 다만, 「날개의 집」에서 꿈의 입안자가 우선은 어린이 자신이라는 점에서 차이를 보인다. 그리고 그에 대한 어른의 대응도 일단은 수용적이다. 자식과 아비 사이에 민주적 관계가 놓여 있는 것이다. 이것은 이청준 세대의 특징이기도 하면서 동시에 이청준만의 것이기도 하다. 이청준 세대의 특징이라는 것은 그것이 4·19 세대만이 상정할 수 있는 관계틀이라는 것이다. 아시다시피 4·19 세대는 잠재적으로나마 주체적인 삶의 조건을 안고 성장해 그들 스스로의 힘으로 그것을 직접 이루고 닦은 세대이다. 근대 이후 근대성의 의미를 체질화한 세대가 4·19 세대인 것이다. 「날개의 집」에 보이는 민주적 관계는 근대성의 의미를 몸으로 받아들인 세대만이 감히 꿈꾸어볼 수 있는 것이 아닐 수 없다. 그러나, 4·19 세대의 근대성은 불구적인 것이었다. 무엇보다도 이들은 6·25를 유년 시절에 본 세대이다. 그것을 이들이 직접 겪어 치른 것은 아니지만, 따라서 6·25에 대한 4·19 세대의 감각적 느낌은 아주 다양하지만, 그럼에도 불구하고 그것이, 혹은 그것이 상징하는 분단의 현실이 4·19 세대의 삶에 대해 구조적 장애 요인으로 작용한 것은 분명하다. 분단 현실이 이후 세대의 삶에 구조적 장애 요인으로 작용한다는 것은, 김원일·이문열·복거일·임철우·이창동을 비롯한 무수한 소설가들이 되풀이해 증언한 바이지만, 그것은 이청준의 소설 쓰기에도 예외일 수가 없다. 「날개의 집」에서 6·25는 바깥의 난리처럼, 풍문처럼 존재한다. 그러나, 작가는 이미 다른 소설들에서 이념의 선택의 강요가 어떤 공황적 상태를 야기하는가를 공포의 '전짓불'로 강렬하게 환기시킨 바 있다. 게다가 가만히 보면, 「날개의 집」에서도 6·25가 이야기의 주제와 무관한 것이 아니다. 꿈 이야기가 집중적으로 조명된 이 작품에서 현실의 무대는 의도적으로 배경화되었을 뿐이다. 그래서 전쟁뿐만이 아니라, "늘 한자리에 앉아 남의 상전만 모시는 팔자"(p. 55)가 가리키고 있는 사회적 계층 관계가 꿈을 이중적으로 압박, 즉 밀어 올리고 동시에 잡아채면서, 컴컴하게 뒤에 도사리고 있다. 다만 현실의 무대 중, "농투사니"의 고된 노동의 삶만이 꿈 이야기와 더불어 강렬하게 전경화되어 있는데, 이것은 그 고된 노동이 꿈의 실현에 필수적인 구성 여건이기 때문일 것이다. 아무튼 이러한 구조적 장애 요인들은 4·19 세대의 존재 양식과 전망을 비틀어놓는 것이어서, 「날개의 집」에서의 아버지와 아들의 민주적 관계 역시 실질적으로는 한국인의 꿈의 보편적 존재 양식, 즉 강요와 실행을 특성으로 하는 복수 주체의 관계 양식을 배경으로 깔고 있는 것이 아닐 수 없다. 다만 다른 작가들과 달리, 이청준이 그러한 일방적인 관계를 배경으로 물리면서 민주적인 관계를 표면에 떠올리는 것은 바로 근대성의 의미를 양태적으로, 즉 글쓰기의 형식 자체에서 선취하고자 하는 작가의 의지를 보여주는 것이며, 바로 이 점이야말로 이청준만의 것이라고 할 수 있다. 그리고 이것은 이청준이 누구보다도 근대적 삶의 의미를 강하게 의식하고 있었다는 것을 보여준다.

　게다가 이러한 현실과 의지의 이중 구조는 이청준 특유의 기술법, 앞에서 시간의 관점에서 잠깐 엿보았던 그 중층적 기술법을 낳는 것이라 아니할 수 없다. 즉 엄격한 가부장제적 윤리의 강제와 그에 대한 항거도 아니고, 철저한 합리성의 세계 속에서 펼쳐지는 그런 개체 고립적인 민주적 관계도 아닌, 소망의 은근한 압박과 에두른 거절의 끝날 길 없는 공방을 통해 전진과 후퇴를 나선의 모양으로 되풀이하며 조금씩 조금씩 매듭을 풀어나가는, 아니 매듭을 정돈해나가는 기술법은 한국과 서양의 일반적인 소설 서술 형식으로부터 성큼 벗어나는 오직 그만의 것이라고 말할 수 있다.

　분명, 「날개의 집」의 '세민'의 앞 이야기 혹은 꿈의 전(前)-존재

형식을 지배하고 있는 것은, 세민 자신의 철없는 꿈 자체가 아니라 부모의 은근한 소망과 관련되어 있는 무엇이다. 무엇보다도 세민의 나무 타기는 그의 꿈에 아버지가 개입함으로써 세민의 삶의 형식을 바꾸려한 데서 비롯한다. 아버지의 결정으로 그가 학교에 입학하게 되면서 그는 동네 친구들과 멀어지게 된다. "그래저래 세민은 이제 학교에서 돌아오면 차츰 동네 아이들을 멀리한 채 그 혼자 집에 박혀 지내는 일이 많았다"(p. 62). 세민은 어느새 "세민들"로부터 세민 혼자가 된다. 그 혼자됨이 무슨 의미를 지니고 있는가? 그것은 바로 혼자 되고 나서 그에게 생긴 버릇, 즉 검팽나무 오르는 버릇에 새겨져 있다. 그 버릇에 대해 기술된 내용을 필요한 만큼만 옮겨보기로 하자.

그런데 그렇게 한동안 나무 위에서 지내다 보니 세민은 그 팽나무를 오른 것이 그것이 처음이 아닌데도 이날 따라 이상하게 눈 아래 풍경들이 낯설고 아득하게 느껴졌다. 밑에서와는 달리 마을 골목길도 조그맣고 지붕들도 조그맣고, 지나가는 사람들의 몸짓이나 말소리들까지도 조그맣고 아득하게만 들려왔다. 아래서 볼 때와는 완연히 다른 세상이 거기 있었다. 눈앞을 바투 가로막고 앉은 안산 너머 바다까지, 아래서는 볼 수 없던 마을 밖 풍경들이 끝없이 멀리 펼쳐져 나간 것도 신기한 광경이었다.

세민은 이후부터 자연히 그 팽나무를 자주 찾아 오르게 되었다. 팽 열매로 허기를 달래기 위해서만이 아니었다. 나무 위에서의 그 별스럽게 조그맣고 아득한 풍경 때문이었다. 나무 위에선 이상하게 모든 것이 조용하고 마음이 편해진 때문이기도 했다. 때로는 나무 아래로 길

을 지나가던 어른들이 그의 위태로운 놀이를 나무라기도 했지만, 세민
은 그도 거의 아랑곳을 안 했다. 〔……〕

　〔……〕 그러면서 서서히 깨닫기 시작했다. 다름아니라 그동안 아버
지가 그에게 그토록 바라온 소망의 정체가 비로소 어느 정도 확연하게
떠오르기 시작한 것이다. 〔……〕 아버지에게는 한 가지 분명한 데가
있었다. 세민이 세 가지 중 어느 것이 되든 안 되든, 그 세 가지를 다
버리고 또 다른 무엇이 되려 하든, 그가 우선 당신 곁을 떠나기를 바라
고 있다는 것이었다. 세민은 어느 날 그 나무 위에서 자꾸만 조그맣게
작아진 마을, 더욱이 끝간 데 없이 아득해져가는 마을 밖 풍경들에서
차츰 그것을 깨닫기 시작했다. 그리고 자신도 필경은 그럴 수밖에 없
고 그래야만 할 것 같은 야릇한 충동 속에 하루하루 그 아버지의 숨겨
진 소망에 대한 확신을 더해갔다. 〔……〕

　〔……〕 끝내 그 나무의 가장 높은 곳, 열 길이 족히 넘을 그 수봉의
정상까지 올라가 더욱더 작아진 마을과 더욱더 드넓어져간 풍경의 마
지막 ― 그 정체 모를 충동과 욕망의 절정을 보고 말 듯. 그렇듯 위태
위태 가는 가지 끝까지 작은 몸을 의지한 채.

　그러나 행인지 불행인지 세민은 끝내 그 팽나무의 정상까지는 오를
수 없었다. 나무의 정상을 오를 수도 없었고 그의 충동과 욕망의 끝자
락을 볼 수도 없었다. 〔……〕 세민이 드디어 그 팽나무의 가장 높은
쪽 가지를 휘어잡고 겨우겨우 몸을 실어 올린 순간, 그를 더 지탱해내
지 못한 가느다란 가지가 그와 함께 우지직 꺾여 떨어져 내리고 만 것
이다. (pp. 63~65)

마르트 로베르는 업둥이에게서 나타나는 두 개의 상이한 태도를 보
여주면서 이와 비슷한 장면을 소개한 바 있다. 그 하나는 장-파울,

클로델의 낭만주의적 세계이며, 다른 하나는 카프카의 비관주의적·허무주의적 세계이다. 장-파울, 클로델로부터 따온 대목들은 「날개의 집」에서처럼 나무 위로 올라간 경험에 관한 것이다. 그 대목들에서 우리가 주목할 것은 다음 두 가지이다. 하나는, "나는 거기에서 자기 나무 줄기 위에 있는 신처럼, 세계 무대의 관객처럼, 깊은 사색에 잠겨 땅의 기복과 형태, 경사지와 평지들을 조사한다. 나는 산꼭대기를 향해 두 줄기로 뻗어나가다가 숲에 이르러 사라지는 길을 눈으로 뒤쫓는다. 나는 아무것도 놓치지 않았다"(『기원의 소설, 소설의 기원』, p. 107. 이하 『기원』)에서 보이는 것처럼, 나무에 오르기는 수직적 상승의 욕망을 대리하고 있다는 것이다. 나무에 오르는 것은 인간이 신이 되고자 하는 욕망의 훈련이라고 말할 수 있다. 주목할 만한 다른 하나는, "그의 상상력이 나무를 거대하게 만들었다"(『기원』, p. 107)는 진술에 나타나 있는 것처럼 욕망은 욕망이 솟아난 터전 자체를 욕망의 목표로 만들어버린다는 것이다. 나무에 올라 광활한 세상을 관조하게 되면, 나무가 그대로 거대한 우주로, 즉 그가 관조하는 세상을 감싸는 더 큰 세상이 된다. 이것이 전형적인 업둥이의 세계이다. 업둥이는 어머니/아버지의 차이를 몰라 부모와의 상상 관계 속에 침닉(沈溺)한 존재이다. 그는 분리를 몰라 도구가 곧 목적이며, 주체가 곧 대상이다.

　로베르가 소개하는 또 하나의 장면은 카프카의 소설에서 측량사 K가 묘지의 담벼락을 올라가는 장면이다. 로베르의 풀이에서 주목할 만한 점은 다음 세 가지이다. 첫째, K는 담을 뛰어오르는 데 성공을 하는데, 그는 "담 위에 정복자의 깃발을 세움으로써 삶이 아니라 죽음을 이겨낸다." 둘째, "〔낭만주의자들: 장-파울·클로델의〕 두 꿈에서 나무가 아무 저항 없이 쉽게 정복당하는 데 비해, 담은 그를 비웃는다."
셋째, "그보다 더 중대한 것은 절대에의 정복은 지체 없이 징벌을 받
는다는 점이다." 그는 급기야 "떨어지면서 무릎을 다치기 때문이다"
(『기원』, p. 109). 이것은 카프카의 소설이 어두컴컴한 업둥이, 즉 부
모와의 상상적 관계를 회복할 수 없다는 것을 깨달은 자의 세계임을
보여준다. 카프카의 주인공을 요즘의 정신분석으로 풀이하자면, 상
상 욕망이 상징적 관계에 의해 훼손되었으나 그것을 인정하고 싶지
않아 무기력한 상상 관계에 매달리는 히스테리 환자의 태도라고 할
수 있다.

세민의 나무 오르는 버릇은 이 두 장면을 모두 포함하고 있다. 그
것은 수직적 상승의 욕망이 뻗쳐오르는 것을 그대로 보여준다. 그러
나 동시에 그 욕망의 절정에서 그는 나무에서 떨어지고 만다. 그는
카프카처럼 죽음을 정복하는 게 아니라 클로델처럼 삶을 정복하지만,
그러나, 카프카처럼 정복의 절정에서 징벌을 받는다. 차이는 또 있
다. 낭만주의자들에게 수직적 상승의 욕망은, 장-파울의 진술이 보
여준 것처럼, 상승의 도구 자체를 목적으로 만들어버린다. 현실과 상
상의 경계가 무너지는 것이다. 그러나, 세민은 끊임없이 현실을 의식
하고 있다. "때로는 나무 아래로 길을 지나가던 어른들이 그의 위태
로운 놀이를 나무라기도 했"다는 것, 그리고, "나무 위에선 이상하게
모든 것이 조용하고 마음이 편해"졌다는 진술의 "이상하게"와 "세민
은 그도 거의 아랑곳을 안 했다"에서 나타나는 고의성은 그것을 증거
하기에 충분하다. 현실과 상상의 분리를 안다는 것, 그것은 세민의
태도가 업둥이의 그것이 아니라 사생아의 태도임을 보여주는 것이 아
닐까? 다시 말해, 그의 꿈은 상상 관계로의 복귀가 아니라, 상징적

질서의 획득에 있는 것이 아닐까? 그리고 세민의 꿈이 오직 아버지와의 관계를 통해서만 진술된다는 것도 그것을 증거하는 것이 아닐까? 어머니와의 장면이 나오지 않는 것은 아니지만, 어머니는 세민의 삶에 어떤 간접적인 개입도 하지 않는다. 그녀는 아버지의 부속물일 뿐이다. 유일하게 어머니가 독립적으로 나오는 대목은 작품의 마지막 부분인데(pp. 112~13), 거기에서 어머니는 세상의 대리 기호, 즉 세민이 한 작업을 받아 담는 그릇 혹은 대지로서 기능한다. 기능적으로 보면, 이때 세민은 아버지, 즉 어머니의 남편에 다름 아니다. 이렇다는 것은 어머니가 세민에게 분명 중요한 존재이나, 동시에 아버지를 거쳐서만 도달할 수 있는 존재라는 것을 뜻한다.

실제로 세민이 스스로 깨닫는 꿈의 실상은 독립과 입지의 꿈이다. 홀로 선다는 것. 자주적인 삶을 성취한다는 것이다. 이것은 본질적으로 아버지가 되겠다는 욕망, 즉 사생아의 욕망이다.

그러나, 세민은 그 꿈의 절정에서 추락하여 병신이 된다. 그의 아버지 되기의 욕망은 일단 꺾인다. 왜 그랬을까? 사회학적으로 보자면, 이것은 4·19 세대의 정치적 좌절과 동형 관계에 놓인다. 그러나 그러한 간편한 도식보다 텍스트 자체를 차분히 따라가는 것이 필요할 듯하다. 다시 한 번 묻자. 왜 그랬을까? 그것을 앞에서 꿈의 방식에 문제가 있다라는 말로 미리 언급을 한 적이 있다. 어떤 방식을 말하는가?

우선, 꿈의 주체가 문제이다. 이 꿈은 세민 스스로 세운 꿈이 아니라 아버지에 의해 조성된 꿈이다. 그것은 동시에 아버지의 꿈이기도 하다. 왜냐하면, 실제의 아버지는 농투사니의 멍에를 쓰고 있는 약하고 힘없는 존재에 지나지 않기 때문이다. 다시 말하면, 실제의 아버지는 큰 타자가 아니다. 큰 타자, 즉 잠재적 아버지는 다른 데 있다. 그 다른 데의 장소가 어디이든, 그 다른 데에 도달하려면, 세민은 아버지를 떠나야 하고 아버지 또한 그것을 바란다. 세민이 깨달은 것, 그것은 "세민이 세 가지 중 어느 것이 되든 안 되든, 그 세 가지를 다 버리고 또 다른 무엇이 되려 하든, 그[아버지]가 우선 당신 곁을 떠나기를 바라고 있다는 것이었다."

아버지가 되려면 아버지를 떠나야 한다. 이것은 모순이다. 이것을 거꾸로 말하면, 아버지를 떠나려면 언제나 아버지에게로 돌아와야 한다, 가 된다. 이 또한 모순이다. 이 모순의 결과가 바로 나무에서 떨어지고 마는 징벌이다. 하지만, 이 모순에 진실이 있다. 그 진실은 이 모순을 극복하기 위해서는 명제를 되풀이하기만 해서는 안 되며 그 명제에 어울릴 만한 방법을 찾아야 한다는 것을 요구한다. 그 방법을 찾는 일은 또한 그 명제의 참뜻을 아는 일이 되리라.

세민의 꿈이 아버지와 세민, 복수 주체의 합작물임은 이미 말한 바가 있다. 그런데 이 '합작'이란 무엇인가? 주목할 만한 점은 세민이 "확연하게" 깨달은 아버지의 소망은 그가 그렇다고 생각한 소망일 뿐, 실제의 아버지가 품은 소망인지는 알 수가 없다는 것이다. 이 텍스트는 세민의 주관적 시점에 거의 지배되고 있다(주네트Genette 식으로, 발화태voix와 서술양식aspects을 구별해 분석할 작품이다). 그것은 아버지의 소망 자체가 세민의 꿈이라는 것을 보여준다. 그러니까, 세민의 꿈이 아버지에 의해 조성되었다면, 아버지는 세민에 의해 만들어진 인물이다. 아버지는 바로 세민의 욕망이다.

놀라운 일이다. 이것은 결국 세민의 상상 욕망의 다른 축이 어머니가 아니라 아버지라는 것을 가리키는 것이 아닌가? 세민의 꿈은, 표

면적으로는, 사생아의 꿈, 즉 상징적 질서를 획득하는 것이다. 그러
나 그 길을 가기 위해서 세민은 아버지의 은근한 강요를 '만들고,' 그
것을 '받아들이는 절차'를 '모의'했으며, 그 모의를 통해 자신이 아버
지를 떠나려는 욕망을 '정당화'하려고 했다. 그것이 아버지와의 합작
의 뜻이며, 바로 모순의 참 모습이다. 이 기만에 대한 징벌이 바로 나
무에서 떨어진 것이다. 그러나 동시에 이것이 단순히 기만인 것만이
아니다. 아버지로부터 떠나기 위해 그가 아버지를 끌어들이는 그 과
정은 바로 아버지를 자신의 욕망의 대상으로 끌어들이는 과정이다.
세민은 그의 마음속에서 아버지와의 상상적 모의를 하여 자신의 꿈을
세웠다. 세민의 꿈은 그래서 아버지의 꿈이다. 그로부터 아버지(로부
터 벗어나 다른 아버지가 되기)를 꿈꾸는 일은 바로 아버지를 욕망하
는 일이 된다. 다시 말해, 어머니의 남근이 되겠다는 것이 아닌, 그
리고 아버지의 남근을 소유하겠다는 것도 아닌, 아버지의 남근이 되
겠다는 존재의 변증법이 세민과 아버지 사이에 전개된 것이다. 그것
이 이 모순의 참뜻이다.

　본래 상상의 공동체는 약한 자들의 공동체이다. 아무리 거창하게
분식된다 할지라도, 그 분식 자체가 약함에 대한 자의식으로부터 비
롯된다. 그리고 상상의 공동체는 그것이 약한 자들의 공동체이기 때
문에 뜻을 가지는 것이다. 뛰어난 평론가들이 빛나는 상징을 보여주
는 작품보다 상상의 세계를 허덕허덕 헤매는 작품에 높은 점수를 주
는 까닭이 거기에 있다. 뛰어난 상징의 수립은 여전히 세상에 남아
있는 약한 자들의 세상에서 이탈하여 권력자의 자리에 우뚝 서는 순
간인 것이다.

　어쨌든 세민의 나무 오르기가 보여준 모순의 진실은 세민으로 하여

금 달리 꿈꿀 수밖에 없도록 만든다. 그 모순의 진실은 아버지를 떠나려는 욕망의 추구가 아버지를 욕망한다는 데에 있다. 아버지의 욕망의 '의'는 대격이면서 동시에 주격이다. 그렇다면, 그가 아버지와 다른 삶을 사는 것은 아버지의 고난을 그 다른 삶 안에 옮겨 심는 작업이 되지 않을 수 없다. 세민이 아버지를 떠나서 유당의 집에 들어간 후 그가 화가로서 자립하기까지의 과정은 그 진실을 몸으로 깨달아가는 어려운 수련의 과정을 그대로 가리킨다.

「날개의 집」을 통해 우리는 4·19 세대의 무의식의 한 심연을 본다. 그 심연에 도사리고 있는 것은 아버지가 큰 타자가 아니라는 끔찍한 사실이다. 사회학적으로 그것은, 국권 상실과 분단으로 이어진 역사적 고난 속에서 한국인의 정신적 지표의 상실과 동형 관계에 놓인다. 평론가들이 흔히 '부권의 상실'이라고 말한 것이 그것이다. 4·19 세대는 이 상실을 뛰어넘어 스스로 아버지가 되려 했다. 60년대 당시 그들이 그토록 '자기 세계'라는 말을 입버릇처럼 되뇌인 것은 그 때문이다. 그러나, 아버지가 없으면 스스로 아버지가 되는 일은 일어날 수가 없다. 그것이 상징적 관계의 숙명이다. 그로부터 주체가 되기 위해 끝없이 타자를 흉내 내는 일이 일어났다. 혹은 이 도로(徒勞)가 지겨워 다시 옛날의 헛된 타자들(한의 세계, 유교적 질서, 한국적 여성성의 세계, 해탈과 귀의의 세계, 기타 등등)로 회귀하는 일도 일어났다. 「날개의 집」은, 그러나, 그 어느 쪽도 옳은 길이 아님을 보여준다. 「날개의 집」은 큰 타자에게로 가는 길은 헛된 타자(실제의 아버지)로부터 탈출하는 길이 아니라고 말한다. 그것은 결국 가짜 타자에게로 이르는 길일 뿐이다. 「날개의 집」은 헛된 타자를 떠남으로써 헛된 타자로 돌아오는 길, 그래서 아버지에게서 헛됨의 누더기들을 진실의 징표들로 바꾸는 길을 슬며시 가리키고 있다.

　이청준의 소설은, 그 소재가 무엇이든, 항상 주체로서 사는 삶에 대한 자각과 고뇌에 바쳐져 왔다. 그는 가장 전형적인 4·19 세대 작가이다. 그러나 동시에 그는 한국인이 주체로서 사는 삶이 얼마나 어려운가를, 그렇게 산다는 것이 어떤 삶의 방법론을 동반해야 하는가를 끊임없이 탐구해왔다. 그가 4·19 세대의, 골드만적인 의미에서의 "예외적인" 작가인 소이이다.

　이에 덧붙여, 나는, 종루에 올라갔다가 떨어져 꼽추가 된 친구의 이야기인 황순원의 「소리 그림자」*와 후투티 둥지를 사다리를 대고 올라가 몰래 훔쳐보는 아름다운 일화를 담은 박영한의 「후투티 목장의 여름」을 「날개의 집」과 함께 비교해 분석하고 싶었으나 시간에 쫓겨 포기하고 만다. 아마도 이 비교 분석은 한국 작가들의 세대 간 무의식의 추이를 살펴볼 수 있게 해줄 수 있을 것이다. 그건 그렇다 치고, 내 유년의 나무 타기 버릇 뒤에 감추어져 있는 무의식은 도대체 어떻게 된 걸까? 그것을 어디에서 찾아야 하나? 그러나 이런 의문은, 지금까지 거론한 작품들에 대한 탐구가 아직 한없이 미진함을 생각한다면, 하찮고 욕심스런 것일 뿐이다.

---

* 이에 대한 분석은 『네안데르탈인의 귀환』(문학과지성사, 2008)에 실렸다.

세상 살아내기의 의미
―김원일의 『마당깊은 집』

　『마당깊은 집』(문학과지성사, 1989)은 되풀이해서 읽어볼 가치가 있는 소설이다. 그것은 김원일 문학의 한 차원 높은 도약일 뿐 아니라, 한국 소설의 몇 가지 핵자들에 대한 진지한 재검토의 단서를 제공한다. 내가 특히 주목한 것은 두 가지이다. 하나는 이른바 '어린이의 시선'이라는 것의 문학적 의의이고, 둘은 '살아냄'이란 것의 소설적 의미이다.

　'유년의 시점'은 특히 70년대의 분단 주제 소설들에서 즐겨 사용되었으며, 많은 비평가들에 의해 집중적인 분석을 받아온 소설적 장치이다. 그에 대한 대체적인 의견은 어린이＝순진성이라는 등식에 근거해 있다. 우리 소설의 화려한 부흥기라 할 수 있는 70년대 중반부터 지금까지 광범위한 동의를 얻고 있는 하나의 의견은 이렇다. "전쟁과 분단이라는 한국 현대사의 불행을 성찰하는 데에 있어서, 그것의 원인이 된 양대 이데올로기의 어느 한편을 좋든 싫든 선택하지 않을 수 없었던 어른들의 관점과는 달리, 어린이의 순수한 시선은 그것을 보다 포괄적이고 객관적으로 조망할 수 있게 한다." 그러나, 80년대 중반 이후 강력하게 대두된 반대 의견도 만만치 않다. "어린이의 시점은, 그러나, 객관성을 담보로 행동의 결핍이라는 한계를 떠안는다."

이 다투는 두 의견의 밑바닥에는, 똑같이, 어린이는 순수하다는 상투적인 고정관념이 놓여 있다. 그러나, 어린이는 정말 순수한가. 아니다. 어린이의 천진성은 순수하지도 객관적이지도 않다. 그것 속에는 그 나름의 주관적 욕망들이 부글거리고 있다. 그 욕망 중 가장 보편적인 것은, 새로운 세상에 눈뜨는 자의 호기심이다. 그 호기심은 세상을 있는 그대로 드러내기는커녕, 그 세상을 좇고 싶다는 매료를 낳거나, 혹은 이 세상이 무섭다는 공포를 낳는다. 그것은 그 홀림 혹은 공포로 이 세상을 재구성한다. 그것은 행동을 결핍하고 있지 않다. 그 점에서 그것은 어른의 세상 바라보기와 다르지 않다. 다만 다른 점이 있다면, 어린이의 시선이 어른의 그것과 다른 형태를 띠고 있다는 것일 것이다.

실제, 김승옥의 「건(乾)」으로부터 윤흥길의 「장마」에 이르기까지 어린이의 시점으로 쓰여진 현대 소설들을 재검토해보면, 보다 사정이 분명해질 것이라고 나는 믿는다. 대부분의 소설들에서 세상을 비추는 거울로 작용하고 있는 것은 호기심의 욕망이지, 세상이 그 순수한 상태로 배어드는 백지의 평면이 아니다.

『마당깊은 집』에 실려 있는 세 작품은 모두 어린이의 시점에 의해 쓰여진 소설이다. 하지만, 「불망(不忘)」만이 어느 정도 전형적인 어린이의 시점에 가까울 뿐, 다른 두 작품에서의 어린이의 시선은 그것과 적지 않은 차이를 벌리고 있다. 「깨끗한 몸」과 「마당깊은 집」에서의 그 시선은 호기심의 시선이 아니라, 불안과 "권태와 우울"(p. 56)의 시선이다. 더 나아가 작품 속의 '나'는 자신의 여러 마음의 움직임이 호기심에서 나온 것임을 강하게 부인한다. 가령 어머니에게 떠밀려 마지못해 여자 목욕탕에 들어갔을 때를 회상하면서 성인이 된 그는 말한다. "나로서는 적잖게 충격적인 '사건'이었다. 그렇지만 그 사건이 어떤 호기심과 연루된 기대감으로서는 전혀 작용하지 않았다"(p. 204). 이런 부인은 직접적 진술을 통해 혹은 묘사를 통해 빈번히 등장한다. 권태와 우울의 시선은 차라리 어른의 시선이다. 그렇다면, 『마당깊은 집』이 '어린이의 시선'에 대한 새삼스런 성찰을 하게 해준다는 나의 인상은 무리가 있는 것이 아닌가?

그러나 거듭되는 부인은 오히려 시인(是認)이라는 것을, 속담은, 혹은 정신분석은 우리에게 가르쳐준 바 있다. 작중의 내가 자신의 세상에 대한 마음이 호기심과는 거리가 먼 듯이 보이려고 애쓰면 애쓸수록, 그것은 그 밑바닥으로부터 바로 그 호기심이 강하게 일고 있으며, 어떤 금기 체계에 의해 그것이 억압되고 있어서, 그는 그것을 감추면서 동시에 변형된 형태로 드러내고 있다는 것을 증거한다. 나의 불안·권태·우울의 시선은 호기심으로부터 생성되었으면서 그것을 거스르는 시선이다. 그때, 그 거스름은 거꾸로 자신이 거스른 것의 의미를 부각시킨다. 그것은 그것을 의식화시키고 성찰하게 만든다.

여기서 우리는 두개의 문학적 사실을 확인, 혹은 예감한다.

1) 일반적 사실: 모든 시점은 욕망의 투사이다. 그것은 세상을 객관적으로 비추는 것이 아니라, 구성한다. 그것 속에는 세상을 자기가 바라는 식으로 만들려는 사람들의 개인적인, 혹은 집단 무의식이 움직이

고 있으며, 그 움직임의 방식, 즉 시점 운행의 과정에 따라, 그 무의식은 자연발생적인 무의식일 수도, 의식화된 무의식일 수도 있다. 대부분 그 무의식의 자연발생성과 의식성은 복합적으로 얽혀 있다.

　2) 개별적 사실: 한 소년의 정신적 성장 과정을 중심 줄거리로 하고 있는 『마당깊은 집』에서 그의 시선이 전형적인 어린이의 시선과 다르다는 것은 그 작품의 문학적 의미를 밝히는 데 중요한 단서일 수 있다. 더 나아가, 그것은 어쩌면 우리가 앞에서 제기한 바 있는 '살아냄'의 문제에까지 접근할 수 있는 통로가 될지 모른다.

1)의 문제는 그 확인만으로 족할 것이다.

우리의 보다 직접적인 관심은 2)에 있다.

『마당깊은 집』에 실려 있는 세 작품들은 모두 성장 소설의 범주에 넣을 수 있는 것들이다. 그러면서 그 세 편 사이에는 계속적인 변화와 발전이 있다. 작품들이 실린 순서로 보자면, 그 과정은 거꾸로 되어 있다. 일인칭 서술로 되어 있는 「마당깊은 집」과 「깨끗한 몸」의 주인공은 동일하며, 글의 내용상, 뒷 작품이 앞 작품의 전 단계를 이루고 있다. 「불망(不忘)」의 주인공은 삼인칭으로 가리켜지며, 인물들 간의 관계 설정도 앞의 두 작품과 상당히 달라, 따로 읽혀질 필요가 있을지 모르나, 그 표면적인 차이에도 불구하고 구조적으로는 앞의 두 작품의 전 단계에 놓인다. 그 가장 분명한 증거를 우리는 각 작품들에서 주인공이 어머니와 맺는 관계를 살핌으로써 찾아볼 수 있다. 간단히 정리하면 다음과 같다:

세 작품 모두에서, 주인공과 어머니의 관계는 작품의 중핵으로 작용하는데, 그것은 반복적이지 않고 변화한다. 「불망(不忘)」에서 그 관계는 의존적 관계이며, 「깨끗한 몸」에서 그것은 예속적 관계이고, 「마당깊은 집」에서는 갈등적 관계이다. 그 관계 하에서, 나(혹은, 소년)의 어머니 생각은, 「불망(不忘)」에선 빼앗김과 갈구이고, 「깨끗한 몸」에선 두려움과 죄의식이며, 「마당깊은 집」에선 불만과 원망, 그리고 이해이다. 그 관계와 마음 모양의 차이는 주인공의 성숙의 정도를 나타낸다.

　「불망(不忘)」에서 「깨끗한 몸」을 거쳐 「마당깊은 집」에 이르면서, '나'는 세상을 겁내는 여린 아이로부터 세상 일을 스스로 해결해나가는 한 사람의 사회인으로 서서히 자란다. 성장 소설적 유형에 속한다고 할 수 있는데, 그러나 그것이 그리는 체험의 양상은 서구의 이른바 '교양 소설'의 그것과 상당한 차이를 보인다.

　출분-방랑-체험-발견-깨달음으로 이어지는 일련의 과정 속에서 사회 내적 존재로서의 자아 정립으로 귀결되는 서구의 교양 소설과 『마당깊은 집』은 우선 첫 단계에서부터 다른 모습을 보여준다. 『마당깊은 집』에서의 '나'의 세상 만남은 세상으로의 나아감이 아니라, 세상 안으로의 들어감을 통해 이루어진다. 그는 가출하지 않는다. 거꾸로 그는 어머니에 의해서 집 안으로 들어가고, 그 안에서 세상을 배우고 익힐 것을 요구받는다. 그가 들어가는 세상의 문턱에는 '솟을대문'(「마당깊은 집」「불망(不忘)」)이나, '돈 받는 창구'(「깨끗한 몸」)가 있다. 그것은 그 세상 안에 들어가기 위해서는 감시 체계를 경유하여야 한다는 것을 의미한다. 그 감시 체계는 수도원의 담처럼 출분을 '막는' 것이 아니라, 입문을 '검열'한다.

다음, 그 세상 들어가기에는 성장 소설 일반이 보여주는 것과 같은 유혹의 범주가 없다. 「마당깊은 집」에서 선례 누나가 나를 데리러 왔을 때, 나는 대뜸 "내 신세가 팔려가는 망아지 꼴이었다. 왠지 어머니와 함께 살아갈 앞으로의 생활이 암담하게만 느껴졌다"(p. 11)고 생각한다.

세상 만남의 방식이 나아감이 아니라 들어감이라는 것은 세상이 탐험되어야 할 곳이 아니라 가담해야 할 곳이라는 것을 의미한다. 나는 우선 미완의 주체의 자격으로 세상과 부딪치고 겨루어서 그 의미를 발견하고 자신의 의의를 획득하는 것이 아니라, 먼저 세상의 가르침을 받아 그것을 실행하고 갈등하고 성찰하는 가운데 그 의미를 이해한다. 세상의 수락은 결과가 아니라, 전제이다. 수락을 전제로 하고 있다는 점에서 그것은 자아/세계의 대결의 구조로 이루어지지 않고, 집단성 내부에서의 관계맺기의 형국을 이룬다. 그것은, 이 소설에서 중요한 것은 주인공인 나가 아니라, 내가 세상 안의 타인들과 맺는 관계라는 것을 가리킨다. 독자는 '나'를 읽지 않고, '나'라는 렌즈를 통해 전쟁 직후 애옥살이 삶을 살아낸 가난한 한국인들의 집단 무의식을 읽는다.

유혹의 범주가 없다는 것은 바로 앞에서 살펴본 바 있는 '호기심의 부재'와 동궤의 문제이다. 왜 호기심이 없고 암담과 우울이 먼저 있는가. 「불망(不忘)」에서는 세상이 어머니를 쫓아냈기 때문이지만, 따라서 그 우울은 의지할 데를 잃은 어린이의 마음을 뜻하지만, 「마당깊은 집」과 「깨끗한 몸」에서는 세상을 이미 알기 때문이다. 아니, 알기 때문만이 아니라, 그 세상이 나에게 부여할 몫이 내 마음을 속박하기 때문이다. 그 몫은 내가 세상 밖에 있을 때 이미 세상이 나에게 운명처럼 부여한 것이며(피란 중에 목격한 그 수많은 시체들), 세상은 그것도 모자라서 아직 세상 밖에 있는 나를 자주 찾아와 그 몫의 엄연한 실재를 되새겨주고 다그친다(어머니의 방문과 목욕시킴). 나는 세상 밖에 있을 때조차 세상에 묶여 있다. 그러니 나에게는 유년기가 없다. 나는 나이에 관계없이 이미 세상 사람, 즉 성인이기 때문이다. 그 성인 되었음을 어머니는 "애비 없는 집안의 장자"라는 말로 거듭 확인시킨다. 그 요구가 너무 힘에 겨울 때, 나는 모태로 되돌아가고 싶다는 충동을 느끼는 것이 아니라, "어서 세월이 흘러 머리 허옇게 센 노인이 되고 싶다"(p. 117)고 생각한다. 나에게는 돌아갈 유년이 없기 때문이다.

그러나 이 말엔 과장이 있다. 나에겐 유년기가 없는 것이 아니다. 나는 유년인데 그 권리를 박탈당했다. 다시 말해 그는 어린이인 채로 어른 역할을 해야만 한다. 나는 실제 어린이이기 때문에 그 역할을 잘 수행해낼 만한 자신을 가질 수가 없다. "어머니의 말씀에 나는 아무 대답도 할 수가 없었다. 내가 이다음에 어른이 된다고 모든 경쟁 상대로부터 이긴다는 보장은 없었다. 〔……〕 나는 도무지 어머니의 그 맺힌 한을 풀어드릴 수 없을 것 같았다"(p. 117). 내가 빨리 늙고 싶다고 생각하는 것은 나에게 돌아갈 어린 시절이 없기 때문이 아니라, 그 어리다는 것 자체가 성인을 요구하고 있기 때문이다. 이 갈등이 「불망(不忘)」에서는 '강요된 고아'의 의식으로 변용되어 드러난다. 나에게는 부모가 없다; 아니, 있다; 아버지는 행방불명이지만 죽음이 확인되지 않았으며, 어머니는 내 눈앞에, 그러나 딴 세상의 사람으로서 살아 계시다; 이 세상은 살아 계신 어머니로부터 나를 빼앗았다; 나의 삶의 원천이 어머니에게 있는 한, 나는 그를 끊임없이 갈구한다; 나는 갈구하지만 힘이 없기 때문에 어머니의 세상으로 달아 나거나, 어머니를 이 세상으로 데려올 수 없다; 그래도, 나는 힘이 없기 때문에, 내가 할 수 있는 일은 어머니를 그리는 것일 뿐이다, 라는 무의식의 '사슴을 소년'의 상념은 더듬거리며, 허위적거리며(소년은 말더듬이이고 물에 들어가지 못한다) 좇는다. 그리고 아버지와 어머니의 죽음이 사실로 소년에게 닥친다. 그는 정말 고아가 되었다. 힘의 원천을 잃은 그는 존재할 수가 없다. "이제 자기는 없어지고 할머니와 귀신만이 방 안에 가득 차서 노니는 밤이 되었다고 소년은 생각"(p. 304)한다. 세상의 무시무시한 힘은 거기에서 그치지 않는다. 속내의 친구 '옥님이'마저 세상은 죽인다. 옥님이의 죽음은 곧 소년의 죽음이다. "몸이 가랑잎이 되어 뙤약볕의 증기처럼 하늘로 하늘로 끝없이 올라간다. 식은땀이 전신의 숨구멍마다 배어나오고 가냘픈 할딱거림도 까무러진다. 끝내는 벌어진 입과 코 사이로 공기가 스스로 들락거린다"(p. 308). 이 끔찍한 세상에서 소년은 더 이상 살 수가 없다.

그러나, 의지할 데를 잃은 그 순간이 바로 의지를 만드는 순간이며, 살 수 없게 된 그 순간이 삶을 낳는 순간이다. 작가는 소년의 모습을 변형시켜 「깨끗한 몸」과 「마당깊은 집」에서 다시 내놓는다. 그 다시 태어난 모습은 보다 성숙한 모습이다. '나는 어린이인데 그 자격을 박탈당했다'는 마음은 여전히 나를 휘감고 있지만, 그것은 강요된 고아의 의식이 아니라, "다리 밑에서 주워 온 자식이 아니면 아버지가 다른 여자로부터 낳아 집으로 데려온"(p. 101) 아이라는 '혐의'를 품는 의식이다.

한국인의 아주 보편적인 집단 무의식을 이루는 것 중의 하나인 그 '다리 밑에서 주워 온 아이'('업둥이'는 그보다 훨씬 제도화된 의식이고 표현이다)라는 의식은 단순히 지금 부모가 진짜 부모가 아니다라는 것 이상의 생각을 포함하고 있다. 그 하나는 '강요된 고아의 의식'과 비교해볼 때 두드러지는 것인데, 의지할 데가 없지만 어쨌든 여기서 살아야 한다는 생각이다. 왜냐하면 나의 진짜 부모를 나는 찾을 길이 없기 때문이며, 내가 끌려온 이곳이 다리 밑보다는 사는 게 떳떳하기 때문이다. 아니 그뿐만이 아니다. 내가 그렇게 싫어하는 이 세상이 나를 믿기 때문이다. 나를 윽박지르는 어머니가 "서방요? 잊아뿌리고 자식하고나 살랍니더"(p. 210)라고 말할 때, 나는 "마음 같아서는 발가벗은 채 달아나고 싶었으나, 행동만은 엉뚱하게도 그대로 퍼질러 앉아"버리게 된다. 그것은 나에게 이 세상에서의 삶의 이유를 채워준다. 나는 어머니를 미워하면서도 어머니와 살지 않을 수 없다. 어머니가 나에게 기대고 있기 때문이다. 다른 하나는 「마당깊은 집」에서 '옥이'가 실증하듯이 주워 온 아이는 공짜 밥을 먹을 수 없고 일을 해야만 한다는 것이다. 어머니는 궂은 일을 유독 나에게만 시키고, 나는 내가 다른 동기간들에 비해 형편없는 대접을 받고 있다는 생각에 시달린다. 이 생각은, 다른 동기간보다 더 나은 대접을 받아야 한다는 생각을 당연히 낳는 앞의 생각과 어울려 "어데 종놈으로 부려묵을라고 나를 대구로 델고 왔나"(p. 126)라는 불만감을 쌓는다. 나는 어른 대접을 받아야 한다, 나는 어른이다라는 생각은 급기야 그 불만감을 가출로 폭발시키지만, 나는 다시 돌아올 수밖에 없다. 나는 어린이이기 때문이다. 나의 어른스러움은 가출과 동시에 증발해버린다. 내가 어른이 되려면 어머니와 함께 있을 수밖에 없다. 세상의 극복은 세상 안의 수락을 통해서만 이루어질 수 있다. 가출한 내가 역 대합실에서 자다가 꾼 '가난한 하우'의 꿈(재봉 기계를 만들지 못하면 죽이겠다고 하우를 협박하는 창 끝의 구멍에서 재봉 기계의 힌트를 얻게 되었다는 꿈), 그러니까 죽음 속에 삶으로 난 통로가 있다는 그 꿈은 바로 그것의 암시에 다름 아니다.

유년기, 유혹·호기심의 범주는 부재하는 것이 아니라, 극지된다. '다리 밑에서 주워 온 아이'의 의식이 낳은 두 생각 중, 앞의 생각은 그 금지를 수락하게 하며, 뒤의 생각은 그 금지에 대해 저항하게 한다. 모순된 이 두개의 생각은 '나'의 마음속에 공존하면서 길항한다. 길항하면서, 나를 이 세상과 갈등하면서 그러나 어쨌든 이 세상과 함께 살게 한다. 그때 나의 호기심은 그대로 억압되거나 표출되지 않고, 부끄러움과 짝을 이뤄 드러남/숨음의 형태를 대위법적으로 되풀이하며, 그때 나에게 요구되는 세상의 원칙은 부인되고 거부될 것이 아니라 불편한 짐으로 변용된다. 호기심/원칙의 대립적 구조는 〔부끄러운〕 욕망-〔껄끄러운〕 부담의 상관 구조로 풀려나가며, 그 상관성의 밑받침 속에서 그것들은 '자득'이라는 새 범주를 만들어낸다. 나는 부끄러움과 불편함 사이에서 세상을 배우고 익힌다.

그러나 그 배움은 단숨에 이루어지는 것이 아니다. 수락이 미움과 직접적으로 공존하는 한, 세상 배우기는 화증의 걸림돌에 걸려 넘어진다. 그것 때문에 나는 어머니로부터 배우지 못한다. 그러나 우리는 나의 세상 만남이 나아감이 아니라, 들어감이라는 앞의 지적을 상기할 필요가 있다. 세상 안에 들어가는 사람은 세상이라는 단일체와 대면하는 사람이 아니라, 세상 안의 여러 이질적인 존재들과 섞여 통화하는 존재이다. 그 여러 다른 존재들은 나와 한 세상 안에 있기 때문에 나의 이웃이며, 나와 다르기 때문에 타인이다. 그 타인-이웃은 나와의 관계의 정도에 따라 다양한 거리와 방향에 놓인다. 나와 가장

가까운 타인-이웃인 어머니가 그 거리의 극단적인 근접성 때문에 그
녀의 가르침을 내 마음 안에 받아들이기 힘들게 한다면, 거리가 먼
타인-이웃은 거리가 멀다는 그 사실 때문에 의문과 발견의 형식으로
내 마음을 울린다. 나는 준호 아버지, 안씨, 한주, 주억술 씨로부터
어머니가 요구한 삶의 원리를 배우며, 경기댁으로부터 어머니가 흉보
는 삶의 흉한 모습을 보며, 주인집 사람들, 정태 씨, 미선이 누나를
통해서 이 세상 안에 어머니가 도달하려고 하거나 공포에 떠는 수많
은 다른 세상들이 또한 숨어 있다는 것을 깨닫는다. 나는 거리가 먼
타인-이웃을 통해서 어머니의 생각, 말, 삶을 이해한다.

그가 배운 세상은 그러니까, 한 공간 안에 복수의 공간이 놓여 있
고, 그 공간들마다에 또 다른 공간들이 존재해 있는 세상이며, 그 공
간을 열고 들어가 보면, 신비하게도, 그 가장 깊은 속의 공간은 내가
처음 열었던 그 맨 밖의 공간인 세상이다. 그 세상은 모든 공간이 문
으로 통해 있는, 아니 그 공간들 자체가 열린 문들인 세상이다. 그렇
다, 문이다. 그 시절을 추억하는 작중의 화자(話者)가 "우선 그 마당
깊은 집의 구조부터 설명하자면 아무래도 솟을대문부터 시작해야 순
서일 것이다"(p. 17)라고 말하는 것은 다 까닭이 있기 때문이다. '우
선' '부터'라는 시작을 가리키는 어사가 세 번 되풀이되어 나오는 그
진술에서, '솟을대문'은 나의 세상 들어옴을 검열하는 문이면서 동시
에, 세상 사람들의 나날의 삶의 실천을 통해, 혹은 그것을 바라보고
이해하는 나의 마음의 움직임 속에서 그 스스로 변모해가는 문이다.
처음 그 문은 완강한 법과 거부를 상징하는 문이다. 「불망(不忘)」의
솟을대문은 전통과 문벌을 상징하는 대문으로서 "하숙집 정지아이"
(p. 262)로 큰 어머니는 그 안에 들어설 수 없다. 「마당깊은 집」의

솟을대문 역시, "주인 아저씨의 증조부되는 이[가] 조선말 대구부 도사까지 지낸 문벌 집안"의 대문이다. 그러나, 왜정 때 동척회사에 다닌 그 아들대를 거쳐, 이젠 사업가인 그 손자가 주인으로 살고 있는 그 집의 대문은, "한쪽 처마가 기우뚱 내려앉아 있었"고, "지붕의 골기와장 틈새에는 여름철이면 풀이 자랄 정도로 고색창연한"(p. 17) 꼴로 퇴락해 있다. 그 대문은 지체 낮은 사람들을 거부하기는커녕 돈을 위해 안으로 들인다. 「불망(不忘)」에서 솟을대문은 건널 수 없는 경계의 지표이지만, 「마당깊은 집」의 그것은 뚫고 들어갈 통로이다. 그 문은 이제 그 안으로 뚫고 들어간 사람들의 노력에 의해 우리 모두의 문으로 바뀐다. 장마가 져 집 안에 물이 가득 고여 방 안까지 넘어 들어올 기세일 때, 마당깊은 집의 아래채 사람들은, 힘을 합쳐 물을 길어낸다. 그때 솟을대문은 사람들 모두, 주인/셋집 사람의 구별이 없는 사람들이 지키는 문이 된다. 그 문은 이제, 자유롭게 들고 날 수 있는, 다름을 낳으면서 섞임을 예비하고 뒤섞임을 보장함으로써 새로운 차이를 생산하는 문 아닌 문으로 변모할 것이다. 솟을대문의 그 변화는, 대문 안의 사람들 사이의 보이지 않는 여러 숱한 문들의 변화와 동시에 이루어질 것이다.

그러나, 이러한 미래형 진술은 부정형 대답과 함께 있다. 집주인의 사업이 나날이 번창하는 가운데, 사상적 혐의에 걸려 김천댁이 쫓겨나고 평양댁네 집이 수난을 당하는 사건들 속에서, 마당깊은 집의 아래채 사람들은 결국 집 밖으로 밀려나 뿔뿔이 흩어진다. 그것을 바라보는 나의 시선은 쓸쓸하다. "4월 중순 어느 날, 가난한 사람들의 슬픔과 눈물과 분노가 벽마다 배어 있는 그 아래채 네 칸과 바깥채 가겟방과, 기우뚱 쓰러질 듯한 솟을대문이 허물어지는 순간"을 "나는 우울한 마음"(p. 187)으로 본다. 그 집이 나의 삶 그 자체인 한, 그 집을 나온 나의 삶 또한 마찬가지이다. "삶이 우울하기는 내 경우도 마찬가지였으니" "일차시험에 낙방한 벌로 공납금이 아주 싼" 엉터리 학교에 다니지 않을 수가 없었던 것이다.

이 우울, 그것은 작게는 앞으로의 나의 힘든 삶을, 크게는 휴전 이후의 한국 현대사의 파행적 흐름을 환기한다. 그러나, 그 쓸쓸함 속에서 내가 배운 것, 자득한 것은 여전히 남아 있을 것이다. 그것은 마당깊은 집 밖에서도 깊은 삶의 원리로 나의 힘이 되어줄 것이다. 훗날, 그가 다시 만난 마당깊은 집 사람들의 뒷 삶이 여전히 힘겨우면서도 꿋꿋한 그런 삶이듯이. 그 삶은 쓸쓸하지만, 그러나 어둡지 않은 삶일 것이다. 죽음 안에 삶의 통로가 있다는 내가 배운 그대로의 삶일 것이다.

『마당깊은 집』은 고난으로 점철된 한국 현대사에서 한국인이 어떻게 살아냈는지에 대한 중요한 시사를 던져주는 작품이다. 어떤 사람들은 그 문제의 해답이 한국인의 지독한 근면과 성실성에 있다고 보았다. 다른 사람들은 하나로 뭉쳐 사회적 모순에 대항한 결과라고 보았다. 『마당깊은 집』은 그 힘이 부끄러움과 욕망 사이, 그리고 그 사이의 긴장과 절제에 있다고 전한다. 그것은 세계 내적 존재로서의 수락과 그 안에서의 갈등과 싸움과 이해에 있다고 전한다. 나는 어느 대답이 정확한 대답인지 모른다. 아니, 그 답은 차라리 그 모든 대답들의 총화일 것이다. 그러나, 『마당깊은 집』이 건네주는 답이 가장 보편적이며, 깊이 있는 대답이 될 수 있다고 나는 생각한다. 그것은 생활의 구체성 속에서, 가난한 사람들의 집단 무의식 속에서 건져올린 대답이기 때문이다.

회귀의 목마

나날의 전쟁: 일상의 역사 만들기
—최윤의 『열세 가지 이름의 꽃향기』

　　최윤의 소설은 한국 소설사에서 조용하고도 의욕적으로 이어져 온 어떤 소수 문학의 흐름에 맥이 닿아 있다. 이상(李箱)으로부터 시작해, 박태원, 최인훈, 이청준, 조세희, 이인성…… 그리고 박성원, 백민석으로 이어지는 그 소수 문학의 흐름은 전통적 소설 양식을 뛰어넘어 새로운 형태를 모색하려는 간헐적인, 그러나 꾸준한 시도들의 연속을 가리킨다. 전통적 소설 양식과 이 새로운 시도들의 의미가 무엇인가를 밝히는 자리로서는 이 글은 어울리지 않는다. 다만, 이 시도들이 문학사적으로는 현실이 아니라 언어가 곧 문학의 주제라는 것에 대한 각성이자 실천이고, 정신사적으로는 근대 너머로 가려는 고단한 몸짓을 이룬다는 점은 지적해두기로 하자. 이 지적은 이 소수 문학의 흐름이 한국 문학의 생산과 수용의 장에서 소수일 수밖에 없는 이유의 일단을 제공한다. 대부분의 제3세계가 그러하듯이 한국의 문화 공간 역시, 중세와 근대와 현대라는 3중의 시간대를 한꺼번에 겪어 치르는 한편으로, 근대적인 것이 강력한 지배 요인으로 작동하고 있는 곳이기 때문이다. 그것이 근대의 전형적 인물로서의 문제적 개인을 창조해낸 최인훈의 『광장』이 애독의 영광을 누린 데 비해 같은 작가의 『회색인』과 『서유기』가 소위 '난해성'의 딱지 아래 몰이해의 항아리 속에 봉인되어온 사태의 원인을 짐작케 해준다.

최윤의 소설이 전통적 소설 양식을 뛰어넘으려는 시도를 보여주고 있다는 것은 무엇보다도 인물과 사실의 불투명성에 의해 드러난다. 이미 많은 평자들이 지적했듯이, 최윤 소설의 주체들은, 전통적인 의미에서의 주인공, 즉 뚜렷한 성격과 행동 양태를 가지고 있는 그런 개인이 아니다. 가령, 김용희는 최윤의 인물들은 "정보를 모으면 모을수록 〔……〕 누구인지 알 수 없는 존재"(「아틀란티스는 없다」, 『문학과 사회』, 1997년 겨울호, p. 1680)가 되어버린다고 말하고 있는데, 실로 인물들은 현존으로서가 아니라 차라리 부재로서 존재한다. 「저기 소리없이 한 점 꽃잎이 지고」의 '그녀'는 아주 오래된 기억 저편에 있는 듯이 지시되고 추적된다. 「회색 눈사람」의 첫 문장은 "거의 이십 년 전의 그 시기가 조명 속의 무대처럼 환하게 떠올랐다"(「회색 눈사람」, 『저기 소리없이 한 점 꽃잎이 지고』, 문학과지성사, 1992, p. 33. 이하 작품명과 쪽수만 기재)이다. 이 모두(冒頭)는 사건과 회상 사이에는 "거의 이십 년"이라는 어두컴컴한 망각의 강이 흐르고 있음을 미리 알리는 기능을 한다. 독자는 사건을 부재의 형태로 만날 준비를 해야 하는 것이다.

게다가 이 모호성은 단순히 작품의 앞자리에 있는 것만이 아니다. 그의 작품들이 알 수 없는 사태의 속을 살펴 들어가 그 진상을 추적하고 의미를 길어 올리는 과정을 동반하고 있는 것은 분명하지만, 그러나, 그 모호성의 안개는 결코 걷히지 않고, "힘겨운 추적"들은 그

저 중단될 뿐이다. 다만 남는 것은 범죄 수사관들이 '정황 증거'라고 부를 어떤 불투명한 흔적들일 뿐이다. 그 흔적들을 작가는 게다가 즐기기까지 한다. 「파편 자전」의 화자는 인물 'E'의 "목적 없는 헤매임과 이동의 우연한 흔적들"(「파편 자전」, p. 283)을 죽 나열하고는 "E가 때때로 좋아하는 것은 바로 사물의 우연, 의미를 요구하지 않는 물리적 투명성"이라고 말한다.

한데, 최윤의 소설은 비교적 독자와의 소통에 성공한 행복한 경우에 속한다. 한국 소설의 역사에 비추어 볼 때 이 행운은 이례적인 경우에 속한다. 아마도 그 이전에는, 단편에서의 산발적인 반향들을 제외한다면, 조세희와 이청준의 경우가 거의 유이할 것이다. 그러나, 이청준 소설의 광범위한 수용은 그의 지적 탐구의 면을 따라서가 아니라 한국적 정한의 세계라는 고전적 단면을 따라서이고, 조세희 소설은 동화적 상상력에 힘입어 주제와 형식에 있어 두루 명징성을 확보하였기 때문에 대학가의 필독서로 자리 잡을 수 있었다. 혹은 '대체 역사 소설'이라는 이름으로 나타난 복거일의 『비명을 찾아서』는 그 기법상의 새로움만큼이나 민족주의라는 아주 오래된 한국인의 정열에 호소함으로써 독서의 장에 안착하는 데 성공하였던 것이다. 그에 비해, 조세희의 「시간 여행」이나, 복거일의 『역사 속의 나그네』와 『캠프 세네카의 기지촌』이 의욕적인 형태적 혁신을 꾀함으로써 다수의 독자를 만나는 데 실패한 것은 그것이 주제와 형태에 있어서 두루 재래의 고정관념을 함께 넘어서려 했기 때문이랄밖에는 달리 설명할 도리가 없는 것이다.

그렇다면, 모호성으로 가득 찬 최윤의 소설이 비교적 많은 독자를 확보하고 있는 것은 왜인가? 그의 소설이 독자 일반의 기대를 적정한 수준에서 채워줄 어떤 유인력을 가지고 있단 말인가? 다양한 대답이 가능할 것이다. 어쩌면, 작가가 마침 활동을 개시한 90년대가 모호성을 즐기게 된 시대이기 때문일지도 모른다. 이념의 붕괴, 소비 풍속의 전반적 확산, 그리고 새로운 문명 사회가 우연성에 부여한 활동적 기능 및 의미는 세계의 혼란을 그 자체로서 느슨한 바쿠스적 혼돈으로서 받아들이는 태도를 부추길 수도 있을 것이다. 또한, 「파편 자전」에서 보이는 바와 같은 작가의 특이한 사물 취향 및 언어 놀이(가장 대표적인 예: 작가는 자신의 영문 성〔姓〕의 철자를 쪼개 각 장의 인물로 삼는다)는 작품 전체에 야릇한 나른함의 분위기를 배어들게 하면서, 장식적 개인성을 즐기는 여피족의 취향을 은근히 내비치고 있는 듯이 보이기도 한다.

그러나, 실제 90년대적 정황과 최윤의 소설은 그리 행복하게 조우하지 않는다. 90년대적 현상의 가장 큰 아이러니는 개인의 와해가 진행되는 과정 그 자체가 개인에 대한 요구를 더욱 맹렬하게 만드는 과정이었다는 것이다. 90년대식 베스트셀러들이 두루 인물들을 지극히 '사적인' 의미망 속에 가두고 있는 것은 이와 연관이 있다. 그에 비하면 최윤의 소설들이 직접 대면하고 있는 정황은 사적이라기보다 사회적이다. 사적인 것과 사회적인 것을 가르는 기준은 생각보다 단순하지 않지만, 그의 작품에 사적 유대의 공동체가 빈번히 등장하고 있다는 것은 거꾸로 그가 생의 문제를 사회적 차원에서 제기하고 있다는 것을 알려주는 증거가 될 수 있다. 왜냐하면, 그 사적 유대의 공간은 금세 허망한 꿈으로 허물어지고, 그 붕괴를 통해 공적 공황(恐慌)의 상태를 곧바로 지시하고 있기 때문이다. 가령, 「전쟁들: 집을 무서워하는 아이」의 '나'와 '규수,' 둘만의 공간은 그들과 함께 "팬플루트"를 배웠고 볼리비아로의 이주를 꿈꾸던 "K씨 부부"의 참혹한 자살과 혼자 남은 아이에 의해 "무섭게 조용"한 악몽으로 뒤바뀌어버린다;「전쟁들: 숲 속의 빈터」에서의 '나' '민구' '화란'으로 구성된 사사로운 공간은 곧바로 그 공간의 전면에 놓인 숲 속의 빈터에 출몰하는 광인에 의해 위협에 직면하게 되는데, 그 광인의 뒤편에는 한 마을을 공포와 환멸의 늪으로 몰아 넣었던 총기 난사 사건이라는 파국적 사건이 있었던 것이다.「창밖은 푸르름」에서의 "자살 클럽,"「하나코는 없다」에서의 동창 모임 등 역시 마찬가지다. 그런가 하면,「물방울 음악」의 "그룹 '미시킨'"이나「전쟁들: 그늘 속 여인의 목선」에서의 옛 친구 어머니에 대한 기억의 경우에는 사적 유대가 그 자체로서 공적 지위 혹은 기능을 한다. 아내의 죽음과 병행적으로 기술되어 있는 "그룹 '미시킨'"의 추억은 그대로 지금, 이곳에서의 "공동 생활"(p. 138)에 대한 계획으로 이어지고 있고, 군인의 탈영 뉴스와 병형되어 기술되는, "승산 없는 전쟁 불구자와 어디론가 잠적한 한 여인"(p. 164)에 대한 추억은 그 친구 어머니의 이탈이 단순한 연정에 의해서가 아니라 전쟁이라는 사회적 재앙과 깊이 연루되어 있음을 강력하게 암시한다.

게다가 지금까지의 최윤의 소설들은 그 소재에 있어서 90년대적이라기보다 차라리 80년대적이다. 운동권, 광주, 분단 등 70·80년대를 지배해온 핵심적 문제들이 여전히 최윤의 소설을 움직이는 중심 문제들인 것이다.

그렇다면, 언뜻 보아 90년대식의 사적 모호성에 감싸여 있는 듯이 보이는 최윤의 소설은, 실상 그런 척함으로써 독자들을 유인하는 한편, 동시에 그 사적 모호성의 세계를 사회적 공황의 한복판에 집어넣

음으로써, 모호성의 나른함을 즐기려 하는 독자들의 의식의 울타리를
깨뜨리고 단박에 악몽과도 같은 사회적 삶과 직접 대면케 하는 전략
을 구사하고 있는 것일까?

　나는 종종 그의 소설이 그 가득한 모호성 그 자체로서 하나의 압
축, 다시 말해, 역사의 축약도를 보여주고 있기 때문이 아닐까, 라는
생각을 해본다. 데뷔작 「저기 소리없이 한 점 꽃잎이 지고」는 임철우
가 5권짜리 장편을 통해 겨우 복원하였던 광주항쟁의 역사를 한 어린
여자 아이의 불행 속에 암시적으로 축약해놓은 작품이다. 그에게 동
인문학상을 안겨주며 소설가로서의 지위를 확고히 다져주었던 「회색
눈사람」 역시 일개 지하조직의 사건이라기보다는 60·70년대의 한국
민주화 운동의 역사 전체를 암시한다. 하나의 우연한 사건을 통해 역
사 전체에 반향하는 것, 그것을 위해 동원된 수법은 저 옛날 상징주
의자들의 모토였던 암시와 환기가 아닐 수 없었다. 이때 그 사건은
그 자체로서 세상 전체의 문제들을 압축시켜놓은, 따라서 세상의 모
든 층위와 영역들을 향해 힘있게 그 의미를 방사하는 핵심 의미소로
기능한다. 그러니까 부재로서 실존하는 인물의 존재태, 사건들의 끝
없는 모호함은 강력한 시적 효과를 보여주고 있다고 말할 수 있다.
즉 그것은 의미의 결여 혹은 인간적인 것의 박탈을 향해 있다기보다
의미의 무한을 향해 있는 것이며, 이 필설로 다 할 수 없는 의미의 무
한은 그 정수(精髓), 즉 가장 축약된 형태에서조차 결여의 양태로 나
타날 수밖에 없는 것이다.

　과연, 「회색 눈사람」의 '화자'가 20년 전의 사건을 독자에게 이야
기한 후, "나는 늘 그 시기에 대한 짧은 보고서 형식의 글을 쓰고 싶

어했다"(「회색 눈사람」, p. 71)고 말하는 것을 주목할 필요가 있다. 그 보고서는 이렇게 시작될 것이다. "아, 길고도 긴 길의 우울한 초겨울 풍경이라니! 사방은 술병 바닥 두꺼운 유리의 짙은 색깔처럼 흐렸지만 나는 그때 처음으로 희망이라는 단어를 만났다……" 그러나 '나'는 그 보고서를 쓰지 못했다. 그렇다면, 그 이야기는 화자의 마음속에 파묻힌 채로 사라진 것인가? 그러나 독자는 그 이야기를 이미 읽지 않았는가? 화자는 그것을 보고서의 형식으로 쓸 수 없다는 얘기까지 포함하여 몽땅 이야기한 것이다. 그러니까 그 이야기는 이야기되되 다른 방식으로 이야기되었을 뿐이다. 즉 보고서의 형식으로가 아니라 소설의 형식으로 이야기된 것이다. 소설의 형식으로라는 진술은 두 가지 의미를 갖는다. 우선, 소설의 내부에서는 그 이야기는 발설되지 않았지만, 소설 바깥으로는 발설되었다는 것이다. 즉 그것은 내부의 결여를 통해 바깥으로 충만한 의미를 방사한 것이다. 다음, 소설의 형식으로 쓰여진 것은 보고서와 다른 내용을 갖는다는 것이다. 그것은 이렇게 시작한다. "거의 이십 년 전의 그 시기가 조명 속의 무대처럼 환하게 떠올랐다. 그 시기를 연상할 때면 내 머릿속은 온통 청록색으로 뒤덮인 어두운 구도가 잡힌다. 그렇지만 어두운 구도의 한쪽에 쳐진 창문의 저쪽에서 새어 들어오는 따뜻한 빛이 있는 것도 같다. 그것은 혼란이었다. 그리고 무엇보다도 아픔이었다. 그것이 미완성이었기 때문에? 그러나 삶의 단계에 정말 완성이라는 것은 있기라도 한 것인가. 아, 그때…… 하고 가볍게 일축해버릴 수 없는 과거의 시기가 있다. 짧은 시기지만 일생을 두고 영향을 미치는 그러한 시기. 그래도 일상의 반복의 힘은 강한 것이어서 많은 시간 그 청록색의 구도 위에도 눈비가 내리고 꽃이 지고 피면서 서서히 둔감한 상처처럼 더께가 내려앉아 있었던 모양이다"(「회색 눈사람」, p. 33).

무엇이 달라졌는가? 우선, 보고서와 달리 소설은 짧지 않다. 그것은 "아, 그때…… 하고 가볍게 일축해버릴 수 없는 과거"이다. 그러니까 그것은 긴 이야기이고, 그것이 길다는 것은, 이야기의 내용이 길 뿐만 아니라 그것이 짧을 수가 없다는 것까지도 말하기 때문에 길다는 것을 뜻한다. 후자마저 포함한다는 것은, 소설의 이야기는 영원히 닫히지 않는다는 것을 가리킨다. 왜냐하면 그 이야기는 그 자신의 단일성을 부인하는 것까지 포함하는 이야기, 따라서 "일생을 두고 영향을 미치는" 이야기이기 때문이다. 보고서가 아닌 소설은 그래서 "혼란"이고 "미완성"이다. 다시 말해, 소설은 스스로의 결핍을, 즉 대자성(對自性; pour soi)을 내적 형식으로 갖는다. 다음, 보고서에서 적으려고 했던 "희망"이 소설에서는 "아픔"으로 바뀌었다. 소설은 희망의 청사진이 아니다. 그것은 상처이고, 세월이 지나면서 "더께가 내려앉"는 상처이다. 그리고 이 아픔과 저 미완성은 하나로 뒤엉킨다. 왜냐하면, 저 아픔은 미완성이라서 아픔이기 때문이다. 완성된 것은 상처를 지운다. 미완성되는 것만이 상처에 더께가 내려앉게 하여 그 아픔을 한없게 한다.

그러니까, 최윤의 소설은 역사의 축약이자, 동시에, 역사의 결여이다. 합쳐 말하면, 소설은 영원히 미완되는 역사이다. 전자의 통로를 통해 작가는 소설을 시로 둔갑시킨다. 묘사와 진술의 복합체가 암시와 환기의 덩어리로 변모한다. 후자를 통해 작가는 이야기의 욕망을 극대화시킨다. 세헤레자드가 죽음을 담보로 끌고 간 『천일야화』가 그 모형을 제공하듯이 소설은 진짜 '네버 엔딩 스토리'이다. 그리고 그 두 특징은 하나로 뭉친다. 암시와 환기는 그 자체로서 사실성을 마이

너스의 형태로 보여주는 것이다. 본래 시에서 그것은 사실성 자체의 '무화'를 위해 기능한다. 사실을 항구적 부재로 지시하고 그것을 정서적 기호로 대체한다. 그러나 소설에 그것이 전용될 때 시적인 것은 거꾸로 사실성을 결정적인 부재가 아니라 영원한 유예로 만든다. 소설 속의 시는 산유화가 아니라 소쩍새다.

우리는 여기에서 애초의 질문으로 되돌아간다. 최윤 소설이 전통적 소설 양식을 배반하고 있음에도 불구하고 그 수용면이 넓다는 것 말이다. 그것을 앞에서는 취향을 이용해 취향을 배반하는 전략으로서 보았다. 그러나 이제는 좀더 다르게 볼 필요가 있어 보인다. 무엇보다도 이것을 취향 이전에 필연적인 요구에 따르는 것으로 고려할 필요가 있다.

이제 살필 작품집, 『열세 가지 이름의 꽃향기』(문학과지성사, 1999)는 얼핏 역사 전체에 반향하지 않는 듯이 보인다. 여기에는 이전 작품집이 보여주었던 것과 같은 한국인의 역사적 주제들이 표 나게 드러나지 않는다. 그 대신 이번 작품집의 가장 큰 관심사는 무엇보다도 반복이다. 도처에서 '반복'이라는 어사가 출몰한다. 아무렇게나 보기를 뽑아보자.

나는 그런 반복적인 삶의 흔적을 이날 아침 새롭게 바라본다. (p. 136)

취기는 곧 우리의 육체를 무감각하게 마비시켜버려, 두려움 대신에, 아주 어둡고 감미로운 미로 속에 던져넣는다는 것을 반복 경험하면서 우리는 마비를 동경하는 사람들이 되어버린 것이다. (p. 139)

여전히 얼굴은 보이지 않는 추레하게 벗겨진 늙은 육체가 자행하는
반복적인 움직임. (p. 149)

그때나 이때나 우리는 여관에서 사랑을 나누는 것을 싫어한다. 영화
에서도 소설에서도 성인 만화에서도 사람들이 질릴 정도로 그 일을 하
러 여관에 가니까. (p. 167)

그리고는 매일 엇비슷한, 의례적 일상의 반복이었다. (p. 184)

아내가 죽은 지 수개월이 돼가는 지금도 내게 여전히 생생한 곤혹감
을 전달하는 그들의 습관에는 변함이 없는 것이다. (p. 240)

보아도 보아도 똑같은, 끝도 없이 재방영되는 연속극. (p. 240)

이 반복의 한없는 반복됨을 보면서 어떻게 이 소설집의 주제가 반
복이 아니라고 말할 수 있으랴. 그리고 이 반복은 무엇보다도 "의례
적 일상" "보아도 보아도 똑같은, 끝도 없이 재방영되는" 것, 사람들
을 아주 질리게 만드는 것, 다시 말해, 무의미의 한없는 연속이다.
일상은 그 무의미의 미만함에 의해서 어떤 역사로도 발돋움하지 못하
고 어떤 사건으로도 변신하지 못한다. 여기에는 잠재태의 방식으로서
나마 삶의 약동이 없다. 그렇기 때문에 여기에는 존재의 결여조차 발
생하지 않는다. 결여의 형식으로 세상의 바깥을 향해 방출될 의미도
없다. 이 일상에 대해서 많은 소설들은 탈출을 꿈꾸어왔다. 일상이

110

그 자체로 역사가 된 경우는 발자크와 스탕달의 시대밖에 없었다. 그 이후로, 일상은 언제나 지리멸렬에 불과한 것이다(지나가는 길에 덧붙이자면, 언젠가 다시 한 번 일상이 무반성적인 상태로서도 바로 역사가 될 때가 올 것이다. 바로 문명사의 대전환이 일어날 때, 혹은 생명의 교체가 일어날 때, 즉 복제 생명의 루시Lucie가, 쥘리엥 소렐이, 라스티냐크가 태어날 때). 그렇다면, 우리의 작가는 이 지긋지긋한 일상으로부터 탈출하기 위해 그리도 지겹도록 일상을 반복해 보여주는 것인가?

그렇다. 그리고, 아니다. 이 모순된 대답에 우리의 의문에 대한 단서가 있어 보인다. 그렇다는 것은 인물들이 실제로 끊임없이 탈출을 꿈꾼다는 것을 뜻한다. 보라, '나'와 '민구'는 "우리를 아무도 모르는 동네로 이사하"(p. 187)기로 하는 것이다. 「창밖은 푸르름」의 '모르트' '데스' '데드' '토드' '하데스'는 자살 클럽을 결성하고 암호를 애용한다. 「하나코는 없다」의 '나'는 아내와 "격렬하고도 길게 계속"된 "불화"와 그러고도 계속된, "부부 동반으로 친척을 방문하고, 모임에 참가하"는 "세상에 대한 연극," 그리고 "극이 끝나면 다시 냉전에 들어가는 나날들"이 없었더라도, "몰래 도망치듯이 엉성하게 채워진 여행가방을 들고 출장을 떠났을까. 〔……〕 만약 그랬더라도 그는 하나코의 소식을 기억해냈을까"(「하나코는 없다」, p. 19). 아니다. 인물들은 누구나 이 반복으로부터 달아나려고 안달하고 있는 것이다. 그러나, 또한 아니다. 이 소설의 주제는 반복으로부터의 탈출이 결코 아니다. 왜냐하면, 그 탈출이 파국으로 귀결함을 또한 보여주기 때문이다. 이미 작품들의 제목이 '전쟁'이라는 단어를 달고 있는 것만 보아도 섬뜩한 예감을 불러일으키고 있으니, 실로, 볼리비아로 이주하려

는 K씨 부부는 자살하고, 숲 속의 빈터의 환각 뒤에는 제대 군인이
자행한 살상극이 있었고, 자살 클럽의 '토드'는 정말 자살하고 다른
회원들은 서로 모른 체한 채 먼 발치에서 빈소를 살피고 돌아간다.
「하나코는 없다」의 친구들은 "술병을 벽에 던"지며, "거친 몸싸움과
깨어져 나가는 유리 조각과 서로에게 짖어대는 고함"으로 "취기를 가
장"하며 자기들이 암호처럼 부른 '하나코'를 억지로 일으켜 세워 노래
부르게 하고, "전반적인 광란의 웃음" 속에서 "하나코와 친구는
〔……〕 여전히 웃으면서, 한밤중의 역겨운 찬바람을 안으로 밀어 넣
으면서 방문을 열었고, 이미 그 사이로 몇 배로 두터워진 어둠 속으
로 걸어나갔다"(「하나코는 없다」, pp. 39~40). 그러니까, 일상으로
부터 탈출하고 싶어 하는 무의식적 충동의 표현으로서의 '가장된 취
기'는 "광란의 웃음"을 거쳐, 그 탈출의 상징적 표지(하나코)를 마침
내 망가뜨리고 만 것이다. 그러니, 「창밖은 푸름」에서의 '나'는 밤의
산보에서 "푸르게 젖어 있는 거리"를 보며 "나도 모르게 '영안실처
럼'이라고 중얼거"(「창밖은 푸름」, p. 263)리는 것이다. 탈출에 대한
미지근하거나 경련적인 충동은 이미 재앙이기 때문이며, 따라서 생의
열림 혹은 도약을 환기시키는 푸르름의 이미지는 곧바로 죽음과 유령
들을 환기시키는 음산한 이미지로 변모한다.

　일상으로부터의 탈출은 그 자체로서 재앙이고 파국이다. 여기까지
와서 독자는 대답을 한꺼번에 얻는다. 우선, 최윤 소설의 수용에 대
해. 최윤 소설이 독자와 만나는 면은 단지 소비 풍속과 우연성에의
탐닉이 삶의 바닥에 자욱이 깔린 90년대적 정황에 대한 사람들의 장
식적 취향이 아니라는 것. 그것은 차라리 이념의 몰락과 소비 풍속의
전반화와 정보화 문명이 추동하는 평준화와 중성화의 과정 속에서 모

든 삶이 똑같아지고 무의미해진 사태로부터 벗어나려는 산만하고도 충동적인, 그리고 절실한 욕구라는 것이다. 그리고 그럼에도 불구하고 그 충동적이고 산만한 욕구를 드러내는 가운데 작가는 그것에 재앙을 뒤집어씌운다는 것. 그것은 작가의 의도가, 독자의 취향을 이용해 그것을 배반하는 것이 아니라, 차라리 독자의 욕구를 따라가면서 그 심연을 들여다보고 있다는 것을 알려준다.

그렇다면, 텍스트 내적 결론이 함께 도출된다. 일상은 지긋지긋하고 탈출은 파국이라면 일상으로 돌아가 일상과 싸우는 길밖에는 어떤 길도 가능하지 않다는 것이 그것이다. 다시 말하자면, 반복의 지긋지긋함을 극복하자면, 그 역시 반복을 되풀이할 수밖에 없는 것이다. 정말, 이 소설의 가장 중요한 전언 중의 하나는 "바닥에 흩어져 있는 저 구체적이며 적나라한 일상에 다가가"야 한다는 것이며, 그렇게 다가가는 것을 "무언가가 방해하고 있"(p. 168)다는 것이다. 그 방해의 원인에 대해서는 나중에 말한다 하더라도, 일상으로 다가가야 한다는 명제는 이것이 일상과의 싸움이고 동시에 일상으로부터의 탈출과의 싸움이라는 것을 뜻한다. 일상은 단지 반복이고 사태에 불과하지만, 일상과의 싸움은 역사가 아닌가? 과연, "이러한 건조한 보고서 형식의 말이 그녀가 꼭 하고 싶다는 말이었는지 나는 알 수 없다. 그것은 일종의 말의 껍질이라고 나는 생각한다"(「물방울 음악」, p. 135)는 「물방울 음악」의 한 구절은 이번의 작품집 역시 짧지 않은 긴 (역사를 가진) 소설임을 시사한다. 그리고 역사는 무엇보다도 싸움의 원인을 제공한 쪽(일상)으로부터 오는 것이니, 왜냐하면 이 한결같은 일상도 실은 아주 오랜 기획과 조직적 과정을 통해서 형성된 것이기 때문이다. 그렇기 때문에, 인공수정을 위한 기계적인 절차를 거치며

'규수'가 '반복'해 읽는 신문은 바로 끔찍한 살상이 컴퓨터 게임처럼 간단한 부호와 버튼의 조작으로 일사불란하게 처리된 '걸프전'의 기사를 싣고 있었던 것이며, 그 전쟁에서 "오전 1시쯤 인근 호텔에서 잠들어 있다가 비행기가 뜨는 굉음에 놀라 공군 기지로 몰려든 기자들에게 미공군의 레이 데이비스 대령은 '이제 역사가 시작되고 있습니다'고 나직이 말"(p. 182)하고 있는 것이다. 대령은 역사의 시작을 '나직이' 말하는 것이다. 왜냐하면, 이것은 오래 기획되고 조직적으로 진행될 프로젝트이며 당연한 진행이고 결코 흥분할 무엇이 아니기 때문이다. 그 프로젝트가 일상의 관점에서 본 역사이다.

일상과의 싸움은 그 자체로서 역사와 싸우는 역사이다. 여기에 와서야, 표제작인 「열세 가지 이름의 꽃향기」의 기이한 알레고리가 이해될 수 있다. 알레고리의 의미는 명백하다. 우선, 이것은 일상으로부터 탈출하려는 욕망이 잉태한 열세 가지의 환몽을 그리고 있다는 것이 첫번째 의미이다. 다음, 그 환몽들은 그러나 일상성의 조직적 구성 속에 통합되거나 혹은 완벽하게 버려진다는 것. 두가지 경우 모두 환몽의 본래적 의도는 제거된다. 이것이 두번째 의미이다. 그리고 마지막으로, 일상으로부터 탈출하려는 움직임은 주체(바이와 파랑손)와 사건(『바람국화에 관한 모든 것』이라는 책자에 기록된 것)과 대상(바람국화) 전체의 소멸로 귀착한다는 것이 세번째 의미이다. 그러나, 이것뿐인가? 일상의 흐름 속으로 환원되지 않은 나머지로서의 의미가 있다. 그 나머지 의미는, 그 소멸, 부재를 지켜보는 행위에서 나온다. '바이'와 '파랑손'이 해변가에서 사라질 때 누군가가 '트리스탄과 이졸데'의 음반을 틀어놓고 지켜보고 있었던 것이다. 갑자기 튀어나온 이 사람은 누구인가? 그 사람은 처음부터 숨어 있던 이 외의 다른 누구일 수 없다. 즉 첫 문장부터 글쓰기의 펜을 끌고 간 이, 따라서, 바람국화의 탄생에서부터 소멸까지뿐만 아니라 세상이 그것을 조작하고 버리는 과정, 그리고 그 과정을 통해 탈출의 주체와 대상과 사건이 몽땅 소멸하는 내력을 기술한 이이다. 그 기술은 언뜻 오직 묘사로 일관되어 있는 듯이 보이지만, 실질적으로 일상의 조작에 맞서서 거기에 싸움 혹은 전쟁의 의미를 부여하며 다시 꾸미는 구성의 글쓰기이다. 그 기술에 음악이 동반되는 것은 그 때문이다. 음악이란 「파편 자전」에서의 "C의 몸 안에서 이미 적혈구나 백혈구로 변한 지 오래된"(「파편 자전」, p. 270) "유성기 바늘" 그리고 "옛날 축음기의 소리관을 닮"(p. 289)은 "물램프"가 흘려보내는 새로운 언어, "이 램프에서 나오는 물은 모두 빛이다"(p. 287)라는 언어의 왜곡을 통해 강하게 환기되는 그런 희한한 언어를 생산하는 활동이다. 다시 말해, 그것은 "방어하며 조이고 덮은 공통적인 기능"으로 일상에 맞서는 율동과 리듬을 가진 언어이다.

이 언어를 만드는 자, 그것이 일상과의 싸움의 역사를 가능케 한다면, 그 역사는 단순히 시간적 역사일 수만은 없다. 작가가 이번 작품집에서 역사적 주제로부터 일상으로 내려왔다면, 지금까지의 분석에 근거해 볼 때, 그것은 그 어떤 기관원이 주장하듯이 역사가 종말을 맞이했기 때문이 아니라, 오히려 일상 자체에 역사성의 무게를 부여하기 위해서이다. 혹은 거꾸로 말해 역사가 정치성뿐만 아니라(지하조직, 남로당, 광주와 같은 사건이 갖는) 일상적 구체성을 갖기 위해서이다. 다시 말해 내면화된 역사, 우리의 사유와 행동의 원천이 되는, 살과 피로서의 역사 말이다. 물론 90년대 이후 굵직한 정치적 사건으로서의 역사는 점차로 희미해졌다. 소위 '큰 이야기'가 사라진 것이다. 그렇기 때문에 일상 그 자체와의 정직한 대면과 그것의 수용이 중요한 것이겠지만, 그러나 그것들은 큰 정치적 역사가 가지고 있는 상징성과 끄는 힘을 가지고 있지 못한 것도 사실이다. "이런 파편적인 것이 다였다. 그녀와 나와의 가느다란 인연의 끈은. 그때 모였던 다른 친구들과도 이 정도의 파편적인 연결의 끈은 있었다"(p. 127) 혹은 "내가 밤 산책을 하는 동안 그는 기껏해야 수십 개의 퍼즐 조각을 맞추었을 뿐이다. 여기저기 모아진 덩이들이 있지만 아직까지는 아무런 형상을 드러내지 못한 채 고립된 섬으로 놓여 있다"(「파편 자전」, p. 266)라는 진술들이 그대로 가리키듯이 일상성은 실지로 파편의 형태로 흩어져 있을 뿐이다. 일상으로부터 탈출하려는 욕구들은 그대로 악몽화하거나 일상의 조직적 질서 속에 편입되어가는 것은 그 때문이다. 가령, 「전쟁: 숲 속의 빈터」에서 수음하는 남자를 보는 첫 공포의 순간 '나'의 모습을 보자.

그러나 한순간 서서히 온몸의 피가 어디론가 빠져나가는 것 같은 이완의 상태로 빠져들어갔다. (「전쟁: 숲 속의 빈터」, p. 204)

나는 "조립 옷장의 쇳대"를 "움켜잡고 있는 상태로" 무기력의 이완 상태로 빠져 들어갔다. 공포의 대상 앞에서 기운을 잃은 것이다. 그리고, 사태의 진원을 다 알고 난 후 거의 무의식적으로 자신들의 집을 가꾸는 걸 포기하는 삶을 한참 산 후에 문득 예전에 그토록 열심으로 만들려고 애썼던 목욕탕에 몸을 담그는 모습은 어떤가?

알맞게 따뜻한 욕조의 물 속에서 우리 몸은 오랜만에 이완되었다. 우리는 하품을 하면서 중얼거렸다. 아—아. 우리는 전나무 심는 데 열심일 거야, 그렇지? (「전쟁: 숲 속의 빈터」, p. 242)

탈출의 욕망은 여기에서 사소한 심심파적으로 전락한다. 그리고 최초의 공포 속에서 '나'를 끔찍한 상태 속에 얼어붙게 했던 무기력한 이완은 여기에 와서 아주 자연스런 몸의 상태가 된다. 그 이완 속에서 '우리'는 하품을 하면서 중얼거린다. 전나무 심는 건 이제 더 이상 어떤 강렬한 의미도 갖지 못할 것이다.

그러니까 일상의 역사는 일상의 무의미가 내면화된 역사이다. 거기에 저항하는 싸움의 역사는 그 내면화된 일상 자체를 변형시키는 작업이 되지 않을 수 없다. 어디에도 근거할 곳이 없으므로. 그러나 작가가 그 변형의 구체적인 방법론과 생활 태도를 제공하지는 못한다. 그것은 작가로서가 아니라 시민으로서 조금씩 실천해야 할 문제이다. 다만, 작가도 무언가를 하기는 한다. 무엇을 하는가?

우리는 앞에서 최윤 소설의 수용면이, 일상으로부터의 탈출을 꾀하는 독자의 욕구라고 말했다. 그리고 작가는 그 욕구를 그대로 따라가면서 그것의 심연을 꿰뚫어본다고 말했다. 그 심연을 처음부터 끝까지 따라가는 것, 그것이 작가의 할 일인 것이다. 그 할 일은 그러나 거기서 그치지 않고 하나의 역사를 만든다. 일상사의 조직적 수립 과정과 그 조직적 일상 속으로의 느린 편입 과정과 모든 탈출 욕구의 파국적 종결 혹은 소멸의 과정 전체를 본다. 그 과정은 엄격하게 보면 시간적 길이를 갖지 않는다. 왜냐하면, 이 과정들은 각각 고유한 성층을 가진 것들이기 때문이다. 그러니까 작가가 만드는 역사는 공간적 중첩의 역사, 이야기로서 하자면 시간적 길이를 갖지만, 사건으로서 보자면 복합적 지층을 이루는 중첩의 역사라고 할 수가 있다.

과연, 작품집의 구성은 그 복합적 지층면을 드러내기 위해서 의도적으로 짜인 것으로 보인다. 애초의 구상에 의하면 맨 앞에 일상 곧 역사를 알레고리로 지시하는 소설이 있다. 그리고 중간쯤에 파편화된 '주체'의 부유하는 그러나 선택을 모색하는 태도 및 의식이 파편적으로 기술되어 있다. 그러나, 이 파편들은 이상한 음악에 의해 이어져서 3중의 방향으로 반향한다. 첫번째 반향지는 「전쟁들: 집을 무서워하는 아이」 「전쟁들: 숲 속의 빈터」이다. 두번째 반향지는 「물방울 음악」 「전쟁들: 그늘 속 여인의 목선」이다. 세번째 반향지는 「창밖은 푸르름」 「하나코는 없다」이다. 알레고리의 소설에서는 일상으로서의 역사가 수립되는 과정을 보여준다. 첫번째 반향지에서는 그 일상의 역사적 수립에 의해 모든 탈출 욕망이 재앙이 되거나 그 스스로 일상 속으로 편입되어가는 계기를 보여준다. 두번째 반향지에서는 그럼에도 불구하고 항상적으로 출몰하는 탈출 욕망의 엄연한 존재를 가리킨다. 여기에서 반복(일상)에 대항하는 반복의 방법론이 출현한다. "그녀의 시선은 자꾸 여인에게로 되돌아온다"(p. 150)고 말할 때의 반복, 즉 어떤 "모호한 사건, 가끔 고개를 갸웃거리게 하고 삶의 말끔한 질서를 의심하게 만드는 사건의"(p. 164) 어떤 징표에 대한 되풀이되는 인식을 말한다. 그 인식은 "문득문득 타성의 두꺼워진 각질을 뚫고〔우리를〕깨우러 온다. 처음에는 별다른 불편함을 만들지 않을 정도로 미미하게 의식의 문을 두드리고 방문하다가, 어느 날 아무렇지도 않은 사소한 계기로부터 무섭게 다가온다. 일테면 한 여인의 목덜미의 완벽한 포물 곡선으로부터"(p. 164).

여기에도 반복이 있다. 그러니 반복이 곧 일상이라는 등식을 다시 수정해야 한다. 여기에서의 반복은 일상이 아니라 일상화이다. 그리고, 일상화란 일상과의 투쟁까지 포함한다. 그것은 일상성과의 싸움을 체화한다는 것을 뜻한다. 그런데 어떻게 체화할 수 있는가? 세번째 반향지는 일상으로부터 유래하는 무서운 파국 혹은 무기력한 편입은 바로 탈출 욕망에 시달리는 우리 자신에 의해서 자행된다는 인식을 보여주는 층이다. 일상의 주체는 걸프전의 대령도 제대 군인도 아니라 바로 그곳에서 탈출하고자 악쓰는 우리이다. 그것이 「하나코는 없다」가 감동적으로 들려주는 전언이다. 그리고 그렇다면, 파편화된 삶의 퍼즐을 영원히 맞추지 못한다 하더라도 그것은 우리 자신의 몫으로 여전히 돌아갈 수밖에 없다. 이것이 완벽한 답은 될 수 없지만, 어쨌든 주체에게 일상 속에서 사는 삶의 의미뿐만 아니라, 그것을 살아낼 기운까지도 제공해준다. 왜냐하면, 일상의 노예être sujet가 곧 일상의 주인sujet이니까.

하지만 최종 목차 구성에서 작가는 많은 것을 변경하였다. 앞의 구성에서 전체 틀을 이루는 것은 「열세 가지 이름의 꽃향기」이고 행동 주체의 핵을 이루는 것은 「파편 자전」이며, 이 행동 주체로부터 반향한 세 개의 반향지 중 마지막 심층을 이루는 것은 「창밖은 푸르름」과 「하나코는 없다」이다. 요컨대 「열세 가지 이름의 꽃향기」와 「파편 자전」이 출발선의 짝을 이룬다면, 「창밖은 푸르름」과 「하나코는 없다」는 도달선의 짝을 이룬다. 최종 목차 구성에서 작가는 「하나코는 없다」를 맨 앞에 내세우는 한편, 「열세 가지 이름의 꽃향기」를 두번째에 배치하였다. 반면, 「파편 자전」을 맨 마지막에 위치시키고 「창밖은 푸르름」을 마지막에서 두번째에 배치하였다. 이럼으로써, 두 개의 표층면, 즉 탈출 욕망의 파국면과 탈출 욕망의 부유면이 특이하게 꼬인 두 개의 천에 감싸인 형상이 되었는데, 그 두 천은 또한 서로 교차적으로 꼬여 있다. 아마도 이러한 목차 구성의 변경에는 주체의 의미를 강조하고자 하는 의도가 반영된 것으로 보인다. 즉 일상을 구성하는 것은 주체의 몫임을 보여주는 작품이 맨 앞에 위치하면서, 그 주체의 핵심적 의미소들이 퍼즐의 형식으로 제시된 작품이 맨 마지막에 위치했기 때문이다. 그러나 이것만으로 의문이 다 해결되는 것은 아니다. 최초 목차 구상에 대한 우리의 분석이 타당성을 갖는다면, 이 최종 목차 구상은 좀더 복잡하게 풀어내야 할 수수께끼를 가지고 있다.

어쨌든 이 복합적 지층의 재구성을 통해서 작가는 일상의 뒤에 어두컴컴하게 도사린 심연의 공포를 지탱해나갈 사유와 감성의 틀을 만든다. 그것이 작가의 몫이다. 그 틀 안에서 행동할 사람들은 물론 독자들이다. 그 틀을 다지건, 깨뜨리건, 구부리건, 쪼개건, 지지건 볶건 그것은 날마다 저의 일상을 일용할 양식으로 먹을 당신이 할 일이다.

시간의 한 연구: 기억과 변신

—정찬론

고통이 위안이 된다는 것. 이 이상한 열정이야말로
제가 세상을 향해 유일하게 드러내는 운명의 모습입니다.
〔……〕 저는 이 운명의 모습을 사랑합니다.
　　　　　　　　　—『완전한 영혼』의 「작가 후기」에서

1

　모든 관념학은 다급하다. 다시 말해 관념학의 심리적 양태는 긴박성이다. 세상을 뜻의 표상으로서, 다시 말해 본질의 발현태로서 읽는 것을 관념학이라 한다면, 그것은 본질과 현상 사이, 뜻과 소리 사이에 즉각적인 수직의 교통로를 가설한다. 그 꼿꼿이 선 장대는 주변의 다른 선들, 도형들을 단호히 쳐낸다. 현상과 현상 사이에 놓인 자잘하고 요란한 도로들, 현상들 사이 그리고 그것들과 본질 사이에 엉키는 무질서한 타래 등은 관념학의 제거 대상이다. 관념학의 틀 속에서 개개의 현상은 다른 현상들 사이와 연관을 맺는 것이 아니라 오직 본질에만 연결되는 것이다. 그것이 관념학의 유럽적 기원들, 저 플라톤의 동굴이며 13세기의 종교적 알레고리가 강박적으로 브여주었던 것이다. 본질의 유일무이한 절대적 엄존과 현상들의 끝없는, 충족되지 못하는, 표랑(漂浪)으로 드러나는 세계가 그것이었다.

정찬의 소설에서 무엇보다도 관념이 두드러진다면, 그것은, 그 또한 성과 속, 본질과 현상 사이에 즉각적인 교통로를 세우려 하고 있기 때문이다. 그는 「수리 부엉이」에서 신의—침묵과 타락한—권력의—말의 대립을 문제 삼으며, 「완전한 영혼」에서 권력의 광란적 포악성과 순수 영혼의 수동적 단순성의 대비를, 「신성한 집」에서 신성을 표상하지 못하는 문학의 몰락을, 그리고 「얼음의 집」에서 권력의 집요하고도 처절한 욕망, 즉 신이 되고자 하는 욕망을 추적한다. 그의 거의 모든 소설들은 성과 속, 순수와 타락의 경계를 직접적으로 파고든다. 그 점에서 그의 소설은 "타락한 사회에서 타락한 방식으로 진정성을 탐구하는 언어적 장르"라는 루카치/골드만적 정의와, 현대 사회를 타락/진정성의 대립으로 파악하는 기본적인 인식을 공유하면서도, 정면으로 배치된다. 그의 소설에는, 더 나아가 문학에는 '타락한 방식'이 끼어들 자리가 없다. 그는 소설을 "문학이 스스로 발하고 있는 신성한 빛에 대한 외경"(「신성한 집」, 『완전한 영혼』, 문학과지성사, 1992, p. 111, 이하 동일한 출전에 의거함)을 갖고 쓴다. 문학은 신성한 빛을 스스로 발해야 한다. 그게 아니면 문학은 죽음이다. 그에게 모든 것은 이렇게 '전체 아니면 무'로서 파악된다. "욕망이란 진실이 아니면 거짓이다. 진실도 거짓도 아닌 욕망은 없다"고 「신성한 집」의 화자는 말한다. 그러니, 그에게 거짓을 가장한 진실 탐구 혹은 거짓됨을 철저히 밀고 나가는 것, 즉 거짓 그 자체의 진실한 탐구가 어떻게 가능하겠는가? 저잣거리의 잡스런 언어들, 이른바 세속적인 것들 일체는 문학이 스스로 발하는 신성한 빛의 그 외경 앞에서 주눅 들고 기죽어 순식간에 시들어버린다. 정찬이 생각하는 문학인은, 그런 의미에서, 지식인이 아니다. "공학의 한 분야에 정통해 있는 이와 문학에 정통해 있는 이와는 아무런 차이가 없다"(p. 112)고 생각하는 오늘의 세태, 즉 "작가란 단지 지식인 그룹의 한 분화라고 생각하는 사람들이 급속도로 늘고 있"(p. 111)는 사태를 한 인물은 '한탄'한다. 지식인이 사회적 기능을 담당하고 있다면, 문학인은 그러한 지식인의 역할과는 아무런 관련이 없다. 문학인의 몫은 신성을 밝히고 증거하는 기능, 다시 말해 예언자의 역할이다. 그는 샤먼이고 야장(冶匠)이며, 그리고, "범용한 인간은 야장이 될 수 없다"(p. 103).

정찬의 이 특이한 소설학은 우리의 일반적 인식 체계가 암암리에 가정하는 소설을 벗어난다. 과연 화자는 "시의 원천을 이야기할 때 초월적 존재의 신성한 말에까지 거슬러 올라간다"(p. 103)고 말하고 있다. 신성한 말이 시의 원천에 자리 잡고 있다면, 성과 속의 문제를 직접적으로 다루는 그의 소설은 차라리 시적인 것을 지향하는 것이다. 물론 이때의 시는 현실태로서의 시를 가리키기보다는 저 플라톤 이래로 시학과 장르의 이름으로 지칭되는 문학 그것을 가리킨다. 서정·서사·극의 세부 형식들로 갈라지는 그 '문학' 말이다. 그런데, 소설은 저 혼돈스런 장르학의 어느 영역에도 포함되지 않는다. 소설은 무엇보다도 신생의 장르이고, 이 신출내기의 특징은 어떠한 규칙으로부터도 자유롭다는 것이다. 소설은 방종한 부르주아이고 출세한 촌놈이고 게다가 모든 장르의 기법들을 강탈하는 제국주의자이다. 소설은 그런 의미에서 이른바 근대의 시간대와 그대로 맞물려 있다. 신의 것을 인간의 것으로 대체한 시간 줄기가 곧 근대이며, 소설은, 그 기원을 18세기의 상인 부르주아의 태동과 더불어 나타난 것이라 보든, 르네상스의 인문주의의 발흥에서 찾든, 아니면, 더 과감히 '소설'이라는 단어가 탄생한 12세기로 소급시키든, 산술적 연표와 관계없이 근대의 시간 줄기를 타고 성장해왔다. 그 성장의 어느 자리에서도 소설은 외관상 성스러운 것과 하나도 닮지 않았다. 그것은 풍속을 타락시키고 세상에 대한 헛된 망상과 유해한 불평을 뿌린다. 실로 신성의 대리인임을 자처한 모든 집단과 기구들은 이구동성으로 소설의 유해성을 거듭 경고하였던 것이다. 신성한 빛에 대한 믿음과 외경으로부터 문학의 존재론적 근거를 찾고 있는 정찬의 소설학은 이러한 소설의 생장사와 근본적으로 어긋나는 것이다.

그럼에도 불구하고 정찬은 그의 작품을 소설의 이름으로 발표하였다. 어찌 된 일인가? 여기에서 누구의 정의가 옳은가라는 질문이나, 그것에 비추어 정찬 문학의 장르학을 다시 세워보려는 시도는 무의미하다. 중요한 것은 정찬 소설의 그러한 특성이 무슨 의미를 갖는가를 물어보는 것이다. 왜 그는?이라는 질문을 소설과 독자 사이에 던져야 하는 것이다.

한 가지 부인할 수 없는 사실로서 남는 것은 그 소설학으로 말미암아 정찬의 소설은 시학과 소설 사이에 정확히 놓인다는 것이다. 그것은 마치 그의 주제가 성과 속 사이의 경계에 대번에 놓이는 것과 같다. 그의 주제가 세속적 삶 속에서 그것을 꿰뚫고 성스런 것에 대해 질문을 던지듯, 그의 소설적 존재는 소설의 양태로 시학의 근본성을 질문한다. 그렇다면, 그것은 작가가 의식하든 의식하지 않든 소설의 발생적 근원의 자리로 돌아가 발생 그 자체에 대한 물음을 던지고 있는 것은 아닌가? 더불어 근대, 즉 인간 세상의 발생적 근원의 자리로 그 세상의 발생 그 자체에 대한 물음을 던지고 있는 것은 아닌가?

「신성한 집」은 그 물음에 대한 복잡한 대답을 들려준다. 아폴론 신과 경쟁하려 한 목자 마르샤스의 비참한 운명의 이야기를 놓고 화자는 일반적인 해석과 완전히 정반대되는 해석을 제출한다. 그의 "상상적 해석"은 "마르샤스의 처참한 형벌은 신성에 대한 불경에서가 아니라, 신성을 지키려 했기 때문"(p. 104)이라고 해독한다. 어떻게 그런 해석이 가능하였을까? 화자는 "그리스 신화는 신들이 세계를 창조한 것이 아니라, 세계가 신들을 창조했다는 것"(pp. 104~105)에 그 해석의 토대를 둔다. 만일 '그리스 신화'라는 한정사를 떼어버릴 수 있다면, 그것은 놀라운 토대이다. 신성은 없다, 다만 인간에 의해 창조되었을 뿐이다, 라고 말하는 것이기 때문이다. 물론 하나의 유보조항이 있다. '그리스 신화'라는 이야기의 출전이 그것이다. "그리스 신화는 정말 신성이 살아 있었던 황금빛 세계의 이야기인가"라고 화자는 물으면서, 바로 "나는 이 물음에 고개를 흔든다"고 대답한다. 왜? 그가 밝히고 있는 근거는 그것이 인간이 만들어낸 '신화'이기 때문이라는 것이다. "아폴론은 누구인가? 그리스 신화에 나오는 올림포스 12신 중의 하나이며 제우스의 아들이다. 그리스계 이름이 아닌 것으로 미루어 소아시아나 북방 민족으로부터 이입된 신이며……"(p. 105)

작가의 교묘한 언술은 우선 아폴론 신의 이야기가 이민족으로부터 이입된 것이라는 데서 그것의 순결성을 부인하는 듯이 전개된다. 그렇다면, 순수 그리스계의 신들에 관한 신화는 진짜 신에 관한 이야기인가? 그렇다면, 왜 작가는 곧 이어서 그리스 신화를 통째로 부인하는 것일까? 오히려 우리는 거꾸로 읽어야 한다. 아폴론 신화가 그러하듯이 모든 그리스 신화 속의 이야기들은 민족의 신화를 토대로 갖고 있으며, 따라서 인간에 의해 만들어진 것이 아닐 수 없다. 그러니, "신들이 세계를 창조한 것이 아니라 세계가 신들을 창조했"던 것이다. 그러나, 그렇게 되자, 그리스 신화만이 그 혐의의 대상이 될 수

가 없다. 모든 신화가 실은 민족의 세계 인식과 염원의 집약적 표현
이 아니겠는가?

결국, 작가의 교묘한 위장을 뚫고서 독자는 신성의 존재에 대한 그
의 부인을 읽는다. 작가는 거듭 진짜 신성으로부터 가짜 신성을 구별
해냄으로써 진짜 신성의 존재를 확신시키려는 듯한 태도를 취한다.
그러나, 그 구별은 곧 덜어냄이고, 그 덜어냄이 끝까지 갔을 때 진짜
신성으로 남을 것은 하나도 없다. 그러니 그는 두 개의 혀를 가지고
있는 것이다. 신성의 존재를 역설하는 혀와 그것을 부인하는 혀. 그
리고, 그 두 혀는 실은 하나의 혀인 것이다. 역설의 과정 그 자체가
부인의 과정 바로 그것이 되고 있기 때문이다.

그렇다면, 정찬이 거듭 표명하고 있는 성스러움에 대한 추구는 어
떻게 된 것일까? 누구도 애초부터 부재한 것을 추구할 수는 없는 법
이다. 그리고 그것은 그의 소설에 대한 우리의 지금까지의 이야기를
무색하게 만든다. 우리 또한 애초부터 부재하는 작가의 환상을 좇고
있었던 것일까? 그러나, 다음 대목은 사정이 훨씬 복잡하다는 것을
보여준다.

신은 인간에게 있어서 최초의 권력자이다. 광대무변한 자연과 생명
의 비밀스러운 탄생과 죽음, 이 모든 것은 신의 보이지 않는 힘의 현현
이었고, 모든 인간은 이 압도적 존재 앞에 무릎을 꿇었다. 그러나 시
간의 흐름 속에서 차츰 지혜의 눈을 뜨기 시작한 인간은 천둥이란 신
의 소리가 아니라 자연의 한 현상이며, 산천초목의 생명 현상들 속에
는 신의 의지와는 관계없는 어떤 법칙이 있다는 것을 알게 되었다. 신
성은 인간의 지혜에 의해 추방되기 시작했고, 그 지혜는 인간에게 새

로운 욕망을 잉태시켰다. 그것은 놀랍게도 인간이 신이 되고자 하는 욕망이었다. 이 욕망의 생생한 흔적들은 과거의 시간 곳곳에서 발견된다. (p. 106)

앞의 논의를 염두에 둔다면, 이 대목은 다음 몇 개의 진술로 나누어 재구성되어야 한다.

1) 신은 보이지 않은 채로 자신을 증거하였다. 자연의 비밀이 그것이다.
2) 신이 보이지 않았을 때 인간은 신 앞에 무릎을 꿇었다.
3) 그러나, 인간의 지혜는 자연의 비밀에서 법칙을 찾았다.
4) 그 법칙을 알자, 인간에게는 신이 되고자 하는 욕망이 생겨났다.
5) 그렇게 신은 그 모습을 드러냈다(그 점에서 신은 인간에게 있어서 최초의 권력자가 되었다).

이렇게 재구성해보면 무엇이 문제인가가 좀더 분명해진다. 중요한 것은 신성이 있는가 없는가가 아니라, 신성의 숨음과 드러남이다(「수리 부엉이」의 제사장이 "신은 우리들의 눈에 보이기 위해 존재하지 않소"〔『기억의 강』, 현암사, 1989, p. 71, 이하 동일한 출전에 의거〕라고 말하는 것도 같은 함의를 지닌다). 신성이 보이지 않을 때 삶의 경이는 그 자체로 신성한 것이 되었다. 그러나, 인간이 삶의 경이를 밝히게 되었을 때, 인간은 '신이 되고자 하는 욕망'을 품게 되었으며, 그것이 바로 드러난 신성이 된다. 다시 말해, 드러난 신성이란 신이 되고자 하는 인간의 욕망의 집합체에 다름 아니다.

그러니까 무서운 일이 벌어진 것이다. 성과 속은 우리가 얼핏 보았던 것처럼 뚜렷하게 구별되는 것이 아니다. 더 나아가 그것은 단선적 시간 위에서 토막을 내서 가를 수 있는 것도 아니다. 성은 속이 창조하는 것이다. 성이 없으면 속이 없고 속이 없으면 성이 없다. 그것들은 서로 다른 시간 줄기 위에 위치하면서도 동시에 존재하고 서로 얽히며 서로의 지주가 되어주면서 뻗어나간다. 속세의 타락한 인간들의 행태가 그 자체로서 성의 가면을 쓰고, 그것의 탑을 쌓고 있는 것이다. 생활이 곧 관념이 되고, 그 관념은 생활의 전 영토에 거대하게 드리워진다. 때로 그것은 후광이 되고 때로 그것은 장막이 된다. 우리가 정찬에게서 무엇보다 관념을 읽었다면, 그것은 그가 현실의 문제를 개념적으로 제기하고 있기 때문이 아니라, 관념학을 세우고 그것으로 지탱되는 이 현실 세계의 근원을 캐묻고 있기 때문이었다. 그의 관념학은 관념학 그 자체에 대한 질문, 아니 차라리 그것에 대한 지독한 부정의 정신이었던 것이다.

그리고 또한, 이 글의 제목을 '시간의 한 연구'라 이름 붙인 까닭도 여기에 있다. 시간이란 본래 인간의 것이다. 동물과 계절의 영원한 순환을 우리는 시간이라 말하지 않는다. 항상 되풀이되는 것이 아니라 변화와 생성을 낳을 때 비로소 시간이 된다. 그런 의미에서 시간은 어쨌든 오늘날까지는 인간의 것이었고, 그 시간의 집단적 움직임을 인간은 역사라 이름하였다. 그러나, 정찬이 보여주는 것은 그것 자체가 아니라, 그 역사의 전개가 또 하나의 시간, 즉 정지된 시간을 언제나 핑계이자 목표이며 자양분으로 동반하고 있었다는 것이다. 바로 그 점에서 그의 소설적 탐구는 시간에 대한 아주 특이하고 깊은 탐구가 아닐 수 없다. 성과 속의 동시적 발생 기점, 다시 말해 인간

세상의 출원지를 이렇게 깊게 파고 들어간 작가를 만나기란 쉬운 일
이 아니다.

2

　정찬의 관념학이 그러하다면, 같은 구조가 그의 소설학에서도 마찬
가지로 발견되어야 한다. 실로「신성한 집」의 마지막 시퀀스가 소설
장이들의 "왜 글을 못쓰는가"에 대한 고뇌로 채워져 있다는 것은 작
가가 성과 속의 문제를 글쓰기의 문제로 의식적으로 이동시키고 있다
는 것을 보여준다. 글쓰기의 문제란 무엇인가. 우리는 앞에서 그것을
시학과 소설의 경계에 위치하는 것이라고 말했다. 앞의 논의를 연장
한다면 그 시학과 소설은 각각 말의 율법과 말의 자유로 바꾸어 지칭
될 수 있다. 신성한 뜻의 표현이라서 그 형태 자체가 규칙과 운율을
가진 언어의 존재와 방종한 인간의 손에 쥐어져서 제멋대로 방출되는
언어의 존재의 대립으로 이해될 수 있다는 것이다.
　그러나 이제 우리는 말의 율법과 말의 자유 사이의 대립이 문제가
아님을 이미 짐작한다. 그의 관념학이 성과 속의 대립을 가르는 것이
아니라 그것들의 동시적 발생을 천착하는 것임을 벌써 보았기 때문이
다. 그와 마찬가지로 그의 소설학은 문학의 원형 매질인 말의 발생
기점 그 자체로 파고 들어가는 것이 아닐 수 없다. 말의 율법과 말의
자유가 동시에 태어난 그때, 그 자리로.「수리 부엉이」는 그 말의 발
생학을 잘 보여주는 작품이다. 그 작품에서 로마와 유대교도의 싸움
은 무엇보다도 권력과 말의 싸움으로 드러난다. 로마가 "지상의 힘을

철저히 신봉하는" 권력이라면, 그것에 저항하는 "유대주의의 핵심은 말"(p. 79)이다. 그 말이 권력에 저항할 수 있는 것은 그것이 신의 목소리를 투명하게 전달하고 있기 때문이다. 로마의 장군 실바에게 투항한 예언자 요셉스는 "유대인들은 예언자를 통해 말을 보존하고 있었습니다. 비록 그들이 타락된 말을 쓰고 있을지라도 성서에 담긴 목소리를 통해 그들이 잃어버린 말을 들을 수 있었던 것입니다. 평화라는 말, 사랑이라는 말, 진실이라는 말의 참된 뜻을 깨우칠 수 있었습니다. 그런데 권력자는 본능적으로 순결한 말을 두려워합니다"(p. 79)라고 말한다. 왜? "권력자가 두려워하는 것은 인간이 아니라 인간의 말〔이다〕. 권력의 공간 속으로 아무리 잡아넣으려 해도 잡아넣을 수 없는 게 말이기 때문"(p. 79)이다. 유대인의 '말'은 신성과의 직접적인 통로가 된다. "신은 예언자를 통해 자신의 목소리를 유대인에게 들려주었고 유대인은 기도로써 신에게 말을 했"(p. 79)던 것이다.

말은 그러나 동시에 권력의 도구가 될 수도 있다. 로마군에 투항한 요셉스의 말은 이미 도구화된 말이다. 그것은 "순결한 말을 더럽힌 권력자, 〔……〕 말을 팔아먹은 천박한 권력자"(p. 79)의 말일 뿐이다. 그 말은 어떻게 존재하는가? 그것은 제 민족에게 자신이 했던 것과 같은 항복을 권유한다. 그것은 지상의 영욕으로 신의 평화를 대신하라고 외친다. 그 말을 요셉스는 거짓된 말이라고 이름 붙인다. 이 거짓된 말이 어떻게 생겼단 말인가? 다시 말해, 어떻게 신의 숨결이 닿아 있는 참된 말이 타락을 할 수 있단 말인가? 바로 그것을 질문하는 실바에게 요셉스는 "인간의 죄악과 욕망은 말과 함께 피어났"(p. 96)다고 말한다. 이브에게 선악과를 따게 충동한 것은 바로 뱀의 '혀'이다. 타락의 시초에 말이 있었던 것이다. 말이 시초가 되는 이유는 그것이 신의 모습을 드러내 보여주기 때문이다. "아마도 유대신에 형체를 부여하여 로마인에게 보여준 것은 요셉스 그자가 처음일 것이다"(p. 92). 본래 참된 말의 원형은 신의 말이다. "하나님의 말은 인간의 가장 순결한 말"(p. 79)인 것이다. 그런데 말이 신의 목소리를 들려줄 수 있다는 그 힘으로 말미암아 말은 동시에 신에 형체를 부여하게 되고, 그리고 그 순간 "신을 위한 인간이 아니라 인간을 위한 신"이 탄생하게 된다. 말의 타락은 말의 순결 속에 내재해 있었던 것이다.

그러니, 말의 타락은 오직 로마인에 투항한 배신자에게만 해당하는 것이 아니다. 그것은 신의 말을 보존해온 유대인들 자신에게도 어김없이 일어난다. 요셉스가 투항을 하게 된 결정적인 이유는 그가 죽음을 받아들이기 위해 동굴을 나가기로 결심한 데 대해 동굴 속의 같은 동료들이 배신 행위로 규정하고 비난했기 때문이다. 그들 또한 "조상의 율법을 동굴 속에 감금하고 있었"던 것이다. "물론 그들은 목숨을 버리더라도 율법을 지키겠다는 마음으로 충만해 있었지만 오히려 그것이 율법의 투명하고 자유로운 말을 유폐시키고 있"었던 것이다. 왜? 그 감금된 율법은 "죽음을 명령하고 있었"(p. 115)던 것이다. 그리고 이 말의 유폐와 감금은 유대인들 자신에 의해 오랜 역사를 이루고 있었다. "헤롯을 신으로 숭배하겠다는 신하의 말"(pp. 98~99)을 "기꺼이 받아들"인 헤롯 아그립바 1세의 경우가 그러했고, "'한 민족의 멸망보다 한 사람의 죽음이 더 낫다'고 선언"(p. 95)하고 예수를 체포하기로 결정한 "유대의 성직자들"이 그러했다. 그들이 구실로 내세운 "민족이란 말은 그들의 권력을 가능하게 하는, 그들을 권력자의 모습으로 조각하는 영혼이 없는 표백물에 불과"(p. 95)할 뿐이다. 이 말의 감금의 역사는 또한 오늘도 되풀이되고 있다. 로마군과의 전투

속에서 유대의 병사는 살육의 노예(로마군을 한 명이라도 더 죽이는 일에 몰두하는 에사우)로, 명예의 노예(실바의 목을 베어오려고 한 셈)로, 절망의 노예('시온의 자유를 위하여'라는 글자가 새겨진 동전을 버리는, "자유에 대한 희망마저 버리는" 성민들)로 전락하고 마는 것이다.

신의 말은 그것을 따르고 지키는 자 스스로에 의해 권력의 말로 전화한다. 그렇게 말의 담지자들은 스스로 "혼을 학대"한다. 그것이 정찬의 소설학이 들려주는 끔찍한 전언이다. 그러나 그것만이 아니다. 더욱 무서운 것은 "타락된 말은 스스로 권력을 요구"(p. 95)한다는 것이다. 타락한 말은 권력에게 다가가 권력을 유혹하고 그것을 치장하고 성화시킴으로써 권력에의 욕망을 더욱 증폭시킨다. 실바와 요셉스의 그 긴 대화는 바로 그 과정을 그대로 압축해 보여주고 있다. 전쟁과 정복만을 목표로 삼고 있는 로마의 장군은 요셉스의 말을 통해서 권력자로의 욕망을 배우게 된다. 지금의 황제 베스파시아누스가 그랬던 것처럼. 그리고 동시에 그것은 요셉스의 말을 더욱 타락시킨다. 그는 말의 노예로 전락한다: "이상하게도 로마인과 가까이 있으면 입을 다물 수가 없었다. 그들 앞에서는 혀를 놀리지 않으면 불안했다. 그것은 어릿광대가 관객들 앞에서 가만히 있지 않고 쉴 새 없이 지껄여대는 것과 흡사했다. 로마인들에게 그는 영락없이 어릿광대였다"(p. 86).

3

정찬 소설의 주제가 성과 속의 동시적 발생학이라면 그의 소설학은 말의 권능과 말의 타락의 동시적 발생학이다. 작가는 그것을 "권력의 원형적 얼굴"(「신성한 집」, p. 105)이라고 말한다. 그 권력의 원형적 얼굴로부터 달아날 방법은 없는가? 성과 속이 그렇게 공모하고 있는 것이라면 참된 신성의 드러남은 있을 수 없으며, 마찬가지로 말의 권능과 타락이 동시적인 것인 한 거짓된 말 아닌 말은 존재할 수 없는 듯이 보인다. 이 주제론과 소설학을 그대로 받아들인다면, 도대체 어디에서 참된 삶의 빛을 엿볼 수 있을 것인가?

하지만 그의 소설을 읽은 사람이라면 알다시피, 작가는 희망을 포기하지 않는다. 「수리 부엉이」에서 그 희망은 마지막 대단원에 있지 않고 작품 속의 행동과 말 도처에 흩어져 있다. 무슨 말인가 하면, 로마군에 의한 살육을 면하기 위해 스스로 자진을 택한 유대인들의 비극적 결단에 있지 않다는 말이다. 물론 그들은 "장군의 군중으로서 살아남기를 거부함으로써"(「수리 부엉이」, p. 127) 장군에게서 권력을 상실시킨다. 그러나, 그렇다고 해서 그들의 죽음은 권력으로부터의 해방을 뜻하지는 못한다. 그들의 죽음은 그대로 증거가 되어 유대 권력자들에게로 넘어간다. 이제 유대 권력자들은 그 증거에 의해 증오의 씨앗을 온 세상에 뿌릴 것이다. 그들은 유대 권력자들의 군중이 된 것이다. 여전히 권력의 얼굴은 지워지지 않는다. 그 얼굴은 거듭 증오를 뿌리고, 누가 한때의 권력을 휘어잡든, 그 "증오의 끝은 파멸"(p. 129)이다.

작가의 결론은 더욱더 절망적인 듯이 보인다. 그러나 요셉스는 젖은 눈을 들어 기원한다: "신이여 당신의 말이 차가운 땅에 누워 있는 이들에게 어떤 빛이 되어 닿고 있는지 보여주소서. 당신의 목소리를 더럽힌 저에게 보여주소서. 그리하여 죄의 납덩이에서 벗어나 당신의

세계를 밝히는 빛의 향기에 잠시라도 젖게 하소서." 모든 빛의 거짓됨
에 절망한 자는, 그럼에도, 빛의 향기에 잠시라도 젖기를 갈망한다.

그렇다면, 잠시 동안의 희망을 가져볼 수는 있단 말인가? 그러나
그 기원을 하는 요셉스를 작가는 이렇게 묘사하고 있다. "절망으로
꺼져가는 요셉스의 얼굴 위로 저문 빛이 스러지고 있었다"(p. 131).
요셉스의 얼굴은 절망으로 꺼져가고, 빛도 저물어 스러지고 있었다.
마치 모든 것이 암흑으로 귀일한 것처럼, 작품은 끝난다. 희망이 있
다면, 그것은 그 절망적인 기원 속에 있을 뿐이다. 빛이 있다면 그것
은 저문 빛으로만 있을 것이다.

그러나, 그것 또한 빛은 아닌가? 희망이 곧 절망의 표정을 띠고 있
다면, 그 절망의 표정은 마찬가지 까닭으로 희망이 없으면 지을 수
없다. 절망 속이 어찌 됐든 희망의 마지막 서식지이다. 그렇다. 그렇
기 때문에 자진을 택한 유대인들의 결단은 단지 증오의 대물림을 위
한 행위가 아니라, 희망의 씨앗을 품는 행위이기도 하다. 그러나, 그
사건은 그 뜻을 감추고 있을 뿐 결코 구현하고 있지 않다. 다시 말해,
그 뜻은 그 사건 자체로서 완수되는 것이 아니라, 그 사건 속에 은밀
히 심어지는 어떤 계기들의 사슬을 통해 진행한다. 바로 그 은밀한
계기들이 바로 작중 인물들의 말과 행동에 산일해 있다가 그 비극적
결단 속으로 모여드는 것들이다.

우선, 박해에 계속적으로 저항해온 유대인들의 역사가 있다. 요셉
스와 실바의 대화 중의 요셉스의 이 말: "유대인들은 행복스럽게도
신의 선택에 의해 에덴 동산에서의 순결한 말을 기억할 수가 있었습
니다. 인간들이 끊임없이 잃어버리고 있는 순결한 말을 말입니다. 더
러운 말이 넘쳐 흐르기 전에 예언자가 나타나 순결한 말의 기억을 깨

우치게 합니다"(p. 96). 유대인들의 이 기억의 능력이 바로 그 첫번째 계기가 된다. 그러나, 그 기억은 이미 보았듯, 증오의 대물림을 위해, 연속적 교체를 통한 권력의 무한한 지속을 위해 기능할 수 있다.

다음, 신의 침묵에 절망하고 신의 존재에 회의하는 엘리아잘에게 제사장이 들려주는 말: "신은 우리들을 고통 없이 죽음 속으로, 완전한 멸망 속으로 빠뜨릴 수 있소. 〔……〕 그러나 신은 결코 우리를 제물로 바라보고 있지 않소"(pp. 72~73). 제물로 바라보고 있지 않기 때문에, 신이 "유대인의 마지막 왕국 유다를 멸망시켰을 때" "유대인은 다시 역사의 지평선 위로 나타"(p. 96)날 수가 있다. 이 계기에서도 역시 기억이 문제가 된다. 그러나, 그 기억은 제물로 보지 않을 때 유지되고 솟아나는 기억이다. 그 기억은 증오가 쌓이는 기억의 반대편에 있다. 왜냐하면, 증오는 곧 권력의 씨앗이기 때문이다. 권력은 살아남기 위해 제물을 요구한다. 제물됨은 증오를 낳고 다시 권력에의 욕망을 부채질하며 다시 증오를 뿌린다. 신의 기억은 그러한 기억의 악순환으로부터 벗어나는 기억이다.

그러나, 그것은 도대체 어떻게 가능하단 말인가? 모든 기억은 사건과 지식과 감정의 축적이며, 모든 증오는 기억의 도관을 흐르며 더욱 뜨거워진다. 그런데 어떤 기억이 증오와 권력에의 욕망을 허물 수 있단 말인가?

이 질문의 자리가 아마도 작가의 시간 탐구의 첫번째 매듭을 이루는 것이리라. 앞에서 본 권력의 원형적 얼굴이 시간의 발생학에 속한다면, 이 자리는 그 발생학이 전개학으로, 다시 말해 의미론이 통사론으로 바뀌는 지점을 이룬다. 그리고, 통사론은 의미론의 확대가 아니라 그것에 대한 문제 제기로 존재한다. 다시 말해, 권력의 발생이 어떻게 권력에 대한 욕망을 증폭시키지 않고, 그에 대한 성찰과 그로부터의 해방을 낳을 수 있는가의 질문으로서 그 통사론이 구성되기 때문이다.

그 질문과 아주 근접한 지점에 엘리아잘에게 들려주는 제사장의 답변이 있다. 즉 인간을 제물로 바라보지 않는 신의 기억이 '인간의 역사'에 어떻게 드러날 수 있는가에 대한 그의 풀이가 있다. 제사장은 말한다: "신은 우리들을 제물로 바라보지 않았고, 우리들은 기꺼이 신이 존재하는 역사의 한 인간으로서 그 고통을 받아들였던 것이오"(p. 73).

이 말을 통해 기억의 새로운 측면이 나타난다. 기억은 증오의 누적일 수도 있지만, 동시에 고통을 온몸으로 받아들인다는 의미의 되풀이되는 환기일 수 있다. 고통 수락은 여기서 사건의 결과로서가 아니라, 세상에 대한 하나의 실천적 결단이 된다. 그 실천적 결단은 고통을 수락하는 행위를 통해 부재하는 신의 존재를 역설적으로 증거한다. 그 수락의 행동은 권력자와 상처 입는 자가 동시에 품게 되는 행동의 구조, 그리고 바로 그 때문에 권력과 증오의 무한한 되풀이를 낳게 되는 그 행동의 구조로부터 벗어날 가능성, 아니 차라리 의무에 대한 되풀이되는 환기가 되는 것이다.

후에 「완전한 영혼」을 통해 그 현실적 양태가 깊이 탐구될 이 수락의 결단학은, 그러나, 엘리아잘에게 즉각적인 깨달음으로 오지 않는다. 그것은 신의 침묵을 여전히 지연시키는 것이다. 그것의 되풀이되는 환기는 현실적 존재태를 갖지 못한다. 갖는다면, 그것은 곧바로 권력으로 전화할 것이다. 따라서 그것은 부재의 명멸이며, 결코 시간의 줄기를 타지 못한다. 그것은 결코 지상으로 내려오지 못한 채로 단지 깜박이기만 하는 저 하늘의 별과도 같다. 그것이 어떻게 이 지상적 권력의 압도적인 전개에 대해 힘을 가질 수 있을 것인가?

그것을 가능케 하는 네번째 계기는 요셉스의 행동으로부터 온다. 그는 실바의 목을 베러 왔다가 포로가 된 셈을 따라 마사다 성으로 들어가고, 그럼으로써 엘리아잘과 하나의 약속을 남기게 된다. 여기에서 중요한 것은 그 약속 자체에 있는 것이 아니라, 그 약속이 이루어진 과정에 있다. 그 과정은 직접적으로는 그가 셈을 따라 성으로 들어가는 것으로 이루어지며, 포괄적으로는 그가 로마의 항복자가 됨으로써 저항자 엘리아잘과 만나게 되는 것으로 이루어지는데, 직접적으로나 포괄적으로나, 그것들이 함께 보여주는 것은 그의 행동은 권력의 등에 업혀서 권력과 권력 사이를 줄타는 곡예라는 것이다. 셈이 내려온 길이 권력에 대한 욕망의 길이라면, 셈을 따라 들어가는 길은 곧 권력의 줄을 타고 가는 길인 것이며, 항복자로서 저항자와 약속으로 맺어진다는 것은 새삼 풀이가 필요 없을 것이다.

권력의 등에 업혀 반권력의 길로 나아가기, 그것이 정찬의 전개학이 궁극적으로 들려주는 전언이다. 속에 업혀 속을 거슬러 올라감으로써 성/속이 하나로 발생한 지점 저편으로 뚫고 나아가는 것, 혹은 말의 타락에 업혀 말의 거짓과 말의 성화가 동시에 태어난 지점 저편으로 뚫고 나아가는 것.

4

그러나, 그것이 '궁극적' 전언이라는 우리의 판단은 성급하다. 차라리 그것은 그의 전개학의 두번째 매듭을 이룬다. 왜냐하면, 그 전

언 자체가 문제의 구멍을 열어놓고 있기 때문이다. 그 구멍은 그 위
장술이 동시에 권력의 그것과 형태적으로 다르지 않다는 사실의 지점
에 패어 있다. 이미 그 작품에서 요셉스는 실바에게 가르치고 있지
않은가? "권력자에게는 변신이 강력한 무기"(p. 103)라는 것을. 그
런데, 그것은 요셉스의 무기가 '변신'인 것과 하나도 다르지 않다. 변
신의 길은 아무리 탈-권력을 목표로 한다 하더라도 그 자체로서 권력
이 된다. 이미 요셉스는 그것을 체험하였다. 동굴 속의 동료들이 그
를 배신자로 몰아 죽이려 하였을 때 그는 간계로서 그 죽음을 벗어난
다. 제비를 뽑아 한 사람씩 죽음을 맞이한다면, 로마군에게 죽임을
당하는 것도 신에 대한 모독도 피할 수 있다. 그 간계를 통해 그는 동
굴 안에 들어찬 권력의 공간을 하나씩 덜어내었다: "마침내 나와 다
른 한 사람이 남게 되었다. 그 순간 나는 권력의 공간에서 벗어난 것
이다. 왜냐하면 그가 나에게 명령을 한다 해도, 그 명령을 떠받들고
있는 폭력의 집단을 잃어버렸기 때문이다." 하지만, 그 권력의 공간
에서 그가 벗어났을 때 그는 자신이 권력자가 되었음을 깨닫고야 만
다: "제비를 뽑은 한 사람 한 사람이 죽어갈 때마다 살아 있음에 대
한 나의 욕망이 조금씩 조금씩 커지고 그에 따라 나는 권력자의 모습
으로 변해갔다"(p. 117).

탈-권력의 행위 자체가 그 과정을 통해서 권력의 수립을 향해 가
는 길이 되고 만 것이다. 그 간계, 즉 변신의 전략은 권력으로 이어지
며, 그 변신의 전략이 가능케 한 생존은 권력을 더욱 증폭시킨다:
"권력자는 계속 살아남기를 열망한다. 그 어떠한 타락도 살아남음의
열망을 능가하지는 못한다. 살아남지 못하면 권력은 순식간에 없어져
버리기 때문이다"(p. 117).

　마치 작가는 권력과 탈-권력 사이를 강박적으로 왕복하는 듯이 보인다. 지상의 권력이 성과 속 사이를, 말의 타락과 말의 성화 사이를 강박적으로 오가듯 말이다. 그의 관념학은 그렇다면 결국 권력의 관념학이 보여주는 다급함과 똑같은 긴박성을 복제하고 있는 것은 아닌가? 이럴진대 참된 탈-권력의 길은 애초부터 미궁에 빠져 있는 것은 아닌가?

　그러나 다시 한 번 자세히 읽어볼 필요가 있다. 권력의 지속과 그 처절한 생존의 전략을. 배신자로 몰린 요셉스는 살아남기 위해 간계를 부린다. 그 간계는 탈-권력의 의지를 포함한다. 그러나 그 의지와 행동 자체가 권력을 만든다. 그리고 권력은 어떻게 되는가? 요셉스는 이 지점에서 아주 은밀하게 충격적인 발언을 새겨넣는다. "어떠한 타락도 살아남음의 열망을 능가하지는 못한다." 자세히 들을 줄 아는 사람은 이 진술이 하나의 반전을 이루고 있음을 알 것이다. 요셉스의 애초의 간계는 살아남기 위해서 행해진 것이었다. 그러나 그의 살아남음은 권력의 노예가 되는 결과를 초래한다. 그러나, 권력이 수립되자 이제는 권력이 살아남음 자체에 매이게 된다. "살아남지 못하면 권력은 순식간에 없어져버"(p. 117)린다. 권력의 욕망이 그것의 지속성에 대한 욕망에 사로잡히게 된 것이다. 지속성은 권력의 아킬레스건이자, 운명적 굴레이다. 이제까지는 권력이 모든 것의 운명적 굴레였다. 다시 말해 성과 속의 발생학의, 말의 타락의, 삶어의 욕망의, 탈-권력의 의지의 그것이었다. 그런데 이제는 권력을 대책 없는 자기 순환 속에 빠뜨리는 것이 바로 그 권력 그 자신으로부터 발생하였다. 권력의 지속성에 대한 욕망, 즉 삶에의 욕망이 그것이다.

　어느새 욕망의 사슬은 권력의 손으로부터 삶의 필연성으로 이동하였다. "어떠한 타락도 살아남음의 열망을 능가하지는 못한다"는 그 이동을 가능케 한 결절점이다. 그리고 바로 거기에서 권력의 추락이, 한 존재의 권력의 추락이 아니라 권력 그 자체의 추락이 기적처럼 벌어진다. 더 이상 권력은 무소불위할 수가 없게 되고, 탈-권력의 의지와 경쟁 상대가 된다. 요셉스가 엘리아잘에게 제안한 자멸의 선택이 뜻하는 바가 여기에서 명백해진다. 그것은 권력의 순간적인 동공화를 만들어낸다. 다시 말해 권력이 비어버린 자리가 가능할 수 있다는 것을 순간적으로 환기한다. 물론 그 동공화는 곧 메워질 것이다. 권력을 수립하려는 모든 이들에 의해, 다시 말해 권력자의 지속의 욕망과 피권력자의 증오에 의해. 그러나, 그럼에도 불구하고 그 텅 빔의 사건 자체는 사라지지 않을 것이다. 권력자는, 실바의 분통이 그러했듯, 항상 그것을 잊지 못할 것이며 서둘러 빈자리를 메우려 할 것이다. 그러나, 그 행위 자체에 의해서 그 빈자리는 결코 사라지지 않을 것이다. 여전히 거듭 생길 것이다. 권력에 굴복한 요셉스는 살아남음으로써 그것을 증거할 것이다. 그것이 권력을 대치하지는 못할지라도 권력의 자기 부정을 끝끝내 증거할 것이다.

우리는 다시 한 번 정찬의 소설학이 시간의 연구임을 확인한다. 권력의 안감에 몸을 기대어 그것의 조급한 제 목 죔을 증거할 수 있는 것은 살아남음의 시간 그 자체이다. 어떤 권력도 종말을 가지고 있다. 어째서 「얼음의 집」(『완전한 영혼』) 서두에서 그는 생명의 자람에 대해 길게 이야기하고 있는가? 바로 그것이 시간에 대한 탐구이기 때문이다. 실로 이 이해의 바탕 위에서 우리는 비로소 「얼음의 집」에 대해 이야기할 수가 있다. 고문자의 기이한 권력의 욕망학, 천황을 능가하기 위한, 다시 말해, 스스로 신이 되고자 한 그 변신의 사다리

타기. 「얼음의 집」은 그것의 발생으로부터 전개에 이르는 전 과정을 고스란히 담고 있다. 그런 의미에서 그것은 권력의 총체적 존재론에 해당하며, 동시에 그것이 결국 자기 부정에 이르고야 마는 것을 드러내는 총체적 반-존재론이기도 하다. 권력이 세운 신전은 결국 종이학처럼 허약한 인공의 가건물에 지나지 않았다는 것, 그리고, 시간은 그것을 기어코 허물어버리고야 만다는 것을 그 반-존재론은 보여준다. 그러나, 정말 독자가 읽어야 할 것은 그 결말에 있는 것이 아니라, 총체적 존재론 그 자체가 반-존재론으로 전화하는 과정의 전체이다. 결말만 보는 사람은 그 또한 권력의 욕망에 사로잡힐 것이다. 그는 권력의 종말에서 권력의 쾌감을 느낄 것이다. 그 전 과정을 살아내는 것, 바로 거기에 글쓰기 - 글 읽기의 몫이 있다. 글쓰는/읽는 자 또한 또 하나의 요셉스인 것이다. 권력에 대해 꼼꼼히 기록함으로써, 다시 말해, 권력의 존재론을 글로 삶으로써 그것의 자기 부정을 또한 스스로 살아보는 것, 그것이 글이 해야 할 일인 것이다.

그럼에도 불구하고, 정찬 소설의 한 절정을 이루게 될 그 작품에 대한 이야기를 이렇게 지면이 다하도록 오래 미루었던 것은 그 이해의 바탕이 선행되어야 했기 때문이다. 실로, 「신성한 집」과 「수리 부엉이」를 전제하지 않는 한 「얼음의 집」은 결코 이해되지 않는다. 이 글이 그 바탕 다지기에 조금이나마 기여한 바가 있다면, 언젠가는 누군가 「얼음의 집」 그 자체를 분석해내야 할 것이다. 그리고 그 바탕 위에서 「완전한 영혼」을 새롭게 읽어내야 할 것이다. 그것이 오직 순결한 수락에 대해서 말하고 있는 것이 아니라 실은 분열적 순결성의 세계, 다시 말해 상처로서의 순결성에 대해, 검은 순결에 대해 말하고 있다는 것이 무엇을 뜻하는가를.

권력의 모든 것과 모든 것의 권력
—정찬의 『황금 사다리』에 부쳐

1

『황금 사다리』(자유포럼, 1999)[1]는 고문자의 의식을 다룬 특이한 소설이다. 한국의 억압적 정치 상황 속에서 고문은 공공연하게 자행되었고, 따라서 그것은 소설의 중요한 제재로 자주 등장하였다. 그러나, 많은 소설들에서 그것은 피고문자의 체험과 시선을 통해 묘사되었으며, 따라서 그것은 권력 비판, 좀더 정확하게 말해서, 정치 권력에 대한 가장 부정적인 증언으로서 기능하였다. 이 부정적 증언이 그 자체로서 한국 현실의 실상을 바로 지시한다는 점에 고문 묘사의 의의가 있다고 할 수 있겠으나, 그러나 그 방향은 결정적인 결여를 하나 남겨놓고 있었다. 권력 성찰이 바로 그 결핍이다. 권력 성찰은, 권력 비판과 달리, 권력 행사자와 피권력자 사이에 윤리적 우열을 가

---

1) 『황금 사다리』는 중편 「얼음의 집」을 확대·개작한 것이다.

정하지 않는다. 그것은 집행자와 희생자를 동등한 평면 위에 놓고 각각의 입장의 필연성과 행동의 철저성을 겨루게 한다. 그것이 그렇게 하는 까닭은 이중적이다. 하나는 어떤 행동이든 복잡한 내력을 가지고 있기 때문이다. 그것은 표면에 나타난 도덕적 판단의 대상을 넘어 생의 존재론 그 자체를 문제 삼는다. 다른 하나는 폭력, 즉 권력의 행사에서 중요한 것은 그것의 내용이 아니라 그것의 구조이기 때문이다. 내용만이 문제가 될 때 권력의 수량적 현상만 보이지만, 구조가 문제가 될 때 권력의 집행과 피해 사이의 질적 연관이 보인다. 그리고 구조가 밝혀질 때에만 권력의 약한 고리가 포착될 수 있는 법이니, 그것은 희생자의 입장에서는 더더욱 그렇다. 가령, 부당한 일을 벌인 자에 대해 약한 자가 할 수 있는 일은 더 힘 센 자에게 의존하거나 아니면 부당한 자의 약함을 찾아내는 것밖에 없다. 전자의 방법은 권력의 회로 속으로 들어가는 길이며, 후자의 방법은 권력의 회로를 순간적으로 끊지만 다시 그것을 잇게 될지 아니면 권력 회로 자체의 파괴를 향해 갈지는 미지로서 남는 길이다. 어쨌든 약한 자가 강한 자가 되지 않으면서 권력에 도전하는 길은 후자를 통해서만 가능하고, 그것은 권력의 구조를 분석해낼 것을 요구한다.

한국 문학에서 고문을 성찰의 차원에서 최초로 보여준 소설은 임철우의 「붉은 방」(『현대문학』, 1988년 8월)이었다. 그토록 잔혹한 폭력을 행사한 자가 실은 자상한 가장이라는 것, 고문 형사와 피고문자가 식당에서 마주치는 장면을 통해서 작가가 선명하게 부각시키고 있는 그 문제는 '인간의 얼굴을 한 야만'에 대한 적발이자, 동시에 야만의 도저한 인간다움에 대한 각성을 야기한다.

임철우에게 이 야만의 인간성이 심정의 차원에서 파악되었다면, 정찬은 그 특유의 관념학을 통해 고문을 심정의 차원으로부터 사상의 차원으로 옮겨놓는다. 고문의 뒤에는 고문자의 사상이 있다는 것. 그 것은 인간의 얼굴을 한 야만을 다루는 것이 아니라, 야만의 사상, 즉 야만에 대한 추구를 탐구하는 것이다. 고문 기술자-나는 자신의 행적에 대해 이렇게 말한다: "상처받은 내 삶을 일으켜세우고자 했던 황홀한 불꽃, 그 불꽃은 정신 그 자체였어. 정신이 고스란히 불꽃이 되어버리는……"(p. 14) 그러니 저 냉혹한 가학이 가장 뜨거운 정신이 아닌가? 그 형태가 어떠하든 정신이란 진실, 즉 신성에 육박한다. 그러니, 그것이 야만의 사상이라 할지라도 사상(형이상학)은 "인간의 얼굴을 한 신"이다. 정찬의 고문 탐구는 그 점에서 "인간의 얼굴을 한 신"에 대한 탐구 혹은 신성의 도저한 인간다움에 대한 탐구이다.

2

고문이 사상의 토대로서, 혹은 사상의 뼈대로서 존재하는 까닭은 무엇인가? 고문은 아주 기이한 폭력인데 그 기이성은 고문자와 피고문자 사이의 단절에서 비롯한다. 직접적으로 육체의 훼손이 매개되어 있는데 왜 단절인가? "고문자는 고문 대상자를 생명체로 보아서는 안 된다. 그는 생명체가 아니라 사물이다"(p. 135)는 하야시의 말에 그 핵심이 있다. 고문 대상자를 사물로 전락시킴으로써 그와 고문자 사이에는 "두 존재 사이에 가로놓여 있는 강, 이 두 존재 사이에 입을 벌리고 있는 골짜기"(p. 138)가 깊이 패인다. 하나는 인간이고 하나는 사물이기 때문이다. 고문이 하는 일은 육체의 훼손이 아니라 이 사실, 즉 인간과 사물 사이의 건널 수 없는 골짜기를 각인시키는 일이다. 고문이 권력의 도구로서 기능할 수 있는 것은 여기에서 비롯한다. 그것은 한편으로 권력의 위계 구조를 극단적으로 도식화한다. 고문은 권력의 볼록거울이다. 다시 말해 그것은 권력에 극복 불가능성을 새겨넣는다. 그것이 확대한 권력의 풍경에는 결코 지워지지 않는 빗금이 그어져 있다. 다른 한편으로 그것은 권력으로부터 핑계를 뺀 것이다. 권력은 피권력자의 도움을 통해서만 성립하기 때문에 그것의 실상이 거꾸로라고 하더라도 그 표정은 언제나 평등을, 그리고 '행복에의 약속'을, 혹은 그것의 진실됨을 현시하고 있다. 가령, 메이지 백년은 "비약, 고양, 장거, 기적적 부흥, 번영"(p. 175) 등으로 표현된다. 혹은 관동 대지진으로 인한 사회의 혼란을 무마하기 위해 조선인을 희생양으로 삼은 것은 "더 큰 진실" 아니 "유일한 진실"을 위해 "거짓이라는 고통 속으로"(p. 40) 들어간 것이다. 그에 비해서 고문은 이런 구실을 갖지 않는다. 고문은 일체의 군더더기 감정을 갖지 않는 순수 폭력이다. 그렇다는 것은 고문이 그 자체의 목적을 가질 수 없다는 것을 뜻한다. 그것이 목적을 갖는다면 다른 것의 목적을 대행할 때뿐이다. 물론 그 다른 것은 권력이다.

그 자체의 목적을 가질 수 없는 것이 사상일 수 있을까? 왜냐하면 사상, 즉 형이상학은 가장 위대한 목적을 향해 난 정신의 길이기 때문이다. 그 자체가 목적을 가지고 있지 않은 것은 오직 도구로서만 존재한다. 임철우의 「붉은 방」이 고문을 심정의 차원에서 파악했다는 것은 그것을 권력의 연장으로 이해했다는 것을 뜻한다. 그 이해의 평면 위에서 고문은 '인간의 얼굴을 한 야만'으로 나타난다. 권력이 인간의 얼굴을 하고 있다면, 고문은 야만인 것이며, 고문을 뒤에 감추고 있는 권력이 바로 인간의 얼굴을 한 야만인 것이다. 그런데 정찬은 고문을 사상으로 파악한다. 그렇다는 것은 그에게 고문은 권력에 대해 독자적이며 더 나아가 그 자체로서 또 하나의 권력이라는 것을 가리킨다. 과연, '나'의 스승 하야시는 고문을 "전혀 다른 불" "새로운 권력의 불" "내가 창조한 불"(p. 127)이라고 말한다.

권력으로부터의 고문의 분화 혹은 일탈. 이것은 권력의 회로에 무언가 문제가 있다는 것을 가리킨다. 그렇지 않으면 그 분화, 일탈이 일어날 리 없기 때문이다. 권력의 탐구에 가장 집요하게 매달려 온 작가 정찬을 자주 읽어온 독자라면 그 대답을 알 수 있을 것이다. 그 내용을 가장 요약적으로 보여주는 것은 「신성한 집」의 다음 대목이다.

그것은 상처받은 자의 적의였다. 상처는 언제나 적의를 만든다. 상처가 깊으면 깊을수록 적의 역시 그만큼 깊어진다. 훼손된 세계는 훼손된 질서를 필요로 하며, 훼손된 질서는 상처를 요구한다. 내 욕망은 훼손된 질서를 이용했고, 그리고 청년에게 상처를 입혔다. 그 상처는 어디로 갔는가. 내가 쉽게 잊어버렸던 것처럼, 시간과 함께 흔적도 없이 사라져버렸는가. 나는 고개를 흔들었다. 상처는 결코 사라지지 않는다. 그 깊은 정신의 동굴은 끊임없이 신음하며 훼손된 세계의 땅과 하늘 사이를 떠돈다. 내 욕망이 만들어낸 신음은 지금 어느 하늘 아래 떠돌고 있는가. (「신성한 집」, 『완전한 영혼』, 문학과지성사, 1992, p. 100)

권력은 상처를 만들고 상처는 오래 쌓여 마침내 권력을 침식한다. 그 침식은 권력이 시간을 이겨내야 한다는 것을 가리킨다. 그러나, 권력은 시간을 이길 수 없다. 그것은 단순히 권력자도 필경 죽고 말리라는 인간의 유한성을 두고 말하는 것이 아니다.

　권력자는 계속 살아남기를 열망한다. 그 어떠한 타락도 살아남음의
열망을 능가하지는 못한다. 살아남지 못하면 권력은 순식간에 없어져
버리기 때문이다. (「수리 부엉이」, 『기억의 강』, 현암사, 1989, p. 117)

　살아남기 위해서 추구된 권력은 이제 살아남음 자체에 매이게 된
다. 그런데 살아남음은 애초에 권력을 갖지 못한 자의 몫이었다. 그
러니까 권력이 살아남음 그 자체에 매이게 된다는 것은 권력이 실은
권력 결여라는 것을 뜻한다.
　이것이 작가가 "권력의 원형적 얼굴"(「신성한 집」, p. 105)이라고
부른 것이다. 『황금 사다리』는 이 권력의 원형적 얼굴, 혹은 "권력의
운명"(『황금 사다리』, p. 129)에서 출발한다. 그것은 『황금 사다리』가
권력의 핵심에 대한 묘사이자 동시에 탈-권력의 실험이라는 것을 암
시한다. 고문은 한편으로 권력의 가장 축약적인 형식이면서 동시에
권력의 운명으로부터 벗어나는 출발선이다
　그 절차는 이렇다. 권력의 운명으로부터 벗어나려는 선택이라고 해
서, 고문이 권력의 본원적 방향에서 이탈하는 것은 아니다. 그것은
권력의 본성을 충실히 따른다. "진정한 권력자는 언제나 살아남음을
꿈꾼다"(p. 124)는 그 욕망 말이다. 문제는 그 살아남음의 조건이 승
자가 되는 데에 있다는 것이다. 승자는 승자의 쾌감을 가진다. "모든
사람은 죽었고, 오직 자신만이 살아 있다는 감각. 이것이야말로 권력
의 심장이며, 상상할 수 없는 쾌감을 불러일으킨다"(p. 115) ; "홀로
살아 있는 자는 죽음의 더미를 내려다보며 황홀에 젖는다. 권력자만

이 누릴 수 있는 황홀이다. 죽음의 더미란 무엇인가? 군중이다"(p. 116). 그런데 이 쾌감이 권력자를 몰락케 하는 길이 된다. 왜냐하면 이미 말했듯 "권력자의 가슴 속에 쾌락이 쌓인다는 것은 권력 대상자의 상처와 증오가 쌓이는 것을 뜻"(p. 197)하기 때문이다. 그런데 이것은 그 전의 작품들에서 이미 탐구되었던 주제이다. 작가는 『황금 사다리』에 와서 그의 탐구를 더욱 밀고 나가 또 다른 몰락의 원인을 찾아낸다. 그것은 권력자가 권력을 추구하면 할수록 군중과 닮아간다는 것이다. 하야시는 말한다. "권력자는 황홀을 추구한다. 무엇으로 추구하는가? 폭력으로써 추구한다. 허약하기 짝이 없는 살과 뼈로 된 고문 대상자를 짓이길 때, 살을 찢고 뼈를 바술 때 쾌락은 폭포수처럼 흘러내린다. 이럴 때 고문자의 얼굴은 끊임없이 변신한다. 발톱을 세우는 표범의 얼굴이 되는가 하면, 발정한 고양이의 얼굴, 혀를 날름거리는 뱀, 썩은 시체를 찾아 헤매는 하이에나, 교미의 황홀함에 경련하는 늑대, 이것이 고문자의 수많은 다른 얼굴이다. 권력의 황홀함이 권력자의 얼굴을 이토록 다양하게 변신시킨다. 놀랍지 않은가? 권력자 역시 짐승이 된다는 사실이. 군중이 짐승이었기에 권력자는 비로소 권력의 자리에 설 수가 있다. 그런데 그 권력의 자리에 서는 순간 권력자는 짐승이 되는 것이다. 짐승이 된다는 것은 군중이 된다는 것이다"(pp. 131~32).

그러나 이 논리는 모호하다. 표범, 고양이, 뱀, 하이에나, 늑대는 비유에 불과하다. 그 비유를 바로 실체로 받아들이는 것은, 즉 권력자가 짐승의 얼굴을 가지고 있다고 해서 그가 곧바로 짐승이 된다는 것은, 그리고 그 짐승(비유)이 바로 군중과 동의어로서의 짐승(실체)이라고 하는 것은 범주 착오에 대한 의심을 불러일으킨다. 따라서,

'나'도 "그가 무슨 말을 하고 있는지 도무지 알 수가 없었"(p. 132)던 것이다. 그런데, 하야시는 이어서 말한다. "권력자가 권력의 황홀 속으로 빠져들 때 자신도 모르는 사이에 짐승, 즉 군중의 모습으로 변신한다. 〔……〕 너는 모든 일본인을 끓어앉히다 못해 천황조차 군중으로 삼으려 했던 권력자였다. 그 황홀 속에서 너의 모습은 자신도 모르게 군중의 모습으로 전락되어갔다. 그리하여 마침내 지하실 속에서 짐승이 되어 온갖 울음소리를 내었던 것이다"(p. 132). 그리고 이 말을 들었을 때, '나'는 "내게 그것이 너무 낯설었을 뿐," 하야시가 "자신이 창조한 권력의 불을 내게 보여주고 있었다"는 것을 납득한다.

'나'는 납득했다 하더라도 독자는 아직 모호하다. 학살 속에서 살아남은 내가, 그리하여, 권력자로서의 자신을 세운 내가 다시 짐승이 된 것은 체포당했기 때문이다. 즉 그것은 '나'의 상상된 권력이 실제의 물리적 권력에 압도당한 결과였다. 그것은 권력의 내적 논리의 결과가 아니다. 이 의혹을 해결하기 위해 독자는 문제의 대목으로 되돌아간다. '나'가 고문 속에서 짐승이 되고 만 자발적 원인은 어디에 있는가? "내 몸이 썩어 문드러져도 나의 불을 내주지 않을 것이"(p. 109)라는 것, 즉 마음속의 권력을 지키려는 욕망이다. 그것이 '나'로 하여금 짐승으로의 전락을 감수케 했는데, 그러나 '나'는 마침내 "무엇인가 나로부터 빠져나가고 있"(p. 109)다는 것을 느낀다. 작가가 굳이 밝히지 않아도 그 '무엇'이 "천황을 향해 타오른 내 가슴 속의 불,"(p. 107) 즉 권력에의 욕망임을 독자는 금세 알 수 있다. 그것이 어떻게 빠져나가고 마는가? 대답은 의외로 가까운 데에 있다. 유일한 대답은 권력은 시간을 이기지 못한다는 것이다. "시간은 고통스럽게 흘렀다. 그 고통은 점점 날카로워지면서 예리한 칼로 변해갔다. 시간의 칼은 내 정신을 썰기 시작했다"(pp. 109~10). 고통의 견딤은 고통의 시간을 견디지 못한다. 희생자의 이 양상을 그대로 뒤집어 권력자에게 적용하면 그 역시 시간을 견디지 못한다는 것이 입증될 수 있다. 권력자는 권력을 유지하기 위해 끝없이 변신을 시도한다. 그러나 변신을 시도할수록 권력의 불안은 결코 시간 그 자체를 이기지 못한다.

권력이 시간 앞에 무기력하다는 것은 새삼스러운 대답이 아니다. 그러나 양상이 다양해졌다. 처음에는 대상만이 문제가 되었다. 권력의 폭력이 자행될수록 희생자의 적의는 쌓인다는 것. 여기에 주체가 추가된다. 가해자의 입장에서든 희생자의 입장에서든 그가 권력의 욕망을 품고 있는 한, 스스로 시간 속에서 자멸한다.

결국 권력의 문제는 시간의 문제로 수렴된다. 처음에는 권력의 쾌락이 문제가 되었다. 그러니, 권력의 쾌락과 시간은 사실상 동의어이다. 쾌락에 빠지는 시간은 동시에 시간의 힘에 의해 권력이 무너지는 기간이다.

어찌 됐든, 그러니 권력의 운명을 벗어나려면 쾌락을 정지시켜야 한다. "쾌락을 지우는 자는 권력의 운명에서 벗어난다"(p. 149). 이 쾌락을 정지시킬 때 권력자는 시간으로부터도 벗어날 수 있다. "쾌락을 지움으로써 권력의 자리, 역사의 자리에서 비켜나며, 권력의 그 소름 끼치는 아가리 속으로 빨려들지 않는다"(p. 149).

고문의 미학이자 사상은 여기에서 나온다. 고문에서 고문자의 쾌락을 지우고 순수 고문을 추구하는 것. 그리하여 고문자의 쾌락과 고문자의 적의를 동시에 지우는 것. 그것이 고문의 사상의 첫번째 문이다. 하지만 문이 열렸다고 해서 곧 세계가 열리는 것은 아니다. 세계의 열림에는 절차가 필요하다. 어떻게 쾌락과 적의를 동시에 지우는 것이 가능한가?

이어지는 두 가지 절차가 있다. 우선, 고문 대상자를 짐승에서 사물로 바꾸는 것이 그 첫번째 절차다. 이 단순한 바꿈이 무엇을 낳는가? 본래 권력은 힘의 우열에 기초한다. 그것은 우선 권력자와 군중을 나누고, 권력자를 신 쪽으로, 군중을 짐승 쪽으로 끌어당겨 그 차이를 한껏 벌린다. 그러나 이 권력의 길은 앞에서 보았듯, 스스로 군중과 닮아가는 길이다. 그런데 이 짐승을 사물로 치환시키면 권력의 운명이 사라진다. 왜냐하면, 사물은 영혼을 가지고 있지 않으며, 따라서 고통받지 않고, 당연히 고문자가 쾌락에 빠질 일도 없기 때문이다. 그 사정이 다음의 말에 명료하게 요약되어 있다: "짐승은 생명체다. 이 생명체를 사물로 변신시킬 때 존재의 전락과 상승은 무화된다"(p. 153). 그럼으로써 고문은 일체의 이기적 목적으로부터 벗어난다. 그러나 이것은 필연적으로 고문자의 위상 또한 변화시킨다. 고문자 자신도 사물이 되어간다는 것이다: "그의 손에 들려진 고문 도구들은 권력의 도구이지 그의 도구는 아니다. 살을 찌르고 뼈를 깎는 자는 권력자이지 그가 아니다. 그렇다면 그는 무엇인가? 그 역시 권력의 도구일 뿐이다. 그가 쾌락을 지우면 지울수록 더욱 완벽한 도구가 되며, 무생명에 가까워진다. 전기봉이나 채찍처럼. 그러므로 고문 속으로 그의 의지는 조금도 스며들지 않는다. 오직 권력의 의지만이 펄펄 살아 있을 뿐이다"(p. 152).

그러니까 고문자의 길은 권력자가 되지 않고 권력의 도구가 되는 길이다. 권력의 의지만이 펄펄 살아 있는 도구. 고문의 사상은 권력에서 주체를 빼고 권력의 의지만을 남기는 것이다. 그렇다면, 이것이 새로운 권력의 불인가?

　주체의 입장에서는 아니지만, 권력의 입장에서는 그렇다. 하야시는 새로운 권력의 불을 창조했다고 했지, 새로운 권력자가 된다고 말하지 않았다. 이것은 분명 하나의 사상이며, 무서운 사상이다. 고문에 대한 탐구는 순수 권력에의 탐구가 되기 때문이다. 그 순수 권력에서는 권력의 주체가 권력 그 자신이며 권력의 목적이 권력 그 자체이다. 어떤 인간도, 하물며, 어떤 생명도, 사물도 모두 그 순수 권력의 도구에 불과하다. 그 권력을 체현하는 고문자의 삶은 실체로서의 삶이 아니라, "그림자의 삶"(p. 160)이다. 이것은 한 가지 확인과 한 가지 의혹을 유발한다.

　우선, 독자는 왜 작품의 발표 당시의 제목이 「얼음의 집」이었던가를 이해할 수 있다. 이 순수 권력은 권력의 행사에서 쾌락과 역사를 제거할 때 나타난다. 달리 말하면, 순수 권력은 권력에서 몸의 떨림과 시간의 흐름을 없앤다. 그것이 가능하려면 일체의 변화 가능성을 정지시켜야 한다. 쾌락의 욕망을 정지시키고 시간을 정지시켜 권력과 희생의 순환이 태어날 가능성을 없애야 한다. 그것이 "차갑고 냉혹한 사상의 불"(p. 147)이라는 것은 고문에서 일체의 인간적 감정을 없애야 한다는 것을 뜻할 뿐만이 아니라, 동시에 그것 자체의 일체의 맥락을 없앤다는 것을 뜻한다. 고문은 점의 사건, 1차원의 사건이 된다. 권력이 본래 불이라면, 고문은 불을 철저히 가둔, 가두어 보석처럼 결정화하는 것, 즉 불을 얼음 속에 가둔 것이다. 불이 권력이라면, 얼음은 바로 고문자이다.

　다음, 의혹: 이러한 순수 권력이 실제로 존재할 수 있을까? 왜냐하면, 권력은 권력의 도구를 통해서만 존재하는데, 그 존재가 지속되려면 권력의 도구 자체가 살아 있어야 하기 때문이며, 살아 있는 한 그 또한 심장과 쾌락과 고통을 가질 수밖에 없기 때문이다. 하야시의 논리가 필경 권력자임을 자임하는 것으로 귀착하는 것은 그 때문이다: "고문 대상자가 마침내 사물로 보일 때 너와 나는 이 세상에서 유일한 권력자가 되는 것이다. 권력의 운명에서 벗어난 유일한 권력자. 얼마나 장려한가. 운명의 가시가 없는 황홀한 불을 가진 인간의 모습이"(p. 158). 이 대목은 말의 내용과 말의 어조 사이의 분리를 선명하게 드러낸다. 말의 내용은 최상급의 차가움으로 빡빡하지만, "얼마나 장려한가"라고 감탄하는 그 어조는 뜨거운 김을 피워 올린다. 어느새 그는 다시 불을 말하고 있다. "운명의 가시가 없는 황홀한 불을 가진 인간의 모습"을.

이 내용과 어조 사이의 괴리는 바로 권력과 권력자 사이의 괴리이다. 이 괴리는 일치에 대한 환상이 있기 때문에 부인되는 괴리이다. 그 일치의 환상은 더욱이 실물 환상이다. 천황이 그 실물 환상이다. 천황은 결코 땅에 내려오지 않으면서 땅의 세계를 지배한다. 천황은 세상의 고통과 세상의 쾌락에 대해 전혀 무관심하다. 물론 이 천황은 인조된 천황이지, 식물 연구를 즐기는 천황 그 자신이 아니다. 그러나, 그 다름이 이해되기는 거의 불가능하다. 인간-천황은 한 번도 세상에 모습을 드러낸 적이 없기 때문이다. 식물에 대한 취미조차도 그의 인간됨이 아니라 천황됨의 표지로 기능한다. 식물은 감정을 드러내지 않는 생물, "눈빛도 이빨도 없는"(p. 235) 생물, 따라서 사물에 가장 가까운 생물이기 때문이다. 그러나 인조된 천황은 결코 땅에 발을 딛지 않지만, 고문 기술자는 이 땅 안에서 산다. 권력자로서의 고문 기술자는 권력 그 자체와의 단절을 느끼지 않을 수 없다. 하야시가 천황을 말할 때면 냉혹함을 잃는 것은 그 때문이다: "이상한 일이었다. 천황을 이야기할 때면 스승의 목소리와 표정은 완연히 달라졌다. 메마르고 냉혹한 목소리가 축축이 젖어 있었고, 차가운 얼굴에는 회상과 갈망으로 가득 차 있었다"(pp. 155~56). 그런데 이 순간은 바로 하야시가 스스로 인간임을 고백하는 순간이 아닐 수 없다. "회상과 갈망으로 가득 차" 있는 인간, 즉 쾌락을 열망하고 상처에 고통받는 인간 말이다.

"운명의 가시가 없는 황홀한 불"은 그렇다면 불가능할 수밖에 없다. 논리적으로는 분명 그렇다. "얼음의 정신은 따뜻함을 용납하지 못한다. 따뜻함이 조금만 스며들어도 얼음은 자신을 지탱하지 못"(p. 167)하니 말이다. 얼음과 황홀한 불 사이에는 결코 해소될 수 없는 간극이 놓여 있는 것이다. 그러나 아직 실증의 절차가 남아 있다. 그 절차는 두 가지로 나뉜다. 하나는 '하녀'의 말을 통해 나타난다. 사물에도 혼령이 있다는 것. 이 미신적 사유는 희생자의 고통이 사물에도 투영되는 것으로 해석된다: "황성의 돌은 피와 살과 뼈로 이루어져 있다. 기둥은 산산조각이 난 육체의 기둥이며 장대한 성벽은 고통과 비명의 축적물이다"(p. 166). 기억의 매개자는 생물에서 사물들까지로 확대된다. 다시 말해, 기억이 서식하지 않는 곳은 없다. 이는 고문의 사상도 실은 권력의 운명에서 벗어날 수 없다는 것을 암시한다. 하지만, 사물의 기억은 상상의 차원에 속하지 실증의 차원에 속하지 않는다. 사물이 기억을 가지고 있다는 것은 한갓 미신에 불과할 수 있다. 하지만 이 상상의 차원이 실은 바로 하나의 실증이다. 기베의 다음 말은 그것을 명료하게, 아니 뜨겁게 표현한다: "이 종이학에는 넋이 깃들여 있다. 왜 넋이 깃들여 있는가. 아름다움과 생명이 넘쳐

흐르기 때문이다. 왜 아름다움과 생명이 넘쳐흐르는가. 뜨거운 사랑 때문이다. 죽어가는 한 생명을 향한 뜨거운 사랑. 죽어가는 님을 살리고자 하는 뜨거운 기원"(p. 197). 기베는 그것을 알았던 것이다. 어떤 사물도 인간에 의해 만들어진 한은 인간의 넋이 깃들지 않을 수 없다는 것을. 어떤 고문 기술자도 저의 인간됨을 벗어날 수가 없다.

또 하나의 실증은 고문 기술자의 인간됨을 바로 겨냥한다. 그도 후손을 가진다는 것이 그것이다. 고문의 사상에 의하면 그 자신 사물이 되어야 했다. 그래야만 쾌락과 역사를 지울 수 있기 때문이다. 그러나, 그의 의지가 어떠하든 그의 육체는 그 의지에 반해 시간의 줄기를 피워내고 있었던 것이다. 그리고 이 "작은 새〔가〕 증오의 부리로 얼음의 집을 쪼고 있었"(p. 221)던 것이다. "새는 차가움에 체온을 빼앗길 것이며, 마침내 얼어 죽을 것이다. 얼음은 어떻게 될 것인가. 새의 따뜻함이 얼음 속으로 파고들 것이며, 결국 얼음은 허물어질 것이다. 새는 죽고 얼음의 집은 파괴된다"(p. 214). 이 육체의 끈질긴 '역사 만들기'에 저항하려면 육체를 없애야만 한다. 하야시가 마지막에 스스로 "생명을 포기"(p. 209)하는 행위는 그 관점에서 이해되어야 한다. '생명의 자발적 포기'는 순수 권력의 시간에 대한 마지막 저항이라 할 수가 있다. 그런데 이것은 고문 기술자, 즉 고문의 도구 자체를 없애는 것이다. 그것은 고문의 사상 자체의 절멸을 가져온다.

하야시의 제자인 '나'는 다행히도 육체의 저 급습을 운좋게 피할 수 있었다. 아들이 교통사고로 사망했던 것이다. 그러나, 행운이 항상 지속될 수 있는 것은 아니다. '나' 역시 그 자신은 모르는 채로 자신의 인간됨을 노출한다. '나'는 거의 무의식적으로 매화보다 난을 좋아한다. "매화는 찬 기운으로 꽃이 피므로 품위가 맑고, 난은 고요함이 꽃으로 변하므로 기품이 깊고 그윽하다고 했다. 나는 찬 기운으로 생명을 일으키는 매화가 싫었다. 내 지나간 삶이야말로 찬 기운이 아니었던가. 서릿발 같은 냉혹함 없이 어찌 버텨낼 수 있었겠는가. 그래서 난의 잎이 그려내는 깊은 초록색의 부드러운 곡선을 보고 있노라면 마음이 편해지는 것이리라"(p. 205). 이 말은 거의 횡설수설이다. 이 횡설수설을 뚫고 그것을 논리적으로 정리하면, ① 나는 매화가 싫다; ② 내 지나온 인생은 매화 같았다; ③ 나는 이제 그게 싫다; ④ 나는 이제 난의 인생을 그린다, 가 된다. '나'도 저의 생애를 저도 모르게 부인하고 있는 것이다. 그러니, '나'라고 해서 하야시가 직면한 문제를 어떻게 피해가겠는가? '나'가 유일하게 기댈 수 있는 것은 '기적'이다. "얼음의 집은 그 기적을 용납하지 않는다." 왜냐하면, 그것은 냉혹한 법칙이기 때문이다. "그럼에도 불구하고 기적은 강렬하게 나를 유혹했다"(p. 234). 나는 기적의 열매를 맛보았는가? 그렇다고 '나'는 말한다. 그러나 그것은 행운에 지나지 않는다. 그가 죽으면, 고문의 도구도 사라지고, 당연히 권력도 증발한다. 권력의 가장 깊은 원칙이 "살아남음"이라면 '나'의 기적은 그 원칙을 지키지 못하게 할 것이다. 하야시는 말하지 않았던가? "인간과 짐승의 관계가 권력의 원형적 모습의 한 축이라면, 아버지와 아들의 관계는 그것의 다른 축"(p. 125)이라고.

유일한 길이 있다. '나'가 살아남음을 추구하지 않고, 세상이 고문 기술자를 반복해서 재생산하는 길이 그것이다. '나'가 기적의 열매를 맛보며 성취한 삶은 천황을 흉내 내는 삶이다. 그 대목이 암시하는 바는 명백하다. 천황이 끊임없이 제작되는 인공의 가건물이듯, 고문 기술자도 끊임없이 제조될 수 있다는 것. 그것은 권력자는 권력의 운명을 벗어날 수 없지만, 권력은 권력자들의 그 끊임없는 교대를 매개로 한없이 움직인다는 것이다. 그것은 권력의 주체가 바로 권력이 되는 사태가 실질적으로 일어남을 가리킨다. 권력의 운명의 마지막 깊은 모습이 그것이다. 권력자는 권력의 운명에 휘말려 끝없이 전락하지만 권력은 영원하다. 권력은 권력의 운명 저편에 있다. 그때 권력을 대리하는 자는 곧 구겨질 종이학에 지나지 않는다. '나'가 종이에 대한 집착을 보여주는 것은 "신음과 비명이 끊이지 않는 세상을 얇은 종이를 통해 바라본다는 것. 그것〔이〕 피투성이 세상에서 벗어나 있다는 안온함"(p. 13)을 주기 때문이지만, 그 종이는 문득 바스락거리고 바스라질 것이다. 하지만 이것은 조롱이 아니라 무서운 경고이다. 권력은 권력자가 추구하는 것이 아니라, 권력을 추구하는 자들에 의하여 생산되는 것이라는 것. 그리고 그 권력의 재생산은 한이 없다는 것. 관동 대지진 때 미즈노가 조선인-악령을 생산하듯, 천황이 반복해서 새 연호를 달고 태어나듯.

3

고문 역시 권력의 운명을 벗어날 수 없다. 권력자는 그 종류가, 방법이 무엇이든 권력의 운명에 포박당한다. 반면, 권력은 언제나 운명을 비켜서 있다. 이렇다는 것은 『황금 사다리』가 탈-권력의 길에 대한 탐구를 통해서 권력의 총체적 존재론을 구성하고 있다는 것을 뜻한다. 실로 이 소설에서 독자가 특별히 주목할 게 있다면, 이 권력의 존재론을 따지고 들어가는 작가의 집요한 주제의식뿐만 아니라, 그 권력의 총체성을 펼쳐 보여주는 묘사의 폭이다. 그 묘사 속에서 군중과 권력자는 서로 꼬리를 물며 완전히 맞물려 있다. 군중은 권력자가 되기 위해 치솟아 오르고 권력자는 군중으로 전락한다. 작품 전체가 불의 이미지에 지배되어 있는 것은 그 때문이다. 그 불의 이미지는 얼음마저도 지배한다(그러니, 얼음의 집은 마침내 파괴될 수밖에 없는 것이다). 즉 순수 권력의 추구자마저 지배한다. 그것은 동시에 군중마저도 지배한다. 즉 순수 굴종의 추구자마저도 지배한다. 살아남기 위해서 아버지가 어떻게 하는지 보라. "아버지는 피에 물든 혀를 길게 내밀고 그들의 신발 밑창을 열심히 핥았다. 그들은 좀처럼 만족하지 않았고, 아버지는 신발 밑창이 하얗게 되도록 핥고 또 핥았다. 하지만 그 대가는 죽음이었다"(p. 55). 하야시는 아버지의 행위에서 아들을 통해 권력을 보존하려는 욕망을 읽었으나 지금 우리가 읽은 대목은 그 이상이다. 아버지가 '피에 물든' 혀를 '길게' 내밀고 신발 밑창을 열심히 '핥는' 광경은 바로 불이 혀를 널름거리며 주변의 모든 사물들에 붙어 오르는 광경을 그대로 닮았다. 아버지의 굴종의 행위는 권력을 감추는(보존하는) 행위가 아니라, 그대로 권력을 현시하는 행위로 나타나는 것이다. 고문이 권력을 초월하는 방법이라면, 아버지의 굴종은 권력을 피하려는 방법이다. 이 둘이 실은 모두 권력을 현시하는 방법에 지나지 않는 것이다. 그리고 이것은 다른 행위에도 무차별하게 적용된다. 심지어 박열-후미꼬-정준영으로 이어지는 '사랑'의 방법에도. 하야시는 "권력의 욕망이 제거된 정신을 〔……〕 사랑이라 일컫는다"(p. 113)고 말했다. 그러나, 그 사랑은 허무를 필연적으로 동반한다. 다시 말해, 그것은 "생물의 절멸 운동"이다. 그것이 "존재의 인과관계를 초월"하는 길이다. 그것이 권력의 운명을 벗어나려다 결국 권력의 운명에 사로잡히는 고문자의 길과 무엇이 다른가? 그 형태(존재의 인과관계를 초월하는 것과 쾌락/적의의 끝없는 변증법을 벗어나는 것)가 닮았을 뿐 아니라, 그 내용 또한 권력의 운명에서 자유롭지 못하다. "정준영은 그 허망이 적의를 조금도 해치지 않았다고 말했지만 그건 착각이었다. 허망은 적의를 야금야금 갉아먹고 있었다. 그리하여 마침내 적의가 허망에 의해 함몰되었을 때 그의 생명은 죽음으로 기울어져 갔다"(p. 120)고 말한 하야시의 지적은 정확하다. 나중에 그 자신이 선택하고야 말 그 죽음이 허무와 사랑의 길이 가 닿을 마지막 공허이다. 이미 박열은 "일본의 권력자 계급을 멸하고 동시에 나 자신을 멸하기로 결심하고 그 실행에 착수"(p. 89) 했다고 말하고, 정준영은, "자신의 내면을 끊임없이 살해하는 일. 이것이야말로 이 시대에 우리가 할 수 있는 유일한 도덕적 실천이다"(pp. 63~64)라고 말했다. 무정부주의의 사랑의 길은 사랑에 이끌려 사랑의 토대 자체를 무너뜨리는 길이다. 그 사랑이 무정부주의자의 권력인 것이다.

그 어떤 것도 권력의 운명을 벗어나지 못한다. 단 하나 남는 게 있는데, 그것은 기베가 체현하는 변신으로서의 사랑의 길이다. 권력의 물신으로서의 사물을 권력을 녹이는 사랑의 사물로 변신시키는 활동, 그것이 기베가 보여주는 미학의 길이다. 그 미학의 길은 작품 『황금사다리』 그 자체가 그러하듯이, 권력의 뜻을 되새기게 하는 대신에 권력에 실질적으로 개입하지 않는다. 기베가 하야시의 제단에 바친 "마사키 가지"(p. 208)는 그에 대한 선명한 은유이다. 그 "창백한 가지"는 하야시의 운명을 그대로 되풀이하면서 동시에 하야시에 대한 뜨거운 사랑을 표현한다. 미학의 길은 이중적으로 계류된 길이다. 한

편으로 권력에 대한 성찰과 권력에 대한 무기력을 동시에 드러낸다는
점에서 그것은 권력과 탈-권력 사이에 계류된다. 다른 한편으로 그
공간적 계류 때문에 미학의 시도(형상적-반성적 시도)는 반복적으로
되풀이된다는 것, 다시 말해 결코 "대답이 주어질 수 없는 방식으로"
(롤랑 바르트) 질문을 되풀이한다는 것, 그것 때문에 미학은 시간적
으로도 계류된다. 잘 알다시피 곧 이어서 작가는 '무사유'를 통해 탈-
권력을 실험한다. 「완전한 영혼」이 그것이지만, 물론 그 완전한 영혼
은 완전한 탈-권력이 아니다. 그것은 작가가 끊임없이 되풀이하고,
독자에게 끊임없이 환기시키는 탈-권력의 '하나의' 실험이다.

　권력의 총체적 모습은 모든 양상들을 통해서뿐만 아니라, 위상적으
로도 실험된다. 『황금 사다리』의 또 하나의 흥미로운 특성은 실존 인
물과 가상 인물을 뒤섞어놓았다는 것이다. 실존 인물들은 단순히 배
경으로 존재하지 않고, 가상 인물과 거의 똑같은 비중을 갖는다. 미
즈노, 천황, 박열, 후미꼬, 김창용, 박정희 등이 그러하다. 이렇게 한
이유는 어디에 있을까? 이미 그것을 실험한 작가가 있었다. 발자크가
그이다. 미셸 뷔토르는 발자크의 그 방법에 대해서, 실제 현실로부터
새로운 현실을 분화시켜 그 둘을 대립시키는 기법이라고 풀이한 적
있지만, 정찬의 경우는 오히려 거꾸로다. 『황금 사다리』에서 실존 인
물들은 가상 인물을 탄생시키며, 동시에 그에 대립되는 토양으로서가
아니라 허구와 실제의 분리 불가능성을 새겨넣는 기능을 한다. 그 어
떤 곳에서도 뷔토르가 말하는 바와 같은 창조된 현실과 실제 현실의
대립은 없다. 오히려 두 세계 사이의 완고한 동일성이 강조되고 있을
뿐이다. 그렇다는 것은 이 권력의 실험이 단순히 사상의 탐구가 아니
라는 것을 뜻한다. 『황금 사다리』에는 사상의 탐구와 개인의 실존의

탐구, 그리고 정치적 현실의 탐구가 동심원의 고리를 이루면서 서로를 투영하고 있다. 그 동심원의 고리는 한없이 이어질 것이지만, 그것이 독자에게 직접적으로 환기시키는 것은 동아시아 내에서의 한국인의 정치적 삶의 꼴이다. 일본의 정치적 구조의 투영으로서의 한국의 정치적 구조라든가, 여전히 존속하고 있는 천황제의 의미, 그리고 권력과 고문의 항구적인 공모 등이 그 환기의 항목들이다.

　작가는 이로써 권력을 다 실험한 것인가? 실로 『황금 사다리』는 권력의 통일장 이론이라 할 만하다. 모든 것을 지배하는 권력에 대한 탐구인 동시에, 권력의 모든 것에 대한 실험. 그 탐구 혹은 실험이 끝난 이후, 작가는 탈-권력의 문제 혹은 수난의 주제 쪽으로 선회한다. 그러나 『황금 사다리』는 그 탈-권력의 길이 얼마나 어려운 것인가를 보여주었다. 그러니, 참된 탈-권력에 대한 모색은 동시에 권력에 대한 되풀이되는 탐구와 함께 이루어질 수밖에 없을 것이다. 그것은 작가의 글쓰기거나 독자의 정찬 읽기거나 권력을 둘러싼 탐험은 결코 끝을 알 수 없고, 여전히 험난하다는 지극히 당연한 사실을 새삼 일깨운다.

끝없는 귀환
─ 채영주론

믿을 수 있을까. 그런 일이 일어난다면. 이십 년 전의 첫사랑이
그 옛날 그 모습 그대로 당신을 찾아온다면.
맑고 촉촉한 눈망울을 깜박거리며 빤히 당신을 쳐다본다면.
그건 아무 꿈 속에서도 신비로운 황홀이리라. (p. 5*)

채영주뿐만 아니라 낭만적 충동으로 달뜬 수많은 소설가들이 공공연하게 그런 황홀감을 과시하고 있긴 하지만, 물론 현실 속에서 그것은 불가능한 황홀이다. 그런데도 그것을 "엄연한 현실"이라고 우긴다면 그것은 오직 환각 속에서만, 좀더 정확하게 말해 환각의 '현실' 속에서만 그럴 수 있을 뿐이다. 이 현실은 오직 그것을 그렇게 인지하는 존재가 우김으로써만 존재한다. 우김은 비존재를 존재케 하는 방식이다. 그러나 그것은 단순히 술부의 존재가 아니라 무엇보다도 주격의 존재, 즉 우기는 존재에 관한 것이다. 우기는 존재는 무에서 유를 꺼내기에 앞서서 공허를 공허 그 자체로서 충만케 한다. 그렇게 해서 억지 현실이 태어나는데, 그것은 의도적으로 현실 저편에 놓이면서 또한 의도적으로 실제의 현실 위로 짓쳐와 그것을 검은 장막이 불타버린 폐허를 그렇게 하듯, 덮어버린다.

---

* 채영주, 『무슨 상관이에요』, 문학과지성사, 2002. 이하 면수만 표기된 인용문은 이 책의 것임.

이미 데뷔작 「노점 사내」(『문학과사회』, 1988년 겨울호)에서부터 채영주는 누구보다도 환각에 매달려 왔다. 후에 쓰여진 장편들에서, 그리고 우리가 지금 막 페이지를 넘기고 있는 『무슨 상관이에요』를 포함하여, 그의 글쓰기가 사실주의의 외관을 입고 있다고 해서 그 본질적인 특성이 변한 적은 없다. 『시간 속의 도적』(열음사, 1993)은 인생의 낙오자들과 한갓 뒷골목 부랑아들을 "빨간 난장이들"로 변신시켜 황당무계한 활극을 연출케 하였으며, 고아들의 애환을 사실적으로 추적한 『목마들의 언덕』(문학동네, 1995) 역시, "도대체 가능하기나 한 일이란 말인가. 한 사람의 삶이 공간 좌표의 이동에 의해 달라진다는 것이"라는 물음을 서두에서부터 던짐으로써 지극히 사회적인 광경을 인식적 체험의 지평과 통째로 맞물리게 하려는 은밀한 야심을 드러내고 있었던 것이다. 그렇게 보면, 채영주적 인물들의 모든 사회적 삶은 환각적 현실의 한 실천으로서만 의미를 띤다고까지 할 수 있을지 모른다.

왜 환각인가? 채영주는 그것에 단호하게 답변한 적이 있다: "하지만 더욱 우스운 건 그런 사실을 번연히 알면서도 끊임없이 거기에 매달리지 않으면 안 된다는 것입니다. 현실이라는 것은 더욱 가증스러운 허구이기 때문입니다"(「가면지우기」, 『가면 지우기』, 문학과지성사, 1990, p. 149).

가만히 읽어보면 작가의 전언은 적어도 세 가지이다. 하나는 환각에 매달리는 것은 현실이 가증스럽기 때문이라는 것이다. '가증스럽다'는 말의 과격성을 일단 유보한다면, 이 진술은 프로이트가 꿈을 소망 성취라고 말했듯이 환각 역시 그러하다는 것을 가리킨다. 또 하나의 전언은 저 진술 내용의 과격성과 함께 뻗어나가는coextensive 것으로서, 현실이 "허구"라는 것이다. 그것은 채영주적 인물에게서는 환각의 세계가 참된 실재라는 것을 가리킨다. 환각에 관한 고전적인 정의에는 "감각되지 않는 세계에 대한 절대적 감각"이란 규정이 있다. 환각은 감각의 전도이고 현실의 전도이다. 전도된 감각 속에서 원래의 현실은 가짜 현실이고, 비현실이 참된 현실이다. 말할 필요도 없이, 이 전도 속에는 원래의 현실에 대한 작가의 도저한 부정적 인식이 도사리고 있다.

그런데 여기에서 하나의 질문을 던질 수 있다. 그렇다면 환각의 세계는 원래의 세계를 정확히 보상하는가? 다시 말해, 저 "가증스러운 허구"로서의 현실은 환각에서 나타난 절대 현실과 정확히 대칭을 이루는 반대-현실인가? 가령, 샤토브리앙의 르네가 아멜리를 찾아 헤매는 것은 오로지 누이와의 이별이 야기한 슬픔을 못 이겨서인가? 혹은 60년대 고은의 '누이'는 실제로는 부재하는 누이에 대한 갈망이고 집념일까? 아마 그럴지도 모른다. 그러나, 바로 이 물음 속으로 작가의 마지막 전언이 파고든다. "하지만 더욱 우스운 건"이라는 말이 품고 있는 전언 말이다. 그 말은 환각의 세계가 말 그대로 환각에 지나지 않는다는 것을 그의 인물이 아주 잘 알고 있다는 것을 가리킨다. 참된 실재는 실제 헛된 착각에 불과한 것이다.

앞에서 채영주의 소설이 사실주의의 외관을 흔히 두르고 있다고 말했다. 그리고 그것을 두고 그가 그려주는 사실적 풍경들은 실은 환각의 표지로서만 존재한다고 설명하였다. 그러나 이제는 그것을 거꾸로 말해야 하리라. 채영주는 환각의 세계를 최대한도로 현실 쪽으로 근접시킨다고. 그리하여 환각의 세계를 현실의 질량과 현실의 형상을 갖춘 것으로, 다시 말해, 현실의 일부로 만들려고 한다고. 그리고 그것은 작가가 환각으로 현실을 대체하고자 하는 것이 아니라, 현실로 환각을 메우려 한다는 것을 가리킨다고.

왜 그럴까? 환각 속으로 편안히 혹은 화끈히 진입하는 길도 있는데, 그는 왜 애써 환각을 사실의 세계로 귀환시키는가? 독자는 다시 한 번 거꾸로 생각하지 않을 수 없다. 그의 환각은, 그 우습고 헛된 그것은 사실의 세계, 그 '가증스러운' 것의 불가해성을 셈하는 일종의 전략이라고 말이다. 다시 말해, 그것은 그 끔찍한 것을 어루만지고 (환각 속에서 보면 현실은 얼마나 가엾어 보이는가), 그 어처구니없는 것을 이해하며(현실의 부조리함에 비하면 환각은 얼마나 일관된 것인가), 그 공포스러운 것을 조작 가능한 것으로 변환시키는(환각은 어쨌든 주체의 산물이다) 작업인 것이다. 이 작업이야말로 프로이트가 '꿈의 작업'이라고 말했을 때의 작업이다. 그것은 또한 오늘의 일상적 코미디에서 남용되는 '작업'이라는 말과도 그리 멀지 않다.

그렇다면, 환각은 명료하고 조직적인 데 비해 현실은 지리멸렬한 원인들이 뗄 수 없게 엉겨 붙어 있는 덩어리이다. 그리고 그것을 전제로 해서 채영주의 소설을 읽을 때, 비로소 환각의 기능과 효과가 이해될 수 있다.

과연, 잃어버린 사랑을 되찾으려는 속절없는 충동을 중앙에 배치하고 있는 『무슨 상관이에요』의 가두리에는 적어도 네 가지의 이질적인 이야기들이 엉켜 있다. 이 가두리에 놓여 있는 네 개의 이야기들을 야콥슨적인 의미에서(문맥과 메시지를 구별하고, 전자에 지시 기능을, 후자에 시적 기능을 할당한) 문맥 이야기라고 할 수 있는데, 이 문맥 이야기들은 사랑 이야기가 아니다. 그것들은 정치적인 이야기이고 또한 똑같은 밀도로 개인적인 이야기들이다. 그 이야기들을 열거하면

다음과 같은데, '혹은'은 정치와 개인 사이의 대칭면을 가리킨다:

　첫번째 맥락: 80년대 학생 운동의 의미 혹은 정치적인 것에 짓눌린 자의 무기력(→배경 이야기)
　두번째 맥락: 세대 간의 단절 혹은 변화를 준비하지 못한 자의 죄의식(→전경 이야기)
　세번째 맥락: 붕괴된 사회 혹은 위험에 처한 개인(→표면 이야기)
　네번째 맥락: 예술의 기능 혹은 회의에 수몰된 소설가(→내면 이야기)

　첫번째 맥락은 중심 이야기의 직접적인 원인을 형성하며 따라서 배경 이야기라고 할 수 있다. '나' 자신은 영문도 모르는 상태에서 성연과 '나'를 영원히 이별케 한 것은 학생 운동권의 결정이다. 뿐만 아니라, 둘의 만남을 지속적으로 방해하는 것은 모두 학생 운동과 관련된 각종의 문제들이다. 이 문제들은 결국 성연-나의 관계를 성연-운동권/나의 관계로 바꾼다. 중심 이야기의 개념틀로 말하자면 '나'는 운동권이라는 강력한 애인 때문에 성연에게 차인 것이다. 실로, 폭력배들에게 구타당한 후 며칠을 앓으면서 '나'는 은소의 간호를 받는데,

　이상한 일은 그런 그녀를 보고 다시 잠이 들면 꼭 성연의 꿈을 꾼다는 사실이었다. 성연은 새하얀 가운을 입고 왕진 가방 같은 것을 들고 이집 저집 돌아다니며 아픈 사람을 돌봐주고 있었다. 환자들은 모두 20대 초반의 젊은 남자였다. 그들은 대학생들이었고, 민주 항쟁 투사들이었다. 군부 독재 정권에 맞서 용감한 시위를 벌이다가 다친 이들

이었다. 성연은 그들의 다친 부위에 약을 바르고 붕대를 감아주고 화안한 미소를 지어주었다. 그러면 그들은 거짓말처럼 완쾌되어 일어나 다시 시위 현장으로 달려가곤 했다. (p. 114)

"그런데 그것〔이〕 전적으로 꿈인 것만은 아니었다." 실제로 "약학대학생"이었던 성연은 "오빠와의 인연 덕분에" "시위에서 다친 많은 대학생들을 돌봐주고 있다"는 소문이 돌고 있었다. 그 소문을 들으며 '나'는 "그들에게 약학대학 여대생은 천사와도 같은 존재였을 것이었다. 그 같은 소식을 들을 때마다 나는 만감이 교차했었다. 질투, 걱정, 대견함, 자랑스러움, 그리고 그리움……."

이 대목은 세 가지의 정보를 제공한다. 첫째, '나'는 은소를 매개로 해서 성연으로 회귀하고 만다는 것, 즉 현재는 과거로 돌아가기 위한 쪽문으로서만 기능한다는 것이다. 둘째, 과거의 상황은 '나'에게 소외와 박탈을 경험케 했다는 것이다. '나'는 그때 주변인에 불과했으며, 그만큼 사랑을 받을 자격(혹은 힘)을 역시 갖추지 못했다. 물론 이 꿈을 꿀 때까지만 해도 그는 성연의 행방을 전혀 모르고 있었다. 따라서 성연의 실종이 학생 운동권의 '명령'에 의한 것이었음을 알 턱이 없다. 그러나 진상을 박상갑으로부터 듣게 되었을 때의 '나'의 반응을 주시해보자.

그다음의 말들은 안개처럼 뿌옇게 흐려졌다. 그의 입술이 계속 움직이는 것으로 보아 무슨 말들인가를 더 하는 모양이었지만 내 귀에는 들어오지 않았다. 정적과 침묵 속에서 나는 어깨만이 부들부들 떨림을 느꼈다. 부들부들, 아니 와들와들. 마치 거대한 냉동실이라도 집어던

져진 것처럼. (p. 155)

　육체적 반응은 자연스럽다. 그러나 심리적 반응은 의혹을 불러일으킨다. 왜 "거대한 냉동실에 집어던져진 것" 같다는 느낌에 사로잡혔을까. 경악이나 분노로 몸을 부들부들 떠는 것은 무의식중에 힘이 지나치게 집중되어서 그런 거지, 추위 때문이 아니다. 곧 이어서 '나'는 자신의 감정을 성연의 심리 속에 상상적으로 전치시키면서, 그것을 "버림받은 외로움"이라고 직역한다: "그런데 나는 그녀를 안아주지 않았고, 그녀의 영혼은 버림받은 외로움으로 밤새 떨었겠구나." 그러니까 '나'의 거대한 추위는 버림받은 외로움의 육체-심리적 증상인 것이다. 그리고 그가 배신감 혹은 경악을 느끼는 대신에 외로움을 생각했다는 것은 바로 이 감정이 실은 오래 준비되었다가 계기를 만나 갑자기 폭발한 것으로 보아야 한다는 것을 가리킨다. 바로 정치적 격변의 중심으로부터 떨어져 있다는 감정 말이다. 그리고 이 소외감은 당연히 연인을 빼앗겼다는 박탈감을 포함한다. 그때 '나'가 느꼈던 '질투'는 그저 못 먹는 감을 찔러보는 새암이 아니다. 저것은 절대 질투다. 세번째 정보는 이 해석에 근거해서 취득할 수 있는 것이다. 즉 소외, 박탈, 질투에도 불구하고 그는 그것을 분노로 치환하지 않고 재빨리 다른 감정들로 중화시킨다는 것이다. "질투, 걱정, 대견함, 자랑스러움, 그리고 그리움……"으로 이어지는 어휘의 연쇄는 정신의 독성을 소독하여 순수한 감정만을 남기는 일종의 여과 순환 회로이다. 그 말들의 활성탄의 작용으로 깨끗해진 감정은 오직 성연에 대한 순정한 그리움만으로 빛난다.

　독자는 이 마지막 정보에서 이 소설의 중심 이야기가 왜 잃어버린 사랑 찾기의 형태로 나타났는가에 대한 비밀을 언뜻 본다. 중심 이야기는 소설의 배경에 자리 잡고 있는 현실의 이야기들을 '정화'시킨 결과라는 것이 그것이다. 더 줄여 말하면, 사랑 찾기의 여정은 현실의 순수 물질이다. 필경 이 정수(淨水)에는 두 가지 복합적 감정이 작용하고 있을 것이다. 하나는 현실에 대한 증오. 이것은 앞에서 보았고, 환각을 도입하기 위한 필요조건이다. 다른 하나는 완전히 거꾸로 현실에 대한 사랑, 혹은 애착. 이 사랑이 현실을 깨끗이 정화시켜 순수한 현실로 재탄생시키고 싶어 하는 충동을 낳는다. 정수(淨水)는 정수(精髓)를 추출한다. 그의 소설이 사실주의의 외관을 입는 까닭도 여기에 있다. 이 정수의 작동법과 효과는 무엇인가? 이에 대해서는 다시 말하기로 하자.

아직 그 순수의 까닭, 혹은 순수화의 이유가 밝혀지지 않았다. 왜 '나'는 거의 불수의적으로 질투를 순화시키는가? 이 질문에 바로 정치적 상황에 대한 '나'의 개인적 위치가 걸려 있다. 단순히 말하면, '나'가 그렇게 하는 것은 학생 운동권의 이념과 실천에 그가 반대할 명분을 가지고 있지 않기 때문이다. 그 시절에 무얼 했느냐는 은소의 질문에 '나'는 이렇게 대답한다: "그냥, 간신히 살아남았어…… 어쩌면 그래서 소설가가 되었는지도 몰라"(p. 178). 그리고 덧붙인다. "혁명이나 유토피아 따위를 믿지도 않았고, 지나치게 폭력적인 투쟁에도 동의할 수 없었"으며, 그래서 "학생 운동에도 적극적으로 참여하지 않았"지만, "시간이 지나서면서 생각해보니" "방관자의 위치를 선택"(p. 179)했던 것이라고. 이 말 속에는 80년대의 독재 정권에 항의하다 희생된 젊은이들에 대한 '나'의 죄의식이 작용하고 있다. 이 죄의식은 '나'를 운명적으로 무기력한 자로 만든다. 때문어 '나'는 자신에게서 사랑을 빼앗아 간 세력에게 항의할 자격조차 없다. '나'는 "무명소졸 주변인"(p. 153)에 지나지 않으니까.

그러나, 정말 그럴까? 이렇게 결론을 내리기에는 찜찜한 구석들이 있다. 우선, '나'는 운동권의 '신앙'도 '투쟁'도 믿거나 동의하지 않았다고 말했다. 그렇다면 그가 동의한, 아니, 자신의 몫으로서 확신하고 실천한 것은 무엇인가? 그에 대한 이야기는 장막에 가려져 있다. 바로 "그래서 소설가가 되었는지도 몰라"라는 말의 '소설가'라는 장막 말이다. 소설가는 "관찰자"이다. 그런데 그 관찰로써 그는 무엇을 하려 했는가? 그에 대한 대답은 없다. 정확히 말하면, 그 대답의 추구를 '소설가'라는 어휘가 가로막고 있다. 그것이 대답되지 않을 때, 관찰자로서의 그의 '선택'은 실상 선택의 포기가 된다. 그럼에도 불구하고 가려져 있는 것은 강력한 힘을 발휘한다. 어쨌든 그것은 그의 선택이다. 그의 선택은 신비를 품고 학생 운동에 가담하지 않은 아주 강력한 이유로서 작용한다. 또 하나, 학생 운동권에 대한 '나'의 겸허한 태도에도 불구하고 화자(話者)로서의 '나'가 전달하는 운동권 학생들의 후일은 전혀 당당하지도 아름답지도 않다. 이름을 가지고 등장하는 학생 운동권 출신 인물들은 모두 현장을 떠난다. '대영이 형'은 "체포되었다가 군입대를 당했는데 제대 후 곧바로 남미행 비행기를"(p. 128) 탔고 '유인범'은 일본으로 밀항했으며 '박상갑'은 "독일 유학을 다녀와서 지금은 지방의 모 대학교에서 교편을 잡고" 있다. "자신만만하고 투지가 뿜어져 나오던 그의 눈빛에도 세월의 더께가 내려앉아 있었다"(p. 153).

어느새, '나'의 무기력은 당시 학생들 전체의 무기력으로 확대된다.

그런데 우리 때는 왜 그렇게도 살기가 힘들었을까. 고등학교 때는 물론이고 대학엘 들어가서도 춤 한번 제대로 출 기회가 없었어. 독재다 민주화다 노학 연대 투쟁이다 녹화 사업이다 해서 숨 돌릴 짬도 없었으니까. 어쩌다 여유가 생기면 둥그렇게 둘러앉아 박수를 치며 데모 노래나 불러대는 게 고작이었지. 레퍼토리도 늘 거기서 거기인 냉소적인 반정부 투쟁가들이었고. 대통령 못 해보고 죽은 놈 할렐루야, 육사 앞에다 묻어주 할렐루우야…… (p. 97)

모든 것들은, 입시 지옥이건 독재 정권의 학생 통제·관리 정책에 휘말린 상황이건 과격한 투쟁이건, 모든 것들은 '살기 힘듦'의 문제로 환원된다. "어쩌다 여유가 생"길 때 "둥그렇게 둘러앉아 박수를 치며" 부르는 "반정부 투쟁가"는 자조에 지나지 않는다. 수동적이건 능동적이건 모든 행위는 문자 그대로 안간힘에 불과했던 것이다.

정치적 격변과 그로부터 소외된 '나' 사이의 대칭 관계는 그대로 머물지 않는다. 그것들의 상호 반사의 결과 변증법적으로 태어난 것은 80년대 학생 일반의 개인적 고립화와 무기력이다. 운동권의 이름으로 진행될 때는 과격한 투쟁이 존재할 수 있었겠지만 각 개인으로 돌아온 학생들은 저마다 도피자이고 패배자이다.

그리하여 다수(운동권) 대 일인(나)의 대립은 만인들의 붕괴로 뒤바뀐다. '나'는 나 '만'의 무기력을 인정하지 못하여 그것을 80년대 성원 전체에로 확대된다. 이러한 상상적 정신 감응의 생산 메커니즘은 얼핏 자기 보존 욕망의 교묘한 방법론으로 읽힐 수 있다. 타자에게 동일시될 수 없는 나는 타자를 나에게 동일시시킴으로써 균형을 회복하는 것이다. 그러나, 더 깊은 곳에는, 정신분석이 적절히 안내해준 바와 같이, 타자의 담론에 대한 근본적인 의존이 있으며 그것을 주시해야 한다. 이 의존은 좀 복잡 미묘한 알고리즘을 가지고 있으니 눈을 도스를 필요가 있다. 우선 저 동일시 자체는 어떤 전망도 제공하지 못한다. 옛날에 모두가 힘들게 살았다, 라는 부정성의 확인이 미래를 위한 에너지를 줄 수는 없는 법이다. 따라서 여기에는 오직 동일시만이 있는 것이 아니며 동일시도 에너지의 집적과는 다른 목적을 위해 기능한다. 동일시의 기능은 무엇인가? 그것을 풀어 말하면, "무기력한 자로서의 나는 타자들을 나의 장소로 이동시킨다"가 될 것이다. 그 이동의 목적은 '나'를 과거인들의 집합의 하나로 소속시키기 위해서이다. 그럼으로써 '나'는 자신의 문제를 시대의 책임으로 돌릴 수 있게 된다. 동일시는 전가(轉嫁)의 메커니즘이다. 이 전가는 또한 동일시와 다른 절차를 '나'에게 가능케 한다. '나'는 무기력을 시대 일반에게로 귀속시킴으로써 방관자로서의 '나'를 보존한다. 이때 방관자는 '관찰자'라는 다른 이름을 획득한다. 이 관찰자는 방관의 태도뿐만 아니라 80년대의 정치적 행동도 뛰어넘는 어떤 행위를 해야만 한다. 그것은 '나'에 의해 "어떤 다른 이야기"(p. 97)로서 막연히 열망된다. 그러나 앞에서 보았듯 그것은 그렇게 막연히 가상될 뿐 어떤 구체성도 가지고 있지 않다. 거기에 화자의 혼란과 작가의 정직성이 있다. 만일 그것이 구체적인 대상과 기획을 가지고 있었더라면 이 소설은 엉뚱한 공상 아니면 새로운 국가 건설 사업의 프로젝트가 되었을 것이다. 두 경우 모두 과거의 체험을 보잘것없는 것으로 만들게 되며, 따라서 '나'의 방황 자체가 가치 없는 일이 되고 말 것이다. 화자의 혼란은 '나'가 과거의 현실을 폐기하지 못한다는 데에 기인하며, 작가의 정직성은 '다른 80년대'에 대한 가정을 그가 할 수 없었다는 것을 가리킬 것이다. 그리고 이것은 부정적 삶으로서의 현실을 있는 그대로 되살리는 과정을 통해서만 현실을 넘어서려 한다는 것을 가리킨다. 어떤 방법을 택하든 그는 현실 바깥으로 한 치도 벗어나려 하지 않았다는 것이다.

두번째 맥락인 세대 간의 갈등은 바로 첫번째 맥락(배경 이야기)의 두번째 시퀀스와 횡적으로 연결된다. '나'는 세대 간의 갈등의 근본적인 원인이 앞 세대의 책임이라고 단정짓는다.

> 광적이리만치 유행을 신봉하는 나라, 어느 한 가치가 세력을 얻으면 다른 것들은 모조리 죽여버리는 나라, 그런 사회가 만들어낸 것이 바로 20년 전의 그 세상이었고 또 지금의 이 현실이 아니겠는가. 누구도 다음 세대를 준비하지 못하였으니까…… 그러자 문득 차가운 전율이 찾아왔다. 강성연과 유인범이 함께하여 은소를 낳았다면 그녀가 고아인 것은 너무도 당연한 일이라는 생각이 스쳐간 까닭이었다. 준비되지 못한 세대를 살아가야 하는 고아, 정신과 문화의 황무지 위를 방황해야 하는 고아, 아무리 발버둥쳐도 어찌할 수 없는 고아, 고아들. 그건 우리 세대의 죄악이었다. 우리의 앞 세대가 우리에게 베풀었던 죄악과 조금도 다를 바 없는 가혹하고 무책임한 죄악이었다. (p. 180)

그 앞 세대는 역사적 현상으로서의 앞 세대가 아니다. "누구도 다음 세대를 준비하지 못했다"는 것, 그것은 '나'의 세대에 국한된 것만이 아니라 "우리의 앞 세대가 우리에게 베풀었던 죄악"을 되풀이한 것이다. 게다가 이것은 단지 앞 두 세대의 문제만도 아니다. 지금의 세대도 "돈과 욕망과 쾌락만으로 소용돌이치고 있는 세상"이기 때문이다. 이 세상이 그 다음 세대를 위해 무엇을 준비할 수 있을 것인가? 화자의 시각 속에서 세대들에 끊임없이 대물림되는 이 죄악은 일종의 '본질'이다.

그러나 세대 간 갈등의 양상 자체는 첫번째 배경 이야기의 마지막 시퀀스의 연장선상에, 즉 변화와 극복의 선상에 바로 놓인다. '나'와 '은소'로 대표되는 이 갈등의 양상은 작품의 서두와 작품의 마지막을 동시에 장식한다. 따라서, 이 맥락은 첫번째 맥락의 대극에 위치해 있으며, 이것은 첫번째 맥락을 배경 이야기라고 부른 것에 박자를 맞추어 전경(前景) 이야기라고 부를 수 있다.

전경 이야기(나와 은소의 관계)는 중심 이야기(나가 성연을 찾아가는 여정)와 거의 함께 진행되지만 그러나 그것은 언제나 후자를 앞질러 나간다. 중심 이야기가 끈질긴 기억과 집요한 탐문 그리고 구체적인 일정을 가지고 있다면, 나와 은소의 관계는 돌발적으로 벌어지고 '나'의 예측 바깥에 있으며, 그리고 상황을 조정하려는 '나'의 의지를 비웃는다. 그것은 '나'를 의혹에 빠뜨리고 당황케 하며 속수무책으로 끌려가게 한다. "아저씨 저랑 원조 교제하실래요?"(p. 6)로 시작된 그것은 "기다려주실 거죠?"(p. 323)로 끝난다. 이 물음표의 주인은 언제나 물음표의 형식으로 행동을 실행한다. 반면 물음표의 실질적인 주격은 질문을 당하는 자, 즉 '나'이다. 또한 그것은 목소리로 시작해 목소리로 마감한다. "은소를 처음 알게 된 것은 목소리를 통해서였다"(p. 5)라고 명시된 그 목소리는 일방적으로 걸려 오고 일방적으로 끊어지는 목소리이다. 그런데도 '나'는 "은소의 목소리를 믿"(p. 11)는다. '나'는 그 목소리에 '휘둘린' 자다. '나'는 "그저 그 아이의 목소리가 목구멍에 걸린 생선뼈처럼 자꾸 불거진다는"(p. 17) 이유로 은소에게 집착하게 된다. 목소리는, 한데, 텍스트의 상황에 특이한 방식으로 참여한다. 그것은 목소리 자체를 통해서가 아니라 목소리의 파장들을 분절하는 은소의 말투와 말의 내용들을 통해서 참여한다. 이 말투와 말의 내용은 언제나, 방금 말한 것처럼, '나'에게 낯설고 예측 불가능하고 당황케 하는 것이다.

잘 알다시피 오스틴은 발화의 세 가지 기능을 구별하였다. 언표적locutionary, 언표 내적illocutionary, 언향적perlocutionary이 그것들이다. 이 세 기능에 오스틴의 예전의 구분을 응용한다면, 언표적 기능은 확언the confirmative에, 언표 내적인 기능은 수행the performative에 대입할 수 있다. '은소'는 확언보다 수행이 압도적인 존재이다. 혹자는 의심할 것이다. 신세대 특유의 말의 내용이 있지 않는가? 자유로움, 개인주의, 뿌리에 대한 몰의식, 강한 자기 주장, 당당함 기타 등등. 물론 그렇다. 그러한 발언들은 이 작품의 처처에 박혀 있다. 은소는 마치 상식적으로 이해되고 있는 신세대의, 골드만적인 의미에서의, '예외적 개인'인 듯이 보인다. 그러나, 은소는 또래 세대를 집약하는 존재라기보다는 차라리 일탈적인 존재이다. 그것은 단짝이었던 '윤미'와 그녀를 비교하는 것만으로 충분히 알 수 있는 것이다. 게다가 '나'에게 은소는 윤미보다는 성연과 유사한 존재로 나타난다. 신세대의 이상적 유형으로, 다시 말해, 성연에 대한 갈망이 은소를 통해 미래(신세대)로 투사된 것으로 이해할 수는 없는가? 그러나 실제 은소의 기능은 거기에 있지 않다. 은소의 발언 내용이, 다시 말해 세계에 대한 입장이 일관되다고 생각하면 오산이다. 가령, 성연의 어머니를 찾으러 '원덕'으로 갈 때 그 전날까지만 해도, "무슨 상관이에요. 전 그 여자에게 관심이 없어요. 그 여자와 무슨 관계가 있

든 관심이 없다구요"(p. 119)라고 당당하게 말했던 은소는 기차 안에
서 "어둠을 닮아서 차갑고 무겁기만" 한 목소리로 두려움을 고백한
다: "그래요. 안 할게요. 그렇지만 전 자꾸 두려워져요. 아저씨가 너
무 좋아하는 모습을 보니까……"(p. 122). 여기에서는 은소가 말의
주인이 아니다. 그녀는 '나'의 요구에 순종한다. 게다가 그런 은소를
바라보는 '나'의 생각을 보라:

   나는 그녀를 위로하고 싶었지만 무슨 말을 해야 할지 알 수 없었다.
들떠 있었던 내 가슴까지 답답해지는 기분이었다. 이런 게 여자와 남
자의 차이점인 것일까 생각했다. 왜 자꾸 부정적인 면을 먼저 보고 걱
정하는지, 왜 지레 겁부터 먹는 것인지. 아니면 그녀의 말처럼 내가
지나친 기대를 거는 것이었을까. 그래서 그녀에게 힘에 부친 부담을
주는 것이었을까. 그런저런 생각을 하다가 나는 잠이 들고 말았다. 중
간에 한두 차례 깬 것도 같았지만 동해시까지 줄곧 잠을 잤다. 은소는
잠을 거의 이루지 못한 눈치였다. (p. 122)

갑자기 은소는 '여자'로 돌변한다. 그녀는 당당하기는커녕 "부정적
인 면을 먼저 보고" "지레 겁부터 먹는" 약한 여성이다. 이 구절을
가령, 다음과 같은 은소의 발언들과 비교해보라:

   "몰라요. 하다 안 되면 그만두죠 뭐."
   〔……〕
   "그거야 그때가 되면 자연히 알겠죠. 아저씬 쓸데없는 걱정이 참 많
군요."

나는 가치관의 혼란을 느꼈다. 이게 요즘 아이들이 세상을 살아가는 방식인가 생각하니 안타깝기도 했고 부럽기도 했다. (p. 61)

"뭐든 좀 딱 부러지게 할 순 없나요? 말도, 사랑도, 이별도." (p. 149)

그러나 태도의 언표적 비일관성에도 불구하고 그것의 수행적 측면은 일관된다. 그 수행성은 "은소는 '나'에게 어떤 반응을 요구한다"는 문장으로 요약할 수 있으며 마지막으로 "은소는 '나'에게 사랑을 요구한다"로 귀착한다. 따라서 이 수행적—언표 외적 기능은 필연적으로 언향적 기능으로 이어진다. 그런데, 그것의 언향적 기능은 텍스트를 통틀어 딱 한 가지다. 그것은 은소의 발화는 나를 당황하게 하고 고민에 빠지게 하며 결국 꼼짝달싹 못하게 한다, 는 것이다. 은소의 고집 센 주장들, 예고하지 않은 가출 혹은 실종 이후의 말들, 이 모든 말들에 '나'는 속수무책으로 응하거나 아니면 그저 기다리기만 할 수밖에 없는 상황에 빠진다.

목소리는 '나'를 앞질러 나간다. 목소리는, 그러니까, 전경 이야기로서의 세대 간의 갈등을 징후적으로 요약하면서 동시에 산포시키는 매개자이다. 그것은 전경 이야기와 중앙 이야기의 근본적인 어긋남을 거듭 확인하는 것이며, 그 둘이 서로 삼투하는 것을, 곳곳에 살포되면서, 방해한다. 마치 도열병의 퍼짐을 방제하는 농약처럼.

세대 간의 차이와 갈등의 층위에 놓인 두번째 맥락 이야기(전경 이야기)는 그러니까 한편으로는 되풀이되는 앞 세대의 '죄악'을 사회적 본질로 굳히면서, 다른 한편으로 미래의 가능성을 현재의 시간대와 계속 어긋나게 한다. 후자의 어긋남은 어긋남 자체로서 배경 이야기에 묶인다.

세번째 맥락 이야기는 첫번째 맥락 이야기, 즉 배경 이야기의 문제를 연장한 것이자 동시에 전치시킨 것이다. 연장했다는 것은 배경 이야기가 과거의 사건이었던 데 비해 세번째 맥락 이야기는 현재의 사회적 상황을 다루고 있다는 것을 가리키며 후자가 전자의 결과로서 제시되고 있다는 점에서 쓰인 것이다. 전치했다는 것은 각각 과거와 현재를 다루었지만 구조적으로는 인물들의 이야기를 사회의 이야기로 옮김으로써 사회적 맥락을 드러내고 있다는 것을 가리킨다. 현재의 사회적 상황을 다루고 있다는 점에서 이 맥락 이야기를 표면 이야기라고 부르자. 표면 이야기에서 무엇보다도 두드러진 것은 현재의 사회는 법과 질서가 붕괴되었다는 전언이다. 활개치는 것은 조폭이고 경찰력은 어떤 힘도 발휘하지 못한다. 심지어 형배 일당이 은소를 찾기 위해 '천사원'을 이 잡듯이 뒤지고 있을 때, "경찰이 왔지만 수색은 계속되었다"(p. 25). 또한 "펌프 대회"에서의 형배 일당의 난동을 저지한 것은, 경찰이 아니라, 그 역시 "그 바닥에서 대단한 인물"(p. 320)인 털보 사장이었다. 사회적 약속 체계의 이 전면적 붕괴에 맞추어 표 나게 드러나는 것은 개인의 위험이다. 그것은 '은소'의 쫓김으로 집약적으로 상징되고 '나'의 구타당함 혹은 현장들에서의 소란으로, 깨진 유리 조각들처럼 사방으로 튀는 모양으로 산개된다. 이것이 오늘의 한국 현실을 정확히 반영하고 있는가 아닌가 하는 것은 소설 바깥에서 따로이 질문할 문제이다. 텍스트 내에서 보자면, 이러한 상황의 제시는 두 방향으로 의미를 갖는다. 하나는 이러한 상황이 "학교가 이처럼 무기력한 곳으로 변했단 말인가. 몇몇 불량배들의 협박 앞에 속수무책으로 변하고 말았단 말인가"(p. 71)라는 탄식이 명시하

듯 과거와 비교해 커다란 변화를 드러내고 있는 데도 그 변화의 원인
은 직접적으로 제시되지 않고 그 상황의 현상만이 제시되고 있다는
것이다. 그리고 이 상황의 부대 현상으로서 이 사회의 인구 일반의
전반적인 향락주의적 풍조가 제시된다: "연예인, 컴퓨터, 주식, 그
세 가지를 빼고 요즘 사회를 설명할 수 있는 게 뭐가 있을까"(p. 175).
그 원인이 직접적으로 제시되지 않기 때문에 유추적인 원인이 더 강
한 역할을 한다. 그것은 바로 이 현재적 상황이 과거와의 단절이 아
니라 과거의 결과라는 것, 달리 말하면, 이 표면 이야기는 배경 이야
기의 연장선에 있다는 것을 가리킨다. 여기에는 작가의 인식과 더불
어 텍스트의 전략이 작동하고 있다.

배경 이야기에서 사회적 대립은 독재 권력/학생 운동권/방관자로
나누어졌으며, 독재 권력은 배면에 감추어진 채로 뒤의 두 집합의 대
립이 인물들 간의 대립으로 나타났었다. 그리고 그것은 두 집합의 동
일화, 즉 만인의 붕괴로 이어졌다. 이 만인의 붕괴는 독재 권력의 압
도적인 탄압에 짓눌리기만 한 불행과 불우의 삶만을 가리키는 것은
아니다. 그것은 동시에 뒷세대를 위해 아무 준비도 하지 못했다는
'잘못된 실천'의 책임을 가리키고 있는 것이기도 하다. 따라서 오늘
의 현재적 상황은 저 '잘못된 실천'이 방조한 결과, 아니 그것이 생산
한 결과이다. 왜냐하면, 이 잘못된 실천은 두번째 맥락 이야기에서
일종의 사회적 본질로서 굳어졌기 때문이다. 여기까지 오면 작가의
삶에 대한 도저한 비관적 인식을 엿볼 수 있다. 그러나 그것만이 아
니다. 세번째 맥락 이야기인 표면 이야기는 배경 이야기와 구조적으
로 대칭적 동형관계를 이룬다. 배경 이야기에서는 다중과 소수라는
인물들의 갈등이 만인의 붕괴라는 사회적 일반화로 나아갔다. 반면

표면 이야기에서는 사회적 일반성에서 출발하여 인물들의 사건으로 나아간다. 조폭이 활개치고 모든 사람들이 "연예인, 컴퓨터, 주식"에 빠져 있는 상황으로부터 은소의 위험이 그리고 그로 인한 은소와 '나'의 사건들이 발생한다. 그러니까 배경 이야기와 표면 이야기 사이는, 최인훈이 『광장』에서 사용한 흥미로운 비유를 빌리자면, 부챗살이 접혔다 펼쳐지는 사북자리이다. 이 표면 이야기로부터 중앙 이야기, 그리고 전경 이야기가 동시에 튀어나온다.

마지막 맥락 이야기는 소설가인 '나'를 둘러싸고 있다. '나'가 소설가라는 것은 아주 다양한 방식으로 자주 지적된다. 그런데 텍스트의 사건에 '소설 쓰기'가 기능하는 바는 거의 없다. 소설가-'나'에 대한 타인들의 지적은, 후반부의 유경의 감탄을 제외하면, 모두 조롱적 혹은 자조적이다. 몇 개의 예만 들면, "웃음이 나오니? 창피한 줄 알아. 그런 머리로 소설을 쓰니 읽는 사람들이 불쌍하지"(p. 102)라는 지수의 말, 혹은, "아저씨 소설가 맞아요?"(p. 158)라는 은소의 말, 그리고, "그럴듯한 부자도 아니고, 게다가 소설도 형편없고"(pp. 163~64)라는 '나' 자신의 말. 이 조롱 혹은 자조가 텍스트의 행동 속에 특별한 관여성 없이 빈번히 등장하는 것은 거꾸로 '나'가 소설에 대한 자의식으로 가득 차 있다는 것을 반증한다. 그 자의식은 텍스트의 전반부에 이미 모습을 드러낸다.

"아니면, 뭐 소설이라도 쓰시는 건가요? 커피 한 잔을 옆에 두고?"
나는 가슴이 뜨끔했다. 기실 나는 소설을 쓰는 사람이었다. 유명하지도 않았고 잘 팔리는 글쟁이도 아니었기에 소설가라는 직함을 붙이기는 껄끄러웠지만, 어쨌든 나는 소설을 쓰는 사람이었다. 그런데 그녀의

그 말은 왜 그렇듯 가슴을 찔렀던 것일까. 뭐 소설이라도 쓰시는 건가
요? (p. 13)

게다가 '나'는 자신이 겪는 사건을 본능적으로 '소설화 가능성'에
연결시킨다: "소설가의 속성상 나는 귀가 솔깃해지고 있었다"(p.
83); "만약 은소라는 아이를 주인공으로 소설을 쓴다면 나는 그 방법
밖에 생각해낼 수 없을 것이었다"(p. 91). 텍스트 내에서 '소설'은 오
직 '나'에게만 관계가 있는 것이다. 그 점에서 이 네번째 맥락 이야기
를 '내면 이야기'라고 지칭할 수 있을 것이다. 이 내면 이야기의 내면
은 그런데 무척 황량하기만 하다. '나'는 빈번히 조롱을 당하며, "작
가 하셔도 되겠어요. 말씀을 참 멋있게 하시네요"(p. 246)라는 유경
의 감탄조차 소설의 의의를 말재주의 수준으로 격하시키고 있다. 이
자의식에도 불구하고 텍스트의 기능적 전개에 '소설가'가 특별히 차
지하는 기능은 없다. 유일한 기능은 '방관자' 혹은 '관찰자'라는 것.
그런데 이것은 앞에서 말했듯 일종의 전가와 분리의 메커니즘을 작동
시키는 것일 뿐이다. 이렇다는 것이 무엇을 뜻하는가? 잠시 후에 말
하기로 하자.

중앙 이야기는 이 네 개의 맥락 이야기들의 총화로서 출현한다. 그
런데 이것은 맥락 이야기들의 종합적 합성물이 아니라 그것들을 연료
로 삼아 대기권 밖으로 치솟는 로켓과도 같다. 다시 말해, 중심 이야
기는 맥락 이야기들로부터 태어났지만, 그것들의 어느 것과도 닮지
않았다. 맥락의 이야기들이 사실의 차원에 속한다면 중심 이야기는
환각인 소이이다.

아마도 이야기의 문법에 익숙한 독자들은 이 로켓 발사장의 구조에 대해서 의문을 제기할 수도 있을 것이다. 상식적으로 보아 발사될 것은 전경 이야기가 되어야 합당하며, 중심 이야기는 차라리 발사대의 역할을 하는 게 적당할 것 같기 때문이다. 전경 이야기만이 미래이고 따라서 모험이 가능한 유일한 현실적 장소이기 때문이다. 실제, 하라키가 "은소양을 보고 있으면, 뭐랄까, 생명 같은 게 느껴집니다. 살아 있다는 느낌 말입니다. 활발하고 당당하고 적극적이고. 자기 생명의 길 앞에 놓여 있는 모든 장애물을 거침없이 치워버릴 수 있는 그런 사람이라 여겨집니다"(p. 283)라고 말할 때, 그것은 텍스트 자신이 그것을 '욕망'하고 있었다는 것을 잘 보여주고 있다. 그러나 텍스트는 실제로 그렇게 조성되지 않았다. 왜 그랬을까?

그 까닭은 물론 이 네 가지 맥락 이야기들 안에 들어 있다. 가장 핵심적인 것은 배경 이야기가 나머지 세 개의 이야기들을 절대적인 자기력으로 밀치는 듯 흡인하고 있다는 것이다. 가만히 보면 나머지 세 개의 이야기들은 두루 배경 이야기로부터 탈출할 가능성으로 출현한 것들이다. 배경 이야기와 가장 닮은 표면 이야기조차 구조적 대칭성을 통해 전자의 반대면을 구성한다. 물론 표면 이야기 자체는, 다시 말해 사회적 상황은 텍스트 내에서 하나도 변하지 않는다. 그것을 소설 후반의 윤미와 형배 일당의 소식이 역설적으로 보여준다. 폭력배를 해결하는 것은 폭력배였다! 그러나 어쨌든 이 대칭적 구성을 통해 탈출의 갱도가 뚫려서 전경 이야기가 펼쳐질 수 있게 된다. 하지만, 앞에서 보았듯이 전경 이야기는 한편으론 배경 이야기를 사회적 본질로 굳혀서 자신의 복부 속에 깊숙이 내장하며 다른 한편으론 '나'를 한없이 앞질러 나가 '나'를 기어코 그것의 사건에 참여치 못하게 한다. 그래서 배경 이야기에서 '나'가 80년대에 대하여 막연한 "아쉬움"(p. 97)만을 가지고 있는 것처럼 '나'는 은소의 사랑의 요구에 대해서도 "훨씬 더 단단하고 아름"다운 사랑(p. 198)을 내세우며 물리친다. 그러면서도 '나' 자신 "더 단단하고 아름다운 사랑"이 무엇인지 알지도 못하고 알려 하지도 않는다. 궁극적으로 '나'와 은소의 관계는 성연과의 관계를 구조적으로, 세목 하나하나 되풀이하며, 반사한다: 성연과 은소의 성격, 똑같은 '나'의 우유부단, 주변의 장애(술집의 친구들, 유경과의 관계), 나의 자격 없음(방관자로서의 나, 아직 성인이 되지 못한 은소에 대한 윤리의식, 첫 대목의 '원조 교제' 운운은 그래서 나온 것이다), 애타는 갈망(성연에 대한 갈망은 말할 것도 없고, '나'는 성연과의 동일시를 통해서가 아닌 대목에서도 은소에 대해 까닭을 알기 어려운 안타까운 감정을 갖는다. 가령, "이 일이 시작된 후 처음으로 나는 이런 간절한 심정이 되었다. 은소가 그들과는 무관한 아이였으면, 정말정말 아무런 상관도 없는 아이였으면 하는"[p. 180], "성연을 잃은 것만으로도 19년의 세월을 회한 속에 살았는데, 다시 어떻게 은소마저 떠나보낼 수 있겠는가"[p. 183]).

때문에 독자는 '나'가 소설의 앞부분의 어딘가에서, "문득 이 모두가 예정된 일들이었을지도 모른다는 생각이 들었다. 성연과 은소와 내가 찬비 속에서 만나고 헤어짐을 반복하도록 정해져 있었을지도 모른다는. 그건 슬프고 가슴 아픈 예정"(p. 73)이라고 진술하면서 가졌던 예감이 그대로 실현되는 걸 본다. 전경 이야기는 그렇게 배경 이야기에 낚아채인다. 앞에서 인용했던 하라키의 말이 끝나자마자, '나'가 곧바로 "그래. 바로 맞혔네. 그 사람도 그랬지……"라고 대꾸하는 것은 과거에 낚아채인 미래의 운명을 돌이킬 수 없이 확정하는 대목이다.

결국 현실 안에서 그의 '미래'는 없었다. 그렇다면, 그의 내면은? 왜냐하면 많은 사람들이 사회에 대한 절망과 소외에서 벗어나기 위해 내적 망명을 택하기 때문이다. 그러나 이미 보았듯 이 소설 속의 화자이자 인물인 '나'에게 내면은 황량하기만 하다. 내부로의 망명을 할 수 있는 사람은 내면이 풍요로운 사람이다. 그런데 '나'는 그렇지가 않다. '나'는 서투르기 짝이 없는 소설가일 뿐이다.

결국 "가증스러운" 현실에서 벗어날 길은 어디에도 없다. 그럼에도 불구하고 벗어나고자 하는 충동은 더욱 극대화되어 폭발할 지경이 된다. 그 충동은 그래서 미래로도 내면으로도 초월하지 못하고 그대로 현실의 장소에서 격발한다. '나'의 마음속에 응어리진 채로 키워졌던 비현실이 외부에 출현하는 것이다. 그것이 환각이다. 그리고 그것이 중심 이야기이다. 오직 은소가 성연과 어딘가 닮았으며 은소가 성연의 딸일지도 모른다는 심증 하나만을 유일한 단서로 삼아 성연의 흔적을 찾아 나서는 이야기. '나'를 온갖 사건들에 휘말리게 하고 바다를 건너게 한 이야기. 지극히 사실적인 실감을 가지고 진행되는 이야기. 그러나 '은소'는 처음부터 그것이 사실이 아니라는 것을 알고 있었던 이야기. 은소의 적극적이고 솔직한 성격에 비추어 볼 때 은소가 그 사실 아님의 사실을 그토록 오랫동안 감추고 있었다는 것은 어울리지 않을지도 모른다. 그러나 은소의 행동의 수행성에 비추어 본다면 그것은 자연스럽다. 그의 발화 및 행동의 수행성은 '나에게 사랑을 요구하다'이기 때문이다. 그 요구가 실현되기 위해서는 은소는 '나'와 함께 있어야 하고 '나'가 그 요구를 들어줄 때까지 끈질기게 쫓아다녀야 하는 것이다. 마치, 고베 시에서 성연의 행방을 알기 위해 하라키를 "지칠 때까지 물고 늘어지는"(p. 217) 것처럼.

'나'는 정말 그것을 믿었을까? 그랬을지도 모른다. 어쨌든 그의 입장에서 그것은 사실로서 예정될 필요가 있었다. 그것이 '가증스러운' 현실을 벗어나는 길이니까. 따라서, 텍스트 전체를 통틀어 '나'가 이 미약한 단서에 끈질기게 집착하는 것은 무리가 아니다. 하지만 '나'는 '나'의 모든 행동들이 결국 만나고 헤어짐의 한없는 반복에 지나지 않을 것이라는 예감을 가지지 않았던가? 그런 예감에 젖어 있으면서 왜 성연을 찾아 나선단 말인가? 이 예감이 한 순간 지나가는 예감일 수도 있다. 그러나, 지나간 옛사랑을 이제 찾아서 무엇을 할 것인지에 대한 대답은 내내 침묵으로 남아 있다. 그러니 실상 '나'의 성연의 행적 찾기는 목적 없는 방황과도 같다. 소설을 왜 쓰는지 모르는 소설가의 경우처럼 말이다. 그렇다고 목적의 달성을 근본적으로 거부하는 어떤 이념이 있는 것도 아니다. 이 방황 속에서 독자가 거듭 확인하는 것은 성연의 과거의 흔적들이다. 성연에 대한 새로운 발견이 아니고 말이다. 물론 일본에서의 성연의 행적은 '나'가 처음 듣는 것이지만, 그 내용은 실상 과거에 그가 익히 알고 있는 성연을 재확인하는 것에 지나지 않는다. 게다가 거기에서 나의 기대는 마침내 망가진다.

새로운 성연 찾기는 과거에 대한 '아쉬움'을 충족시키는 길이기도 하며, 동시에 은소에게 말한 '아주 다른 사랑'과 계열적으로 연결되어 있다. 그것이 성취되지 않는다는 것은, 더 나아가 성취의 미래적 전망도 없다는 것(찾아서 무엇을 할 것인가)은, 결국 이 중심 이야기, 즉 사실성의 외피를 입은 환각 여행이 실은 그 자체로서 끝없이 과거로 귀환하는 여행에 불과하다는 것을 뜻한다. 그것은 줄거리의 층위에서뿐만 아니라 구조적 층위에서도 이중적으로 확인된다. 우선, 문체의 차원에서, 『무슨 상관이에요』의 문체는 철저한 회상형 문체이다. 아무렇게나 한 단락을 뽑아보자.

네 시간이 채 못 되는 그녀의 외출 시간 동안 나는 참 많은 느낌들에 사로잡혀 있었다. 섭섭함, 분개, 불안하기 짝이 없는 기다림 등등. 그랬으니 나는 은소에게 친절할 수가 없었다. 늘 굳은 낯빛으로 그녀를 대했고, 말도 몇 마디 하지 않았다. 그녀가 무얼 물어도 단답형 대답이나 주기가 일쑤였다. 응, 아니야, 그래…… 심지어 나는 그녀가 차려주는 밥도 먹지 않았다. 그렇게까지 하고 싶어서는 아니었다. 10분이건 20분이건 마주 앉아 어색하게 음식을 씹어댈 기분이 아니기 때문이었다. 식사가 준비되었다는 전갈이 오면 나는 갑자기 바쁜 척 수화기를 들거나 컴퓨터 앞에 눌러앉았다. 그리고는 말했다.
먼저 시작해. 금방 갈게.
하지만 전화 통화나 컴퓨터가 끝나는 것은 언제나 그녀의 식사가 끝난 다음이었다. 나는 혼자 식탁에 앉지만 밥을 먹을 생각은 없었다. 슬그머니 그릇들을 챙겨서 냉장고에 집어넣고는 다시 내 방으로 돌아오곤 했다. 그러다가 정 배가 고프면 바깥으로 나가 매식을 했다. (pp. 88~89)

인물들의 모든 행동은 화자 '나'의 회상적 진술 속에 가두어져 있다. 그 회상형 진술을 이끌고 있는 시제는 '~ 써다'의 완료형 과거 시제이다. 간간이 현재형으로 묘사되고 있는 부분들이 없는 것은 아니나, 그것들은 앞뒤로 설명에 의해 갇혀 있다. "응, 아니야, 그래"의 앞에는 "그녀가 무얼 물어도 단답형 대답이나 주기가 일쑤였다"가,

그 뒤에는 "심지어"가 울타리처럼 놓여서 저 현재적 발화를 이미 설명된 것으로 만든다. 과거시제는 완강하고 설명은 과잉된다. 때때로 이 과잉 설명은 글 읽기를 어색하게 만들기도 한다. 가령, "민주열사였던 오빠와의 인연 덕분에……"(p. 114) 같은 구절: 성연의 오빠가 학생 운동권의 핵심 인물임은 이미 적기되어 있었다. 그런 상황에서 그를 다시 "민주열사"로 수식하는 것은 화자의 지나친 친절 혹은 과잉된 자의식을 드러낸다. 또는, "이게 뭐예요. 저한테는 아무 상의도 없이 제 여권을 만들고 사증까지 받았군요. 어떻게 이런 일을 할 수가 있죠?"(p. 161): 일본행을 위해 여권을 만들어 온 '나'에게 은소가 화내는 대목이다. 그런데 고아로 자란 고등학생 소녀가 여권을 그대로 알아보고 사증의 의미까지 알고 있다는 것은, 전혀 가능성이 없는 것은 아니지만, 상식적으로는 생각하기 어렵다. 이것은 사건을 전개시키기 위한 화자의 초조감이 인물의 발언에 틈입한 것으로 볼 수도 있다.

인물들의 말은 그러니까 화자의 진술 속에 끼워 넣어져서야 비로소 의미를 띤다. 다시 말해 생을 부여받는다. 인물들의 생에 개입하는 화자의 진술은 철저히 의식적이다. 예컨대,

그는 손가락 마디마디를 우두둑거리며 천천히 내게로 다가왔다. 나는 그제야 심상찮은 두려움을 느꼈다. 내게는 일어나지 않았던 일들, 무관했던 세상의 일들이 몰아치려 한다는 느낌이었다. 도움이 될 만한 것을 찾으려고 주위를 둘러보았다. 그러나 내 손에 쥐어진 것이라고는 흑장미 열일곱 송이와 안개꽃 한 뭉치뿐이었다. 나는 내 체질에 맞는 방식을 택하기로 했다.

"아니, 저, 그게 아니라, 점잖으신 분들 같은데……." (p. 109, 밑줄은 인용자)

조폭에게 구타당하기 직전의 '나'의 급박한 상황을 기술하고 있다. 이때의 '나'는 인물로서 존재한다. 밑줄 친 부분은, 그런데, 화자로서의 '나'가 인물을 장악하고 있다는 것을 보여준다. 인물로서의 '나'는 다급하기 짝이 없는 상황에서 자신의 체질이 무엇인지 '궁리'할 여지가 없는 것이다. 그의 체질은 거의 본능적으로 튀어나올 뿐인 것이다.

화자의 과잉된 자의식은 그가 과거의 삶에 강박적으로 매어 있다는 것을, 더 나아가 텍스트 전체가 그렇다는 것을 가리킨다. 이것은 텍스트의 모든 환각이 언제나 현실로 귀환하고 만다는 것을 근본적인 차원에서 '확정'한다. 그러나 구성의 차원에서는 약간의 다른 시도가 있다. 우선, 문체의 차원에서와 마찬가지로 구성의 차원에서도 현실 혹은 과거로의 부단한 회귀는 여전히 확인된다. 본래 그것은 시작점에 위치해 있었다. 은소가 성연의 복본(複本)이라는 것. 그러나, 텍스트의 기대 지평은 그 복본의 이본(異本)으로의 변화에 놓여 있었다. 그 변화에 대한 기대가, 궁극적으로 네 개의 맥락 이야기와 하나의 중심 이야기를 낳은 것이다. 그런데, 중심 이야기까지 와서도 이본을 향한 전진은 복본으로의 회귀와 부단히 교질(交迭)한다. '나'의 예감은 운명처럼 텍스트를 붙잡고 유령처럼 텍스트를 전방위적으로 떠돈다. 행동의 층위에서 그것은 궁극적으로 일본으로의 여행이 실상 서울에서의 '나'의 상황을 거울처럼 반사하는 모양을 이루고 있다는 것으로 나타난다. 서울에서의 운동권-유인범-성연-지수-나-폭력배의 관계는 일본에서 음악패-하라키-은소-유경-나(/비둘이상)-야

쿠자의 관계와 정확히 대칭을 형성한다. 다만, 무언가 다른 게 있다. 적어도 두 가지. 하나는 '나'와 유사한 자의 출현. "비돌이상"이 그다. 그가 유경에게 매달리는 것은 '나'가 은소에게 집착하듯 "첫사랑과 닮았"(p. 248)기 때문이다. 그를 보며 '나'는 "첫사랑 때문에 괴로워하는 남자가 또 있었구나"라고 생각하며 착잡한 감회에 젖는다. 그뿐만이 아니다. 그는 "비만 오면" 유경을 찾아온다. 그것은, 다시 한 번 얘기되겠지만, '나'와 성연의 사건, 더 나아가 '나'와 은소의 사건이 항상 비를 동반하고 있다는 것과 조응한다. 이렇다는 것은 '비돌이상'이 기능적으로는 '나'로부터 유탈된 분신이며, 그 유탈을 통해서 '나'는 타자의 자격으로 객관화되고 희화화되고 있다는 것을 뜻한다. 다른 하나의 다름은 지수와 유경의 차이이다. 지수와 '나'가 한때 결혼했듯이, 유경과 '나'도 하룻밤을 나눈다. 성연 옆에 지수가 있었듯이, 은소 옆에 유경이 있다. 그런데 지수와 '나'의 관계는 각각 일방적인 데 비해(행동에서는 '나'가 일방적으로 요구하고, 말에서는 지수가 압도한다), 유경과 나의 관계는 상호적이다.

구성은 구조적 배열이라는 뜻인데 글쓰기의 시간으로 보자면 '주제 설정' 직후에 온다. 그것은 주제를 '움직인다.' 반면 문체는 체질적인 것처럼 보이지만("문체는 사람이다"라는 말이 흔히 주는 편견이 이것이다) 실은 가장 늦게 온다. 그것은 주제와 구성과 문채(文彩)들의 총화이다. 구성은 따라서 인식 다음에 오는 의지이다. 인식을 변화시키려는 의지. 문체는 그 의지의 실천태, 즉 변화태라고 할 수 있을 것이다. 구성의 층위에서 미묘한 다름이 나타났다는 것은, 그렇다면, 적어도 의지의 궤도 속에서 이 텍스트는 단순히 끝없는 탈출과 귀환의 되풀이가 아니라 결정적인 변화의 차원을 열었다고 볼 수 있을 것이다. 여기까지 생각하면 이 구조적 배열이 실은 텍스트의 작은 세목들에도 긴밀히 연결되어 있다는 것을 눈치 챌 수 있을 것이다. 가령, '나'가 은소를 만났을 때 은소의 나이는 17세였다. 펌프대회 시퀀스에서 '나'는 은소에게 꽃다발을 선물한다(p. 105). 그런데 17세의 선물은 22년 전에 이미 있었다. 은소가 '나'의 집으로 오고 나서 놀랍게도 은소는 옛날 음반 하나를 즐겨 듣는데, "그건 22년 전 겨울 내가 성연으로부터 받은 첫번째 선물이었던 것이다"(p. 73). '나'의 나이가 39세이므로 22년 전은 정확히 17세이다. 그리고 '나'와 성연은 동갑이다. 은소가 음반을 듣는 걸 보며, '나'는 "문득 이 모두가 예정된 일들이었을지도 모른다는 생각이" 드는데, 은소와의 낯선 만남이 이렇게 성연과의 관계를 구체적으로 되풀이하는 걸 보면 그 말은 맞는 말이다. 그러나 달라진 게 하나 있다. 그때는 선물을 주는 사람이 성연이었다면 지금은 '나'라는 것이다. 또한 은소가 자란 고아원의 이름이 '천사원'이라는 것은 성연이 운동권의 "천사"로서 회자되었다는 것과 은근히 조응한다. 그때는 성연이 부상자들을 치료하는 천사였지만 지금의 은소는 "청소년 상담원"으로부터 도움을 받는 '거리의 천사'이다. 이러한 세목들의 되풀이와 전도는 결국 '나'의 의지의 궤적이 옛날의 삶을 '다시 삶'으로써 그것을 근본적으로 뒤바꾸려는 움직임을 그리고 있다는 것을 보여준다. 그리고 쇄말적 측면에서의 이러한 되풀이와 변화는, 그 역시 의지의 궤적 속에서, 포괄적인 징후로서의 '비'의 변화에 투영된다. 방금 전에 말했듯이 비는 '나'와 성연과 은소와 관계된 모든 사건들에 빠짐없이 등장하는 징후적 매개자이다. 그런데 처음에 '나'에게 비에 젖는다는 것은 불쾌감을 유발한다: "구두 양말까지 척척하고 불쾌하기 그지 없었다"(p. 60). 비에 젖은 몸을

씻는 물은 피로이다: "머리끝에서 샤워물처럼 피로가 쏟아져내렸다."
이 불쾌와 피로의 범벅 속에서 "내 가슴에서는 이유를 알 수 없는 슬
픔이 핏물처럼 번지고 있었다"(p. 60). 빗물은 물을 부르고 물과 물의
범벅은 존재의 살을 찢고 핏물을 흐르게 한다. 그런데 이 비가 후반
부에 오면 기다림의 비로 바뀐다: "처음 며칠은 찜통 같은 더위였고,
이어지는 며칠은 들입다 퍼붓는 빗물 세례이고. 그래도 비가 땀보다는
나을 테지. 그런데 이 여행의 끝에서는 어떤 일이 나를 기다리고 있을
까. 성연과 나 사이에 중요한 일이 있을 때는 번번이 비가 내렸는데,
이번에도 하늘과 비가 매개자의 역할을 해줄까…… 나는 마치 차 안
이 아니라 비를 맞으며 허공을 날고 있는 느낌마저 들었다"(p. 281).

글을 맺으며 독자는 현실과 환각을 하나로 맞물리게 하려는 채영주
의 시도가 아주 세찬 시행착오의 소용돌이 속을 맹렬히 돌고 있음을
느낀다. 줄곧 끈질기게 지속되어온 그 시도가 정면 대결과도 같은 정
공법적 시도이기 때문일 것이다. 그는 현실을 환각화하거나 환각을
현실화하려고 하지 않았다. 그와 더불어 현실과 환각을 인식과 재미
의 두 차원으로(고전주의자들의 간명한 규정에 의하면, 어쨌든 이것이
문학의 기본 목표이다) 재치있게 나누어 상호 변환을 꾀하려고도 하지
않았다. 그는 통째로 현실과 환각을 '동일화'하려는 거의 불가능해 보
이는 실험을 해왔던 것이다. 그렇게 생각한다면 그의 시행착오는 근
본적으로 다른 도달을 위한 불가피한 과정이라고 볼 수 있을 것이다.
아마도 이러한 믿음이 그의 텍스트를 휘몰아 풀이하지 않고 하나하나
세분해가면서 살펴보려 한 이 글의 시도를 낳게 했을 것이다. 이 장
구한 시도를 복기해보는 것이 무엇보다도 필요한 때라고 느꼈기 때문

이다. 그 느낌은 작가의 도전에 대한 근본적 믿음이 없으면 생기지 못할 느낌이다. 기대로 인해 당연히 허전한 이 느낌의 흉곽에 기쁨이 차오를 날을 기다려보자.*

---

* 슬프게도 채영주는 2002년 6월 15일 알 수 없는 병으로 타계하였다.

사랑의 상대성 원리

타인의 아이를 향한 꿈
─ 신경숙의 「기차는 7시에 떠나네」

1. 캐시미어 효과

'형용사의 문학'이라는 별칭을 만들어낼 수 있을 정도로 신경숙의 소설을 지배하고 있는 것은 분명한 윤곽을 가지지 않은, 게다가 이미 실체를 가진 것들의 분명한 윤곽마저 시나브로 허물어버리고 마는 남기(嵐氣)성의 이미지들이다. 이 이미지들은 신경숙 소설의 전 성층에 고루 나타나면서 독특한 소설적 분위기를, 아니 차라리 분위기의 소설이라고 말하는 게 더 나을 그런 소설 공간을 열어놓는다. 그 성층들을 훑어보기로 하자.

우선, 소설(『기차는 7시에 떠나네』, 문학과지성사, 1999) 구상의 단계에서: 인물들의 이름은 특정한 방식으로 선택된다. 비중이 약할수록 이름의 실체성이 강해지고 그 반대 방향으로는 약해진다. 가령, 그의 소설의 한 대목에서 무심코 '유혜란'이나 '노태수'(『깊은 슬픔』, 문학동네, 1994) 같은 또렷한 이름을 보았다면, 그 이름의 소유자는 그 작품에서 미미한 보조역에 지나지 않는다고 판단해도 거의 틀리지 않는다. 그 분명한 이름을 가진 보조 인물에게 약간의 적극적 역할이 주어지게 되면, 그때 그는 '윤순임 언니' '최홍이 선생님'(『외딴 방』, 문학동네, 1995)에서처럼 부가지칭을 가진다. '현피디'처럼 이름이 생략되면 역할의 비중이 좀더 높아지지만, 직업에 대한 지칭이 그 비중의 크기를 억제한다. 아주 강력한 보조 인물들은 '윤' '창' '최' '세' '완' 등 외자로 표현되기 일쑤이고, 혹은 '그' '그녀' 등 인칭대명사로 표기되거나, 혹은 "아버지" "외사촌" 등 가족적 지칭으로 나타난다. '아버지'야 별도의 지칭을 가지지 못하니까 그렇다 치고, 외사촌을 '외사촌'으로 가리킨다는 것은, 우리가 통상 동년배 외사촌을 두고 그냥 이름을 쓰는 것에 비추어 보면, 가족적 지칭이 특별한 기능을 하고 있음을 잘 보여준다. 작품의 '주인공'은 대체로 화자인 '나'이고 그렇지 않을 경우에는 인칭대명사나 이름만으로 표기된다. '나'가 이름을 불가피하게 밝혀야 할 때에는, "하진"의 경우처럼, 성 없이 이름만으로 나타난다. 한 가지 특이한 사실은 강력한 보조 인물이 외자로 나타나는 경우가 많은 데 비해, 주인공은 두자 이름을 흔히 가진다는 것이다. 『깊은 슬픔』의 '은서'('완' '세'와 삼각관계에 놓여 있는)의 경우나 지금 독자가 펼쳐 든 『기차는 7시에 떠나네』의 '하진'이 그렇다. 그렇다는 것은 두 자 이름이 또 다른 기능을 갖고 있음을 암시하는데, 그 또 다른 기능이란 음절의 추가가 야기하는 지시 기능의 강화이다. 즉 완, 세, 윤보다는 은서, 하진에 중요도가 더 부여된다는 것이다. 다만, 이 지시 기능은, 이름 석 자를 또렷이 가지고 있는 부차 인물의 사실성과는 다른 무엇을 강조한다. 그것은 비사실성, 즉 반현실성의 자리이고 따라서 이상(理想)적 자리인 곳에 더 가까이 주인공을 근접시킨다. 그 근접을 가능케 하는 것은 주인공 이름의 음성학적 자질이다. 은서, 하진은 유포니euphonie가 큰 음운들이며, '은' '진' '서' '하'는 각각 한국인의 집단 무의식 속에서 '귀함' '밝음' 등의 내포를 가지는 음절들이다. 이 음성학적, 혹은 음성-의미론적 자질들이 주인공들을 반현실성의 자리에 또렷이 세우면서 동시에 주인공에게 현실적인 존재들에 대한 심리적 우월성을 부여한다.

다음, 텍스트의 행동의 층위에서: 롤랑 바르트의 의견을 빌려, 이야기의 기본 단위를 기능fonctions과 징조indices로 나눈다면, 대부분의 이야기들이 기능 단위들의 연속을 주-형식으로 하고 징조 단위를 보충적으로 사용하고 있는 데 비해, 신경숙의 소설에서는 거꾸로다. 이를테면 『기차는 7시에 떠나네』에서 화자의 심리는 도두 냄새를 통해 표현된다. 그 냄새는 중국 여행의 인상을 기술하는 앞 대목의 "천년. 천년 전의 나무로 지은 탑에서는 퀴퀴한 냄새가 코를 찔렀다"(p. 13)의 불길한 냄새로부터 '나'가 마침내 기억을 되찾게 되는 마지막 대목의 "나도 모르게 아이를 내 가슴에 껴안았다. 아이에게서 복숭아 냄새가 났다"(p. 237)의 희망의 냄새에 이르기까지 도처에 편재한다. 편재할 뿐만 아니라 이 냄새들이 사건을 뒤덮는다. 더욱이 이 냄새들은 모두 예감의 전달물질이다. 그 냄새들은 독하거나 향기롭다기보다는 불길하거나 희망적이다. 다시 말해 신경숙의 냄새는 물질적이라기보다 심리적이다. 냄새는 전조(前兆)다. 그런데 전조란 무엇인가? 사건 '밖에,' 사건 '앞에' 존재하는 사건의 '잔영'이다. 그것은 '미리'-'지나가버린' 사건이다. 다시 말해 미래인 과거이다. 어떤 인물도 그 미래에 개입하지 못한다. 이미 과거가 되었기 때문이다. 『기차는 7시에 떠나네』에서 '나'가 특별히 소유하고 있는 예감의 능력은,

그러니까, 예지적 무능력이다. 속수무책일 사건을 미리 느낀다는 점에서 예감의 능력은 무능력의 예감이다.

이렇게 신경숙의 소설들에서는 사건 '바깥'으로 추방된, 동시에 불수의적 사건들을 표징하는 느낌들로 자욱하다. 그 느낌은, 대부분 불행한 느낌이지만, 그러나 대부분의 화자, 혹은 주인공에게 그것은 친숙하고 아늑한 느낌이다. 한 인물은 "당신을 사랑하는 동안 나의 하루는 이 치받침으로 시작해서 이 치받침으로 끝나곤 했으니, 나에겐 오히려 동무 같은 감정이에요"(『풍금이 있던 자리』, 문학과지성사, 1993, p. 39)라고 말한다. 존재하는 것은 사랑이 아니라, 사랑을 향한 마음의 '치받침'일 뿐이다. 그런데, 이 치받침이 사랑 그 자체보다 '나'에게 친숙하다. 또한, '완'이 사라진 걸 알고 은서가 "그때 무너진 건 몸이 아니었어, 마음이었어"(『깊은 슬픔』, 상, p. 165)라고 회고할 때, 이 말은, 마음만 무너졌을 뿐 몸은 온전했다, 는 뜻이 아니라, 몸이 아니라 마음이 무너졌으니 그 고통이 더 심하다, 라는 뜻이다. 이것은 신경숙의 소설이 오직 마음의, 마음을 위한, 마음에 의한 소설임을 암시한다. 그 마음과 몸 사이, 다시 말해 감정과 현실 사이에는 미세한 진공의 띠가 가로놓여 있다. 그 진공의 거리가 박혜경이 "삶이 추억으로 건너가기 위한 거리"(「추억, 끝없이 바스라지는 무늬의 삶」)라고 멋지게 표현하고 있는 거리이다.

마지막으로 문체의 층위에서: 그의 문체는 수행문이 부재하는, 부재한다고까지 말할 수는 없지만, 그것이 억제되는 문체이다. 잘 알다시피, 오스틴J. Austin에 의해 명명된 수행문the performative이란, "나는 약속한다" "나는 선고한다" "나는 명령한다" 등, 말이 행동을 동반하고 있는 언어체이다. 물론 소설 지문에서 수행문은 구조적으로 배제된다. 소설의 기본 형식은, 선언이나 약속이 아니라, 상상 혹은 기록이기 때문이다. 그러나 소설의 내부 언술(대화, 기록된 이야기 내용 등)은 수행문으로 가득 찰 수 있다. 소설의 내용은 꿈, 비판, 반성이기 때문이다. 신경숙 소설의 내부 언술에서도 우리는 심심치 않게 수행문들을 만날 수 있다. 그러나, 그 수행문들은 그대로 진술되지 않고 빈번히 제한된다. 가령, 서한체로 쓰여진 「풍금이 있던 자리」의 마지막 대목을 보자.

이 글을 당신께, 이미 거기 계시는 당신께 부칠 필욘 이제 없겠지요. 그래도…… 까치, 까치 얘기는 쓰렵니다. (『풍금이 있던 자리』, p. 42)

앞 문장의 심층 구문은 "이 편지를 당신께 부치지 않겠습니다"이다. 이 수행문은 표층 구문에서 "필욘 없겠지요"라는 진술문으로 바뀌어 나타난다. 두번째 문장은 수행문이 그대로 드러난 경우다. 그러나, 문장 앞부분의 "그래도……"는 이 말을 하기가 얼마나 힘이 들었는가를 여실히 나타낸다. 『기차는 7시에 떠나네』에서의 다음 구절들도 보자.

여자는 좀 말개진 목소리로 내게 말했다. 언제 다시 전화드려도 되나요? 나는 그러세요, 라고 대답했다. 달리 무슨 대답을 할 수가 있겠는지. (p. 26)

부친은 내가 이 세상에 없어도 너희 둘의 가족이 번갈아 새집에 왔다갔다할 일을 생각하면 행복하다, 하였다. 그러면 되었다, 하였다. (p. 84)

“그러세요”는 “달리 무슨 대답을 할 수가 있겠는가” 때문에 적극성을 상실하고, “행복하다”는 “, 하였다”에 의하여 단정의 상태로부터 불확실성의 상태로 이행한다. 수행문들은 빈번히 부가문들에 의해 억제되고 축소된다. 게다가 「풍금이 있던 자리」의 편지는 부치지 않을 편지다. 수행문의 기본 정의가 말과 행위의 일치라면, 이 ‘부치지 않음’은 수행문의 결락을 행동의 층위에서 되풀이한다. 『기차는 7시에 떠나네』에서도 수행문의 등장은 즉각적으로 실패를 동반한다. ‘진서’가 “이제 결혼을 하자”라고 말을 꺼냈을 때, “나는 마치 그의 청혼을 방어하듯이 손을 내저으며 한 발짝 물러섰다. 그래놓고 나조차도 내 반응이 당황스러웠다”(p. 4). 이 사건은 소설의 발단을 이루는 가장 중요한 사건 중의 하나이다. 그것은 하나의 ‘사건’이지만 사건(결혼)을 파기하는 사건이다. 신경숙의 소설은 이렇게 수행의 가능성이 파괴된 자리에서 열린다.

수행문이 극도로 억제되었다면, 신경숙의 소설에는 진술문the confirmative이 지배하고 있는가? 아니다. 그의 소설에서는 진술문마저도 억제된다. 아무렇게나 한 구절을 뽑아보자.

막 셔터를 누르려는데 렌즈 속엔 다시 미란이가 들어가 있었다. 미란이가 매우 슬픈 얼굴로 나를 이윽이 바라보고 있었다. 조그만 입술을 달싹여 겨우 이모, 하고 부르고 있는 것도 같았다. 나는 기겁해서 카메라를 든 채로 붉은 벽돌에 털썩 주저앉았다. 빗장뼈가 쩍, 금이 가듯 아파왔다. 내가 안 돼, 소리를 쳤던 것 같다. (p. 15)

신경숙은 좀처럼 단언체를 쓰지 않는다. 인용문에서도 "부르고 있었다" 대신 "부르고 있는 것도 같았다"가, "아팠다" 대신 "아파왔다"가 쓰여진다. 앞의 "같았다"가 예감(미란에게 무언가 불행한 일이 일어났으리라는)을 유보시키고자 하는 마음의 부지중의 발로라면, 뒤의 "아파왔다"는 아픔의 완료형을 현재진행형으로 바꾼다. 말은 하염없이 주저하면서 마침표를 미룬다. 그것이 극단적으로 나가면, 『새야 새야』의 '작은 놈' '큰 놈'이 터뜨리는 '소리 없는 외침'이 터져나온다.

그러니까, 신경숙의 문체는 말더듬의 문체이다. 말더듬의 문체는 말을 하되, 말의 행위적 자질, 즉 목표(정보·의미 전달, 약속 등)를 지연시킨다. 성향적으로 그 문체는 의미의 부재, 사건의 부재로 경사된다. 그러나, 그렇다고 해서, 신경숙의 소설이 무의미의 상쾌를 지향한다고 생각하면 오해일 것이다. 그의 소설은 무의 상태, 선(禪)의 상태를, 혹은 즉물성의 상태를 지향하지 않는다. 오히려, 이렇게 말해야 할 것이다. 그의 말더듬은 표현을 얻지 못한 불구의 말이라고. 표현을 얻지 못하기 때문에, 더욱 강렬하게 불타오르는, "가슴을 탕탕탕, 치는"(「새야, 새야」) 모습이 책장 위로 선명하게 인화되는, 그렇게 애태우는 말이라고.

다시 오스틴의 용어를 빌리자. 신경숙의 문체는 언표 내적illocutionary 행위가 억제된 만큼 언향적perlocutionary 행위(말이 타인에게 발생시키는 효과)가 큰, 혹은 그 효과를 노리는 문체이다. 그러니까, 감정과 현실, 말더듬과 의미 사이에 놓인 진공의 띠는 사전적 정의대로 "아무것도 없는 공간"이 아니다. 진공의 과학적 정의는 "영점 진동의 파가 충만한 상태"이다. 그리고 이 영점 진동에 의해서, 물리학에서 캐시미어 효과casimir effect라고 부르는 자장이 형성된다. 이 자장의 에너지가 클수록 소설적 완성도는, 다시 말해, 소설의 울림의 진폭은 커진다. 소설에서, 그 영점 진동의 파를 발생시키는 것은 바로 의미에 즉각적으로 쓰이지 못하는 징조 단위들의 짜임과 포개짐이다. 가령, 내가 보기에 가장 구조적으로 완성된 소설인 「배드민턴 치는 여자」를 생각해보라. 한쪽에 '그녀' 혹은 여성성의 불투명한 욕망(의미를 얻지 못한 세계)이 있다. 다른 쪽에 그에 대한 세속적 해석이 있고, 그 해석을 통해 자행되는 폭력(의미의 세계)이 있다. 소설의 울림은 '그녀'의 욕구에서 나오지도, 그녀에 대한 사회의(혹은 그 사회의 대리인들, 즉 세속인의) 폭력에서 나오지도 않는다. 그것은 그 둘 사이의 해소될 수 없는 거리에서 야기되는 긴장, 충돌, 오해에서 발생한다. 그 거리가 울림의 발생기이다. 그 거리가 발생시키는 진동에 의해서 소설 공간은 "꽃집"에서 "무덤"으로 기이하게 모습을 바꾼다. 그것이 그 소설의 캐시미어 효과이다.

2. 새와 사진

신경숙의 소설들이 징조 혹은 징표들로 충만한 공간을 이루고 있다면, 이번 소설 『기차는 7시에 떠나네』에서 작가는 의미심장한 변모를 시도하고 있다. 물론 이미 충분히 보았듯이 『기차는 7시에 떠나네』에서도 징조들이 압도하는 신경숙적 분위기는 여전하다. 그러나, 무언가 달라지는 게 있다. 그리고 그 달라짐은 징표들 그 자신으로부터 나온다.

전반적인 줄거리는 기억상실증에 걸린 주인공이 기억을 되찾게 되는 과정을 중심 뼈대로 가지고 있다. 그 과정은 다음의 시퀀스들로 나뉠 수 있다.

1. 나(하진)는 중국 여행에서 돌아온다. (프롤로그~5장)
2. 나는 일(성우 활동)을 쉬고 고향에 다녀온다. (6~7장)
3. 나는 과거를 찾아 나선다. (8~10장)
4. 나는 제주도에 가서 기억을 되찾는다. (11~13장)
5. 헤어졌던 사람들은 다시 만나고, 나는 여자를 돕는다. (에필로그)

얼핏 이 시퀀스들은 작품이 전통적인 구성을 비교적 충실히 따르고 있음을 보여주는 듯하다. 그러나, 어딘가 불균형이 있다. 발단에 해당하는 부분이 지나치게 무겁다는 것이 그것이다(전체의 3분의 1에 해당하는 분량이다). 관점에 따라서는 '프롤로그'만을 발단에 넣을 수도 있을 것이다. 그러나, 그렇지 않다. 발단은 본래 문제가 발생하는 지점이다. 통상적으로 문제는 순차적으로 고리를 이루면서 발생하지만, 『기차는 7시에 떠나네』에서 문제들은 병렬적으로 한꺼번에 던져진다. 그 문제들은 '나'의 막연한 상실감, 미란의 자살 소동, 나와 진서의 관계의 위기, 남편을 잃은 여자의 전화, 윤과 현피디의 이혼 상태이다. 문제들이 순차적으로 배열되는 경우에는 최초 원인이 되는 하나의 문제가 있으며, 그 문제들 사이에는 인과율이 개재되어 있다는 인식이 전제되어 있다. 그것이 전통적 소설의 공식이다(이것은 개인의 연대기인 한, 길이에 관계없이 모든 소설에 적용될 수 있다). 반면, 방금 열거된 『기차는 7시에 떠나네』의 문제들 사이에는 어떤 인과관계도 놓여 있지 않다. '나'의 입장에서는 나의 막연한 상실감이 최초의 원인일 수 있겠으나, '미란'에게는 자해 소동을 낳은 그만의 원인이 있으며, 다른 인물들 역시, 각각 저마다의 심연을 가지고 있다. 이 각각의 문제들은 논리적인 끈을 갖지 못하는 대신, 계열적인 관계를 취하고 있다. '나'와 '진서'의 관계, 여자의 문제, 윤과 현피디의 관계는 모두 관계의 단절이라는 같은 속성을 취한다. 나중에 나의 상실감, 미란의 자해도 역시 관계의 단절을 근원에 두고 있다는 것이 밝혀지기 때문에 사실상 다섯 가지의 문제는 모두 동형적 관계를 이루고 있다. 논리적 관계를 맺고 있지 않은 이 다섯 문제들은, 따라서, 그들의 동형성을 통해서 서로를 비추는 거울의 기능을 한다. 다시 말해, 그것들은 각각 다른 문제들의 징조이다.

말 그대로 첫 시퀀스는 그 자체로서는 해독이 불가능한 징조들이 서로 반향하고 있는 것이다. 이것은 『기차는 7시에 떠나네』가 신경숙의 이전 소설들의 연장선상에 있음을 보여준다. 징후들로, 다시 말해, 증상들로 충만한 텍스트, 즉 의미의 결락으로 가득 찬 텍스트, 즉 결핍으로 충만한 텍스트. 그것이 신경숙적 텍스트이다. 이 의미 결핍의 징조들을 요약하는 상징이 있는데, 그것은 중국 여행 때부터 "목탑 주변 하늘을 어지럽히고 있는 새 떼"(p. 13)에서부터 나타나는 '새'이다. 이 새는 발단부에서 반복적으로 출몰한다. 중국 여행에서 돌아와보니 자동차는 "새들이 똥을 싸놔서 유리창이고 어디고 봐줄 수가 없었"(p. 32)고, 병원에서 데려온 미란은 "시무룩한 표정으로 고갤 젓더니 가방 위로 가볍게 올라가 새처럼 웅크리고 앉았"(p. 32)으며, "미란이 정말 새가 되어 어디론가 날아가버릴 것만 같"다는 불안감을 내게 심어준다.

아무튼, 이 새는 "시간을 깔아뭉개고 있는 나라"인 중국에서 "그냥 길거리에 내버려지듯 무심코 서 있는 탑들" 위를 흉흉하게 날아다니는 모습으로 무대에 등장한다. 이 새 떼를 처음 바라보는 사이, "빗장뼈가 움찔거리는 것"을 느낀 '나'는 "어지럼증이 몰려와" 탑 오르기를 포기하고, "일행 중의 한 사람이 먼저 목탑 안에서 나오"는 것을 보고는 "스냅 사진을 찍어주려 했다"가,

갑자기 왜 카메라의 렌즈를 파노라마에 갖다 맞췄는지. 폭이 길어진 렌즈 속에 일행의 얼굴 대신 미란이가 힐끗, 비쳤다. 나는 놀라서 렌즈 바깥, 현실 속의 목탑을 올려다보았다. 사진을 찍어주려던 일행은 목탑에 걸쳐진 긴 사다리를 타고 벌써 반은 내려와 있었다. 나는 다시 카메라의 렌즈를 긴 사다리를 타고 목탑을 내려오고 있는 일행에게 갖다 댔다. 새들이 그녀의 주변을 기괴한 소리를 내지르며 맴돌고 있었다. 막 셔터를 누르려는데 렌즈 속엔 다시 미란이가 들어가 있었다. 미란이가 매우 슬픈 얼굴로 나를 이윽이 바라보고 있었다. 조그만 입술을 달싹여 겨우 이모, 하고 부르고 있는 것도 같았다. 나는 기겁해서 카메라를 든 채로 붉은 벽돌에 털썩 주저앉았다. 빗장뼈가 쩍, 금이 가듯 아파왔다. 내가 안 돼, 소리를 쳤던 것 같다. 긴 사다리를 타고 목탑을 다 내려온 일행이 무슨 일예요, 물으며 내게 다가섰다. 다시 렌즈를 목탑의 긴 사다리에 맞춰봤을 때 미란은 없었다. 검은 새 떼가 검은 휘장처럼 펄럭이고 있었을 뿐. (pp. 14~15)

'나'는 새 떼를 보면서 빗장뼈에 진동이 왔고, 그 빗장뼈의 진동은 미란에게 일어난 불길한 사태를 예감케 한 것이다. 새는 여기서 연속적인 이중 기능을 담당한다. 하나는 새는 '나'에게 현실로부터의 이

탈, 그리고 실제적 무기력("털썩 주저앉았다")을 야기했다는 것이다. 다른 하나는 그 이탈은 동시에 예전에 가지고 있었으나 오랫동안 상실하고 있었던 예감 능력의 회복이라는 것이다. 새는, 그러니까, '죽이고' 동시에 '살린다.' 현실 행동력을 죽이고 예감을 살린다. "검은 휘장처럼 펄럭이는" 새 떼는 검은 휘장처럼 죽음을 암시하고, 동시에 검은 휘장처럼 무언가를 감추고 있다. 감춤으로써, 감추는 만큼 감추어진 것에 대한 관심을 집중시킨다.

그런데, 이 묘한 상징의 새는 발단부를 떠나면, 더 이상 나오지 않는다. 단지, 단 한 번, 미란과 인옥의 가방에서 똑같이 "까만 딱따구리"(p. 186) 마스코트로, 그 모형이 나올 뿐이다. 그러고는 「에필로그」에 가서야 다시, "화석에 찍혀 있는 새의 발자국"(p. 256)이 나온다. 소설의 전개 과정 속에서 새는 불현듯 종적을 감추어버린 것이다. 그러나 실상 새가 완전히 사라진 것은 아니다. 미란이 여행 가방 위에 새처럼 앉는 순간, 그녀는 실제로 새가 되었기 때문이다. 6장부터 발단부의 새의 기능을 대리하는 것은 미란이다. 그렇다는 것은 미란의 사건이 '나'의 사건의 핵심적인 징후로서 기능하게 된다는 것을 가리킨다. 그에 비해, 발단에서 제시되었던 다른 문제들은 부대적 징후가 된다. 다섯 문제가 모두 관계의 단절이라는 공통성을 가지고 있으나, 다른 문제들이 '알려진' 문제인 데 비해, 나의 기억상실과 미란의 자살 소동만이 '알려지지 않은' 문제인 것도 그와 관련이 있다. '나'의 문제가 문제로서 제대로 드러나려면, 미란의 그것도 그렇게 드러나야 하며, 그 역도 마찬가지다.

그러나, 바로 이 자리에서 상징은 상징 그 자체이기를 멈춘다. 미란은 새의 순수한 대리인이 될 수가 없다. 다시 말해, 미란은 새와 달리 순수 징조일 수가 없다. 왜냐하면, '나'의 문제와 '미란'의 문제가 동격이라면, '나'의 문제가 사실성을 품고 있는 만큼 미란의 문제도 사실성을 품을 수밖에 없기 때문이다. 이것은 『기차는 7시에 떠나네』가 발단부를 떠나면서, 분위기의 세계로부터 사실성의 세계로 이동한다는 것을 뜻한다. 실제로 망각되어버린 과거를 찾아 나서는 길이 되는 것이다. 미란과 인옥의 가방에 걸려 있는 딱따구리는, 그러니까, 징조의 퇴화를 지시한다.

그러나 말했다시피, 신경숙 특유의 '분위기'는 여전히 남는다. 냄새는 전편에서 피어오른다. 그렇다면, 징조의 세계로부터 사실성의 세계로 건너갔다고 말하는 것은 적당치 않다. 차라리, 징조와 사실성 사이를 왕복하고 있다고 말해야 할 것이다. 사실성의 세계, 즉 기능 단위들의 세계는 징조 단위들과 독립적으로 존재하기 시작한 것이 아니라, 징조 단위들의 내재적 모순으로부터 솟아 나온다.

때문에, 앞의 인용문을 다시 읽을 필요가 있겠다. 새 떼가 펄럭이는 목탑에서 '나'가 실제로 실패한 일이 무엇이었던가? 바로 사진 찍기였다. 묘한 아이템이다. 왜냐하면, 나중에 사진은 잃어버린 기억을 찾아가는 유일한 단서가 되기 때문이다. '나'가 "몇 달 동안 사라졌"다가 병원에서 발견되었을 때, "어디에서 뭘 했는지 통 기억을 못"하고, "동전 하나도 없"는 채로, "주머니에 사진만 한 장 들어 있었"(p. 16)던 것이고, '나'는 그 사진 뒷면에 쓰여진 전화번호와 이름에 유일하게 의지하여 과거를 찾아 나서게 된다. 그렇다면, 사진의 존재태는 이중적이다. 한편으로 그것은 잃어버린 과거의 한 토막이다. 그때 사진은 실재로 들어가는 통로가 된다. 다른 한편으로, 중국 여행에서의 사진은 새 떼에 의해서 그 행위가 실패된 사건이다. 전자의 경우에 사진은 현실의 환유이고, 후자의 경우에는 결락된 현실의 은유이다. 사진은 징후의 공간과 사실성의 공간을 동시에 가로지른다. 그 때문에 그것은 '냄새'와 함께 소설 전편에 편재한다. 징후이면서 사실로서. 그리고 이것은 발단부에서는 징조로, 그 이후에는 사실로 존재한다는 뜻이 아니다. 사진이 기억을 회복할 단서가 된 이후에도 사진은 여전히 징후로서도 존재한다. '나'의 옛사랑은 사진기자였다는 것, 사진은 바로 그 사진기자와의 옛사랑의 은유이다. 물론 은유는 징후이다(여기에서 사진을 사진기자의 환유로 읽는 것은 우스운 일이다. 위고의「잠든 보즈」의 유명한 시구, "그의 볏단은 인색하지도, 가증스럽지도 않다"의 '볏단'을 라캉이 은유의 대표적 사례라고 칭하자, 수사학자들을 비롯한 많은 사람들이 그것은 환유라고 항의했을 때의 우스꽝스러움과 그것은 비슷하다. 여기에서 사진은 사진기자인 옛사랑이 찍은 사진이 아니다. 그것은 스스로 망각해버린 옛사랑의 무의식적 대리물이다). 또한, '진서'의 집 테이블에 놓여 있는 "유년 시절에 찍었다는 가족 사진"(p. 168)도 그렇다. '진서'는 가족 사진을 찍고 나오던 날 교통사고로 가족을 모두 잃고 혼자 살아남았던 것이다. 그리고, "사진은 가필까지 되어 아주 잘 나왔"(pp. 170~71)다. 그 사진은 행복의 헛된 표징이고, 재앙의 숨은 징조이며, 살아남은 자가 과거와 맺고 있는 유일한 현실적인 끈이다.

  아무튼, 대상 치환을 통해서든(새→미란), 기능 치환을 통해서든(사진), 징조 단위는 순수하게 존재하지 못한다. 그것은, 작가가 순수 징조로 가득 찼던 자신의 옛 소설들에 저항하고 있다는 것을 암시한다. 그 분위기에, 어떤 문제가 있었나?

3. 타인의 아이를 꿈꾸기

그 문제를 요약적으로 보여주는 두개의 예가 있다. 하나는 '나'의 자신에 대한 느낌이다. '나'의 현실적 직업은 성우이다. 처음부터 '나'는 그 성우 일에서 결핍을 느낀다. '나'의 책상 위의 라디오 밑에는 "이름도 없고 애칭도 없고 의미 있는 행동을 찾아내지도 못하는 익명의 내 목소리"라는 글씨가 "아무렇게나 휘갈겨져 있"다(p. 11). 텍스트 내에서 이것은 물론 과거의 상실로부터 비롯된다. 그러나, 여기서 우리가 주목해야 할 점은 다른 것이다. '나'는 무언가를 결핍하고 있는 자신을 또한 "무성 영화 속의 배우"(p. 78)와 같다고도 생각한다. 있을 수 있는 비유이다. 그러나, "익명의 내 목소리"와 "무성 영화 속의 배우"는 지시적으로는 정반대의 현상을 가리키며, 따라서, 이 둘이 같은 시니피에를 가리키기 위해 쓰일 때 숨은 시니피에는 명료해지기보다 더욱 컴컴해진다. 본래 은유에는 까닭이 없다. 그러나, 그 덕분에, 비유들은, 다시 말해 징조들은 무차별화되고, 또한 망실된 실재에 가 닿지 못할수록 더더욱 무차별화됨으로써, 야콥슨이 "유사성 장애의 실어증"이라고 말한 혼란 상태에 빠져든다.

그리고 누구든 혼란 상태에 마냥 빠져 있을 수는 없기 때문에 그것들은 다시 한 방향으로 모인다. 어느 한 방향? 두번째 예가 그것을 요약적으로 보여준다. '나'는 성우를 그만두기로 하면서, 아버지에게 다녀온다. 이 두번째 시퀀스는 이야기의 전개로 보자면, 필연적인 이유가 없는 대목이다. 이 필연적이지 않은 대목은 그러나 비유의 필연적인 결핍을 보여준다. 어머니를 잃고 시름시름 늙어가고 있던 아버지는 문득 찾아온 노루에 의해서 기력을 되찾는다. 그러니까 노루는 아버지에게 어머니의 상상적 대리물이다. 아버지가 평안을 되찾은 것과 달리, 그러나, '나'는 아버지에게서 "약을 오래 복용한 사람에게서나 맡아지는 시큼한 냄새가 나는 것만 같다"(p. 100)고 느낀다. 반면, "부친의 사향노루는 다른 사향노루와는 달리 사향선에서 야릇한 냄새를 풍기지도 않았고, 새끼를 낳지도 않았다"(p. 96). 이 뜬금없는 진술은, 얼핏 노루의 깨끗함을 알리는 듯이 보이지만, 아니다. 인간의 심리적 상상틀 내에서 사향은 성의 유인제이다. 그것은 번식의 촉매제이다. 부친의 사향노루가 다른 사향노루와 달리 야릇한 냄새를 풍기지 않는다는 것은, 그리고, 그에 이어서 "새끼를 낳지도 않았다"는 것은, 은근히 관계의 불모성을 암시한다. 노루는 물론 비유이고, 그것은 곧바로 비유의 불모성을 지시한다. 왜 불모한가? 노루가 어머니를 대신할 수는 없기 때문이다. 비유는 실재를 대체하는 것이 아니라, 그것을 단지 흉내 낼 뿐이다. 그렇기 때문에 비유들은 실재를 부르지 못하고, 저희들끼리 서로 부른다. 그렇게 해서 자기 동일성의 늪에서 한없이 자맥질한다. 징조는 따라서 알레고리와 정반대이다. 알레고리가 수평적 관계가 망실된 수직성이라면, 징조는 수직의 선이 끊어진 수평성의 표랑이다.

이 불모성의 저편에 아주 소박한 상호성의 꿈이 있다. '나'의 막연한 바람은 "단순하고 조용한 가족"(p. 11)을 이루면서 사는 것이다. 그것은 어머니에 대한 '나'의 추억 속에 아주 선명히 나타나 있다.

늘 서로 신체의 일부가 닿아 있었지. 머리를 쓰다듬거나 목덜미를 쓸어주거나 허리를 껴안거나 손을 잡고. 텔레비전을 볼 때의 우리 가

족의 풍경은 이런 것이었다. (p. 91)

　신경숙 소설의 비밀이 날모습을 드러낸 부분이다. 앞에서 우리는 그의 소설이 해소될 수 없는 거리에 바탕을 두고 있으며, 이 거리 사이의 인력의 세기가 울림의 크기를 결정한다고 말했다. 그것을 캐시미어 효과라고 했다. 물론 그 인력은 실제적인 만남을 꿈꾸기 때문에 발생한다. 앞의 대목은 이 만남의 상상적 모형이다. 이것을 감안한다면, 신경숙의 소설이 자아의 정체성을 찾기 위한 도정이라는 해석은 무리가 있는 해석이다. 오히려 신경숙의 관심은 만남에 있다. 그 만남이 '미리' 꿈꾸어지기 때문에, 그는 인물을 그 실체성으로 지칭하기보다 상관성으로 지칭하길 좋아한다. 가령,

　　열아홉의 나, 파르르 떨며 외사촌에게 뛰어간다. 〔……〕 말은 안 나오고 눈물만 줄줄 흐른다. 처음엔 나를 달래려고 했다가 나의 외사촌, 또 다른 보호자는, 자신도 곧 울고 말 것 같은 눈동자로 내 이름을 부른다. (『외딴 방』, 2, p. 226)

의 "나의 외사촌"이나,

　　닭을 가장 사랑한 이는 희재 언니의 그 사람인데 (『외딴 방』, 2, p. 205)

의 "희재 언니의 그 사람"이 그러하다. 신경숙의 인물들은 근본적으로 상관적이며, 복수적이다. 중세의 여성 시인 마리 드 프랑스Marie de France는 뒤엉킨 "개암나무와 인동덩굴"을 두고, "나 없이 그대 살

수 없고, 그대 없이 나 살 수 없다오"라고 노래했다. 신경숙의 인물들이 바로 개암나무와 인동덩굴이다. 그러나 '자아 찾기'라는 해석은 나름의 일리가 있다. 왜냐하면, 인물 속에 내재된 관계성은 관계를 찾는 이를 중심에 고정시킨 관계성이기 때문이다. "나의" "희재 언니의"의 '의'는 인력 방향을 하나로 제한하려는 욕망을 드러낸다. 그것은 자기 동일성의 동심원을 그리면서 한없이 바깥으로 확대되어 나간다. 그 바깥의 아득한 저편에 독자가 놓여 있으며, 독자 또한 저 자기 동일성의 파문에 출렁인다. 하지만, 이 자기 동일성의 파장은 근본적으로 불모하다. 그것은 동일자들의 끝없는 되풀이가 될 것이기 때문이다. 반면 만남은 근본적으로 이타적(異他的)인 것이다.

징조들로 충만한 세계는 자기 동일성의 되풀이를 필연적인 한계로 갖는다. 그 때문에 그것들은 순수하고, 순수한 만큼 소박하며, 순수한 만큼 불모로 귀착한다. 여기까지 오면, '사진'의 징조 기능이 분명히 드러난다. 사진은 저 순수한 만남을 항구화시키고 싶어 하는 욕망의 표현이다. 그러나 또한, '나'에게나 '진서'에게 사진만 남았다는 것은 저 순수한 만남에 대한 희원이 헛되었다는 것을 지시한다.

주제의 차원에서 『기차는 7시에 떠나네』는 소박한 가족주의에 대한 반성적 탐색이다. 따뜻한 가족적 관계를 그리워하는 자가 내부로부터 자신의 꿈을 되돌아보는 작업이다. 작가가 징조들의 세계에서 사실성의 세계로 과감히 건너가려 한 것은 그 때문이다. 사실성의 세계로 들어가 보면, 저 소박한 꿈 뒤편에는 무자비한 폭력이 있다. '나'는 '은기'와의 "단란한 가정 생활"(p. 239)을 꿈꾸었으나, 붙잡혀 뱃속의 아이를 죽이고 말았으며, '진서'는 가족 사진을 찍고 돌아오던 중 교통사고로 가족을 모두 잃는다. '지환'과 자신 사이에 타인이 끼어드는 것을 상상할 수 없었던 '미란'은 '인옥'이 '지환'의 아이를 가졌다는 것을 알고 발작을 일으키고, '나'에게 전화하는 여인은 "선량한" 남편을 교통사고로 잃고 나서, "아직 내게 무슨 일이 생겼는지 실감이 나질 않"아서 눈물로 밤을 새운다.

인물들은 모두 폭력에 훼손당한 상태로 살아남았다. 다시 옛날의 꿈으로 되돌아간다는 것은 불가능하다. 그렇다면 어떻게 살아야 하는가? 『기차는 7시에 떠나네』의 탐구가 결정적으로 직면하고 있는 심연이 이것이다. 이에 대한 하나의 대답은 없다. 인물들은 저마다 자기의 대답을 보여준다. '나' - '하진'은 '은기'와 제자인 '용선'과 그 둘 사이의 '아기'를 만남으로써 자신의 기억을 온전히 회복한다. '나'의 회복을 뒷받침하고 있는 것은 나-은기-아이의 망실된 꿈을 은기-용선-아이의 관계로 바꾸기를 인정하는 것이다. 그럼으로써 '나'는 나-진서의 관계를 회복시킨다. '미란'은 스케이트보드에서 드럼으로 대상을 바꾸어가며 실연의 아픔을 견디다가, 마침내 한국에서 "아무도 가지 않은" "여성 드럼 연주자"의 길을 택한다. '윤'과 '현피디'는 훼손된 상태로 다시 재결합을 한다. '여자'는 나에 의해 성우 공모를 권유받을 것이다. 나-진서, 은기-용선, 윤-현의 길은 생활의 길이고, 미란, 여자의 길은 문화의 길이다. 미란은 그 문화를 스스로 선택하고, 여자의 선택은 타인의 권유를 통해서 이루어질 것이다. 은기-용선, 나-진서, 윤-현의 길은 뒤로 갈수록 주체적이면서 동시에 타자를 인정하는 길이다. 이 길들은 저마다 다양하지만, 똑같이 생산을 다시 말해, '아이'를 꿈꾼다. 이것은 자기 동일성의 수렁을 넘어가려는 이 다양한 모색들이 동시에 본래의 소박한 꿈을 여전히 바탕으로 깔고 있다는 것을 보여준다. 그것은 형태적 차원에서 징조의 세계에

서 사실성의 세계로 건너가려 한 시도가 징조와 사실성의 복합적 중
첩의 세계를 낳은 것과 동일하다. 다만, 인물들이 꿈꿀 '아이'는 자신
의 아이가 아니라, 타인의 아이이다. '미란'의 길은 개척자의 길이며,
따라서, 사회적 통념의 완강한 자기 동일성을 벗어나는 길이다. '여
자' – '미경'의 길은 타자의 목소리를 대신하는 길이다. '나'는 나의 아
이를 용선의 아이로 대체함으로써 자기 아이의 죽음을 극복한다. 자
신의, 그리고 상대방의 훼손을 끌어안음으로써 재결합하게 된 윤과
현이 꿈꾸는 아이는 당연히 윤에게는 현의 아이일 것이고 현에게는
윤의 아이일 것이다.

　이렇듯, 삶이란 훼손된 타자들의 삶을 하나하나 모아 깁는 것이다.
그것이 『기차는 7시에 떠나네』의 마지막 전언이다. 그러나 이 전언을
이렇게 산문적으로, 혹은 도덕책의 말투로 이야기하면, 그 뜻이 가슴
에 제대로 와 닿지 않는다. 그것은 말로서 지시될 것이 아니라, 행위
자체로 표현되어야 한다. 그것이 타자의 삶을 진정 그대로 되살리는
것이기 때문이다. 사실성에 대한 탐구를 시도한 이 소설에도 신경숙
특유의 말의 풍경은 여전히 살아 움직여, 그것을 아름답게 요약하는
수일한 이미지가 하나 있으니, 여기 인용하기로 한다:

　　닳아진 조각보처럼 그와 여자가 낳아 기르고 있는 아이를 보는 순간
　　어떤 기억들이 부분부분 솟아나기도 하고, 산만하게 흩어져 있던 목소
　　리들이 기워지기 시작했다. (pp. 237~38)

　이것이 바로 작품 그 자체이다. 발단부에서 무겁게, 산만하게 흩어
져 있던 아픈 문제들이 서서히 함께 기워져, 서로를 위무(慰撫)하고

스스로 아무는 것, 그것이 『기차는 7시에 떠나네』이다.

어른이 없는, 어른 된, 어른이 아닌

― 배수아의 『푸른 사과가 있는 국도』

> 천구백팔십팔 년의 애기죠. 그해는 올림픽이 열리느라
> 시끄러웠어요. 모두 기억하고 있어요? 어딜 바라보나 단조로운 때였죠.
> 나는 그해 여름에 커피 콩 가는 기계를, 아주 갖고 싶던
> 상표로 살 수 있었기 때문에 무척 기뻤던 기억이 나요. (「천」[1])

한떼의 아이들이 있다. 그 아이들은 가령, "올이 풀린 블루 진 위에 하얀 필라 셔츠를 입고"(「검」) 손목에는 금빛 팔찌가 번쩍이기도 하고(「푸」「천」), "주름 장식이 달린 유니폼"(「천」)을 입은 모습으로 길 건너 호프집에서 일하거나 백화점 액세서리 매장에서 일하고, 혹은 남자 아이라면 국도변의 주유소 또는 자동차 정비소에서 일한다. 그들은 대학을 다니고 있거나, 대학을 중퇴했거나, 대학에 들어가지 못했다. 그들은 "조금 있으면 시작될 프렌치 랩 수업에 들어가는 대신에 김진의 만화책을 빌려다가 음악을 크게 들으면서 읽으면 어떨까를 생각"(「여」)하거나, 여자 친구와 몰래 정비소에서 빼낸 자동차를

---

1) 이 글의 분석 대상은 배수아의 『푸른 사과가 있는 국도』(고려원, 1995)이다. 인용된 작품의 이름은 첫 글자로 표시한다. 즉 「천」은 「천구백팔십팔 년의 어두운 방」을, 「엘」은 「엘리제를 위하여」를, 「푸」는 「푸른 사과가 있는 국도」를, 「여」는 「여섯번째 여자 아이의 슬픔」을, 「아」는 「아멜리의 파스텔 그림」을, 「인」은 「인디안 레드의 지붕」을, 「검」은 「검은 늑대의 무리」를 가리킨다. 인용들이 동시다발적으로 터지는 탓에 불가피하게 택한 방식이다.

타고 남산으로 밤나들이를 가거나(「천」), 여유가 있다면 밤의 카페에
가서 "한 개비의 담배를 나누어 피우"(「아」)며, "한없이 길고 우울한
심포니의 마지막쯤을"(「여」) 듣거나 "중국 영화의 비디오 테이프"
(「인」)를 보면서, 커피 혹은 아이스 티, 다이어트 코크, 때론, 밀러
를 마시다가, 애인과 잠자리를 한다.

　그들의 관심은 마리떼프랑소와저버나 캘빈 클라인 청바지를 입는
일, 친구가 애인과 싸울 때는 어떤 경우인가 궁금해하기, "하얀 면코
트를 입은 채 젖은 밤거리에 서서, 길 건너편 편의점 불빛을 바라보
면서 담배를 피우는 것은 너무나 멋있다"(「푸」)는 생각, 남자 친구가
"엄청나게 자존심이 강하면서도 아주 멋있는 옆모습을 하고 있다는
것"(「여」), 아마폴라, 핑크 플로이드, 레드 제플린 등 록 그룹과 노래
이름 기억하기 등이다. 이런 관심들을 이 아이들은 오로지 그 자신
만의 관심으로 간직하고자 하며, 따라서 전혀 방해를 받으려 하지 않
는다. 간혹 그들은 "세상을 도전적인 눈으로 쏘아"보는데, 그 눈은
"나는 그냥 있는 것이다. 〔……〕 너와는 아무런 관련도 없이 그냥 그
렇게 있는 것뿐이야. 너는 나에게 가까이 오지 마라. 나를 쳐다보지
마라"(「푸」)라고 말하고 있다. 사촌이 집에 들어오질 않아서 이모와
단둘이 침울한 저녁을 먹는 날이면, "나는 그런 저녁이 싫어 레드 제
플린이라도 크게 틀어놓고 싶었지만 이모가 싫어하는 것 같아서 할
수 없이 헤드폰을 사용"(「여」)한다. 이모를 방해하기도 싫지만 그렇
다고 해서 내가 방해받는 것은 생각할 수 없다. 그들은 각각 저마다
다른 존재들이며, 그들 사이에는 어떠한 교류도 일어나지 않는다 "그
도 나 때문에 슬퍼하지 않고 나 때문에 기뻐하지 않았다"(「푸」). 애인
들은 심각한 불만이 있어서 헤어지는 것이 아니라, 단지 편안한 다른

애인이 생겼기 때문에 헤어진다: "너에게 불만이 있는 것은 절대로 아냐. 뭐랄까. 그 아이는 내가 이다음에 뭘 해야 하나 하는 그런 종류 의 불안이 없을 뿐이야"(「푸」).

이 철저하게 고립을 선택한 개인들, 결코 밖으로 열린 창을 가지지 않은 단자들, 그러나, 그럼에도 불구하고 그들은 동시에 한결같다. 이들은 자주 몰려다니는데, "다들 이유가 있기도 하고 없기도"(「인」) 한 채로 그렇게 몰려다닌다. 그들이 모일 때면, "UCLA 야구모자를 쓴 남자 아이들과 긴 머리의 여자 아이들〔이〕, 모두들 꼭 그래야만 하는 것처럼 캔맥주를 손에 들고 남자 아이는 여자 아이의 머리칼을 만지면서, 그렇게"(「여」) 있다. 그들의 자세와 표정은 모두 어디에선 가 이미 본 비슷비슷한 것들이다.

이 아이들이 누구인가? 이 아이들의 연령 분포는 고등학생부터 대 학을 졸업한 젊은 사업가, 『와일드 제너레이션』이라는 남성용 잡지에 시를 발표하는 30대의 여성 시인에 이르기까지 넓게 퍼져 있다. 그럼 에도 불구하고 이 아이들은 아이들이다. 그것은 다음 몇 가지 표지들 에 의해 두드러진다. 우선 이들의 외모: 이들의 개성적이면서도 실상 비슷비슷한 외양은 언제나 젊음의 표지로서 기능한다. 그 젊음은 20대 의 청순함, 30대 초반의 열정이 아니라, 10대의 애 같은 젊음이다. 기 획사 대표인 "철희의 굵은 실로 짠 짙은 블루의 스웨터에서는 남성용 코롱 냄새가 은은하였다. 그는 검은 진즈를 입고 있는데 그것은 열아 홉 살 난 사내아이처럼 그에게 잘 어울렸다"(「천」). 10대는 이 늙은 아이들의 항상적 참조틀이다. 다음, 그들의 강박관념: 이 아이들의 머릿속에는 부모에 대한 생각이 떠나지 않는다. 머리를 뒤로 묶은 한 여피족 사내는 말한다: "내가 술을 싫어하는 이유가 뭔지 알아요? 사람들은 술을 마시면 오래된 이야기를 털어놓아요. 가슴에 담은 묵은 감정들을. 〔……〕 어린 시절의 애정 결핍 때문에, 난 지금도 운동화로 얻어맞는 느낌이 들어"(「천」). 그들이 아무리 나이를 먹어도 술만 먹으면 가슴에 담은 묵은 감정들이 튀어나온다. 부모에 대한 강박관념은 그 묵은 감정들 중 아주 큰 비중을 차지하고 있다. 택시 기사와 결혼한 언니는 "엄마 옆에서 같이 빨래를 걷으면서 계속해서 엄마, 엄마를 불러"(「여」)댄다. 나이 많은 쪽이 이럴진대 황차 더 젊은 쪽의 인물들에게서랴. 그들의 상념 혹은 그들에 대한 작가의 묘사에는 언제나 부모에 대한 이야기가 따라 나온다. 부모에 대한 강박관념에 시달린다는 것은 그들이 영원한 미성년임을 역증한다. 그들은 어느 순간, 어른이 되길 멈추었다. 나이는 들어가지만, 어른은 그들에게 오지 않는다. 과연, "섹스하고 싶어서 미칠 것 같은 고등학교 이학년의 남자 아이와 애정 결핍으로 영원한 불치병에 걸린 여섯 살 여자 아이가 손을 잡고 호텔방을 나선다"(「푸」). 그들은 고등학교 이학년 때, 혹은 여섯 살 때 이후 한 살도 더 먹지 않았다.

마지막 표지: 사회적 부적응. 이 아이들은 어느 곳에도 안주하지 못한다. 그들은 항상 모이고 헤어진다. 연인을 만들고 연인과 헤어진다. 24세의 처녀에게 결혼 이야기는 속물스러운 것(「천」)이고, 한 아이는 "시시한 회사에서 커피 따르고 키보드나 두드리는 〔게〕 하기 싫"어서 "대학 졸업하고 계속"(「아」) 논다. 서른이 넘은 시인은 "개성이라기보다는 병적인" "묘하게 들뜬 분위기 같은 것이 있어 그것이 상대방을 지치게 만드는 그런 타입인데"(「천」), 같은 침대에서 다른 사람과는 잠을 자지 못해서 한 침대를 차지하고, 잠 못 이루는 동숙

자들에게는 혼음제를 수면제로 줘버린다. 이러한 자발적인 보기들 옆으로 불수의적인 예들은 더욱 많다. "주유소에서 일하는 남자와 사는 것을 어떻게 생각"하느냐고 물었던 여자 아이는 "결국 학교를 마저 졸업하지 못하였다"(「인」). 호프집에서 일하는 여자 아이는 번갈아가며 '정치학과' 아이들에게 버림받는다(「여」). 연이는 무엇인지 너무 힘들어 "언젠가 짐을 싸고 나를 떠났"고, 연이의 이복동생인 준이는 "엄마도 죽었고 아는 사람도 하나도 없는" 일본에서 돌아오지 못한다 (「인」).

이 아이들은 그러니까, 70~80년대를 지나온 젊은이들, 아니 차라리, 그때의 소설들에 등장한 젊은이들과 하나도 닮은 데가 없다. 그때의 아이들은 서둘러 어른이 되려고 했었다. 군사 정권의 폭압에 무기력하게 굴복하고 만 기성 세대를 몰아내고 그 자리를 차지하고 싶어서 안달하였다. 80년대 초반 한 시인이 "아버지, 아버지, 씹새끼 너는 입이 열 개라도 말 못해"(이성복)라고 외친 데 대해 청년들은 열광하였고,[2] 요절한 한 시인은 "알고 보니 제가 주였"(진이정)노라고 자조한다. 그들이야말로 와일드 제너레이션이었다. 그들은 자신들의 가상 사회로 낡은 현존 사회를 무너뜨리려 했다. 그들 스스로 법이 되고자 했던 것이었다. 그러나, 정작 와일드 제너레이션이라는 이름의 잡지를 내고 있는 지금의 아이들은 결코 거칠지 않다. 이 아이

---

2) 실제 이성복의 이 시구를 아버지에게 격발된 화자의 욕설로 읽을 것인가는 논란거리다. 시의 맥락을 차분히 따라보면, 이 욕설은 차라리 화자가 자기 자신에게 던진 욕이라고 이해하는 게 오히려 타당하다. 그렇게 읽어야, 그다음 시구 "그해 가을, 가면 뒤의 얼굴은 가면이었다"가 온당히 이해될 수 있다. 그러나 시의 본의를 떠나서, 1980년대의 젊은 이들이 저 시구에 열광했던 이유는 바로 기성 세대에 대한 불신을 압축하고 있다고 생각했기 때문이었다.

들의 관심은 사회에 있지 않고 오직 자기 개인에게만 있는데 그렇다고 해서 그 개인이 사회의 대립항은 못 된다. 그들은 결코 사회의 법에 도전하지 않는다. 도전하지 않을 뿐만 아니라 지나치게 순종적이다: "산경의 어린 여자 친구는 무엇이 그리 행복한지 산경의 팔을 잡고 까르르 까르르 웃어대서 신오가 주의를 주어야만 하였다. '여기는 주택가라구. 이 시간에는 조용히 해야 하는 곳이야'"(「푸」). 이 아이들은 광인도 범죄자도 되지 못한다. 기껏해야 손님이 맡겨놓은 자동차를 밤에 몰래 빼내와 드라이브를 하고는 제자리에 도로 갖다놓는 짓을 할 수 있을 뿐이다. 삶의 의미, 존재 이유 따위의 형이상학적 물음은 이들의 소관사항이 아니다. 그들에게 의미 있게 보이는 것은 비싼 옷, 멋진 포즈, 마일드 세븐, 이성 친구 같은 것들이다. 그들은 어른이 아니며, 어른이 아닌 바에야 심각하게 세상을 고민할 이유가 없다.

고민이 없다고? 명백히 잘못된 말이다. 왜냐하면, 작가는 이 아이들이 온통 고민투성이임을 보여주기 때문이다. 어른이 아닌 이 아이들에게 고민이 없으려면 어른들을 잘 따르기만 하면 된다. 그러나, 불행하게도 이 아이들에겐 따를 어른이 없다. 이 아이들의 부모는 죽었거나(「겁」「여」), 이혼했으며(「인」), 혹은 살아 있다 하더라도 가난해서 아이를 고달프게 하고(「천」「엘」), 아이들의 속마음에는 털끝만큼의 관심조차 없는 채로 아이들의 장래를 몽땅 전유하려고 한다(「푸」「아」). 그래서 아이들은 대부분 가족을 떠난다. 떠나지 않을 수 없거나 박차고 떠난다. 떠나지 않는 아이도 가끔 있는데 그때 그 아이는 영악한 아이이다. 그 아이는 가장인 오빠를 적당히 구슬러 한창 유행 중인 청바지를 사 입는다. 영악한 아이들에게도 옛날의 가족은 존재하지 않는다. 70~80년대의 젊은이들은 아버지를 추락시킨 만큼 어머니를 성화시켰었다. 어머니는 인고와 희생의 상징으로 등장하였었다. 그러나 오늘의 아이에게 그런 어머니는 "지지리 궁상"으로 비친다: "자기는 생전 옷도 안 사 입고 그 싸구려 화장품 찍어 바르는 것도 아까워 벌벌 떨지만 자기 애들은 피아노에 첼로에 가르칠 건 다 가르친다구. 철따라 보약도 꼬박꼬박 먹이고, 그 여자 고생은 사서 하는 거라니깐"(「여」). 80년대에 절정에 다다랐던 한국적 여성주의는 시방 풍선이 터지고 만다.

어른은 부재하거나 증오 또는 조롱의 대상이다. 그렇다고 그들 자신이 어른인 것도 아니다. 그것은 이 아이들이 세상 속에 결코 뿌리 내리지 못한다는 것과 동의어이다. 그러나 세상을 이루지 못하는 존재는 삶의 가능성의 박탈 앞에 직면해야만 한다. 세상이란 삶의 기본 형식이기 때문이다. 이 아이들에게 고민이 없다고? 적어도 형이상학적인 고민은 없다고? 그런 고민은 없다고 하자. 그러나, 그것이 없어 '보이는' 대신 삶의 박탈에 대한 불안과 동요는 이 아이들에게 상존한다. 가령, 이 아이들이 끼리끼리 모이는 것은 그 때문이다. 세상을 이루지 못하는/않는 이 아이들, 자기 자신만을 아는 이 아이들은 거의 본능적으로 군집을 이루어 몰려다닌다. 왜? 어쨌든 세상의 흉내라도 내지 않으면 살 수 없기 때문이다. 또는, 한 여자 아이는 가출을 하면서 "사랑하는 사람이 생겼"(「푸」)다고 메모를 적어놓는다. 그러나 그것은 "사실이 아니다. 나는 사랑하는 사람이 없다. 그것조차도 나는 슬프다." 그런데 왜 무의미한 거짓말을 하는 것일까? 가족을 안심시키기 위해서? 실은 "이 가족 이외의 사람을 사랑한다는 상상만으로도 나는 날아갈 듯 기쁘"기 때문이다. 또한, 모든 작품의 이 아이

들이 한결같이 소망하는 바다로 가는 꿈은 어떠한가? 그것이야말로
이 세상에 뿌리내리지 못하는 이 아이들이 딴 세상을 찾아가는 엑소
더스가 아닌가? 게다가 바다로 그들은 결코 혼자 가지 않는다. 그들
은 애인과, 친구들과, 비지니스 관계자들과, 그 집단의 성격이 무엇
이든 상관없이 어쨌든, '집단적으로' 바다로 간다. 왜? 자살하러 가
는 게 아니기 때문이다. 스스로 의식하지 못한다 해도, 그런 채로,
아무튼 세상을 이루려고 가는 것이기 때문이다.

   도대체 이 아이들이 언제 어떻게 태어난 것일까? 오늘날 범람하는,
범람한다고 작가가 쓰고 있는 이 아이들이.
   두 개의 근원이 있다. 발생사적인 것과 편년사적인 것. 발생사적인
근원은 이 어른이 없는, 어른이 아닌, 즉 어른에 대한 이중적 관계 형
식을 가진 아이들이 태어난 까닭을 밝혀준다. 그 까닭은 그들의 존재
양태 그 자체에 이미 새겨져 있다. 바로, 영원히 아이로 멈춘 그 양태
에. 다시 읽어보기로 하자. "섹스하고 싶어서 미칠 것 같은 고등학교
이학년의 남자 아이와 애정 결핍으로 영원한 불치병에 걸린 여섯 살
여자 아이가 손을 잡고 호텔방을 나선다"(「푸」). 이 아이들은 섹스하
고 싶어서 미칠 것 같은 아이들이다. 그런데 섹스야말로 어른의 사항
이 아닌가? 교본 속의 성 행위는 어른으로 들어가는 문턱이다. 고등
학교 이학년 때 그 아이는 섹스하고 싶어서 미칠 것 같았다. 그것은,
그때 어른이 되고 싶어서 미칠 것 같았다는 말과 동의어이다. 그러
나, 어른이 되지 못했다. 그러니까, 그들은 어른이 될 것을 욕망하는
순간에 어른이 되지 못했다. 그것은 놀라운 사실 하나를 가르쳐준다.
그들은 사실 어른을 부정하지 않는다는 것이다. 오히려 그들은 어른

이 되기를 갈망한다. "빨리 어른이 되었으면 좋겠다"(「엘」)는 생각에
국민학생 아이는 벌써 괴롭힘당하고 있다. 그러나, 그 생각에 시달리
게 되자마자, 그 생각은 깨어져버린다. 어머니가 죽고 동생이 요양원
으로 실려 가고 그 자신은 이모 집에서 살게 된 아이는, "어서 자라
서 남자 친구도 사귀고 싶어. 멋있고 근사한 애로"라고 떠드는 친구
아이를 옆에 둔 채로, "언제나 시간이 되면 돌아와야 하는 집과 마찬
가지로 현실은 거기에 그냥 있을 뿐이다. 너는 언제까지나 그렇게 앉
아 있게 될 것이다"라는 음울한 몽상 속에 빠져든다. 그렇게 아이는
미성년인 채로 "언제까지나 그렇게 앉아 있게 될 것이다." 또 한 아이
는 "보호해줘야 하는 동생에서 한 남자 아이로 변해가는 길목"(「인」)
에서 더 이상 자라지 않았다. 자랄 수가 없었다. 엄마는 이혼하고 일
본으로 건너가 죽었고, 엄마를 찾아간 아이는 그곳에서 "지옥을 보
았"다.

　이 아이들의 미성념됨은, 그러니까, 그 양태가 어떠하든, 어른이
되고 싶은 욕망의 발생과 더불어 나타났다. 그 욕망이 생긴 이래로
더 이상, 한 살도 더 먹지 않는다. 이 아이들이 어른과 맺는 관계 형
식은 따라서 이중적인 것이 아니라 삼중적인 것이다. 이 아이들은,
어른이 없는, 어른이 되고 싶은, 그러나, 어른이 못 된 아이들이다.
그것이 이 아이들의 발생사이다. 이 관계항의 추가가 무슨 의미가 있
는가? 적어도 두 가지 암시를 그것은 지닌다. 그 하나는 그들이 꿈꾸
는 딴 세상은 실은 이곳에 이미 존재하는 세상이라는 것이다. 그들의
온갖 시늉은 언제나 어른들에 대한 흉내에 불과하다. 다른 하나는,
그럼에도 불구하고 결코 어른이, 다시 말해 자유의지를 가진 독립된
개체가 되지 못한다는 것이다. 그 자리를 어른들이 이미 차지하고 있

기 때문이다. 선화 앞에는 잘난 언니 선영이 가로막고 있으며(「아」), 가출한 아이에게는 "잘난 척하고 큰소리치"는 오빠가 있다. 어른들은 그 잘난 애의 모델을 만들어, 아이를 다그친다. 어른은 없거나 없으나마나 하면서 동시에 언제나 군림한다. 어른은 결코 아이가 벗어날 수 없는 상징적 배후이다. 이 두 가지 모두의 이유에 의해서 그들의 삶은 사실상 언제나 일상인 삶이다: "언제나처럼 변함없는, 영원히 변할 것 같지도 않은 일상의 저녁이다"(「푸」); "갑자기 아주 낯설고 익숙하지 않은, 그리고도 같은 표정을 하고 있는 세계가 언제나 내 곁에 있었음을 때때로 느끼게 된다"(「검」). 어른들의 세계는 낯설고 익숙하지 않다. 그들은 아이이기 때문이다. 그러나, 그것은 언제나 아이들 곁에 있다. 어른은 아이가 결코 동일화시킬 수 없는 채로 언제나 불안과 동요의 배후로 드리워져 있는 '큰 타자'이다.

이 얘기는 아직 암시에 불과하다. 다시 말해 광경과 풀이를 요구한다. 아이의 삶은 사실 어른의 흉내에 불과하다는 것이 무슨 말인가? 어쨌든 그들은, 가출하거나 버림받았거나, 어른들의 세계로부터 떠나 있지 않은가? 그것을 이해하려면, 또 하나의 근원으로 들어가야 한다. 편년사적인 근원으로. 그 근원은 1988년에 있다. 글머리에 인용된 말을 듣자면, 그해 올림픽이 열렸다. 올림픽이 이 아이들과 무슨 관계가 있는가? 그것을 이해하려면 조금 우회를 해야 한다. 올림픽은 일종의 상징적 기점에 불과하다. 그렇다고 해서 대답이 올림픽 그 자체의 상징적 의미로부터 오는 것은 아니다. 칼로카가디아, 이념과 인종을 초월한 전 인류의 화합 등등은 이 아이들에게는 어울리지 않는다. 오히려 작품 그 자체 안에서 암시를 얻어, 그것을 바깥의 현상과 연결시켜야 한다. 다시 말해, 올림픽 이후의 삶이라고 말해지는 이 아이들의 삶과 올림픽의 일상화된 의미 사이의 상동성을 추적해야 한다.

글머리의 인용은 1988년의 정황에 대해 이렇게 말한다: 시끄러웠고, 단조로웠으며, 나는 커피 콩 가는 기계를 샀다. 시끄러웠던 것은 올림픽이 열렸기 때문이다. 그러나 동시에 어딜 바라보나 단조로웠다. 단조로움과 시끄러움은 어울리지 않는다. 단조로움은 침묵과 코노테이션의 관계에 놓여 있으며, 시끄러운 것은 활발한 변화가 일으키는 소리이다. 그런데도 앞의 진술 속에서 시끄러움과 단조로움은 동의어이다. 어딜 바라보나 단조로웠다는 것은 세상 전체가 단조로웠다는 얘기다. 올림픽으로 세상 전체가 시끄러웠던 것처럼. 그렇다면, 그 단조로움은 시끄러움 속에 숨어 있는 사실상의 허장성과 천편일률성을 가리키는 것일까? 어찌 됐든 그해 나는 커피 콩 가는 기계를 샀다. 그것은 단조로운 일이 아니다. 1988년에 커피 콩 가는 기계는 그리 흔한 물건이 아니었다. 그것도 "아주 갖고 싶던 상표로 살 수 있었기 때문에 무척 기뻤"었다. 그것은 세상의 시끄러움/단조로움으로부터 벗어난 곳에서 일어난 나만의 사건이다. 진술자에게는 세상과 대립되는 나만의 공간이 있었다. 과연, 그해 그는 시집을 준비하고 있었다. 그러나, 바로 그해 또 하나의 사건은 그만의 공간을 파괴해버리고 만다: "어느 아침에 커피숍에서 토스트와 함께 날아온 신문에 헤어진 남자의 부고가 실렸어요. 난 그를 스무 살 때 만나, 오 년 간 같이 지냈었지요. 커피를 한 잔 더 마시고 한 잔을 더 주문하고 신문의 연예면에다 스포츠면까지 빠짐없이 읽었어요. 그리고 정오의 바다에 나가 헤엄도 치고 파라솔을 빌려 그 그늘에서 해질녘까지 빈둥댔어요. 그해의 휴가 기간 중에 시집을 완성했어요. 그런데 다시 쓰고 싶은 생각이 없어지더라구요. 정말, 그 이후로는 거의 백수건달처럼 살았어요. 가끔 청탁이 들어오는 대로 무조건 써주기만 했지요."

 헤어진 남자가 죽었던 것이다. 그것이 이 여자의 삶에 무엇을 가져온 것일까? 겉으로는 하나도 변한 건 없다. 그녀는 그 신문을 아무 충격 없이 보았다. 커피를 마시며 신문의 나머지를 스포츠면까지 빠짐없이 읽고, 헤엄도 치고 빈둥대었다. 시집도 예정대로 완성되었다. 그런데, 그러고 나서, 그녀는 직장을 그만두었고, 더 이상 시 쓰고 싶은 생각이 사라졌다. 쓰긴 썼지만, "청탁이 들어오는 대로 무조건" 썼다. 더 이상 시는 그녀만의 삶의 공간을 이루는 성분이 되지 못했다. 왜? 남자의 부고는 대답을 들려주지 않는다. 다시 말하면, 그 사건이 그녀의 변화를 만든 게 아니다. 오히려 그녀가 그 사건을 자신의 변화의 매개자로 끌어들였다고 말하는 것이 타당하다. 어떻게 끌어들였는가? 헤어진 남자가 죽었을 때 그녀는 커피를 마시고 헤엄을 치고 시집을 완성했다. 남자가 죽었어도 그녀의 삶엔 하나도 변할 것이 없다. 그러나, 바로 그것이 그녀의 삶을 변화시킨다. 그 행위 자체가 바로 세상의 정황과 그대로 일치하기 때문이다. 다시 말해 신문을 읽는 그녀의 마음은 시끄럽고(남자의 죽음) 단조로웠던 것이다(일상적이며 예정된 삶). 그녀만의 삶의 공간 또한 세상과 하나도 다를 바가 없었다. 그러니, 그녀만의 삶이란 사실상 없다. 그것은 세상의 한 양태에 불과했던 것이다.

 그러니까, 1988년은 1988년 이전에도 이미 있었고 그 이후에도 변함없이 있는 그해이다. 그 1988년 이후 그녀는 더 이상 생산자로서의 삶을 살지 못한다. 그 생산의 주권을 세상이 차지하고 있기 때문이다. 모든 아이들의 어른 되려는 욕망을 어른들이 이미 차지하고 내놓지 않듯이. 그 이후 그녀는 되는대로 산다. 되는대로 사는 삶이란 어

떤 것인가? 그것은 마구 사는 삶이란 뜻인가? 그러나 마구 사는 삶
에도 삶의 방식이 있게 마련이다. 1988년 이후, 그 마구 사는 삶은
이미 세상에 의해 규정된 삶이다. 다시 말해 그 삶은 세상의 삶을 모
방하도록 되어 있는 삶이다.

　물론, 마구 사는 삶이 세상이 규정한 그대로의 삶은 아니다. 후자
는 잘난 애들의 몫이다. 그것에는 질서가 있다. 마구 사는 삶은 그런
질서와 격식을 갖질 못한다. 그것은 세상을 보면서 세상을 흉내 내면
서 동시에 세상에 대한 도피의 욕구와 불안이 분산되어 있는 삶이다.
아니 거꾸로 말해야 한다. 그것은 세상 밖으로의 충동에 이끌리면서
동시에 여전히 세상에 규정되어 있는 삶이다. 1988년 이후의 삶은 바
로 그러한 삶의 모순적 양태를 세상이 적절하게 지원해주는 삶이다.
보라, 한 아이는 여섯번째 여자 아이와 바다로 떠난다. 세상에 지친
여자 아이가 가고 싶어 했기 때문이다. 그때 카세트라디오에서는 이
런 방송이 흘러나온다: "밤이 깊어갑니다. 이런 여름밤에는 산으로
가는 밤 기차를 타고 떠나보고 싶어요. 〔……〕 바다가 있기 때문에
기차는 더 이상 갈 수가 없습니다. 밤사이에 푸른 달이 당신의 눈동
자 안에 들어와 있습니다. 검은 모래산들을 지나 맨발로 걸어 들어가
면 그곳은 깊은 바다입니다. 계속 걸어가세요. 사할린을 지나 푸른
달빛처럼 차가운 오호츠크 해까지……"(「여」) 세상 밖으로 달아나는
욕구를 이미 세상은 무질서하기 짝이 없는 언어로(구문, 장소의 비일
관성, 공간 개념의 파괴) 부추기고 있었다. 또한 이런 TV 시청은 어
떠한가? "커다랗게 틀어놓은 연속극 소리는 좁은 집 안에 가득하였
다. 한 명의 아름다운 소녀가 꿈속에 그리던 황홀한 남자를 만났는데
그는 유부남이었다. 〔……〕 한 번도 본 적이 없지만 그들의 대사가

가득하기 때문에 나는 그들의 이야기를 다 안다"(「푸」). 이미 세상은 불륜을, 무질서를 다루고 그것으로 사람들을 유혹한다. 사람들은 온통 그 세상의 유혹에 빠지고 더 이상 변화를 바라지 않는다. 세상은 무질서로 질서를 강화한다.

세상은 결코 엄숙한 얼굴만을 가지고 있지 않다. 세상은 질서를 강요하지 않는다. 그것은 오히려 무질서를 배양하고 그것을 권장한다. 세상은 세상 밖으로의 일탈의 충동을 길들인다. 1988년의 정치·경제학적인 의미는 거기에 있다. 1987년 6월 항쟁이 끝나고 이른바 민주화의 시대에 접어들었다. 그러나, 그 민주화의 시대는 정치적인 것의 발전을 예고하지 않았다. 그것은 문화적인 것에 의한 정치적인 것의 대체를 낳았다. 세상을 규정하고 세상과 싸우는 것이 아니라, 세상을 장식하고 세상에 대한 싸움을 세상에 대한 투정으로 바꾸어 길들이는 것, 그것이 문화의 역할이었다. 어른이 없는, 어른이 되고 싶은, 그러나 어른이 아닌 아이들은 바로 그 문화적인 것의 팽창과 더불어 양산되었다. 그들은 어른이되, 그들이 맡은 사회적 역할은 남아 있질 않았다. 기성 세대가 이미 차지했거나 문제의 항아리에서 사라져버렸다. 그런데도 아이들이 어른 되기를 부추기는 일은 더욱 빈번해졌다. 자유의 폭은 넓어졌고 향유할 대상은 산적하게 되었다. 그러나, 그것을 누릴 수 있는 실제적인 가능성은 그만큼 좁아졌다. 아이들에게는 생산의 길이 주어지지 않았으며, 생산에 참여하지 못하는 아이들이 누릴 수 있는 자유와 향유란 아주 적은 것에 불과하였다. 모두가 스타라고 세상은 말하지만 아무도 스타가 되지는 못하였다. 삶의 선회는 거기에서 비롯되었다. 삶은 이제 겪는 것이 아니라 보는 것이었다. 체험은 멀찍이 멀어져가고 그 공백에 시선만이 남게 되었다. 시선만이 활동하게 되었다. '보다'의 움직임이 만들어낼 수 있는 최대한의 운동 범위는 무엇이겠는가? 그것은 바로 흉내 내는 것이다. 세상의 문화적 전시를 시늉하는 것, 그렇게 해서 어른됨을 느끼고 동시에 어른의 세계에 대해 벗어나고자 한다. 이 보는 자의 인생은 모두 모방일 뿐이다. 그것은 "지방시의 이미테이션"(「인」)을 입는 것과 같은 것이다. 그러니, "언제나 꼭 신경써서 고른 듯한 애스닉 풍의 액세서리를 걸치고 발목에 찰랑찰랑하는 스커트를 입고 다니는 그녀가 사실은 소녀 가장인 셈"(「여」)일 때, 그 소녀의 스커트는 자신의 가난을 위장하는 가면이 아니다. 그것은 그 자체로 권장된 삶의 실천이다. 문화는 끊임없이 가난을 그 외양으로 대체해버린다.

배수아 소설에 짙게 깔려 있는 회화적 분위기는 그로부터 나온다. 체험과 시선 사이에 그렇게 큰 공백이 벌어져 있기 때문이다. 그 안에 시선의 대상과 시선의 활동만이 있기 때문이다. 그 시선의 활동 속에서 모든 것들은 모의가 되고 실재는 그만큼 더욱 멀어진다. 그런데 이들에게는 모의가 실재다. 그러니, 모의가 모의될수록 그것들은 더욱 아득히 멀어진다. 그것은 우리의 육체와 늘 붙어 있으면서도 늘 먼 배경으로 가라앉는다. 바로 그것이 배수아의 회화성이 갖는 사회적 의미이다.

삶이 곧 끊임없는 모의라는 것, 그것은 일종의 사회적 현상일 뿐만 아니라 사회적 실천이다. 다시 말해, 세상에 의해 길들여진 모습 그 자체가 아니라, 세상에 대한 일종의 적극적인 응답이다. 그 응답이란 무엇인가? 그것은 세상의 요구에 대한 순응에 불과한 것인가? 아니다. 세상을 만들어가는 것은 세상이 아니라 세상 사람들이기 때문이다. 욕망을 길들이는 이 세상 자체를 만드는 것은 바로 그 욕망들이다. 욕망을 길들이는 것도 욕망이 시키는 일이다.

크게 두 가지 방향이 있다. 그 두 방향을 미리 일컬어, 긍정적이고 부정적인 방향이라고, 아니 현실 편승적인 방향과 현실 일탈적인 방향이라고 규정지을 수도 있겠다. 그러나 그 명명이 포함하는 암시에도 불구하고 그 두 방향은 서로 대립되는 것이 아니라 사슬을 이루면서 이어져 있다. 우선, 연장의 성질을 가진 방향이 있다. 삶이 모의가 된다는 것은, 삶의 모든 물상을 삶의 장식이자 소도구로, 즉 액세서리로 만든다는 것을 뜻한다. 가령, 애인은 사랑하는 사람이 아니라 성적 욕망의 표지가 된다. 욕망의 대상은 섹스이지, 애인이 아니다. 또는 "맨발로 밤의 골목길을 달려가는 여자. 그 여자가 신으려고 몸을 기울이고 있는 보도 블럭 위의 구두. 검은 늑대의 우리로 가는 블럭이 깔린 층계"(「검」)는 무엇인가? 이 괴기스런 광경은 실은 TV의 구두 광고에 불과하다. 모의의 실행자들은 공포를 즐긴다. 그것은 삶이 아니라, 흉내이기 때문이다. 끔찍한 공포도 즐거움의 소도구로 기능한다. 더 나아가서, 정치적인 것 자체가 장식으로 변한다. 징집에 대한 거부는 그런 일을 시도하기는 했던 아이와 결혼하고 싶은 욕망으로 대체된다(「아」). 혹은 엘뤼아르와 코헨의 아픔과 절망의 시(노래)도 행복의 액세서리로 달린다(「여」). "그녀의 멋진 의대생은 변함없이 그녀를 사랑하고 꽃과 보석을 프레젠트하고 주말에는 진보적 성향의 연극을 보러 다니는 것도 결혼하기 전과 다르지 않았다"(「푸」). 보석 선물과 진보적 연극 사이에는 차이가 없다. 모든 것들은 맞닥뜨릴 문제가 아니라 기분 전환의 표지가 된다. 세상은 세상 사람들에 의해서 더욱 모의의 세계를 강화해나간다.

그러나, 그러한 항진이 그대로 순조로운 것만은 아니다. 그것은 애초부터 모순을 안고 있다. 모의는 그것이 곧 실재라는 구실에 의해 뒷받침되고 있기 때문이다. 그것이 없으면 그 모의가 실행될 리가 없는 것이다. 그것이 모의인 줄 알면서도 그 모의를 실행하는 순간은 그것은 실재로서 간주된다. 그래야만 해볼 만한 가치가 있는 것이 되기 때문이다. 적어도 모의는 삶을 보증해야만 한다. 그러나, 앞에서 보았듯이, 모의는 실재를 더욱 멀찍이 떼어놓으며, 그 모의 자체를 먼 배경으로 물러 앉게 한다. "여전히 이태리제 청바지 광고 모델처럼 생기발랄하고 만족하는 듯한 미소를 하고 있어도 옛날의 오래된 사진관에서 빛나는 한여름의 거리로 뛰쳐 나오던 불타는 뺨을 가진 소녀는 어느 순간엔가 죽어버린 것이다."(「푸」). 그러니, 그곳에, 환상과 실제 사이에 어긋남이 있는 것이다. 그 어긋남을 모의의 실행자들은 무의식적으로, 몸으로 느낀다. 그들은 그들의 행동을 내팽개치듯이 한다. 내팽개치듯이? 그것이 무용한 짓인 줄 알기 때문이다. 그 행위 속에는 이미 무의미에 대한 예감이 선재하고 있다. 그러니, 버리듯이, 저지르듯이, 내팽개치듯이 사는 것이다. 이렇게: "누군가 창밖으로 던진 맥주 캔이 페이브먼트에 떨어지는 소리가 요란하게 들리고 곧 이어서 신경질적인 여자의 웃음소리가 들렸다. 누군가 새된 소리를 질러댔다. 이봐, 내 무릎에 하이네켄을 쏟지 말아요"(「천」).

바로 이 순간, 그 모의로서의 삶의 방향은 선회의 성질을 포함하게 된다. 이 행복의 액세서리들은 결국은 불행에 대한 또 하나의 징표가 아닐까? 라는 의문이 드는 것이다. 모임으로부터 떨어져 나온 네 사람이 호텔에 들게 되었을 때 미진은 말한다: "즉흥적인 여행, 바로 이런 거야. 언제나 이렇게 하고 싶었어. 얼굴만 바라보면 일거리가 생각나는 사람들과 사교적인 미소를 유지하면서 계약건수도 생각하는 것, 정말 휴가 같지 않아, 그렇지?" 그러나, 아주 잠깐 사이에 그녀의 느낌은 정반대로 바뀐다. "어쩌다 이런 곳에서 있게 됐을까. 내 주위의 사람들은 모두 나를 떠나가기만 했었어. 아빠는 죽고 엄마는 재혼해버렸어." 언제나 행복에 대한 추구는 불행에의 예감으로 대체된다.

이 불행에 대한 예감은 명료하게 의식되기보다는 대체로 기분 나쁜 감정으로 드러난다. "끈적하고 더러워진 녹색의 난간"(「여」), "축축해진 셔츠가 몸에 달라붙어 있는 것이 정말 견디기 어렵기는 나도 마찬가지였다"(「검」), "가을 먼지를 잔뜩 뒤집어쓴 채로 국도를 달려오는 차들만 바라보고 있었어. 거칠게 짠 목도리를 온통 가리고서는"(「푸」), "이곳은 몹시 답답하게 느껴지죠. 에어컨의 바람을 계속 맞고 있으면 기분이 나빠지죠"(「검」) 등등의 끈적끈적함, 먼지, 축축함, 답답함 들은 모두 그러한 무의식적 예감의 표지들이다. 그 의문들이 뚜렷하게 의식되지 않는 것은 그것들 자체가 모의의 안개 속에 갇혀 있기 때문이다. 그러나, 이미 그 표지들은 불행이 시작되었음을 알려준다. 그것은 "끊임없이 잘못 틀어 놓은 LP판처럼 반복적으로 들려오던 그 피아노 소리"(「푸」)를 듣게 한다. 그리고 어느 순간, 누군가는 그 레코드 플레이어를 정지시켜야만 한다. 다시 말해, 그 예감들이 모의의 울타리를 뛰쳐나오는 때가 오는 것이다. 조스가 텔레비전 밖으로 튀어나오고 검은 늑대가 우리 밖으로 뛰쳐나오는 때가. 그것이 언제인지는 아무도 모른다. 그러나 그것은 문득 엄습한다. 어떻게? 가령, 그것은 여시인에게서처럼 정신병동에 입원하는 일로 나타나기도 한다: "섹스 파트너라면, 사실 없지는 않아요. 하지만 연인은 없어요. 별로 있었으면 하는 생각도 안 들어요. 천구백팔십팔 년 이후로는. 그때 직장을 그만두었거든요. 갑자기 생활이 폐쇄적이 되니 적응하기 힘들고 우울증 증상이 있어 정신병원 신세도 졌어요.” 1988년 이후 그녀의 인생은 시끄럽고 단조로워졌을 뿐만 아니라, 그 시끄러움과 단조로움에 대한 편집증이 되어버린다. 이경주가 『와일드 제너레이션』에 실린 그녀의 시를 읽자 그녀가 화를 벌컥 내는 것은 바로 그 편집증 때문이다. 다시 말해, 그것에는 되는대로 살고 마는 이 인생에 대한 체념과 회의와 반항이 복잡하게 얽혀 있는 것이다. 또는, 국도변에서 사과를 사던 아이가 사과를 파는 아줌마로 변하는 재앙적 환각을 본다: “생은 내가 원하는 것처럼은 하나도 돼주지를 않았으니까. 부모가 사랑하지 않는 어린 시절을 보내고, 학교에서는 성적도 그리 좋지 않고 눈에 띄지도 않는다는 늘 그런 식이다. 그리고 자라서는 불안한 마음으로 산부인과를 기웃거리고, 남자가 약속 장소에 나타나기를 한 시간이고 두 시간이고 기다리면서 연한 커피를 세 잔이나 마신 다음에 밤의 카페를 나오게 된다. 그리고 마지막으로는 어느 날의 한적한 푸른 사과가 있는 국도에서 눈앞을 지나간 고양이는 검은 고양이가 된다”(「푸」). 그리고 때로는, 이 행복의 소도구가 그 자체로서 치명적인 죽음의 도구가 되기도 한다. “새로 나온 디자인의 독일제 주방용품 세트”(「푸」)에 있는 주방용 가위로 소영은 어느 날 손목을 긋는다.

　작가의 손은 아주 비관적이다. 그는 결코 어떠한 행복의 가능성도 엇비추지 않는다. 모든 행복은 절망에 대한 표지들일 뿐이다. 끊임없는 모의의 삶을 살아가는 이 아이들에게는. 그러나, 그럼에도 불구하고, 그 비관적인 손이, 잔인하면서도 동시에 아주 진한 애정을 담고 있다는 것을 읽어야 하리라. 작가는 그들의 삶의 근원과 양태와 전망에 대해서 모두 그들만의 몫으로 남겨주었기 때문이다. 이 아이들을 어찌할 것인가, 라고 탄식하고 무슨 궁리를 꾀하는 것은 자칫 이 아이들의 비웃음만을 사리라. 그것은 또 하나의 바깥으로부터의 양육 모의에 지나지 않을 것이다. 삶의 가능성은 '이 아이들을'을 '이 아이들은'으로 바꿀 때만 이 아이들에게 주어지는 것이다. 신경증에 시달리고 손목을 긋고 재앙적인 환각을 보는 것도 이 아이들의 선택인 것이며, 그것을 이겨내는 일도 이 아이들에게 주어져 있을 뿐이다. 그러니, 작가가 어찌 잔인해지지 않을 수 있겠는가? 작가란 본래 그렇게 치명적으로 냉혹한 존재인 것이다.

촛불의 욕망과 사랑의 상대성 원리
―이응준의 「무정한 짐승의 연애」

촛불의 상징성

나는 쓰려던 편지는 단 한 줄도 시작하지 못한 채 무심코 어떤 그림을 그리고 있었다. 애초에 나는 깊은 바다의 캄캄한 밑바닥에서 홀로 제 몸을 환히 불태우고 있는 금빛 물고기를 염두에 두었는데, 나중에 바라본 그것은, 그냥 흰 종이 위에 파란 잉크로 새겨진 거칠고 어설픈 촛불의 형상에 불과했다. (「무정한 짐승의 연애」, 『무정한 짐승의 연애』, 문학과지성사, 2004, p. 100)

표제작의 첫 문단은 이응준만의 소설적 방랑의 초입에 놓인 약한 촛불인 듯하다. 썩 기이하고도 달콤한, 낭만적이고도 고딕적인, 쓸쓸하고도 명랑한. '무정한 짐승'의 '뚱뚱하고 날씬한 편력'인. '약한'은 물론 책의 앞자리에 놓인 「초식 동물의 음악」의 첫 문장, "아주 미약한 지진을 느꼈다"(p. 9)에서의 '미약한'과 같은 뜻이다. 그에 이어지는 문장, "나는 깨어났다"가 그대로 암시하듯이 저 '약한'은 힘의 결핍을 가리킬 뿐 아니라, 생의 시초를 가리킨다. 그게 무엇이든. "너의 시작은 미미하였으나……"라는 절의 정신적 형식. 오로지 정신적 형식일 터이니, 결코 종교적이지도 정치적이지도 경제적이지도 않을 것이다.

그 미약한 촛불을 작가는 "어설픈 촛불"이라고 썼다. 작가가 '잔치'라고 쓴 것을 독자는 '방랑'이라고 썼다. 작가가 그렇게 쓴 데에는 암시 혹은 불안 혹은 음모가 있다. 독자의 '방랑'에는 아침 햇살의 초조감이 배어 있다. 텍스트라는 유체의 예측 불가능한 굽이침을 미리 차단하고자 하는.

그러나 이 진술은 아직 모호한 안개에 감싸여 있다. 다시 말해 미약하다. 저 어설픈 촛불이 어둠을 훈륜처럼 두르고 있듯이. 그래서 '불과'의 형식으로 존재하는 촛불이듯이. 독자는 왜 이 빗나간 편지 쓰기-그림 그리기 이야기를 하나의 '촛불'로 읽었을까? 도대체 '촛불'의 기능이 무엇이길래, 뚱뚱하고 날씬한 방랑을 비추어 가리키는 것일까?

'촛불'은 하나의 상징이라는 것을, 구태여 말할 필요는 없을 것이다, 라는 말로, 지적해두자. 물론 독자의 촛불이 그렇다. 작품 속의 촛불은, 우선은, '편지' '금빛 물고기'와 더불어 형상 실물이다. 화자 '나'가 적고자 한 것, '나'가 그리고자 한 것, '나'가 그리고 만 것 중 마지막에 해당하는 '것'이다. 그 형상 실물을 독자는 실물 형상이라고 생각했다. 다시 말해, 소설의 내용 중의 아주 무심한 한 요소에 불과한 것을 이야기 전체의 압도적인 징조라고 생각했다. 이야기의 전개로 보자면, 이 '촛불'이라는 기능 단위는 우연히 그려진 "거칠그 어설

픈” 것, 따라서 “부질없는” 것이어서 곧 “구겨”질 것이다. 그렇게 구
겨지기 위해서 언급되고는 더 이상 촛불은 이 작품에서 등장하지 않
는다. 그걸 의미심장한 징조로 읽어야 할 이유가 있을까?

우선, 기계적인 단서들이 있다. 작품의 첫 문단을 장식하고 있다는
것. 첫 문단의 비중은 작품 전체에 대해 적어도 절반을 차지한다(이
에 대해서는 「아흔여덟 개의 검은 凹와 한 개의 하얀 凸」(『무덤 속의 마
젤란』, 문학과지성사, 1988)을 참조하기 바란다). 게다가 첫 문단을 장
식하는 것 중 유일하게 실존한다는 것. 실존 가능성이 있었던 두 개
의 물건이 앞서 있었다. 편지 그리고 금빛 물고기. 그런데 편지는 쓰
여지지 않는다. 쓰여지지 않았을 뿐만 아니라, 애초에 “부칠 곳 없는
편지”(p. 103)였다. ‘금빛 물고기’ 역시 그려지지 않는다(게다가 잉크
는 “파란”색이었다). 그리고 그려진 게 있는데 그것이 촛불이다.

이 기계적 단서들 위로 유기적 단서들이 출현한다. 우선, ‘촛불’은
실패한 편지가 낳은 실패한 금빛 물고기가 낳은 “거칠고 어설픈” 것
이다. 소망이 불원으로, 필연이 우연으로 대체된 것이다. 그러나 정
확하게 말하면, 이것은 우연의 결과이기에 앞서 충족되지 못한 필연
의 산물이다. 그리고 그것을 곧바로 우연과 동일시할 수는 없는 것이
다. 그러기 이전에 독자는 왜 하필이면 ‘촛불’인가를 물어야 한다. 금
빛 물고기를 우연히 대체할 것, 그것은 “노란 아이스 캔디”(p. 114)
일 수도, 불다 만 풍선일 수도 있는 것이다. 그것이 촛불이 되고 만
필연적인 이유가 있지 않을까? 눈길을 ‘금빛 물고기’에 돌리기만 하
면 독자는 금세 그 사정을 알아차릴 수 있을 것이다. 왜냐하면 금빛
물고기 역시 우연의 산물로서 나타나 집념의 대상이 되었기 때문이
다. “쓰려던 편지는 단 한 줄도 쓰지 못한 채 무심코 어떤 그림을 그

238

리고 있었"는데, '나'는 그것이 "깊은 바다의 컴컴한 밑바닥에서 홀로
제 몸을 환히 불태우고 있는 금빛 물고기"이기를 바랐던 것이다. 그
러니 우연의 출현은 두 번만 반복되면 욕망의 변주라고 해석할 도리
밖에 없는 것이다. 다음, 역시 생각의 같은 흐름 위에서, 이번에는
작품 속의 다른 형상들과의 긴장을 획득한다. 삼중으로 그렇다. 대조
적으로, 은유적으로, 환유적으로. 대조적으로는, 촛불은 "큰형의 집
례로 추도식이 진행되었"던 "아버지의 기일" 묘소에서의 "햇빛 깨지
는 소리가 들릴 만큼 화창했"(p. 119)던 날씨와 대립한다. 그 긴장은
'나'와 '큰형'의 대조로부터 발생한다. 아버지의 추궁이 있을 때마다
"순순히 참회의 눈물로 고해하였"던 '큰형'과 "이런저런 변명을 내세
우며 고개를 뻣뻣이 들기 일쑤였"(p. 105)던 '나'의 대조는 점점 확장
되어 아버지가 돌아가실 때쯤에는 이미 '환한 햇살'과 '희미한 촛불'
사이만큼이나 완벽히 벌어지게 된다. 내가 어둠 속에 거의 파묻힌 오
련한 초라면, 큰형은 "검은 양복을 입고 홀로 우뚝" 선, 모든 어둠의
악령을 몰아내는 "엑소시스트"(p. 119)였던 것이다. 은유적으로 그것
은 '시바의 사진' 장면과 중첩된다. '나'는 자신과 마찬가지로 목사의
아들이며 같은 신학교를 중퇴했으며, 아버지에 대한 반발로 신앙 모
독과 비도덕적인 행위를 일삼는 Y로부터 '시바의 사진'을 받는데, 통
음을 한 다음 날 깨어났을 때 '나'는 건성으로 받았던 시바의 사진이
영문을 알 수 없게도 냉장고에 "스카치 테이프로 네 군데의 모서리가
깔끔하게 고정된 채로" "떡하니 붙어 있"(p. 111)는 것을 발견하고
놀란다. 다음은 놀람 다음에 이어지는 문단이다.

　　나는 냉커피를 마시며 시바를 바라보았다. 세상을 파괴하고 태초부

터 다시 시작하려는, 어둠으로 가득 찬 타협 없는 눈동자를. 나는 그
것을 떼어내 찢어버리려고 손을 뻗었다가는, 한낱 사진 속 고대의 청
동 주조물에 신경이 곤두선 스스로가 유치하게 여겨져, 그냥 두었다.
　식탁에 앉아 담배에 불을 붙였다. 피어오르는 하얀 연기, 거기에는
J의 얼굴이 서려 있었다. 너무 톡톡 튀는 나머지 쓸쓸하게 공명(共
鳴)되는 그녀의 목소리와, 어느 여름밤 처음 뒤엉켰던 우리의 육체도.
(p. 111)

　눈썰미가 있는 독자라면 이 시바의 사진이 모두(冒頭)에서의 ‘금
빛 물고기’에, 하얀 연기가 피어오르는 ‘담배’가 ‘촛불’에 상응한다는
것을 금세 눈치 챌 수 있을 것이다. “깊은 바다의 캄캄한 밑바닥에서
홀로 제 몸을 환히 불태우고 있는 금빛 물고기”와 “세상을 파괴하고
태초부터 다시 시작하려는, 어둠으로 가득 찬 타협 없는 눈동자”는
비록 정반대의 색조를 띠고는 있으나, 전자가 ‘원망’과 ‘결핍’의 형식
으로 후자가 ‘당혹’과 ‘현존’의 형식으로 나타났기 때문에 그러할 뿐,
그 둘은 같은 에너지, 같은 절대적인 의지를 가진 같은 벡터의 이형
동질체인 것이다. 물론 색조의 대립도 그냥 지나칠 것은 아니다. 그
것은 ‘나’의 지향이 Y의 지향과 다르다는 것을 가리킨다. Y가 아버지
에 정면으로 반항한 데 비해, ‘나’는 아버지를 비껴갔다. Y가 아버지
의 돈으로 주색에 빠지고 ‘독일 공산당원’에 등록하는 데 비해, ‘나’
는 음악을 선택했던 것이다. 이것은 ‘나’의 길이 ‘큰형’처럼 자발적
사회화의 길과 다르며 동시에 Y의 반사회회의 길도 아니라는 것을
가리킨다.
　마지막으로 환유적으로는 어떤가? 환유적 반향은 불가피한 것이

다. 왜냐하면 은유적 차원에서 '나'의 꿈은 결락되었기 때문이다. 은유적 차원에서의 '담배'는 그대로 은유의 공포를 가리키는 표지, 즉 은유 속에 뚫린 구멍이며, 따라서 은유 속의 환유이다. 그리고 환유는 언제나 '이동' 속에서만 존재하는 법이다. "거칠고 어설픈" 촛불은 어딘가 다른 장소로 옮겨야 한다. 거칠고 어설픔, 즉 '미약함'의 이중적 가치, 어느 쪽에 무게 중심을 두든. 과연, 촛불은 뜬금없이 '은행나무'로 이동한다. 어설픈 촛불을 그리고 말았다는 작은 자괴감 이후, '나'의 시선은 "책상 앞에 놓인, 잎이 돋아난 나무토막"에 머무는 것이다. 이 은행나무는 다시 "베이지색 냉장고"로 이동할 것이다.

더 나아가, 촛불의 상징은 한 작품 내에 국한되지 않는다. 이미 표제작의 첫 문단과 서두작의 첫 문단 사이의 반향을 언급한 바 있지만, 이런 형상적인 조응들을 세세히 찾아내는 것은 차후로 미룬다 하더라도, '촛불'이라는 어사가 직접 나오는 대목이 네 번 있다.

(1) 내 머리 속에서 그는 하나의 촛불이었다. 세계는 캄캄한테 혼자 타오르고 있어 무참히 고독한 촛불. (「초식 동물의 음악」, pp. 22~23)

(2) 나는 몸을 섞었던 여자들의 수를 세어보려고, 촛불을 불어 끄듯 그녀들의 이름을 하나하나 속으로 호명한다. (「그 침대」, p. 36)

(3) 오, 촛불 꺼지듯 확, 사라져버릴 수만 있다면. (「그녀는 죽지 않았어」, p. 80)

(4) 죽음은 젊음을 좋아해. 삶은 자그마한 촛불, 쉽게 꺼지지. (「오로라를 보라」, p. 171)

이쯤 되면 '촛불'의 징조 가치는 충분히 밝혀진 것 같다. 그러나 이

길쭉한 추적이 단순히 완벽한 물증을 확보하려는 욕망의 행로는 아니다. 빈도수로 따진다면 '촛불'보다 더한 것들, 그에 못지않은 것들도 여럿 있다. 가령, 제목들에도 쓰인 '짐승'은 어떤가? 또는 '음악'은? 물 마시듯 되풀이되는 '섹스'는? '여행'은? "주변에는 어처구니없는 죽음의 소식들 일색"(p. 75)이라는 진술도 있듯이, 모든 작품에서 적어도 한 인물은 그 비참한 역할을 담당하고야 마는 '죽음'은?

그러나 작품의 표면에 뚜렷이 부각되고 또한 줄거리의 전개를 결정하는 핵자 또는 촉매로 기능하는 그것들은 오히려 그 기능성 때문에 의미의 편향을 감수할 수밖에 없다. 짐승은 존재의 타락을, 음악은 결여된 이상을, 섹스는 필사적인 대상 치환의 몸부림을, 죽음은 그 대상이 무엇이든 치명적인 상실을 반영하면서 동시에 그것을 심화하는, 좀더 정확하게 말하면 타성화(惰性化)하는 기능을 맡는다. 이 기능적 단위들과는 달리, '촛불'은 순수한 징조로서 존재하면서, 저 기능 단위들이 놓인 저마다의 차원을 한꺼번에 동시에 아우른다. 아우르면서 그 차원들 사이의 이동을 가능케 한다. 다시 말해, 타성화의 방향에 놓여 있던 기능 단위들을 활성화한다.

촛불의 기능

독자는 이미 '촛불'이 그 미약함에 의해서 생의 소멸이 아니라 오히려 생의 출발을 암시하고 있음을 보았다. 표제작과 서두작 사이의 비교를 통해 유추해낸 그러한 해석이 의혹을 불러일으킬 수도 있을 것이다. 특히나 인용된 진술들이 한결같이 촛불을 '소멸'과 '죽음' 혹은

'외로움'을 은유하고 있기 때문에 의혹은 더욱 짙어질 것이다. 여기에 무슨 새 삶의 기미가 있단 말인가, 라고 고개를 갸우뚱할 독자가 있을 것이다. 그러나 인용문들에 이어지는 문장들을 함께 살핀다면 생각이 달라질 것이다.

가령, (1)에 이어지는 문장:

곧 바닥에 고름처럼 눌러 붙어 꺼져버릴 촛불. 나는 그 촛불의 냄새를 맡고 있는 것만 같아 주위를 둘러보기까지 했다. 그를 알고 있다는, 서늘한 기분이 들었다.

인용문의 '그'는 "저 더러운 땅——고국에 대한 그의 애칭이다——에서 겪었던 온갖 차별과 치욕을 원한에 사무쳐 토로"하고 "한국이라는 쓰레기통이 핵전쟁으로 말미암아 세계 전도상에서 아예 사라져버리길 바란다는 통 큰 저주"를 퍼붓는 글을 인터넷에 올린 어떤 청년이다. 화자 '나'는 그 청년에게서 "세계는 캄캄한데 혼자 타오르"다가 "곧 바닥에 고름처럼 눌러 붙어 꺼져버릴 촛불"의 냄새를 맡는다. 여기까지는 '촛불'의 부정성이 악화된다. 그러나 이 느낌은 어떤 앎에 대한 느낌으로 이어진다. "그를 알고 있다는, 서늘한 기분이 들었"던 것이다. 도대체 '그'에게서 누구를 발견했단 말인가? 이 작품에서 이 청년과 유사한 인물은 하나도 없다. 나의 친구이고 사라져버린 '해수,' 유학 와서 허송세월하는 '사팔뜨기,' 그와 무덤덤하게 동거하는 '코알라,' 부정을 저지른 '아내,' 아내와 나쁜 관계를 맺은 '남자' 그 누구도 청년과도 같은 치욕을 겪은 적이 없으며 그와 같은 원한을 세상에 대해 가진 적이 없다. 심지어 성불능 상태이고 얼마간은 그 이유로 불륜을 저지른 아내와 이혼을 했으며 사라진 친구 해수를 찾아 나선 '나'마저도 그렇다. '나'에게도 치욕이 있다면, 그것은, 청년의 경우처럼 '명명백백'한 것, 아니 '명명백백'의 형태로 주장되기는커녕, 스스로에 의해서도 부인되는 것이다. "내가 이혼을 결심한 것은 단순히 아내의 외도 때문이 아니라, 더 이상 아내에게 아무것도 해줄 수 없는 내 한심한 처지를 절감해서였"(p. 14)던 것이다. 그런 '나'에게 '저주'가 있을 리는 더욱 없을 것이다.

  그렇다면, "그를 알고 있다는, 서늘한 기분"은 어찌 된 일인가? 이 기분을 해독하려면 다음 두 가지 사항을 고려해야 한다. 첫째, 작품 속의 다른 인물들이 청년과 같은 경험과 감정을 공유하고 있지 않은 것이 분명하지만, 그러나 그럼에도 불구하고 그 경험과 감정의 어떤 부분이 다른 인물들의 경험 및 감정과 접점을 이루며 감정의 유로(流路)를 열고 있다는 것이다. 잘 알다시피, 무의식의 움직임이 바로 이러한 '하나 같은 점einziger Zug; single trait'을 통해 동일시에 도달한다는 것을 가르쳐준 사람은 프로이트다. 가령 도라Dora는 사랑하는 아버지의 천식을 흉내 낸다(『집단 심리와 자아 분석』). 이 '하나 같은 점'을 통해, '나'의 의식 속에서, "목숨에 무관심한 사내"(p. 24)인 아내의 정부를 제외한다면, 다른 모든 인물들은, 그들의 감정의 실체가 분명하거나 불분명하거나에 상관없이, 모두 '청년'의 고통의 둘레에 모일 수 있다. '해수'와 '아내'의 경우는 분명한 고통의 사연을 가지고 있으며, '사팔뜨기'에 대해서도 '나'는 "정작 기이한 것은, 그를 지나치게 예민한 자로 만든, 어떤 사소하고 비밀스런 고통일 뿐"이라고 그에 관한 "짧은 기억을 정리"(pp. 32~33)하며, 비교적 무심해 보이는 '코알라'에게서도 '나'는 "나를 배웅하려 문을 닫는 코알라의 눈에서, 아리송한 색채의 물비늘을 보아버리고 만다. 거기에는 사팔뜨기에게 존경을 표하거나, 내 나약함을 꾸중하던 때의 그것과는 전혀 다른, 어떤 뼈아픔이 서려 있었다"(pp. 21~22). 이렇게 해서 감정의 유로가 열리고 인물들의 고통은, 그 사연을 알 수 없는 채로, 또한 이질적인 갈래들을 유지하면서 사방으로부터 '나'에게로 돌려든다. '나'의 우심방으로. 어느새 나는 저 '청년'이 나와, 그 경험의 양상과 강도는 다르지만, 어쨌든 동류임을, 다시 말해, 먼 데서도 알아볼 수 있는 같은 핏줄임을, 동일 혈액의 족속임을 느끼는 것이다.

그리고 '나'는 이 동일시 과정을 통해 재형성된다. "불현듯 스스로가 연약한 초식 동물로 느껴"지고, "소라든가 양, 염소 같은 초식 동물들만 번제의 제물로 쓰여지는 것이 억울"(p. 24)하게 생각되어 "신에게 따져 묻고 싶"은 충동에 휩싸이는 것이다.

그러나 감정의 혈액은 좌심실을 통해 다시 배출된다. 배출되는 것은 유입된 것과 다른 피다. 신선한 피가 흘러나가기 위해서는 심장이 잘 작동해야 한다. 동일시는 언제나 부분적인 동일시일 뿐이다. 그 부분성을 전체로 착각할 때 각종의 도착이 일어난다. 도착의 유혹을 혹은 도착의 파국을 이겨내기 위해서는 무의식도 '윤리'가 필요하다. 결코 충족의 형식으로 그것을 받아들일 수 없다는 것. 무의식의 심장을 지탱하는 것은 무한한 욕망이 아니라 욕망의 한계이다. 라캉은 그런 방향에서 저 '하나 같은 점trait unique'을 '유별난 면trait unaire'으로 개역하면서, 그것의 기능은 통합이 아니라 구별이며, 그 점에서 그것은 "차이의 근거support de la différence"(『동일시』, 1961~1962년 세미나 중, 1961년 12월 6일 및 같은 달 13일의 세미나 참조)라고 말했던 것이다. 왜냐하면, 저 연결의 기표가 지워진 실재를 대신할 수는 없기 때문이다. 말을 바꾸어, 청년의 고통을 매개로 해 인물들 사이의 유통로가 열렸다고 해서, 인물들 저마다의 이질성이 어느 하나로 수렴될 수는 없는 것이다. 혹은 그 '어느 하나'는 항구적인 부재로 무의식 속에 간직될 뿐인 것이다. 즉 억제될 뿐이다. 바로 여기에서 두 번째로 고려할 사항이 떠오르는 것이니, 바로 '나'가 "그를 알고 있다는" 기분이 "서늘한"이란 기이한 형용사에 의해 수식되었다는 것이며, 그 서늘한 기분에 뒤이어, 나는 어떤 격정에 침닉하기는 커녕, "여행을 계속해야겠다"는 결심을 밝힌다는 것이다. 동류화가 범주의 확정이고 따라서 하나의 머무름이라면, 화자는 바로 그 순간에 떠나는 것이다. 그리고 방금 전에 독자가 보았던 '나'의 격정, 초식 동물의 원통함은, 실은, "금방 목구멍으로 넘어간 한 줌의 기억조차도 믿지 못해 자꾸자꾸 되새김질하는 소심한 초식 동물"이라는 자기 연민을 통해 미리 희석당하며, 또한 신에 대한 원망 역시 "뭐 특별한 이유랄 것도 없이 어느 날 문득"이라는 얼버무림에 의해서 우발성의 구멍 속으로 사라진다.

　그러니까 일종의 역설이 실천된 것이다. 동일화의 과정이 이질성의 확인으로 귀착하는. 감정이입의 흐름이 그 흐름의 성분들 자체로써 이룬 어떤 판막을 통해 편류(偏流)를 일으킨 것이다. 편루(偏陋)로부터 솟아나 편루로부터 이탈한 또 하나의 획 혹은 물갈래. 그 역설을 지시하는 형용사가 '서늘한'이다. '서늘하다'는 문자 그대로의 뜻으로는 '간담이 서늘하다'라고 말할 때의 갑작스러운 두려움을 지시한다. 그러나 "꽤 시원할 정도로 신선하다"(조재수, 『한국어 사전』)는 뜻도 있다. 가령, 그 형용사를 가장 빈번히 사용하는 김주연이 "초월은 뜨겁다기보다 서늘하다. 그것은 모든 현실을 현상적으로만 파악하지 않고, 본질로서 파악하고자 하는 자의 가슴에서 우러나오는 분위기이다"(『문학을 넘어서』, 문학과지성사, 1987, p. 112)라고 진술했을 때의 '서늘함'은 삶의 근본성에 대한 맑은 깨달음 속에서 우러나오는 느낌이다. 「초식 동물의 음악」의 '나'가 느낀 서늘함도 그와 같지 않을까? 왜냐하면, 이 서늘한 느낌은 궁극적으로 작품의 서두를 장식한 "아주 미약한 지진"에 대한 느낌으로 이어질 것이기 때문이다. "예민한 상수리나무 뿌리만이 알아차릴 수 있는" 그런 감각을 '나'는 원래 소유하고 있지 못했다. 그 감각의 소유자는 따로 있었다. 그것을 가진 '사팔뜨기'의 능력이 어느새 '나'에게로 전이된 것이다. '나'가 '사팔뜨기'와 만나서 그의 하찮은 삶과 특이한 감각을 알아본 후에 그의 삶에 대해 "그는 기이하지 않다. [……] 정작 기이한 것은, 그를 지나치게 예민한 자로 만든, 어떤 사소하고 비밀스런 고통일 뿐"(p. 32)이라고 이해하게 되는 과정을 거쳐서, 그 전이는 실행되었다. 다시 말해, 동일화를 경유한 객관화 속에서 그 감각이 '나'에게 발생한 것이다. 그리고 그 감각은 "묘연히 목숨을 거머쥐"(p. 10)게 한 감각이다.

촛불의 장소들

이응준의 소설을 음미하려면 내부에서 희미하게 타오르는 '촛불'을 찾아낼 수 있어야 한다. 그렇다는 것은 서사적 차원을 넘어선 곳에 그의 소설의 중핵이 놓여 있다는 것을 뜻하며, 또한 서사적 차원의 내부 구도가 촛불에 의해서만 그 중층성을 드러내고 각각의 층위가

서로 교통할 수 있다는 것을 뜻한다. 앞에서 말했듯, 촛불은 순수한 징조이다. 그것이 서사의 중층 구조를 한꺼번에 비출 수 있는 것은 그 때문이다. 그러나 그것의 존재 양태가 꼭 순수한 징조일 수는 없다. 그것이 그렇게 존재하는 것은 오직 '비유'로서뿐이다. '촛불'이라는 어휘가 직접 나오는 다섯 번의 예를 독자는 이미 보았다. 그 구절들에서 '촛불'은 오직 비유로서만 나타나 있지 않은가? 그런데 비유는 원본의 존재를 전제할 때만 가능하지 않은가?

이 질문을 단순히 이해하면 낡은 질문이 된다. 원본에 소설의 참된 중심이 있다고 가정해야 하기 때문이다. 그리고 그 원본은 서사의 굽이에서 찾을 수밖에 없다. 그러나 이응준의 촛불은 그게 아님을 독자는 보았다. 소설의 중심은 서사 바깥에 있다. 바깥에 있음으로써 그것은 서사의 표면을 꿰뚫어 내부의 포개져 있는 주름들을 비추었다. 그러나 그럼에도 불구하고 그 중심이 순전히 비유로서만 존재할 수는 없다. 그것은, 이런 말을 해도 된다면, 이야기의 실존으로서의 서사에 배어 있어야 한다.

독자는 이런 가정을 해볼 수가 있다. 촛불이 서사의 흐름 속에 존재한다면 그 역시 포개진 형식으로 존재할 수밖에 없다고. 그리고 그렇게 포개짐으로써 촛불은 서사의 완강한 표면을 허물고 있다고. 그렇게 해서 서사의 중층 구조를 드러낼 뿐만 아니라, 그 주름들 각각의 표면마저도 허물어 소통을 시키고 있다고. 그렇다면 독자는 원본이 허물어지는 자리를 찾아봐야 하리라. 또한 독자는 자신의 물음을 증축할 수 있다. 왜 이런 내재적 촛불이 필요한가? 다시 말해 촛불이 존재하는 원인, 더 나아가 촛불이 내재화되는 원인은 무엇인가? 물론 독자는 촛불의 원인을 얼마간은 알고 있다. 촛불의 기능을 인과율로 표현하면 곧바로 원인이 된다. 그러나 그럼에도 독자가 여전히 원인에 대한 미진한 감정을 가지고 있다면 그것은 기능의 필연성을 물어야 하기 때문이다. 촛불의 기능이 텍스트의 중층 구조를 밝히는 것이라면 왜 그래야만 하는가? 그것은 결국 서사의 필연성을 묻는 일이 된다. 서사에 무슨 문제가 있길래 서사의 거죽 안에 그런 주름들이 존재하는가? 그러니 서사의 형식을 일별하기로 하자.

『무정한 짐승의 연애』에 실려 있는 작품들은 서사적 차원에서 일관된 설정, 구성, 주제를 담고 있다. 그것은 이 책이 '하나의' 풀리지 않는 문제로부터 발생하여 폭발하였다가 그 폭발의 힘으로 다시 원래의 문제로 집요하게 회귀하고 있다는 것을 암시한다. 간단히 살펴보기로 하자.

우선, 인물: 다섯 개의 인물 집합이 있다. '나' '그녀' '아버지/엄마' '친구/형제' '아이/동물'이 그들이다. '나'의 집합에 속하는 인물들은 한 작품을 제외한 모든 작품에서 '나'로 지칭되고 있다. '그'로 지칭되고 있는 「오로라를 보라」에서도 '그'는 내부 초점의 인물이기 때문에 '나'라고 지칭해도 달라지지 않는다. 이 첫번째 집합의 인물들은 화자이며 동시에 인물이다. 인물로서의 이들은 모두가 넓은 의미에서의 사랑에 실패한 존재들이며, 그 실패로 인해 자신을 '연약한 초식 동물'이거나 '무정한 짐승'으로 여기고 있다. 여기에서 사랑의 실패는 단순히 남녀 관계를 가리키지 않고, "우리는 서로에게 마주 보고 있다 한들 전부 실종 상태가 아닌가"(p. 169)라는 구절로 간명하게 요약할 수 있는 관계의 무정함을 가리킨다. 이 관계의 무정함으로부터 비롯되는 이 두 짐승 이미지는 한편으로 순차적인 인과율을 이루고 있다. '나'는 '연약한 초식 동물'이기 때문에 완전한 사랑에 다

다르지 못했고, 그 실패의 되풀이에 대한 두려움이 '나'를 '무정한 짐승'으로 만들며, 그러한 태도는 결국 관계의 무정함을 더욱 심하게 만든다. 즉 '연약한 초식 동물'에서 '무정한 짐승'으로 변신하고, 그 때문에 괴로워하는 게 이 집합의 일차적인 태도이다. 다른 한편, 두 짐승 이미지는 포함 관계에 놓여 있기도 하다. "누구나 가슴속에는, 어두운 짐승을 서너 마리쯤 사육하고 있게 마련이다"(p. 154)라는 진술에 드러나듯이 말이다. 이렇다는 것은 '무정한 짐승'은 갑주를 입은 '초식 동물'이며, '초식 동물'은 '무정한 짐승'의 본색이거나 구실이라는 것을 뜻한다. 본색으로서의 초식 동물은 불가피하게 무정한 짐승으로 의장하지 않을 수 없으며, 다시 무정한 짐승은 초식 동물에 대한 강박관념 때문에 보호색을 벗지 않을 수 없다. 무정한 짐승은 잔혹한 왕으로 완성되지 못하고 '정'에 의해 허물어진다. 무정한 짐승으로의 변신을 가장 강도 높게 시험한 「길과 구름과 바람의 적」의 '나'는 그 점에서 범례적이다. '아내'를 잃고서 자신이 "시간에 썩어들지 않는" "자유로운 영"임을 깨달은 '나'는 "인간들이 지옥에 대한 두려움이나 천국에 관한 희망에 의지하는" "굴욕의 혼세를 말끔히 정리"하고 "아무도 사랑하지 않"는 세계를 만들기 위해 "신의 가호를 받는 작은 신"으로서 "멀고 긴 여행"을 떠난다. 그 여행은 "얻고자 하는 힘을 증가시키고 궁극까지 점화하려는" "장래의 고결한 권력자로서 반드시 거쳐야 할 통과의례"이다. 그리고 마침내 "영원히 죽지 않기 위해 죽은" 스승을 파괴함으로써 스스로 "온갖 물체를 바닥 없는 늪처럼 빨아들이는 블랙홀"로서 "산 채로 미라가 되"어 "저승의 모진 공격에도 부활"하는 신이 되기 위한 마지막 몰입에 들어간다. '나'가 스승을 파괴하는 까닭은 죽음의 공포 혹은 죽음으로부터의 초월 위에서 태어난 신이 아닌 삶 그 자체의 신, 천국과 지옥이라는 저승의 약속을 통해서 성립하는 신이 되려는 것이 아니라 "생명의 사슬을 끊고〔이것은 생명/죽음의 대립의 변주로 이루어진, 죽음의 공포에 짓눌린 삶의 사슬이라는 뜻으로 정확히 이해되어야 한다〕우주의 왕"이 되기 위한 것이다. 그리고 '나'의 뒤에 숨은 '작가'는 그러한 신-되기가 결국 "아무도 추모하지 않는 레퀴엠," 삶의 광채가 그 자체로서 완벽한 암흑으로 존재하는, 자가당착의 늪에 빠지는 일이라는 것을 암시하지만, 이것은 독자의 자유에 맡겨진 해석이다. 그보다 더 중요한 것은 그러한 과정 속에서 '나'로부터 "중도를 정등각하여 극을 버리고" "만사가 융통한 세계를 갈망"하는, 따라서 시간의 힘에 자신을 내맡기고 마는 "내 안에 있는 〔……〕 실패작"인 '법현'이 갈라져 나가고, '나-법인'이 '법현'을 살해하기 위해 추적하는 과정이 작품의 동체를 이룬다는 것이다. '법인'에 의한 '법현'의 살해, 의지의 초인으로서의 '나'에 의한 영락없는 감성의 인간으로서의 '나'의 살해는 거꾸로 무정한 짐승으로서의 '나'가 끊임없이 유정한 인간으로서의 '나'에 대한 강박관념에 사로잡혀 있다는 것을 보여준다. 법현을 살해하고 난 이후에도, 법현의 여자를 강간하는 순간, '나'는 "누군가가 닫힌 차창을 툭툭 두드"리는 소리에 "고개를 뒤튼다." 그것은 "꽃비였다. 알이 굵은 벚꽃잎들이 온통 지면서 이루는 하얀 피의 소나기였다./부활할 수 없이 죽은 예수, 법현의 통곡이었다"(p. 147). 유정함 혹은 초식 동물에 대한 무정한 짐승의 강박관념, 그것이 '나'를 잔혹한 짐승의 완전한 권화(權化)에 이르게 하지 못하고, 계속 '방랑'하게 만드는 것임은 더 말할 게 없다.

 이 '나'의 둘레에 다른 인물들이 배치된다. 그런데 이 인물들은 앞

에서 보았듯 '나'와의 동일화를 경유하여 이질성으로 귀결하는 인물
들이다. 인물들은 따라서 '나'와 세계의 관계를 재정립하기 위해 동원
되는 보조역이며, 그것은 '단편'에 적합한 설정이다. 이들의 기능은
그러나 미미한 것이 아니다. 첫째, 이들이 없다면 '나'의 유위변전이
불가능하기 때문이며, 둘째, '나'를 둘러싸고 그들의 기능은 전방위로
뻗어 있기 때문이다. 그들의 기능은 곧 그들의 실존인 것이며, 그 실
존은 썩 강력한 것이다. 오히려 미미하고 미약한 것은 '나'인 것이다.
왜냐하면 '나'는 이들을 관통해서만 자신을 재정위할 수가 있기 때문
이며, 또한 이들이 보여준 다양한 입장들에 대해 '나'는 끝끝내 입장
의 유보 속에 머물러 있음으로써 자신의 에너지가 벡터를 갖지 못하
기 때문이다.

이들을 앞에서, '그녀' '아버지/엄마' '친구/형제' '아이/동물'의
집합으로 분류한 바 있다. 이 분류에 앞서서 이 인물들이 똑같이 '나'
와 마찬가지로 '연약한 초식 동물'로부터 자신들의 생을 시작하고 있
음을 지적해두어야 할 것이다. 이것이 이들과 '나' 사이의 동일화의
조건, 혹은 '나'와 이들 사이에 놓인 동일화의 관계를 유추할 수 있는
조건이다. 이들 중, 어떤 이들은 '무정한 짐승'으로 변신하며 어떤 이
들은 '초식 동물'의 양태에 붙박여 있다는 것이 가장 먼저 눈에 띄는
양태이다. 그러나 이 양태에 따라 분석을 시도하다가는 낭패에 빠지
기 십상이다. 왜냐하면 초식 동물과 무정한 짐승 사이에는 사실상 경
계가 없기 때문이다. 간단히 말해 그 녀석이 저 녀석이다. 따라서 오
히려 그들이 출현한 원래의 까닭을 살펴 그들의 기능을 세분하는 것
이 타당할 것이다. 그 까닭에 비추어 보면 무엇이 보이나? 한마디로
몰아서 이들은 '나'의 '원인'을 구성한다는 것이 그것이다. 이들의 행동

과 태도가 '나'에게로 전이된다는 게 이 인물들의 기능의 초점이므로.

첫번째 집합, '그녀'는 '나'와 직접적인 관계를 맺고 있는 인물들이다. 그런데 이 인물 집합의 반은 '나'와 육체관계가 있으며 동시에 죽거나 사라졌고(「초식 동물의 음악」의 '해수', 「그 침대」의 '문영', 「그녀는 죽지 않았어」의 '마리아', 「길과 구름과 바람의 적」의 '아내'), 반면 나머지 반은 그 두 특성 중 하나를 결여하고 있다. 「해시계를 상속받다」의 '소영', 「무정한 짐승의 연애」의 J, 「짐승의 편지」의 '수정'은 나와 육체적 관계를 맺고 있으나 죽지 않았으며, 「뚱뚱하고 날씬한 물고기 잔치」의 '형수'는 죽었으나 '나'와의 관계는 육체적이지 않고 가족적이다. 앞의 절반을 '그녀' 집합 내의 '무거운 소집합'이라 부르고 나머지 절반의 '그녀'들을 '그녀' 집합 내의 '가벼운 소집합'이라고 부르자. 무거운 '그녀'들에 미루어 보면, '그녀'의 인물 집합은 '나'의 방랑의 원인, 정신분석의 용어로 치환해 욕망의 원인을 구성한다. "그 여자들은 신과 악마의 것이 아니라 영원한 나만의 것이다"(p. 85)라는 구절에 그대로 지시되어 있듯이 말이다. 이 욕망의 원인이 죽거나 사라진다는 것은, 욕망의 원인은 언제나 결락의 형태로만 드러난다는 것을 가리킨다. 그러나 가벼운 '그녀'들이 등장하거나 '그녀'가 표면적으로 없는 작품들에서는 그렇게 명확하지 않다. 오히려 다른 인물들이 욕망의 원인을 구성하는 듯이 보인다. 가령, 「해시계를 상속받다」에서는 '아버지'가 그 기능을 수행하는 듯이 보이며, 「무정한 짐승의 연애」에서는 '노래'가, 「짐승의 편지」에서는 '엄마'가, 「뚱뚱하고 날씬한 물고기 잔치」에서는 조카 '은남이'가 그러한 듯이 보인다. 그만큼 '나'와 엇비슷한 비중을 작품 안에서 차지하고 있는 인물들이 그들이다. 한편, '나'가 '그'로 대체되어 있는 「오로라를 보라」에서는

‘그녀’가 부재하거나 아니면 친구 ‘호시노 오사무’가 욕망의 원인인 것처럼 보인다.

그러나 그렇지 않다. 물론 ‘나’와 비슷한 비중을 차지하고 있는 인물이, 나머지 절반의 작품들에서는, ‘그녀’ 집합이 아닌 게 분명해 보인다. 그러나 가만히 들여다보면 이 ‘센’ 인물들은 ‘그녀’와 다른 기능을 하고 있다. 가령, 「해시계를 상속받다」의 ‘아버지’는 욕망의 원인이 아니라, ‘의지’의 원인 혹은 ‘고통’의 원인이다. 제목이 그대로 지시하고 있듯이, 아버지가 산 삶을 어떻게 ‘나’가 이어서 살 수 있느냐가 이 작품의 기본 주제이기 때문이다. ‘아버지’가 ‘그녀’와 다르다는 것을 보여주는 분명한 표지가 또 있다. 아버지는 무정한 짐승, “반인반수”이지만 ‘그녀’는 초식 동물에 가깝다는 것이다. 「그녀는 죽지 않았어」의 ‘마리아’가 “내가 짐승이라는 것을 잊을 바엔, 차라리 나를 창조했다는 신을 잊겠다”(p. 76)고 비망록에 적고 있지만, 그 짐승은 ‘나’의 여자 속옷 도벽에 대해 깔깔거리고 웃듯이 정이 넘쳐나는 짐승이다. 한편, ‘그녀’가 아닌 다른 인물이 ‘센’ 작품들에서도 가벼운 ‘그녀’들은 거의 어김없이 등장하는데, 이들은 무거운 ‘그녀’들과 유사한 속성을 가진다. 「해시계를 상속받다」의 ‘소영’은 “그 여자가 애무해주고 있는 남자는, 그녀가 기다려왔던 그”(p. 68)인 것처럼 ‘정’의 표징이 붉은 반점들처럼 돋아나 있는 인물이다. 그러니까 가벼운 ‘그녀’들은 무거운 ‘그녀’가 변이된 존재로 보는 게 합당하다. 무엇이 변이되었는가? 욕망의 원인으로서의 기능을 상실했다는 것이다. ‘소영’은 욕망의 원인이 되지 않는 채로 성적 욕구의 대상으로 변하였다. 이때 결락은 잉여가 된다. 쓸데없는 것에 대한 무의미한 탐닉. 「무정한 짐승의 연애」의 J는 ‘무거운’ 그녀들과 비교해 ‘죽지 않았다’는 사실만 다른데, 그것은 J가 '나'의 무정함을 조정할 수 있는 능력을 가지고 있기 때문이다. 그것은 J가 욕망의 원인이 빠진 자리에 감각(지식)의 원인을 보충했다는 것, 다시 말해, 「초식 동물의 음악」에서의 '사팔뜨기'가 가진 것과 같은 예지적 능력의 일부 속성이 '그녀'에 결합되었다는 것을 뜻한다. 「짐승의 편지」에서의 '수정'은 우선 욕망의 원인으로 제시된다. '나'는 "수정. 세상은 내게 천둥과 우박 말고는 공짜로 준 것이 없었으나, 이 아이만큼은 다르다"라고 생각하면서 "수정을 기다리는" 시간을 "순결한 시간"이라고 정의한다. "이 아이만큼은 다르다"는 것은, 세상이 내게 수정을 공짜로 주었다는 뜻이 아니라, 세상은 내게 기필코 대가를 요구하고야 말지만, 수정만큼은 절대로 내어주지 못한다, 는 뜻이다. 즉 수정은 오직 나만의 존재라는 것이다. 따라서 수정은 분명 욕망의 원인이지만 그러나 작품 속에서 적극적인 역할을 하지 못한다. 그것은 '나'가 '엄마'에 대한 강박관념에 빠져 있기 때문이고, '엄마'가 '고통의 원인'으로서 나의 욕망을 차단하고 있기 때문이다. "사랑아, 고통이란 그런 것이다. 무게에 눌려 부서지고 마는 것. 더 이상은 자라지 못하는 것이다"(p. 196)라는 진술은 그것을 그대로 가리킨다. 따라서 수정은 욕망의 원인이되 원인으로서의 힘을 상실한 존재라고 할 수 있다. 「뚱뚱하고 날씬한 물고기 잔치」는 얼핏 욕망의 주체가 '은남이'로 대체된 것으로 보인다. 그러나 그렇지 않다. '나'는 여전히 말하는 주체이며 시선의 주체이다. '은남이'의 행동은 모두 '나'의 시선을 통해 '나'의 뇌를 거쳐 '나'에 의해 전달된다. 하지만 '형수'가 '나'의 욕망의 원인이라고 보기가 어렵다. 그것이 이 작품을 전체의 맥락 속에서 자리를 매기기 어렵게 만든다. 그런데 찬찬히 들여다보면 '나'에게는 욕망의 원인이라고 할 만한 게 없다는 점을 알 수 있다. ‘나’에게 문제가 없는 건 아니다. 함께 살던 형수 내외가 죽었고 자라지 않는 병에 걸린 조카가 남았으며 누이 ‘장희’는 도벽에 시달리고 있다. 그러나 이 문제들은 ‘나’가 원하는 것과는 직접 관계가 없다. 게다가 ‘나’는 자신을 “만사에 의욕이 없는 얼간이”라고 생각하고 있고, 그런 생각 자체를 두고 “잠시 나답지 않은 심각한 생각”에 빠졌다고 여긴다. 무엇보다도 “나는 가난하기는 하였으되 감히 나 자신을 두고 오로지 불행하였노라고는 여기지 않았다.”

나에겐 불행의 원인이 없고 따라서 욕망의 원인도 없다. 그러나 불행의 원인은 없으나 ‘나’는 불행과 인접해 있다. 그것이 ‘나’의 변화의 계기가 된다. 우선 ‘나’는 스스로 불행하다고 생각지는 않았으나 그렇다고 한 번도 행복하지도 않았다. 행복의 부재는 결국 불행이 아닐까? ‘나’는 어느새 그렇게 생각하게 된다. “여하튼, 어두운 낙천주의로 나 자신을 근근이 지켜온 내게, 진정한 의미의 재주란 결단코 없었다. 기껏해야 그것은 자신을 점점 비루하게 만드는 침울한 잔재주에 불과했다”(p. 198)는 것이다. 이 생각의 이동을 야기한 계기는 표면적으로는 우연히 점을 본 사건이지만 심층적으로는 집으로 오는 오솔길 위에서 “죽은 나무가 마른하늘로부터 내리꽂힌 번개 줄기에 맞아 성난 도깨비처럼 불타오르는 사건”이다. ‘나’는 그 광경을 보면서 “괴이”한 느낌에 사로잡힌다:

어마어마한 벼락을 멀쩡히 견딘 죽은 나무는, 요기로운 화염에 활활 휩싸여서도 전혀 사그라지지 않았던 것이다. 나는 어떤 야릇한 손길에 이끌려, 칠흑의 벌판 가운데서 거대한 횃불 노릇을 하고 있는 죽은 나무를 향해 천천히 나아갔다. 희한한 느낌이 머리통을 둔중하게 누르고 있었다. 마음이 편안한 두려움? 미소가 지어지는 외로움? 만약 이런 억지 표현들이 가능하다면, 당시의 내 기분이 꼭 그랬다. 게다가 일종의 심리적 쇼크였을까? 아니면 뭣에 흘렸던 것일까? 오줌을 지려도 부족한 마당에, 나는 누구라도 알 만한 동요를 옹알거리고 있었다. 아무튼 그런 식으로 삐적삐적 발걸음을 옮기는데, 갑자기, 막무가내로, 내 존재 자체가 쓰으윽, 하고는 암전되었다. 나는 그 순간, 내가 죽은 거라고 생각했다.

다음 날 아침, 나는 잡풀 더미에 왼쪽 볼을 차갑게 댄 채로 깨어났다. 나는 내가 어느 틈에 정신을 잃고 쓰러졌는지 알 수 없었다. (p. 191)

'나'는 불현듯 환각에 든 것이다. 존재의 '암전'을 야기하고 또한 존재의 깨어남을 통해서 사라지는. 이 환각에서 주목할 게 두 가지 있다. 하나는 이 기억의 진술 속에서, 이 "사그라지지 않았던" "화염"이, "횃불 노릇"이라는 스쳐 지나가는 어휘의 변주를 통해, '촛불'의 환각적 확대, 즉 '실재'로서의 촛불의 출현임이 암시되고 있다는 것이다. 다른 하나는 이 환각에서 '나'는 "마음이 편안한 두려움" 혹은 "미소가 지어지는 외로움" 비슷한 결코 필설로 다할 수 없는 "희한한 느낌"에 사로잡히며, 자신도 모르게 "누구라도 알 만한 동요를 옹알거리고 있었다"는 것이다. 첫번째 사항은 저 화염이 앞에서 보았던, (2)*그릴 수 없었던 "금빛 물고기"와 같은 계열에 놓인다는 것을 한편으로 알려주면서, (1) 다른 한편으로 욕망의 실재성을 알려준다.

---

* 순서가 무질서하게 매겨진 데에는 나름의 이유가 있다. 곧 풀이될 것이다.

즉 표면적으로 욕망의 원인이 없다는 것은 거꾸로 욕망을 야기한 '박탈' 혹은 '상실'이 '실재'한다는 것을 가리킨다는 것이다. 그리고 욕망의 부정이야말로 '그것'이 아주 가까이 다가와 있다는 것을 알려주는 신호라는 것이다. 그러나 그것은 '표현'되지 않는다. 단지 환각의 횃불로 강렬하게 비추어졌다는 것이다. 그럼으로써 그 깜깜한 어둠의 존재가 깜깜한 형상으로 그것의 '있음,' 좀더 정확하게 말해 그것의 외존(外存; ex-sistence)을 무섭게 지시하는 것이다. 두번째 주목 사항은 저 표현될 수 없는 것이 (3) 다른 무엇의 출현을 유발한다는 것이다. 바로 희한한 느낌과 함께, "누구라도 알 만한 동요"를. 왜 동요일까? 그것은 그것이 '나'를 유년으로 복귀시킨다는 것을, 그리고 그 유년은 '소통'이, 다시 말해, '나'가 결핍하고 있는 '사랑'이 가능한 세계라는 것을 암시한다. "누구라도 알 만한"이라는 수식구가 그 암시를 열며, 그 암시는 일차적으로는 수평적 소통에 대한 지시이지만 ("누구라도 알 만"하다는 것은, 동요가 원래 그렇듯이, 여럿이 함께 불렀다는 뜻을 포함하고 있다), 은근하게는 발설될 수 없는 것과의 수직적 소통까지도 암시한다. "마음이 편안한 두려움" "미소가 지어지는 외로움"으로 엇비슷하게 표현된 느낌은 그래서 발생한 것이다. 하지만 그건 말 그대로 암시일 뿐이다. 대신 이 암시는 그 자체의 형식으로 어떤 실제적인 형상과 연결되어 '나'로 하여금 그 형상을 통해서 '나'에게 막연히 주어진 암시를 살아내는 기운으로 바꾸게 한다는 것이다. 독자는 그 어떤 실제적인 형상이 '은남이'임을 금세 눈치 챌 수 있을 것이다. 아직 '동요'의 세계를 살고 있는 존재, '나'의 시선 속에서 "매일 그곳에서 한 아이가 새앙쥐처럼 새까만 눈동자를 부릅뜨고, 버려진 어항 속의 모래 더미로 전락한 제 엄마의 육체와 영혼을 홈쳐"보며 "창고의 녹슨 철문은 열리고 닫힐 적마다, 반드시 밤 들판을 헤매는 외로운 짐승의 소리를 지르는" 존재. 그러니까 앞에서 독자가 욕망의 주체를 얼핏 '은남이'로 착각할 뻔한 것도 우연이 아니다. 실은 '나'가 '은남이'에게 동일화되었던 것이며, 그 동일화에 의해서 인접한 불행을 자신의 불행으로 끌어안을 수 있게 된 것이며, 그리고, 바로 이것이 미묘하고도 결정적인 것인데, 그 덕분에 '나'는 생의 의욕을 찾을 수 있게 되었던 것이다. 표면적으로는 나중에 불타버린 나무에게서 새순이 돋는 걸 발견한 것이 은남이를 버리려 했던 애초의 결심을 되돌리는 계기로 작용하고 있으나, 사실 그것은 이미 무의식 속에서 형성된 의지를 의식으로 부상시키는 절차에 다름 아니다(표면적으로만 읽으면, 그 계기는 얼마나 작위적으로 비치는가). 그리고 그 순간 왜소증에 걸린 은남이는 새순과 동일시된다. "홀연 어떤 확신이 내 병든 정신의 해골을 둘로 쪼갠다"에서 "은남이가 파르르 떨고 있다"로의 느낌의 이행은 곧바로 죽은 나무로부터 새순이 돋아나는 절차를 인간의 몸에서 되풀이하는 것이다.

이 분석을 통해서 독자는 몇 가지 결정적인 단서를 얻게 되었다. 그 단서들은 이상한 방식으로 순서가 매겨진 번호들의 주위에 놓여 있다.

(1) 촛불에 대한 욕망의 실재성의 확인. 앞에서 독자는 촛불이 순수한 징조로서 인물들의 다양한 태도들에 유로를 내고 교섭하게 하는 기능을 가진다는 것을 보았었다. 그때 촛불은 순수한 징조이고 실체를 갖지 않는 것으로 여겨졌다. 그러나 그게 순수한 징조라면 다양성을 비추는 데 기능할 수 있지만 어떻게 교섭까지 가능케 하겠는가? 그래서 독자는 그것의 실존성을 가정할 수밖에 없었다. 그것은 마치

양성자와 전자 사이의 매개자로서 가정된 '뉴트리노'와 같다. 그런데 그 실존이 환각을 통해서 확인된 것이다. 그것의 실재는 환각으로만 출현한다. 그러면서 그것은 필설로 표현될 수 없는 깜깜한 어둠의 실재성을 밝힌다. 횃불 혹은 금빛 물고기가 촛불의 실재이듯, 이 어둠은 인물들의 다양한 입장들, 이제는 '나'의 다양한 원인들이라고 이해할 수 있는, 그 입장들의 실재이다. 깜깜한 어둠으로서의 실재가 있다는 것. 그 실재 역시 "나는 누군가가 나를 여러 차례에 걸쳐 호명하는 소리"(p. 203)처럼 그 역시 환각으로만 나타난다. 환각으로 출현해서 그것은 '나'의 다양한 원인들, 즉 '나'가 동일화되려고 하는 인물들의 다양한 입장들 어느 것도 진짜 실재가 아니라는 것을 가리킨다. '나'가 끝끝내 어떤 동일화로부터도 빠져나와 이질성의 위치에 머물고 방랑의 도정 속에 놓일 수 있게 된 것은 그 때문이다.

(2) 촛불은 텍스트의 실존 속에 도처에 스며들어 있다는 것이다. 환각으로 출현하는 방식을 통해서. 이로써 독자는 서사의 문맥 속에서 해독이 어려운 "거미줄처럼 금이 간 누런 달" "빨간 풍선" "홍염" "금빛 물고기" 등의 존재 이유를 알 수 있다. 그것들은 촛불의 환각적 출현이다.

(3) 「뚱뚱하고 날씬한 물고기 잔치」에서 욕망의 원인은 부재하는 대신 '나'와 대등한 비중을 차지하고 있는 인물로 '은남이'가 출현했으며, 은남이의 욕망의 원인이 '나'에게로 전이되었다. 그 결과는, '은남이'가 나에게 삶의 원인으로 작용한다는 것이다. 새 출발을 하기 위해서는 어린이의 상태로 있어야 한다는 것. 심지어, '은남이'가 왜소증에 걸린 것조차도 '아이'의 상태로 머물고 싶어 하는 욕망의 표현이라고까지 할 수 없더라도 '나'에게 적극적 조건으로 작용한다는 것을

독자는 보았다. 자라지 않음은 삶의 이력을 줄인 만큼 삶의 가능성을 크게 키우는 것이다. 그것이 삶의 원인으로 작용하는 소이이다.

　마지막으로 「오로라를 보라」가 남았다. 유일하게 '나'가 '그'로 지칭된 작품이다. 여기에 '그녀'는 없다. 친구인 '호시노 오사무'에게는 잃은 아내가 있으나, '그'는 호시노 오사무에게 동일시될 새가 없다. 자신의 문제에 시달리고 있기 때문이다. '그'를 힘들게 하는 것은 '엄마'다. 그 점에서 이 작품은 「짐승의 편지」와 유사하지만 그러나 '그'에게는 '수정'과 같은 존재가 없다. 또한 이 부재하는 욕망의 원인은 「뚱뚱하고 날씬한 잔치」에서처럼 '종합적'이기 때문에 부재하는 것이 아니라, 선험적으로 없다. 한편, '무거운 그녀'들에게서 나타났던 '그녀'의 한 특징, 즉 죽음이 '엄마'에게서 일어난다. 그렇다면 이 작품은 욕망 자체가 의지 혹은 고통으로 치환된 경우가 아닐까? 강박(억제) 신경증의 집요한 억제의 결과와도 같이. 과연 '호시노 오사무'가 찾아나선 것은 "반쪽짜리가 아닌 완전한 오로라"(p. 174)였다. 광휘의 형태로 변용된 욕망의 실재를(욕망의 실재란, 진짜 욕망을 가리키는 것이 아니라, 욕망을 태어나게 한 결정적인 결락을 가리킨다). 그러나 좀더 정확하게 말해야 한다. 독자는 오로라가 촛불의 환각적 형태임을 방금 보았다. 그것을 통해 결락된 실재는 '깜깜한 어둠'으로서 모습을 드러냈다. 그것을 두고 저 깜깜한 어둠이 도대체 무엇인가, 라는 질문으로 가는 것은 무의미하다. 거꾸로 그것이 깜깜한 어둠으로 나타남으로써 그 어둠을 실체로 대체하고자 하는 모든 입장들의 욕망을 제어하고 있다는 것이 핵심이다. 그 제어를 가능케 한 것이 촛불의 환각적 출현이다. 이것은 '호시노 오사무'의 죽음을 향한 구도의 길이 결코 어떤 확정적 이상에 도달하기 위한 것이 아님을 엄숙히 가리키고 있다.

또 하나 주목할 점이 있다. 이 작품에서는 동일화가 일어나지 않는다는 것. '그'의 문제와 '호시노 오사무'의 문제는 병렬적으로 개진된다. 병렬은 게다가 확장된다. '그' – '엄마'의 관계와 "현대무용가 K 선생"과 선생의 '형부'와의 관계가 병렬된다. '호시노 오사무'의 방랑과 '니코스 카잔차키스'의 "방랑"(p. 170) 사이의 관계도 그렇다. 이 병렬은 작품 속의 주체와 작품 밖의 주체(작가) 사이에서도 작동하지 않겠는가? 동일화가 일어나지 않는 병렬의 끝없는 복제, 바로 이것이 내부 초점의 인물을 '나'가 아니라 '그'로 지칭하게 했을 것이다. 이 병렬은 "신은 모든 육체를 부수며 부는 사랑의 바람"(p. 170)이라는 카잔차키스의 경구를 상기시킨다. 이 작품의 심층적 주제를 이 한마디로 요약할 수 있을 것이다. 욕망이 의지로 치환될 때 의지는 모든 정신적 에너지를 욕망을 억제하기 위한 힘으로 집중하면서 독사Doxa의 형태를 취한다. 그래서 의지 자체가 괴물스런 욕망으로 변한다. 그러한 도착을 이겨내려면 의지는 사랑이 되지 않을 수 없다. 그 사랑은 모든 존재를 하나로 만드는 사랑이 아니라, 모든 것을 부수는 사랑이다. 의지의 자발적 약화로서의 사랑은 "원래의 사랑의 대상으로부터 떨어져 있다는 감각을 유지"(프로이트, 「애정 생활의 가장 일반적인 냉각에 대해」, *Œuvres complètes XI 1911~1913*, PUF, 1998)시킨다.

네 개의 원인

  '욕망의 원인'으로 작용하는 '그녀'들을 살펴보는 데 많은 시간이 흘렀다. 그러나 이 시간이 그냥 장황했던 것만은 아니다. 이 과정 속에서 독자는 이응준 소설의 핵심 구조를 파악할 수 있었다. 그것은 '그녀'들을 살피는 작업이 불가피하게 다른 인물 집합들도 함께 뒤져 보도록 한 때문에 가능할 수 있었다. 이 나머지 집합들은 흥미롭게도 원소들이 양극으로 쏠려 이중적인 형상을 취하고 있다. 그 집합들은 모두 대위쌍 개념으로 표현된다. '아버지/어머니' '형제/친구' '아이/동물.' 처음의 두 집합, '나'와 '그녀'가 중앙집중적 형상을 취하는 데 비해, 나머지 세 인물 집합이 양극분화적 양상을 취한다는 것은 단편들의 모음인 이 텍스트가 나/세계의 대립을 핵심 구조로 가지고 있으며 그것이 나/그녀의 문제로 압축되었다는 것을 가리키며, 이 문제의 해소 불가능성이 나/아버지(/어머니), 나/친구(/형제), 나/아이(/동물)의 위성 구조들을 낳는다는 것을 또한 가리킨다. 나머지 세 인물 집합은 그러니까 나/그녀의 원-대립으로부터 태어나 이질화된 변이체들로서 원-대립의 착종을 조절하는 작업을 수행하는 한편, 그 스스로 자율화되어 원-대립의 문제를 자신의 문제로 대체하려는 기운을 내뿜는다. 그러나 지금까지 독자가 본 바에 의하면 그 대체의 기운은 집중되지 못하고 다시 해체되며 어떤 구조에도 정착하지 못하고 끊임없이 방랑하는 '나'의 움직임의 자원으로 작용한다. 그것을 가능케 하는 것이 촛불의 기능이다. 덧붙여 나/그녀의 대립이 원-대립을 이루고 있다는 것은 이응준의 소설이 근본적으로 상처의 소설이라는 것을 가리킨다. 즉 무정한 짐승이고자 안간힘을 쓰는 초식 동물의 소설이라는 말이다.

이제 위성들을 이루고 있는 나머지 인물 집합들을 간략히 정리해보기로 하자.

두번째, '아버지/어머니' 집합. 이 집합은 의지의 원인 혹은 고통의 원인으로 작용한다. 이들은 '무정함'의 권화들이다. 얼핏 보아서는 아버지와 어머니는 아주 다른 모습을 띠고 있지만, 그들이 공히 '그녀'의 유정함의 반대편, 즉 '무정한 짐승'들인 것은 분명하다. 아버지의 '무정함'은 의지의 총화로서 발생한다. 삶의 상처 혹은 결여를 자신의 정신적 태도를 극단화시켜 그것을 행동으로 출현시키는 일, 그것이 아버지가 한 일이며, 하는 일이다. 그 전형적인 형상은 미래의 아내로부터 "키가 작다는 것"으로 "모욕"을 당하자 "3미터가 넘는 죽마"를 타고 나타나 그녀를 내려다보는 장면(pp. 58~59)이다. 어머니의 '무정함'은 상처를 의지로 대체하려는 데서 오는 것이 아니라 상처를 의식하지 않는 것, 즉 순수한 무심함의 태도에서 비롯된다. 우리가 통상 '이기심'이라고 부르는 것. "나는 자식에게 뭘 바라고 그러는 유치한 엄마가 아냐. 그치만, 엄마가 몸이 아플 경우엔, 무조건 잘 돌봐줘야 하는 거야. 알았지?"(p. 164)라면서 '나'를 결코 놓아주지 않는 어머니, 아버지들을 빈번히 갈아 치우면서 오로지 자신의 일에만 관심을 쏟는, 그러면서도 많은 남자들이 "사랑해주는"「짐승의 편지」의 어머니, 혹은 의붓딸을 강간하고 폭력을 휘두르는 남편과 그냥 함께 사는 '해수'의 어머니, 혹은 "한밤중 막걸리에 잔뜩 취해 집으로 돌아오다가, 자전거를 탄 채로 저수지에 빠져 죽"(p. 43)은 어머니가 그 어머니들이다.

이 아버지/어머니가 '나'에게 의지의 원인이며 동시에 고통의 원인이다. 의지의 원인인 것은 '나'가 그들을 닮으려 한다는 것을 가리키며, 고통의 원인인 것은 그러한 의지의 실천이 타인을 끊임없이 상처입히거나 상처 속에 살게 하기 때문이다. '나'가 그들을 닮으려 하는 이유는 분명하다. 그들이 '홀로 선' 자 혹은 '스스로 살아남은 자'이기 때문이다. 그들은 "대역사의 아수라장을 종단하는 도중에 인육으로 허기진 배를 채웠"(p. 71)으며, "정과 망치로 대형 냉장고만 한 바위를 쪼아대"(p. 178)며 "바위를 어떤 짐승으로 만들고"(p. 179) 신을 "간증"하고 "죽음을 희극 배우로 만들"(p. 50) 줄 아는 이들이다. '나'에게 그들이 동시에 고통의 원인인 이유도 분명하다. 이 '무정한 악어의 아가리 냄새'를 풍기는 존재들을 닮는 것은 스스로 무정한 짐승이 되는 일이기 때문일 것이다. 무정한 짐승이 되는 것은 초식 동물의 상처를 방치하거나 먹어 없애는 일이기 때문이다. 그러나 이 고통의 원인의 원인은 좀더 복합적이다. 왜 나는 아버지나 어머니처럼 되지 못하는가? 「길과 구름과 바람의 적」의 '법인'은 왜 끝끝내 법현에 대한 강박관념에 시달리는가? 표면적으로는 그 순정한 의지 혹은 순수한 무관심의 삶이 실은 온갖 더러움의 총화이기 때문이다. 아버지를 찾아간 수도원의 산 아래서 마셨던 시원한 물의 원천이 수도원이 버린 온갖 오물로 더렵혀져 있는 것을 발견했을 때의 놀라움. 그러나 여기에서 한 걸음 더 나아가야 한다. 그것은 무정한 짐승이 자신의 상처를 먹어 치움으로써 '거듭난' 게 아니라, 자신의 상처를 결코 해소하지 못한 채 억누르려 한 몸부림 끝에 어쩔 수 없이 변신해 간 존재들이라는 것이다. 아버지의 수의 속에는 "미당 서정주의 처녀 시집 『화사집』"(p. 56)이 숨어 있었던 것이다. 아버지가 남긴 해시계는 눈부신 계율과 원리의 상징이 아니라 해독되어야 할 문서였던 것이다. 그것은 적어도 아버지의 "수의 속에 심장처럼 박혀 있던, 문둥이가 숨어 있는 미당 서정주의 진본 『화사집』과 동의어였을 터이다"(p. 75).

그러니까 이들은 자기 멋대로 산 사람이 아니라 자기에 '취해' 산 사람이다. 잊기 위해서 혹은 자신의 상처를 승화시키기 위해서. 저 무정한 악어의 아가리 냄새를 피우는 어머니의 지하실에도 "이름 모를 타악기 연주와 휘파람 비슷한…… 유목민의 노래, 바람의 노래"(p. 176)가 숨어 있었던 것이다. 그 어머니가 '나'에게 전화를 걸어 자신이 "만든 짐승"을 보라고 말하는, 「짐승의 편지」의 마지막 장면은 그 점에서 되풀이해서 읽어야 할 괴이한 장면이다.

"내가 만든 짐승이다. 무지막지하지?"

"…….".

"희랍의 것도, 중국의 것도 아닌 최초의 짐승 말이야. 기계를 초월 직전에 이겨버리는, 아주 현대적인 놈이다."

우, 그때 그 바위가 이제 저 짐승이 되었구나! 은빛 이빨을 드러낸 채 두 팔을 활짝 벌린 짐승은 천천히 움직이고 있다.

"어떠니?"

"슬퍼요. 아름다워요."

"깔깔깔─."

"엄마, 개들은 죽어서 무지개 다리를 건너지요?"

"그래, 가거라! 바람이 많이 불지? 그리로 들어가!"

나는 언제나 신이 나와 함께했음을 익히 깨닫고 있었다. 그는 내가 괴로워하고 기뻐하던 꼴을 곁에서 다 지켜보았던 것이다. 때문에 나는

더 쓸쓸하였다. 나는 옥상의 난간을 넘어 허공을 걸어가고 있다. (p. 188)

이 장면에서 '어머니'는 "개들은 죽어서 무지개 다리를 건너지요?"라는 아들의 물음에 무관심한 '무정한 짐승'이 아니다. 오히려 그녀가 만든 "무지막지한 짐승"이 무지개 다리와 통함을 그녀는 밝힌다. 그녀는 또한 바람의 고뇌를 알고 있다. 그녀가 만든 짐승은 그 바람으로부터 '나'를 보호해줄 것이다. 그 끝에 '나'는 나를 지켜보는 신의 존재를 깨닫는다. 잘 알다시피 신은 종교인들이 요구하듯 금욕의 끝에 있거나 철학자들이 성찰하듯 무관심의 끝에 있는 것이다(인간 세상은 신이 만들어놓고 지켜보는 무대에서 노는 꼭두각시들 아닌가). 의지와 고통의 원인은 절대적 존재로 추상화되는 대신 '나'는 홀로 쓸쓸히 지상에 남는다. 어머니의 무정함 뒤에 감추어져 있던 억눌린 상처를 안고. 아니, 지상을 허공 걷듯 걷는다. 초월된 것의 원본을 내장하기 때문에 어쩔 수 없이 끊임없이 발이 지상에서 떨어져서 허공으로 들어 올려지는 것이다. 그것이 '나'의 방랑의 의미이다.

세번째, '친구/형제' 인물 집합은 감각 혹은 지식의 원인이 된다. 대체로 친구들은 '호시노 오사무' '사팔뜨기'처럼 '나'의 욕망, 의지의 근원에 대한 암시를 '나'에게 주는 역할을 한다. 앞에서 말한 대로 J의 경우는 욕망의 원인이면서 감각의 원인으로 변형된 존재이다. 「무정한 짐승의 연애」의 Y의 경우는 주목할 만하다. 증오하는 아버지의 돈으로 주색에 빠지고 또 같은 논리적 맥락에서 독일 공산당에 가입하는 Y는 욕망을 향락으로 몰고 간다. 그런데 이 성향은 '사팔뜨기'에게도 소극적인 형식으로 내재되어 있는 것(스트립쇼를 즐긴다)으로, Y가 '친구' 집합의 다른 인물들과 동떨어진 존재가 아니라 원 존재의 변형임을 알 수 있다. 그 변형의 의미는 무엇인가? 감각 혹은 지식의 원인은 물신화fétichisation에 노출되어 있다는 것. 욕망의 원인, 다시 말해 작은 대상 a의 결핍이 낳은 '시니피앙의 연쇄'에 고삐가 풀리면서 매 순간의 결절점이 은유로 작동할 때, 욕망의 원인을 대신해 선택된 대상들은 매 순간 즉물적인 소비의 대상으로 출현하는 것이다. 이때 감각 혹은 지식은 감각·지식의 소비를 통해서만 표현되고 그 소비 자체가 욕망이 된다. 앞에서 보았던 인터넷에 글을 올린 청년의 한국에 대한 '저주' 역시 그 물신화의 예로 읽을 수 있다. 다른 한편, Y는 「뚱뚱하고 날씬한 물고기 잔치」의 '장희'와 "뻔뻔한 활기"를 공유하면서 장희와 달리 "나이브한 천성"(p. 201)을 갖지 않는다. Y의 뻔뻔한 활기는 그가 감각·지식의 소유자이기 때문에 작위적으로 실천된 것이다. 반면, 장희의 나이브한 천성은 그녀의 '무지,' 백치성을 가리킨다. 이 무지는 양상은 다르지만 「무정한 짐승의 연애」의 '큰형'의 속성이기도 하다. "대형 덤프트럭이, 깜박이도 켜지 않고 갑자기 끼어들었"을 때 "반사적으로" "오, 주여!"(p. 120)를 내뱉는 사람. '큰형'은 계율이 지식의 외양을 하고 몸에 달라붙은 존재다. 그는 "검은 양복을 입고 홀로 우뚝 서 있는" 존재, 다시 말해 광채가 죽은 신성의 대리인이다. 그러니까 여기에서 지식/무지의 대립을 가르는 기준은 얼마나 많이 알고 있느냐가 아니다. 욕망의 원인에 놓인 균열을 눈치 채고 있는가 아닌가의 문제이다. 그 최초의 선택만 다를 뿐 '친구/형제'는 함께 '아버지/어머니'의 파생물들이다. 의지 혹은 고통의 원인이 불타올라 추상화된 자리에 신이 있음을 앞에서 보았다. 그 용암이 지상으로 흘러 구체화된 자리에는 '친구/형제'가 있는 것이다. 의지가 계율이 되고 계율이 양식화되는 것. 고통이 형식을 찾아 향락의 마니에리즘을 생산하는 것, 그 전형적 형상이 '큰형'이고 Y이다. 이것은 지식은 의지의 아들이며 지식의 과잉은 지식의 부정(형식화)으로 귀결한다는 것을 보여준다. 이 길을 '호시노 오사무'와 J는 피할 수 있었는데, '호시노 오사무'는 자신의 죽음을 대가로, J는 다른 남자와의 결혼과 아이의 죽음을 대가로 그럴 수 있었다. '호시노 오사무'의 경우는 의지의 파생물로서의 지식의 방향을 거꾸로 의지 쪽으로 되돌림으로써 가능했으며(이것은 모든 지식은 비판적일 때만 생명이 있다는 상식을 그대로 환기시킨다), J의 경우는 욕망의 원인으로부터 이탈하는 데 다른 남자와의 결혼이 계기가 되는데, 거꾸로 그것은 '나'에게 욕망의 원인이 향락을 향해 변이되어 나가는 것을 닥는다. "그렇다면 몰락한 나는, 그 많은 과거의 여자들 가운데 왜 유독 J를 그리워하고 있는가? 〔……〕 아이러니컬하게도 그건, J가 나를, 진지하게 대해주었기 때문이다." '아이'의 죽음은 그러한 고착의 허구적 처리이다.

그러나 그것이 정말 허구적이기만 할까? 아이는 죽어 "유골 가루"를 남긴다. 그걸 J가 '나'에게 건넨다.

"물론 그렇지 않겠지만, 혹시라도 괴로워하지는 마. 오빠에겐 그럴 자격조차 없으니까. 죄인이긴 나도 마찬가지야. 알고도 모른 척 속아준 남편에게 미안해. 그이는 아이를 너무 사랑했기 때문에 고통받고 있어…… 오빠와 나, 둘 중에 하나가 죽었어야 했어. 그런데 이렇게 뻔뻔하게 살아 있잖아. 아이가 대신 하늘나라로 간 거야." (p. 121)

앎의 원인으로서 J가 전하는 깨우침은 이렇다. 그럴 자격이 있는 자만이 괴로워할 수 있다는 것. 아이 대신 J와 '나'가 "뻔뻔하게" 살아남았다는 것. 괴로워할 자격이 없다는 것은 '아이'의 존재 자체에 대해 마음을 둔 적이 없다는 것 외에는 달리 읽히지 않는다. "둘 중에 하나가 죽었어야 했어"라는 것은 직접적으로는, 고통받는 남편과 대비되어, 아이에게 무심했던 행위에 대한 비난이다. 그런데 속사정이 깊다. 우선 아이에게 무심했다는 것, 정확하게 말해 자신에게 책임이 돌아가는 존재에 대해 무심했다는 것은 비난의 사유가 되며, 그 존재가 죽었을 경우 자신 또한 살 가치를 상실했다는 뜻이다. 다음, 남편의 고통은 '사랑'의 결과라는 것, 따라서 '나'와 J가 살 가치가 없다는 것은 곧 사랑의 포기라는 죄 때문이라는 것이다. 다시 다음, 남편은 자신의 책임이 아닌 아이를 사랑했다는 것, 그것이 J에게도 '죽었어야 하는' 비난을 유발한다는 것이다. 즉 죄는 비례적으로 증대된다는 것. 책임 없는 사람의 행동에 비추어 책임 있는 J의 행동은 그만큼 죄에 해당한다는 것이다. 이 관점을 넓히면, 사랑을 실천하는 최소한의 한 사람만 있다면 세상에 사랑이 없음을 한탄하는 사람은 누구든지 잘못을 범하고 있다는 논리가 성립한다. 마지막으로, 죽지 못했으면 잘살아야 한다는 것. 왜냐하면 자신들의 죄를 '아이'가 대속했기 때문. '아이'도 의지에 관계없이 예수의 역할을 떠맡을 수 있는 것이고 그 덕분에 살아남은 사람은 삶의 책임을 가중적으로 떠맡는다는 것이다.

여기에는 사랑의 상대성 원리라고 할 만한 것이 압축되어 있다. 독자는 애초에 '참된 만남'이라는 뜻으로서의 사랑의 실패로부터 출발한 이응준의 소설이 사랑의 윤리학으로 완성되는 지점에 선다. 그러나 그 윤리학은 단순한 것이 아니다. '사랑'이라는 것이 무조건적인 절대적인 명제로 주어지는 것이 아니기 때문이다. 이에 대해서는 잠시 뒤로 미루기로 하고, 우선 기왕 하던 일을 메지내기로 하자. 궁극적으로 이 대목은 네번째 인물 집합, '아이/동물'이 삶의 원인임을 보여준다. 「뚱뚱하고 날씬한 물고기 잔치」의 '은남이'가 그러했듯이. 다른 한편 동물들 역시 삶의 원인으로 작용한다. 가령,

> 나는 마치 잃어버린 유년(幼年)의 심장을 되찾은 것처럼 놈을 꼬옥 끌어안으며, 그만 그 자리에 대자로 드러눕고 말았다. 아아, 신은 그런 식으로 내게, 자기가 데리고 있기 싫은 절름발이 천사를 내려 보냈던 것이다 (p. 78)

에서, 길거리에서 만난 개가 내가 "잃어버린 유년의 심장을 되찾"게 해준 것처럼. 다만, 동물은 아이가 삶의 소중함을 일깨우는 것과는 달리 삶의 하찮음을 증거한다. 그 증거에도 불구하고 동물이 삶의 원인으로 작용하는 것은 그것이 그 하찮음의 증거를 통해 '다른' 삶을 각성시키기 때문이다. 방금 읽은 인용문의 '개'가 신을 상기시키듯이. 혹은 "개들은 죽어서 무지개 다리를 건넌다"는 진술처럼. 또한 그것을 발견했을 때 '문영'이 탄성을 지른 '낙타'처럼. '문영'은 "낙타를 타고 싶어" 한 반면, '나'는 "낙타가 지저분하고 무서웠다"(p. 43). 그러나 문영이 죽은 후, 문영을 그대로 복제한 '운영'과의 섹스 도중에 '나'는 자신이 "낙타와 그 짓을 하는 중"(p. 49)임을 발견하고 경악한다. 운영은 '문영'에게서 욕망의 원인이 빠져나간 존재이다. 이때 욕망은 성적 욕구 그 자체로 변형된다. 그리고 앞에서 말했던 것처럼 이때 욕망의 원인은 '텅 빈 대상'이 아니라 잉여로, 폐기물로 변질된

다. "문영과 똑같은 방식으로 나를 애무하며 쾌락을" "리드"(p. 42)
해나가는 운영과의 섹스에서, "운영의 신음이, 화장터 같은 시멘트
다리 밑 사방으로 낮게 깔"(p. 48)리고 있다고 느끼는 것은 그 때문
이다.「해시계를 상속받다」에서 '나'가 '소영'과 섹스를 벌이면서 "나
는 반인반수와의 더러운 기분을 청소해버리고 싶다"(p. 68)라고 생각
하는 것도 '나'가 무의식중에 소영을 폐기물 처리장과 동일시하고 있
음을 보여준다. 그런데 '문영'과의 섹스는 어떠했던가? '문영'이 욕망
의 원인이라 했을 때 그것은 언제나 결여로 나타난다는 것을 함의하
고 있다. 따라서 '문영'이 현실적 존재일 때 그는 갈망의 대상이자 동
시에 불만의 대상이다. 갈망은 불만에 의해서 증폭되고 불만은 갈망
에 의해서 증폭된다. 그것은 주체와 대상 사이의 무자비한 상호 공격
을 낳는다.

　　우리는 우리의 사랑이 사랑이 아니라는 것을 익히 알고 있었다. 그
　것은 공격이었다. 상대방의 살덩어리를 통해 자신에게 가하는 혹독한
　자해였다. 우리는 점점 더 외로워져갔고, 그것을 애써 모른 체함으로
　써 관계를 유지했다. (p. 41)

욕망의 원인은 존재할 때 '의식'되지 않는다. 그것의 공동(空洞)은
차츰 잉여를 누적시킨다. 그 결과가 '운영'이다. 그러나 잉여물로 전
락했을 때야 비로소 욕망의 원인은 재출현한다는 것을「그 침대」는
보여준다. 문득 예전에 '문영'이 탄성을 지르고 타보았던 '낙타'로 운
영이 변해 있었던 것이다.

하학! 나는 폐가 터져나갈 것 같았다. 나는 낙타를 끌어안그 있었다. 운영은 낙타로 변해 있었다. 나는 낙타와 그 짓을 하는 중이었다. 낙타는 갈색의 긴 눈썹을 열어 새까만 눈동자로, 마름모꼴의 주둥이에서 튀어나오는 미지의 방언으로 탄식하고 있었다. 눈물을 흘리며 나를 원망하고 있었다. 그 뜨끈한 슬픔이 내 와이셔츠를 활활 적시고 있었다. 나는 너무도 괴로워 허리를 크게 젖혔다. 아. 녹슬고 구멍이 숭숭 뚫린 갓을 쓴 가로등 아래, 눈발이 겨울바람에 동그라미를 그리며 지상을 향해 떨어지고 있었다. 어둠의 자궁에서부터 이 병든 세계로 죽음의 정액이 쏟아지고 있었다. 우리의 고통처럼 차가운 바늘에 뒤덮인, 철퇴 같은 눈송이들이었다. (p. 49)

독자는 반전을 유의해야 할 것이다. '운영'이 낙타로 변하는 순간, 우선 낙타는 더럽고 흉한 낙타이다. 그런데 그 더럽고 흉함이 묘사되는 순간, 낙타는 "탄식"하는 낙타, "눈물을 흘리며 나를 원망하"는 낙타로 돌변한다. 그리고 '나'는 "죽음의 정액"을 맞고 깨어난다. 그것은 "철퇴"처럼 '나'를 친다. 이 환각에 이어서 곧바로 '문영'과의 대화가 나오는 것은 이 각성을 통해 다시 욕망의 원인이 잉여로부터 공동으로 복귀하기 때문이다. '문영'의 말은 그 복귀를 그대로 실천하는 말이다.

누가 내 시체를 내려다본다는 건 상상만 해도 끔찍해. 정육점의 고깃덩어리처럼 영혼이 없는 내게서, 코를 틀어막고 눈살을 찌푸린다는 건. (p. 49)

이 복귀의 매개자가 '낙타'이다. 낙타는 '나'를 다시 살게 한다. 낙타는 '나'의 삶의 원인이다. 동물이 환기하는 삶은 동물의 비천함에 의해서 '다른' 삶으로 나타난다. 「그 침대」의 낙타가 궁극적으로 "천산북로와 천산남로를 따라 타클라마칸 사막을 가로질러 가는 낙타들의 긴 행렬"(p. 35)인 것은 그 때문이다. 그 '다른' 삶을 '이곳에서의 삶'으로 바꾸는 것은 '아이'이다. '아이'에 대해서는 이미 앞에서 충분히 얘기했다. 다만 이것을 지적하기로 하자. 지식의 원인이 의지의 아들인 것과 비례하여, 삶의 원인은 욕망의 자식이라는 것. 그러나 자식들은 부산물이 아니라 부모의 산파이다. 아비가 자식을 낳은 것과 마찬가지로 자식이 아비를 낳는다. 자식을 낳은 아비와 자식이 낳은 아비 사이에는 엄청난 '돌연변이'가 있다. 그러나 한 마디 덧붙여야 한다. 그 자식은 자연의 산물이 아니다. 자연의 산물로서의 자식은 과잉 향락에 침닉하고 폐기물로 전락한다. 아비를 잉태하는 자식은 그런 자식이 아니라 반성하는, 말의 정확한 의미에서 생의 심연을 비출 줄 아는 자식이다. 더러운 낙타와 탄식하는 낙타 사이에도 돌연변이가 있다. 그 돌연변이를 가능케 하는 것은 '촛불'이다. 모든 선택들에 유예를 선고하고 선택들 사이에 각성과 성찰의 수액을 흐르게 하는 작업이다. 그것이 의지의 치명적인 미달과 과잉 향락 사이의 긴장을, 욕망의 깜깜한 어둠과 끔찍한 잉여 상태 사이의 긴장을, 가로질러서는 욕망의 절대적인 결핍과 향락의 지긋지긋한 유희 사이의 긴장을, 그리고 수직적 초월의 상승력과 그 역시 수직적인 추락의 현기증 사이의 긴장을 머흘은 방랑의, 그러니까, 순례의 지평선 위로 펼치는 것이다.

사랑의 윤리학 혹은 글쓰기의 욕망

그 돌연변이의 핵심적인 면모는 사랑의 재탄생이다. 독자의 '방랑'은 사랑의 실패 혹은 초식 동물의 상처로부터 무정한 짐승의 잔혹함을 거쳐 사랑의 윤리학으로 나아갔다. 그 윤리학이 결코 단순하지 않음을 지적했었다. 무엇보다도 그것은 선험적으로 주어지는 것이 아니기 때문이다. 선험적인 명제가 아니기 때문에 이 사랑은 소설의 방랑 끝에 겨우 도달하는 명제이면서 동시에 소설의 방랑을 처음부터 새로 출발케 하는 원자핵으로서의 명제이다. 그 윤리학의 핵심 명제가 책의 중심을 이루고 있는 표제작의 맨 마지막 문단에 배치된 까닭이 여기에 있다고 독자는 생각한다. 이 사랑의 윤리학은 그런 의미에서 사랑의 양자역학이다. 그것은 다른 태도들, 그러니까, 의지와 향락과 몰입과 포기라는 위성들을 탄생시키면서 동시에 그 위성들과의 긴장을 통해 끊임없이 궤도를 수정하며 붕괴하고 합성한다. 사랑의 원자핵 주위를 도는 전자들을 독자는 최소한 네 개를 발견하였고, 그것을 각각 욕망의 원인, 의지의 원인, 지식의 원인, 삶의 원인으로 명명하였다. 그것들 사이의 상응 관계에 대해서는 앞에서 자세히 기술한 바가 있다. 그것을 기하학적으로 도형화하는 일이 남았는데, 그 일은 이 글을 쓰고 있는 소설의 독자까지 포함하여 이 글을 읽는 독자에게 맡기련다. 그 상관관계의 추적을 통해서 밝혀진 것은,

(1) 사랑의 실재는 없음으로 있다;
(2) 그것의 '없음'은 '나'를 방랑케 한다;

(3) '나'의 방랑은 그것의 '없음'을 '있음' 쪽으로 단속(斷續;
short-circuit)시키는 태도들에 영향을 받는다;

(4) 그 태도들은 '나'에게 동일화로 작용하는 원인들이다;

(5) 적어도 네 개의 원인이 있다;

(6) 그 원인들은 사랑의 부재로부터 태어났으나 사랑과는 다른 태
도를 형성한다;

(7) 이 원인들은 자율화되면서 서로를 파생하고 서로를 제어한다;

(8) 이 파생과 제어를 소통의 유로 속에서 궁극적인 결정 불가능
성의 상태로 유예시키는 힘이 있다;

(9) 그 힘은 촛불로 표상되며 환각으로 출몰해 저 원인들에 삼투
하고, 사랑의 '없음으로-있음'을 환기한다;

(10) 사랑의 부재와 원인들의 결정 불가능성 사이에서 사랑으로의
복귀 혹은 사랑의 윤리학이 태어난다;

(11) 사랑의 윤리학은 선험적인 것이 아니라 구성적이며, 따라서
유동적이다; 그것에 사랑의 상대성 원리라는 이름을 붙여줄 만하다,

이다. 이것이 낭만적이고도 고딕적인, 쓸쓸하고도 달콤한, 난해하고
도 명랑한 이응준 소설이 거쳐간 머나먼 길이다. 모든 서사적 배치,
모든 묘사와 진술과 대화, 모든 경구, 모든 비유들은 그 머나먼 길을
형성하는 포석들이며 포석들의 구성이다.

마지막으로 두 개의 질문이 남은 듯하다. 첫번째 질문: 이 사랑의
윤리학, 아니 사랑의 양자역학은 사랑의 존재론인가? 아마 그럴 것이
다. 그렇다는 것은 이응준의 소설이 시공의 경계를 넘어서 있다는 것
을 가리킨다. 그러나 오늘의 사회·문화적 상황과 이 소설이 전혀 무

관하다고 말할 수는 없을 것이다. 우선 빌려온 소재들이 당연히 이 시대의 것이다. 그러나 소재는 차용이 아니다. 거기에는 소설가의 생활 경험이 녹아 있다. 그 경험의 집적체인 소재들이 글쓰기에 작용하지 않았을까? 다시 말해, 이응준의 소설은 이응준이 산 시대에 반향하는 것이 아닐까?

소설가보다 좀 앞선 세대의 독자가 제일 당혹스러웠던 것은 그 사랑의 실재의 깜깜한 어둠의 색조이다. 사랑을 '인생의 목적Telos'이라는 좀더 포괄적인 어사로 바꾸어보면 문제가 좀더 명료해진다. 아무리 텔로스의 이데올로기적 성격에 대해 수많은 경고를 들었다 하더라도 독자는 분명한 명제, 분명한 목표에 익숙한 세대이다. 이응준의 소설에는 그게 보이지 않는 것이다. 다만 그 어둠을 수식하는 형용어들은 숱하게 발언된다. 전부 부정적인 쪽으로. 기억나는 대로 몇 개만 예를 들어보자: "비참과 부조리는 도처에 널려 있다"(p. 69); "백성들이 이방의 자식들과 상간하여 이상향은 지옥으로, 야마왕은 염마왕으로 변한 것"(p. 140); "신의 상실 그것이 인간의 죽음이다"(p. 133); "지옥일 수는 있으나 낙원일 수는 절대 없는 세상"(p. 103). 독자가 당혹해한 것은, 과잉된 형용어가 지시하는 실상이 보이지 않는다는 것이다. 도대체 무엇이 비참하고 무엇이 부조리하다는 것일까? 인터넷의 그 청년이 한국에서 당한 수모라는 건 도대체 무엇일까? 다른 한편, 저 과잉된 형용어들과 그것들에 뒷받침된 확실한 실천들은 또 왜인가? 어떻게 "한국이라는 쓰레기통이 핵전쟁으로 말미암아 세계 전도상에서 아예 사라져버리길 바란다는 통 큰 저주"를 퍼부을 수 있을까? 이것은 몸의 관성에 젖은 독자까지 포함하여 소설가가 살고 있는 시대의 새로운 사회 패러다임에 반향하는 것은 아닐까? 왜냐하면, 적어도 세 개의 변동, 즉 형식적 민주주의의 회복, 현실 사회주의의 몰락; 정보화 사회의 도래 속에서 한국 사회는 '큰 이야기'의 종식을 몸으로 겪었기 때문이다. 더 이상 분명한 적, 분명한 목표는 사라진 것이다. 그렇다고 해서 큰 이야기가 그대로 사라진 것은 아니다. 큰 이야기를 대체한 것은 '작은 이야기들'인데 그런데 그 작은 이야기들은 모두 큰 이야기의 욕망으로 불타오르고 있는 것이다. 그래서 모두가 주장하고 모두가 분노하고 모두가 요구하는 시대가 된 것이다. 3월 1일의 야밤에 태극기를 몸에 두르고 굉음을 내며 도로를 질주하는 젊은이들의 시대, 다시 말해 대의가 향락으로 부풀어 오른 시대가 지금의 시대인 것이다. 또한 시가를 가득 메웠던 몇 년 전의 그 비상한 국가주의적 활력은 무엇인가? 그것이 소모적인 양상으로 나타나든 생산적인 결과를 낳든, 분명한 목표, 분명한 적이 향락의 방식으로 귀환했다는 것은 분명하다. 이응준의 소설의 핵심에 검은 구멍으로 박혀 있는 저 깜깜한 어둠은 바로 이 제거된 큰 이야기와 들끓는 작은(-큰) 이야기들의 복합체로서의 한국 사회의 새로운 패러다임에 반향하는 것이 아닐까? 성찰적으로. 왜 성찰적이냐 하면, 소설은 저 작은 이야기들이 스스로 큰 이야기임을 주장하는 통로들에 간섭하고 있기 때문이다. 적어도 사랑의 상대성 원리는 오늘의 집단적 감성에 대한 가장 진지한 권유 중의 하나이다. 한국 사회의 문화사회학적 분석에 의해 보완되어야 할 이 문제를 독자는 단지 암시의 형식으로 남겨두려고 한다.

두번째 질문: 그런데 저 '촛불'은 어떻게 태어났을까? 촛불의 미약한 불을 켜는 자는 누구인가? 독자는 그것을 글쓰기의 힘이며 글쟁이의 역할이라고 우선 적는다. 그런데 도대체 그 힘은 어떻게 생겨난

것일까? 인간이라면 당연히 그래야 한다, 는 대답은 무의미한 대답이다. 펜의 힘을 역설하는 것도 그렇다. 언젠가 동물에게도 그 힘이 내장되지 않으리라고 독자는 단정할 수 없다. 기계는 또한 어떠한가? 이미 사람이 상당 부분 기계로서 살고 있는 마당에. 그런데 대관절 그 힘은 어디에서 오는 것일까? 그 힘의 잠재성은 충분히 알 수 있다. 왜냐하면, 독자가 보았던 모든 입장들은 자율화와 상호 파생과 상호 제어의 미궁 속에서, 완성되고자 하는 욕망으로 끊임없이 결락의 구멍들을 생성하고 있기 때문이다. 그러나 초에 불을 붙이는 결정적인 한 동작은 어떻게 가능할 수 있었을까? 양적 팽창은 질적 전화를 유발한다는 것이 변증법의 고전적인 공식이지만, 어떤 '매개'가 없으면 그 전화는 영원히 유보될 수도 있다. 무엇이 그 전화를 가능케 했을까? 돌연변이의 메커니즘을 필연의 메커니즘으로 이해하려고 시도하는 것보다 어리석은 짓은 없다. 그럼에도 독자는 궁금하다. 그것이 문학의 생존, 다시 말해, 꿈꾸고 성찰하는 작업의 생존에 직결된 문제이기 때문이다. 다시 말해, '시학'의 존재 이유이자 시학의 구성 원리에 관련되기 때문이다. 그 대답을 이 자리에서 찾아낼 능력은 독자에게 없다. 다만 독자는 이것을 말할 수 있다. 이 또한 욕망이라고. 글쓰기의 욕망이 분명히 있다고. 그게 욕망이라면 그 욕망은 욕망이 계율들로, 향락들로, 체념들로, 몰입들로 과잉되는 것을 제어하는 욕망일 것이다. 그러니, 물음은 "계속되어야 한다." 이 자기 지시적 욕망 혹은 재귀적 욕망은 도대체 무엇인가?

보유

근대 소설의 기원에 대한 이론적 검토

I

이 글은 근대 소설의 기원에 대한 중요한 이론들을 검토하고 그것들의 의미와 문제점을 밝혀, 기원의 시점에 대한 문제를 새롭게 재구성하는 것을 목적으로 한다. 기원의 문제는 어느 시간대에 하나의 인류학적 사실이 역사의 등장인물로 자리 잡게 되었는가의 문제로 풀이될 수 있다. 즉 그것은 문학이란 무엇인가 투의 고전적 질문의 형식으로 근대 소설이란 무엇인가를 묻는 대신, '언제 근대 소설이 있는가?Quand y a-t-il le roman moderne?[1]'를 물음으로써 그것을 몇 개의 개념으로 축약시키려는 모든 유혹을 앞질러 그것의 발생적

---

1) 이 질문법은 넬슨 굿맨에게서 빌려온 것이다(Nelson Goodman, "Quand y a-t-il art?", *Philosophie analytique et esthétique*, Klincksieck, 1988 참조). 예술에 대한 탐구를 규정의 형이상학으로부터 존재론으로 끌어내리는 중요한 문제 제기로서 평가받고 있는 이 질문법을 필자는 조금 다른 방식으로, 즉 미학적 존재론에 대한 질문으로서가 아니라, 미학적 대상의 역사적 존재론에 대한 질문으로서 차용하고자 한다.

체험을 되풀이해보는 것이다. 그러나 그 체험의 되풀이 이전에 기왕
의 이론들에 대한 사전 검토는 필수불가결한 듯이 보인다. 체험할 장
소와 대상이 명확하지 않은 현재로서는 그것들만이 그곳으로 접근할
이정표의 역할을 할 수 있기 때문이다.

II

근대 소설의 기원에 대한 견해들은 크게 두 가지로 나누어볼 수 있다.

1. 18, 19세기, 부르주아 사회의 성립 이후로 보는 관점
2. 16세기의 르네상스로부터 소설의 출범을 보는 관점

필자가 보기에, 이 두 가지 관점은 저마다 나름대로 합리적인 근거
를 가지고 있고 소설의 내재적 원리에 대한 중요한 성찰을 제공하고
있으나, 또한 저마다 특정한 방향으로 과장되거나 혹은 심각한 결여
를 노출하고 있다. 이 두 가지 관점을 각각 주장하는 대표적인 이론
가들의 주장을 통해 차례로 비판적으로 검토해보겠다.

1_소설 혹은 리얼리즘

18, 19세기 이후 근대 소설이 시작되었다는 생각은 과거에 가장
보편적으로 받아들여져온 생각이다. 어쩌면 상식적으로 가장 당연한
생각일 것이다. 근대 소설의 '근대'에 초점을 둘 때, 정치적으로 공화
제가 수립되고 경제적으로 시장 교환 경제가 자리 잡았으며 사회적으

로 민주적 여론 사회가 구축된 때를 근대라 부른다면, 프랑스 혁명을 상징적인 기점으로 한 18세기 말 및 19세기 초엽 이후에 근대가 시작되었다고 할 수 있기 때문이다. 이때는 문화적으로 또한 의무교육 제도가 보편화되었고, 문화의 공공 배급체인 신문이 대량 제작된 데 힘입어,[2] 비교적 긴 글감의 소설이 개인적 취향과 선택에 의해 자유롭고 폭넓게 읽힐 수 있는 조건이 마련되었던 때이다. 따라서 이 시기에 활발히 생산되었으며, 그 후 문학의 대표적 장르로 자신을 대두시킨 소설들, 영국의 상인 부르주아 계급의 이데올로기를 표현하거나 근대적 개인의 자각을 형상화한 작품들, 즉 영국의 경우, 디포Defoe, 리처드슨Daniel Richardson, 필딩Fielding, 스콧Scott의 소설들, 프랑스의 경우엔 18세기의 『누벨 엘로이즈*Nouvelle Héloiése*』(루소 Rousseau) 혹은 19세기 초엽의 발자크Balzac, 스탕달Stendhal의 소설들에서 근대 소설의 시발을 찾는 것은 얼핏 보아 가장 합당한 생각으로 보인다. 그러나 이러한 관점에는 몇몇 중요한 실증적이고도 이론적인 결함들이 있으며, 따라서 일정한 이데올로기적 편향을 담고 있는 것으로 보인다. 우선, 무엇보다도 정치·경제적 역사의 흐름이 곧 문학사의 흐름, 더 나아가 소설사의 흐름과 반드시 일치한다고 가정한다는 것은 지나치게 소박한 생각이다. 그것들 사이에는 분명 밀접한 연관의 끈이 맺어져 있으나, 그 끈은 어디까지나 간접적일 뿐이다.[3] 사실상 문학은, 그리고 소설은 사회적 삶의 변화를 예시할 수

---

2) 이러한 사실에 대해서는 상당히 많은 연구가 진행된 바 있다. 대표적인 것으로 Raymond Williams, *Culture and Society: 1780~1950*(Penguin Books, 1963)를 들 수 있다.
3) "전체에 대한 부분의 관계는 간접적으로, 즉 우회로를 거쳐서만 이루어진다. 이 점은 거의 규칙으로 생각할 수도 있다." 아도르노, 『미학 이론』, 홍승용 옮김, 문학과지성사, 1984, p. 234.

도, 추억할 수도 있으며, 혹은 그에 반(反)할 수도 있다. 만일, 근대 소설의 출발을 18세기 이후로 못 박는다면, 라블레Rabelais의 소설이 보여주는 근대성을 어떻게 이해할 것이며 또한 샤토브리앙 Chateaubriand의 아주 근대적인 소설이 드러내는 중세적 기사도에 대한 향수에 대해서는 무어라 말할 것인가? 이러한 기초적인 의문을 간직한 채로 이러한 관점의 중요한 주장을 읽어보기로 하자. 이러한 관점을 가장 명시적으로 지지하고 있는 이론가 혹은 이론은 이언 와트Ian Watt의 『소설의 발생』이다. 그는 분명하게 소설이 18세기에 발생한 문학 형식임을 선언한다.

소설은 근대에 발생했다. 이 시대의 일반적인 지적 성향은 보편적인 것들을 거부함으로써 또는 적어도 거부하고자 시도함으로써 고전 시대와 중세의 유산으로부터 더할 나위 없이 결정적으로 분리되어 있었다.[4]

와트는 가장 선명한 이론이면서 동시에 아주 정치한 이론을 개진하여 현대의 소설 이론에 큰 영향을 미쳤으므로, 자세하게 음미될 필요가 있다. 그의 소설 기원론은 기왕의 이론들에 대한 수용과 심화라는 이중적 관계를 통해 나타났다. 그가 수용한 것은 18세기 초기 소설가들의 작품과 그 이전의 허구적 이야기를 구별하는 가장 명확한 특성이 '리얼리즘'이라고 간주[5]한 소설사가들의 생각이었다. 그러나 그는

---

4) Ian Watt, *The rise of the novel*, Penguin Books, 1972; 이언 와트, 『소설의 발생』, 전철민 옮김, 열린 책들, 1988, p. 21(와트로부터의 인용은 모두 이 역본을 따랐으나, 부분적인 개역이 있었음을 밝혀둔다).

리얼리즘에 대해 "한층 더 자세한 설명"을 해야 할 필요를 느꼈으며, 더 나아가, 철학적인 의미에서의 리얼리즘에 문학을 대입시키는 것을 넘어서 문학상의 리얼리즘, 즉 "형식상의 리얼리즘"[6]을 확립해야 할 과제를 새로이 떠맡는다. 그는 리얼리즘의 개념적 원리들을 재구성하는 한편, 그에 상응하는 소설 형식들을 추출한다. 와트가 보기에, 다행스럽게도(?) "(근대의) 철학적 리얼리즘의 특징들은 소설 형식의 특성들과 유사한 점들을 갖고 있다. 이 유사점들은 디포와 리처드슨의 소설 이후, 산문적인 허구에 생겨났던 인생과 문학 간의 독특한 일치에 주의를 기울이게끔 만든다."[7] 그 세목을 요약하면, 다음과 같다:

1) 철학적 리얼리즘과 소설은 개인적 진실의 추구와 혁신적 성격에 있어서 상응한다. 데카르트의 위대성은 "진리 외의 그 어느 것도 받아들이지 않는 철저함"에 있으며, 그에게 진리의 추구는 "전적으로 개인적인 문제"로 생각되며 논리적으로는 과거의 전통적 사상으로부터 '독립'했거나 혹은 그것과 '결별'함으로써 근대적 가정을 형성하였다; "소설은 이러한 개인주의와 혁신적인 새 지침을 최대한도로 반영하는 문학 형식이다." 예전의 문학 형식들은 진리의 검증을 주로 "과거의 역사나 우화" 등 "용인된 모델들로부터 뽑아낸 문학적 규율들 decorum"에 의존하였는데, "이러한 문학적 전통주의는 소설에 의해서 처음이자 가장 강력하게 도전을 받았으니, 소설의 주된 판단 기준

---

5) 같은 책, p. 18.
6) 같은 책, pp. 43~45 참조.
7) 같은 책, p. 22.

은 항상 독특하고 그러므로 새로운 개인적 경험의 진실이었다." 이러
한 상응으로부터 나타난 소설의 형식적인 특징들은, "예전에 세워진
형식적 관례들"에 대한 무시, 더 나아가 "디포가 플롯을 자서전적 기
억의 의식(?)에 완전히 종속시켜"버렸듯이, "개인적 경험"에 의거한
'독창적인' 플롯의 출현이다. 와트는 "중세에는 '처음부터 존재해온'
것을 뜻했던 '독창적original'이라는 용어가 '유래된 것이 아니라 독
립적인, 직접적인'이라는 의미를 띠게 되었다"는 의미의 변화를 의미
심장한 현상으로서 끼워넣고 있다.[8]

2) 리얼리즘과 소설은 "보편적인 것의 거부"와 "특수한 것들에 대
한 강조"라는 새로운 경향을 이끈다. "18세기 초기의 비평적 전통이
여전히 일반적이고 보편적인 것을 더 선호하는 강력한 고전주의적 편
견에 의해서 지배되고 있었"고 따라서 "문학의 적절한 대상은 '언제
어디서나 모든 사람들이 진실로서 믿는 것quod semper quod ubique
ab omnibus creditum est'이란 상태로 남아 있었다"면, "특수성을
선호하는 상반된 심미적 경향이 곧 자체의 권리를 주장하기 시작했"
으니, 소설은 비평 이론의 도움을 받기 전부터 "묘사상의 특수함을
『로빈슨 크루소Robinson Crusoe』와 『파멜라Pamela』의 전형적인
서술 방식"으로 설정하였다. 이러한 특수성에 대한 일반적인 강조는
"성격 묘사와 배경의 제시"라는 두 가지 양상을 통해 소설에 특별한
중요성을 띠게 된다. 즉 "인물들의 개별화와 그들의 환경에 대한 상
세한 묘사에 습관처럼 기울이는 상당한 주의력에 의해 다른 장르와
또 예전의 허구 형식들과 확실하게 구별된다."[9]

---

8) 같은 책, pp. 22~25.

3) 리얼리즘과 소설은 개인의 주체성에 특별한 관심을 기울인다. 소설 형식에 있어서, 그것은 인물들의 '이름'에 중대한 변화를 수반하게 된다. 다른 장르의 이름들, 혹은 "산문적 허구의 보다 초기의 유형들"에서 나타나는 등장인물들의 이름은 "실제적이며 동시대적인 삶 같은 것은 전혀 시사하는 바 없는 이국적이며 고풍스러운 또는 문학적인 함축된 의미를 지닌 그런 이름들"이었던 데에 비해, "초기의 소설가들은 전통과 대단히 의미심장한 단절을 꾀하여 등장인물들이 동시대적 사회 환경 내의 특수한 개인들로 간주되게끔 이름을 붙였다." 그러한 시도는 "관계된 등장인물이 문자 그대로 실제 인물이라고 믿는 독자의 믿음까지도 파괴하"게 된다.[10]

4) 리얼리즘과 소설은 개인의 주체성이 시간과 공간을 통해서 실현된다는 데에 일치한다. "로크에 의해 수용되었던 '개체화의 원칙'은 시간과 공간 내의 어떤 특정한 위치에서의 존재에 대한 원칙이었다." 소설 형식은 이러한 관념에 엄격하게 상응한다. "포스터Foster는 '가치에 의해서 인생을 그린' 이전 문학의 노력에 소설이 보탠 변별적인 역할을 '시간에 의해서 인생을 그리는 것'으로 보았으며, 〔……〕 노드롭 프라이Northrop Frye는 '시간과 서양인의 결연(結緣)'을 다른 장르와 비교되는 소설의 결정적인 특질로서 보았던"바, 실제 소설의 플롯은 "현재 행동의 원인으로서 과거의 경험을 사용함으로써 대부분의 예전 허구들과 구별이 되"어, "시간의 흐름을 통해서 작용하는 인과율적 연관 관계가 예전의 이야기가 변장과 일치들에 의존했던 것을 대체하게 되고 이러한 상황은 소설에 보다 더 응집된 구

---

9) 같은 책, pp. 25~28.
10) 같은 책, pp. 28~31.

조를 부여하는 경향을" 낳았으며, "시간의 경과에 따른 인물들의 발전에 관심을 두"게 했고, "시간의 눈금"을 사용함으로써 "일상적 경험의 결"에 더욱 밀착하게 하였다. 공간은 시간의 "필수적인 상관물"로서, 비극, 희극, 로만스 등에 있어서는 "시간만큼이나 개괄적이고 모호하였"으나 소설은 "실제적인 물리적 환경 내에서 이야기를 형상화"한다. [11]

5) 리얼리즘과 소설의 이러한 태도는 하나의 목적론적 변화를 함축하고 있는데, 그것은 단어와 사물의 일치라는 의미 실재론이다. "예전의 문체상의 전통이 주로 단어와 사물의 일치에 관련되어 있는 것이 아니라 오히려 수사학의 사용에 의해 묘사되고 실현될 수 있는 외부의 아름다움에 관련되어 있었다"면, 따라서, "『클레브 공작 부인 La princesse de Clèves』에서 『위험한 관계Les liaisons dangéreuses』에 이르기까지의 프랑스 소설이 심리적인 통찰과 문학적인 솜씨에도 불구하고 너무 멋을 부린 나머지 신뢰하기 힘들다"는 느낌을 준다면, 디포와 리처드슨의 소설들은 옛날의 문학적 가치들을 상실하는 대가를 치르면서까지, "문장상의 정확성, 즉각성"을 성취하려는 노력을 보여주었다. [12]

와트의 논지는 기본적으로 소설＝리얼리즘의 등식에 의해 전개되고 있으며, 그 등식을 통해 나타나는 소설 형식상의 중심 개념들은, 독창성, 특수성, 개인, 시간과 공간, 단어와 사물의 일치이다. 이러한 생각은 비단 와트에게만 국한된 생각이 아니라, 앞에서 말했듯이,

---

11) 같은 책, pp. 32~39.
12) 같은 책, pp. 39~43.

지금까지 가장 보편적인 영향력을 미치고 있는 생각이다. 아우어바흐 Auerbach는 발자크와 스탕달의 문체를 분석하면서, "인생의 모든 양상들을 빠짐없이 백과사전식으로 포괄하는 것" "도처에서 일어나는 사건," 즉 일상적 사실을 진지하게 다루는 것, 그리고, 그로부터 태어난 "역사적" 흐름으로서의 현재[13]를 그들의 소설의 주제 개념으로 들었고, 또한 "현실에 대한 근대적 의식은 그의 문학적 표현을 그르노블 사람 앙리 베일에게서 처음으로 발견하였다"[14]고 적었다. 또한 루카치Lukács가 "길이 시작되자 여행은 끝났다"[15]라는 비유로 소설의 형식을 정의하였을 때, 그 길은, 그 형이상학적 의미망에도 불구하고, 실제 "최초의 소설 이론가"들인 "초기 낭만파[18~19세기 - 인용자]의 미학 이론가들"[16]이 투시한 "아이러니"의 길이었다.

이러한 입장이 지닌 결함은 두 가지로 나누어 검토될 수 있다. 과장된 측면이 그 하나이며, 결핍된 측면이 그 둘이다.

1) 과장: 우선 제기될 수 있는 질문은 앞의 주장들이 타당성을 갖고 있다 하더라도, 그것이 오직 18, 19세기 이후의 소설들, 즉 영어 사용권에서 novel이라 지칭되는 것에만 적용될 수 있는가 하는 것이다. 흔히 18세기의 영국 소설들에서, 때로는 『돈키호테』로 소급하기도 하며, 리얼리즘 소설의 최초의 표현을 보지만, 그러나 주네트에 의하면, "적어도 그것의 초안들이 이미 수없이 있었으니, 고대의 『황금 당나귀 *l'Ane d'Or*』『사티리콘 *Satiricon*』, 중세의 『장미 이야기 *Roman*

---

13) Erich Auerbach, *Mimesis*, Gallimard, 1969, p. 473.
14) 같은 책, pp. 454~55; 앙리 베일Henri Bayle은 스탕달(1783~1842)의 본명이다.
15) 게오르그 루카치, 『소설의 이론』, 반성완 옮김, 심설당, 1985, p. 94.
16) 같은 책, p. 95.

de la rose』2부, 몇몇 파블리오들fabliaux, 그리고 특히, 16세기 말에 쓰여진 피카레스크 소설의 전형적인 스페인적 기원이 그것들이다."[17] 따라서 주네트적 시각에서 보자면, "최초의 리얼리즘, 즉 최초의 소설"이라는 와트 식의 방정식은 받아들이기가 힘든 것으로 보인다. 이러한 문제는 와트가 제시하고 있는 세목들을 검토하면 더욱 복잡해진다. 세목들 중 앞의 세 항목, 즉 독창성, 특수성, 개인성은 하나의 주 개념을 세 가지 다른 측면에 적용하여 나온 것들로 볼 수 있다. 즉 독창성은 개별성의 목적론적 측면을, 특수성은 그것의 양태적 측면을, 개인성은 주체적 측면을 가리킨다. 그렇다면, 그 항목들이 내세우는 소설의 특성은 일반적이거나 보편적인 범주에 귀속되지 않는 개별적 진실을 개별 주체의 개별 행위를 통해 개별적 모양으로 구현하는 것이라 할 수 있다. 그런데 이러한 개별성에 대한 인식은 '역사적 근대' 이후에야 비로소 가능했던 일일까? 상식적인 짐작과는 반대로, 그러한 인식은 이미 있었다고 감히 말할 수 있다. 17세기의 일상어 속에서 소설roman이라는 어휘는 이미 독창성의 의미를 담고 있었다. 가령, "17세기부터, '소설을 쓰다faire un roman'는 사건들을 일어난 것과는 다른 방식으로 이야기한다는 의미를 갖는다."[18]; '독창적'이란 단어 자체로 말하자면, 그것은 1380년경에 이미 오늘날과 같은 의미로 쓰이고 있었다.[19] 또한 뒤메질Dumézil은 13세기 초엽 북

---

17) Gérard Genette, *Palimpsestes*, Seuil, 1982, p. 164.

18) Clause Duneton et Sylbie Claval, *Le bouquet des expressions imagçes*, Seuil, 1990, p. 498.

19) Oscar Bloch et W. von Wartburg, *Dictionnaire étymologique de la langue française*, PUF., 1932, p. 449.
   『리트레 사전』의 '파스칼Pascal'과 '라 브뤼에르La Bruyère' 항목에서 뽑은 용례 역시,

유럽 삭소Saxo의 『하딩구스 영웅담 *La Saga de Hadingus*』이 역사도 신화도 아니라 소설roman, 즉 니오르드르Njördr 신화의 변형으로서의 소설임을 밝히고, 그 소설의 의미를 "〔니오르드르 신화에서〕 니오르드르가 겪는 모든 개인적 사건들과 변화가 실제 '집단적인' 사건들과 변화들의 되먹임에 불과하다면, 〔하딩구스 영웅담은〕 그러한 '사회적' 가치의 이야기를 아주 '개인적인personnelle' '심리적' 우여곡절로 대체하는 것"[20]임을 분석해내었다. 또는 바흐친Bakhtine이 "그로테스크 리얼리즘"[21]이라고 명명한 라블레의 소설은, 그에 의하면, 온갖 특수한 것들, 이질적인 것들의 우주적인 화응으로 구성되어 있는바, 그것은 오히려 그 이후의 소설들보다도 더욱 그러하였으니, 왜냐하면, "중세와 르네상스의 그로테스크한 이미지들"이 "육체에 대한 그로테스크한 관점"으로부터 삶의 "되어감, 생장, 끊임없는 미완성"을 표현하였던 데 비해, 그것의 "낭만적이고 모더니즘적인" 후대의 그로테스크는 삶으로부터 절연되어, "움직임을 상실한" "정체성" 속에 굳어져버렸기 때문이다.[22]

마지막으로, 이른바 의미 실재론에 대해 살펴보자. 리얼리즘의 "디

적어도 17세기에 그 '독창적'이란 단어가 "발명된, 모델이나 과거의 기억 없이 상상된" 혹은 "고유한 특징을 가지고 있는"이란 뜻으로 사용되고 있었음을 보여주고 있다(Emile Littré, *Dictionnaire de la langue française*, Gallimard/Hachette, 1965, T.5 p. 1129). 또한, 『고전어 사전』의 다음 언급도 참조: "'독창적'의 현대적 의미는 17세기에도 상용되었었다"(Jena Dubois et al., *Dictionnaire du français classique*, Larousse, 1971, p. 393).

20) Georges Dumézil, *Du mythe au roman*, PUF, 1987, p. 122.

21) Mikhail Bakhtine, *L'œuvre de François Rabelais et la culture populaire au Moyen Age et sous la Renaissance*, Gallimard, 1970, p. 28.

22) 같은 책, pp. 61~62.

테일에 대한 정확한 묘사"라는 관념에 착안하여 길어내진 듯이 보이는, 이 의미 실재론이, 18, 19세기 이후의 사유에만 속한다는 것은 사실상 좀 복잡한 문제를 제기하고 있다. 의미 실재의 관념은 차라리 그 이전의 시대로부터 발원한다. 푸코는 "표지와 그것이 지시하는 것은 정확히 똑같은 본질에 속한다"[23]는 것을 르네상스인들의 근본적 인식 구조의 하나로 밝혀내었으며, 드라고네티Dragonetti가 "문자적 사유pensée littéral"[24]라고 지칭한 중세인의 사유에도 이미 단어의 형상과 의미 사이에는 "순환적인 유추 양태,"[25] 즉 상호 조응의 관계가 내재해 있었다. 물론 근대인의 단어와 사물 사이의 일치가 실제적·역사적인 데 비해, 중세인 혹은 르네상스인들의 형상과 의미 사이의 일치는 상징적이라는 점에서, 둘 사이에 엄격한 차이가 있는 것은 사실이지만, 그러나, 와트의 주장처럼 역사적 근대 이전의 문학에서의 어휘들이 단순히 "수사학적인 사용"이나 "외부적 장식"을 위해 쓰인 것이 아니라, 세계와 고유한 내재적 의미망을 형성하고 있었다는 것은 분명하며, 또한 그 둘이 모두 하나의 절대적인 실재를 가정하고 있다는 점에서 둘은 근본적으로 동일한 인식론적 구조를 가지고 있다고 할 수 있다.

중세인, 르네상스인들의 사유 속에 존재한 형상과 의미 사이의 상징적인 내재적 관계가 동시에 일상생활에서의 실제적 관계를 함축하고 있었다고 가정할 수는 없을까? 앞의 예들은 역사적 근대 이전의 문학적 표현에도 개인에 대한 인식이 존재하였고 육체적 삶의 감각이

---

23) Michel Foucault, *Les mots et les choses*, Gallimard, 1966, p. 44.
24) Roger Dragonetti, *La vie de la lettre au Moyen Age*, Seuil, 1980, p. 66.
25) 같은 책, p. 67.

생생하게 살아 있었다는 것을 증거한다. 그렇다면, 차라리 이렇게 말할 수는 없을까? 즉 중세와 르네상스에는 상징적이고도 실제적인 의미 관계가 문학 속에 내재해 있었다면, 18, 19세기 이후에는 그것이 실제적인 관계만으로 축소되어버렸다; 그리고 그렇다면, 18, 19세기의 소설들은 "혁신"이 아니라 퇴행이었으며, 역사를 향해 열린 것이 아니라, 역사 속으로 닫힌 것이다; 또한, 그리고, 역사를 향해 열린 쇄신의 문학적 형태를 소설이라 이른다면, 소설은 차라리 근대 이전에 있다. 그러나 이러한 추론은 와트의 논리적 구도를 전적으로 인정한다는 것을 가정했을 때 성립될 수 있는 와트에 대한 반론이다. 이 점에 대해서는 두번째 비판, 즉 '결여' 부분에서 다시 언급될 것이다.

와트의 주장에 대한 이러한 반박의 증거들이 역사적 근대 이전 시대의 '근대성Modernity'의 존재에 대한 완전한 증거로 제시될 수 있는 것은 물론 아니다. 단지 한 가지 사실은 분명하다. 18, 19세기 이후에만 개별적 주체에 의해서 자신의 실제적인 일상생활에 근거한 특수한 삶의 모습을 독창적으로 그리려는 노력이 존재할 수 있으며, 따라서, 와트가 그렇게 규정하는 바에 따라, 그러한 노력을 담을 수 있는 문학적 형태인 소설이 그 이후에만 가능하다고 말한다는 것은 이론적이고 실증적인 오해 위에 서 있다는 것이다. 그러한 오해들은, 아마도, '고전주의 시대'에 대한 강박관념과 역사의 진보에 대한 지나치게 소박한 생각 혹은 편협한 부르주아적 이데올로기에서 비롯된 것으로 보인다. 특이하게도 고전주의 시대는 다른 시대에 대해 생각을 달리하는 이론가들이 같은 생각을 공유하고 있는 시기이다. 가령, 와트가 근대적 의식의 중요한 특징의 하나로서 '시간'에 대한 의식을 들 때, 그는 그 이전의 시대가 시간 의식이 결여되었었다는 중요한 예로 고전 비극의 시간의 단일성을 들고 있다.[26] 반면, 바흐친이 분석한 바에 의하면, 중세와 르네상스의 그로테스크한 이미지가 보여주는 시간에 대한 태도는 '되어감'과 '죽음, 곧 탄생이라는 양가성'[27]이라는 두 가지 특징을 가지고 있다. 이러한 생명의 순환성에 대한 인식은 라블레에게 와서 "역사적 시간에 대한 감각으로까지 드높여지는데,"[28] 그러나 '고전적 미학'에 의해 그로테스크한 이미지들은 "기형적이고 괴물스럽고 끔찍스러운" 것으로 간주되게 되는바, 그것은 고전적 미학이 인간의 육체를 "이미 완성되고 성숙되어, 탄생과 발전이 남기는 모든 찌꺼기들을 깨끗이 털어낸 것"[29]으로 바라보기 때문, 즉 시간의 흐름에 따른 삶의 변화와 변모를 그것이 부인하고 있기 때문이다. 와트와 바흐친에게 고전주의 시대는 모두 시간이 정지한 시대에 속한다. 다만 바흐친에게 있어서 고전주의 시대의 시간 부재는 중세와 르네상스의 복합적 시간관, 즉 순환적이면서 동시에 발전적인 시간관의 퇴화였던 데 비해, 와트에게 있어서는 시간의 의식 자체가 근대 이후에 발생했던 것이다. 바흐친의 주장을 인정한다면, 고전주의 시대와 그 이전 시대를 단일하게 취급할 수 없다는 것이 자명해진다. 와트는 정지와 완성의 미학을 대표적으로 구현한 고전주의에 대한 강박관념에 사로잡혀 18세기 이전의 시대들을 하나로 단일화, 즉 비시간화하고 있는 것이다. 한편, 앞에서 든 다양한 반증의 예에도 불구하고 와트의 주장을 인정한다면, 그 '시간'이란 도대체 어떤 것인가를 묻지

------

26) 이언 와트, 앞의 책, p. 34.
27) Bakhtine, 앞의 책, p. 33.
28) 같은 책, p. 34.
29) 같은 책, 같은 곳.

않을 수 없다. 두번째 비판의 주제는 바로 그것이다.

  2) 결여: 와트 식의 소설에 대한 정의를 수용한다면, 현대 소설의 상당 부분은 소설의 영역에서 제외되는 불운에 처하게 될 것이다. 와트는 "이 장르〔소설〕에서 영국의 탁월함은 18세기 중반을 통해, 필딩, 스턴Stern, 그리고 누구보다도 리처드슨이라는 거장들과 더불어 폭넓게 인정되었다. 디드로Diderot는 심지어 리처드슨의 소설들과 자기 나라의 전통적인 소설roman을 구별하기 위해서 어떤 새로운 이름이 발견되었으면 하는 바람을 표현하기까지 했다"[30]라고 말하면서 영국식 소설의 혁신적이고도 무궁한 발전을 당연한 역사의 흐름인 듯이 이야기하고 있지만, 그러나 지나친 애국심은 자칫 사실을 왜곡하기 일쑤다. 가령, 『성』에서의 측량기사 K에게서 개인을 인정할 수는 있지만, 개인의 주체적 의식을 발견할 수는 없다. 혹은 프루스트Proust의 '시간'은 "지속을 통해 존속하고 또한 경험의 흐름에 의해 변화하는 개인의 주체성을 느끼게 해주는"[31] 시간이 아니라, 경험의 흐름에 의해 파묻히고 지속을 통해 소멸해버린 시간, 그 자신 되찾아져야 할 '잃어버린' 시간이었다. 물론, 이러한 현대 소설의 양상들은 시대의 변모에 따른 근대적 소설의 기본 구조의 변화로서 이해될 수도 있을 것이다. 골드만이 『소설사회학을 위하여』에서 시도한 것이 바로 그런 것이었다. 그는 19세기 초엽으로부터 20세기로 이르는 소설의 변화를 개인의 주체성에 대한 믿음이 와해되어가는 과정으로서 풀이하였다.[32] 하지만, 그 변화의 씨앗이 근대 자본주의 사회의 역사

---

30) 이언 와트, 앞의 책. p. 387.

31) 같은 책, p. 36.

32) Lucien Goldmann, *Pour une sociologie du roman*, Gallimard, 1964, pp. 49~51.

적 모순 속에 내재해 있었다고 추론하는[33] 골드만과 와트 사이에는
근본적인 차이가 있어 보인다. 와트에게 있어서, 개별성에 대한 인식
이 소설의 발생과 발전의 초석이었다면, 골드만에게 있어서 그것은
역사적 조건일 뿐, 소설 그리고 현대 예술 전반은 차라리 그에 대한
물음과 회의 혹은 저항으로부터 시작하였다. 그 물음, 회의, 저항이
어쨌든 18, 19세기의 리얼리즘적 양식을 전제로 한다고 주장한다면,
그러나, 그것과 관계없는 아주 다른 구조와 형상을 가지는 소설들의
존재에 대해서는 어떻게 설명을 할 것인가? 가령, 『백년 동안의 고
독』(마르케스Marquez)에서의 '아우렐리아노 부엔디아' 대령을 역사
상의 한 특수한 개인과 같은 방식으로 이해하고 '마콘도' 마을을 지구
상의 한 지리적 지점에 실재하는 것과 같은 공간으로 이해할 수 있을
까? 레오폴드 블룸(조이스Joyce)의 하루는 문자 그대로 단 하루에
불과한 것일까? 『변모 *La modification*』(미셸 뷔토르Michel Butor)
의 '당신'이 기차를 타고 주행한 파리와 로마 사이는 일직선의 철길이
었을까? 그 주행의 방향을 가로지르며 '당신'의 눈길이 미래형으로
좇을 객실의 풍경은 그 철길보다도 더 길쭉하고도 또한 그것이 도저
히 형상할 수 없는 복잡한 에움길을 담고 있는 것이 아닌가? 브르통
André Breton은 『죄와 벌』의 전형적인 리얼리스틱한 묘사 한 대목
을 예로 들면서, 이렇게 말했다: "묘사라고! 이것들의 허망함에 비교
할 만한 것은 없다. 그것은 단지 카탈로그 안의 이미지들을 포개놓는
것에 불과하다. 〔……〕 내가 독창성이 결여되어 있기 때문에 독창성
의 결여를 비난하지 않는다고 해도 이해해달라. 다만, 나는 내 인생

---

33) 같은 책, p. 49.

의 별 볼일 없는 순간들에 대해서는 관심이 없다고 말하는 것일 따름이다."[34] 그리고, 그는 묘사 대신에 상상의 권리 회복을, 논리 대신에 꿈으로의 침잠을 선언[35]하였으며, 그것은 소설 『나자 *Nadja*』에서 "모든 묘사를 제거하려는 목표"[36]로 직접 이어졌다. 브르통에게 있어서 사물들에 대한 꼼꼼하고 정확한 묘사는 오히려, 와트가 18세기 이전의 서술들에 대해 비난했던 것과 똑같은 의미로, 무의미한 '외부적인 장식'이라고 여겨졌던 것이다.

묘사에 관한 이 두 가지 상반된 견해는 사실 오늘날의 소설가, 소설 이론가들을 극단적으로 갈라놓는 첨예한 사안이 되고 있다. 바르트Barthes는 이 견해들을 가로질러, 묘사에 대한 집착이 하나의 특정한 이데올로기에 의해 지배되고 있다는 것을 분석해낸다. (상세한) '묘사'는 와트에게 있어서 등장인물의 개별성을 확립하고 구체적 환경을 제시하는 중요한 소설적 특징이었다. 반면, 브르통에게 있어서 자질구레한 묘사는 이야기의 맥락과는 상관없이 무의미한 이미지들을 포개 넣은 것에 불과한 것이었다. 지금까지의 구조적 분석이 이야기의 큰 매듭들만을 중요시해왔다고 반성하면서, 바르트는, 이야기의 큰 매듭들 사이를 얼핏 무의미하게 '충당'하기만 하는 듯이 보이는 '묘사'를 구조적 연구의 대상 속에 끌어넣는데, 그 검토를 통해서 상식적인 짐작을 넘어서는, 또한 와트와 브르통의 상반된 견해를 동시에 넘어서는, 중요한 발견들을 하기에 이른다. 그것을 요약하면 다음과 같다.[37] 1) 묘사는 고대부터 존재해온 하나의 미학적 기능을 담당

---

34) André Breton, *Œuvres complètes*, Gallimard/Pléiade, 1988, pp. 314~15.
35) 같은 책, pp. 316~17.
36) 같은 책, p. 645.

했으니, 그것은 '아름다움'의 조성이다; 2) 묘사는 따라서, 중세까지는 어떠한 리얼리즘에도 종속되지 않았다; 3) 플로베르Flaubert, 즉 근대에도 묘사의 미적 기능은 유효성을 상실하지 않았다; 4) 그러나, 근대에 들어와서 묘사의 미학적 목적은 리얼리즘적 당위와 뒤섞이게 되었다; 5) 이 두 가지 요구의 혼합은 특이한 결과를 유도했으니 현실성에 대한 환각의 효과가 바로 그것이다. 덧붙여 풀이한다면, 묘사의 고전적 기능, 즉 미화의 기능이 파편적인 세부적 일상의 모습들을 이상화시켜, 큰 현실 혹은 역사 그 자체와 동일시하도록 해주는 효과를 발휘한다는 것이다. "플로베르의 청우계, 미슐레Michelet의 '작은 문'이 결국 하는 말은 오직 이것뿐이다: '이곳은 현실이다Nous sommes le réel.' 이때 의미되는 것은 (그것이 지시하는 우발적인 내용들이 아니라) '현실성le réel'이라는 범주이다. 달리 말하면, 오직 지시하기만을 위하여 시니피에를 공백으로 두는 것이 리얼리즘의 시니피앙 자체가 된다. '현실성의 효과l'effet du réel'가 생산되는 것이다."[38] 바르트의 분석은 근대의 리얼리즘이 그가 거부한 고전적 그럴듯함의 새로운 변용임을 보여준다. 고전적 그럴듯함이 미적 환상을 위해 기능했다면, 이 새로운, "고백되지 않은 그럴듯함"은 '지시적 환상'을 위해 기능한다: "모든 고전적 담론(옛날식 그럴듯함에 종속된)의 문턱에 함축되어 있는 중요한 어휘, 그것은 esto(자 [이야기를 시작하자꾸나] 혹은 [다음 이야기가 중요한 의미를 담고 있음을] 인정하기로 하자)이다. '사실적인' 기술, 즉 꼼꼼하고 모든 공백을 채우는 [근대적] 글쓰기는 이러한 암묵적으로 용인되는 모두(冒頭)를 원하지 않으며, 그

---

37) Roland Barthes, "L'effet du réel," *Littérature et réalité*, Seuil, 1982, pp. 83~89.
38) 같은 책, p. 89.

300

것은 그러한 '모두'가 구조의 짜임 속에 집어넣는 배후의 사상으로부터 해방되는 것이다, 라고 말할 수 있을지도 모른다. 바로 그 점에서 고대의 그럴듯함과 근대의 리얼리즘 사이에는 단절이 있다. 그러나 또한, 바로 그 점에서 새로운 그럴듯함이 탄생하는 것이니, 정확하게 말하자면 리얼리즘이 그것이다."[39] 그러니까, 근대 리얼리즘 소설의 특징으로서 와트가 제시한 특수성, 개별성은 사실 하나의 위장, 보편성과 일반성을 은폐하며 동시에 암시하는 기능적 도구에 불과한 것으로 귀착된다.

하나의 문학적 기법을 보편성을 위한 기능적 도구로 만드는 이데올로기는 무엇인가? 미리 대답을 하자면, 그것은 문학의 존재론적 의의의 대척점에 서 있는 근대 부르주아의 이데올로기이다. 그것은 그가 제시한 리얼리즘, 곧 소설의 세목들에 대한 비판 중, 앞의 '과장'의 절에서 잠시 언급한 시·공간의 문제에 집약되어 있다. 짧게 말해, 와트의 시·공간은 단선적 인과율과 대수학적 분할 법칙에 근거한 왜소하고도 일방적인 시·공간, 따라서 삶의 풍요와 복잡성을 제거하고 특정한 단일 체제로 환원시킴으로써 얻어진 시·공간이다. 와트가 그의 책에서 둘로 나누어 풀이하고 있는 이 시간과 공간의 문제를 필자는 고의적으로 하나로 축소해놓았는데, 그것은 그 두 개의 삶의 형식이 실상 와트에게 있어서 전자, 즉 시간의 지배 속에 놓여 있기 때문이다. 와트가 근대 소설에 있어서의 시간의 의의를 길게 논한 후, "지금의 맥락에서, 다른 경우들과 마찬가지로, 공간은 시간의 필수적인 상관물이다"[40]라고 말했을 때, 사실 공간은 시간의 탄생과 더불어

---

39) 같은 책, p. 88.
40) 이언 와트, 앞의 책. p. 28.

자연히 따라 나오는 것, 혹은 시간의 위상학적 변이 형식에 불과한 것이 된다. 그가 파악한 공간은 구체적 "장소"와 "실제적인 물리적 환경"을 이르는데, 그것은 시간이 실제적인 길이를 갖고 있고, 그 길이 사이에 놓인 시간의 각 지점 사이에는 엄격한 독립성과 선조적 연관 관계가 있다고 생각하는 것과 마찬가지로, 실제적인 길 사이에 놓인 엄격하게 분할된 구체적 장소들의 연속으로서의 공간인 것이다. 그가 필딩의 "대단히 인습화된" "풍경 묘사"를 비판하고, 그럼에도 "필딩은 연대표만큼이나 지형에 대해서도 세심한 주의를 기울이고 있다. 톰 존스가 런던까지 가는 길에 나오는 많은 곳들에는 이름이 붙어 있으며 다른 곳들의 정확한 위치도 여러 종류의 다른 증거에 의해 암시되어 있다"[41]라며 필딩의 리얼리즘을 상찬하는 대목은 가장 적절한 증거가 될 수 있다. 따라서 와트의 시·공간은 오직, 단선적 인과율의 원리로 축약되어서 검토될 수 있다.

인과율에 대해서는 와트가 그의 주장의 증인으로서 거론하고 있는 포스터의 유명한 비유를 참조하는 것이 더 좋을 것이다:

> 우리는 시간적 순서에 따라 배열된 한 사건들의 서술체를 이야기라고 정의하였다. 플롯 또한 사건들의 서술체이지만, 인과율에 강조점이 주어진다. '왕이 죽었다. 그리고 이어서 왕비도 죽었다'는 이야기이다. '왕이 죽었다. 그리고 슬픔으로 인해 왕비도 죽었다'는 플롯이다. 시간적 순서는 유지되었으나, 인과율의 감각이 그것을 덮고 있다.[42]

---

41) 같은 책, p. 29.
42) E. M. Forster, *Aspects of the novel*, Penguin Books, 1976, p. 87.

포스터가 소설의 변별적인, 아니 차라리 뛰어난 자질로서 들고 있는 인과율은 그러나, 사실상 소설의 고유한 재산이 아니다. 그것은 차라리 18세기 이후 부르주아 사회의 근본적인 인식 형식의 하나이다. 그것은 과거와 현재를 각각 특정한 하나의 순간에 못 박고 그것들 사이에 오직 하나의 연관 관계만을 수립하는 의도적인, 사유의 형식이다. 그러한 사유를 통해서 근대의 부르주아들은 권위로부터 혹은 출신으로부터 오는 것이 아닌, 삶 그 자체의 질서를 세우고 그 자체로부터 솟아나오는 의미를 길어낼 수 있었다. 그러나 그것은 동시에 삶 그 자체의 복잡한 의미의 풍요를 단일화시키고, 그 단일한 삶의 관계를 운명으로 전화시키는 또 하나의 보편성의 신화를 창출하는 것이었다. 그러한 단선적 인과율의 논리가 경제적인 차원에서 '보이지 않는 손'의 신화를 통해 확산되었다면, 19세기의 소설에서 그것은 '단순과거'의 규칙적인 사용을 통해 허구의 사실적 환상을 구현하는 것으로 나타났다. 단순과거의 역할은 "시간을 표현할 임무를 가지고 있는 것이 아니라, 현실을 하나의 지점으로 귀속시키고, 체험되고 중첩된 시간들의 다양성으로부터 하나의 순수한 언어 행위, 체험의 실존적 뿌리들로부터 해방되고, 다른 행동들, 다른 절차들procès과의 하나의 논리적 연계를 지향하는 순수한 언어 행위, 즉 세계에 대한 하나의 일반적인 운동을 추출하는 것이다: 즉 그것은 사실들의 제국에 하나의 위계질서를 유지시키는 것을 목표로 한다. 그 단순과거를 통해, 언어는 암묵적으로 일련의 인과적 연쇄 속에 들어가고, 긴밀히 연관되고 방향 지어진 하나의 총체 속에 참여하며, 한 의도의 대수학적 기호로서 기능한다; 시간성과 인과성 사이에 어떤 모호한 관계를 떠받치면서, 그것은 하나의 전개, 즉 대문자 이야기Récit의 이해intelligence를 요청한다. 이 때문에 그것은 우주의 모든 구성물들의 이상적 도구이다. 그것은 수많은 창세기들, 신화들, 역사들, 그리고 소설들의 인공 시간이다."[43] "단순과거의 뒤에는 〔사건들 그 자체만이 있는 것이 아니라〕 항상 하나의 조물주, 신 혹은 이야기꾼이 숨어 있"[44]는 것이다. 그러한 운동의 목표가 현재의 삶에 대한 이상화에 있다는 것은 말할 나위가 없다: "바로, 이런 식의 절차를 통해 지난 세기의 승리한 부르주아는 자신들의 가치들을 보편적인 것으로 고려할 수 있었고, 그의 사회의 전적으로 이질적인 부분들 위에 자기의 도덕의 이름들을 붙여놓을 수가 있었다. 그것은 말의 바른 의미에서 신화의 메커니즘이며, 그리고 소설은, 그리고 소설 속의 단순과거는 — 그들의 직접적인 의도에 하나의 도그마 또는 좀더 정확하게 말하자면, 하나의 교육학을 추가로 지원하는 신화학적 물품들이다. 왜냐하면, 여러 종류의 인공의 모양 아래 하나의 본질을 제공하는 것이 문제가 되기 때문이다."[45]

지금까지의 검토가 시사하는 것은 이렇다: 소설은 18, 19세기 이후의 산물로 볼 수 없으며, 동시에 소설을 리얼리즘과 동일시할 수도 없다. 그리고 소설을 구성하는 기본 원리들이라고 추출된 독창성, 개인성, 특수성, 시·공간 등의 항목들은 전면적으로 재검토되고, 새로운 문제틀에 의해서 재구성되어야 한다.

마지막으로 디포·필딩의 시대에 또한 사드Sade의 소설이 존재하고 있었다는 것을 덧붙이자. 사드가 보기에 소설은 "사람들의 인생 중

---

43) Roland Barthes, *Le degré zéro de l'écriture*, Seuil, 1964, pp. 29~30.
44) 같은 책, p. 30.
45) 같은 책, pp. 32~33.

가장 특이한 모험들에 따라 작성된 가공적인 작품"[46]으로서, 그것은 리얼리즘의 일상적 진실을 훨씬 건너가고 있다. 18세기에도 18세기의 고정관념을 전복시키는 생각들이 꿈틀거리고 있었던 것이다.[47]

2_소설 혹은 변형: 라블레 혹은 돈키호테

르네상스 이후에 근대 소설이 탄생했다고 보는 견해는 특히 소설가들 자신에 의해서 체험적으로 토로되어온 생각이다. 그 최초의 근대 소설은 『돈키호테 *Don Quijote*』를 가리키는 것으로서, 밀란 쿤데라 Milan Kundera는 『소설의 기술』에서 세르반테스의 위대한 유산이 지난 400년 동안 평가절하되어 왔다고 말하고, "실로, 근대의 창설자는 데카르트일 뿐만이 아니라, 세르반테스이기도 하다"[48]라고 공언하였다.

소설 이론가들에게 있어서도 『돈키호테』를 최초의 근대 소설로 보는 견해는 상당히 확산되어 있으며, 비교적 최근의 연구들은 라블레로 근대를 더욱 끌어올린다. 다만, 대부분의 사람들은 『돈키호테』 혹은 라블레의 작품들을 그들의 연구 목록 속에 집어넣는 그 순간, 문득 19세기로 건너뛰어, 스탕달, 발자크, 플로베르와 그를 뒤섞어놓는다. 마치 『돈키호테』는 타임캡슐의 고장으로 원시시대에 착지한 문명인이거나, 훗날의 수많은 성자들을 예시한 최초의 성인처럼 취급된

---

46) Pierre Chartier, *Introduction aux grandes théories du roman*, Bordas, 1990, p. 85.

47) 와트가 18세기의 선구적 소설가들 중에서 비교적 부정적으로 평가하고 있는 필딩의 소설을 디포, 리처드슨 등에 대한 패러디로 읽은 독해도 있었다는 것을 지적해두기로 하자 (Mikhail Bakhtine, *Esthétique et théorie du roman*, Gallimard, 1978, p. 122). 요컨대, 18세기의 리얼리즘 소설 내부에도 자신의 반역아가 자라고 있었던 것이다.

48) Milan Kundera, *L'art du roman*, Gallimard, 1986, pp. 18~19.

다. 결국 그들은 고대의 선각자 몇 사람을 추가한 것일 뿐, 18세기 이후를 진정한 소설의 시대라고 설정한 사람들과 마찬가지로 "고전주의 시대에 소설은 더듬거린다"[49]는 데에 동의하는 듯하다. 이러한 공백의 원인이 정확히 어디에 있는지 그 사이의 소설들을 자세하게 검토해보지 않은 현재로서는 분명하지 않으며, 이 글에서 다룰 주제도 아니다. 아무튼, 이러한 현상은, 근대 소설의 탄생을 르네상스 이후로 보는 관점이 18, 19세기 이후로 보는 관점과 사실상 동일한 것이 아닌가 하는 의구심을 불러일으킨다. 아마도 로베르Marthe Robert 의 다음과 같은 진술은 그 모호한 사정을 요약적으로 보여준다:

16세기부터 (라블레가 소설가들 속에 포함된다고 가정한다면) 소설이라는 장르는 아주 유명한 인물들과 연관된다. 그리고 17세기 초엽에 세르반테스는 이미 소설에 책들 중의 '책'을 제공함으로써 소설의 운명을 확정지었으니, 그 예언적 성서는 순문학Belles-Lettres의 황금 시대를 지워버리면서 근대성의 혼란한 시대에 주추를 놓는다. 그러나 통상소설의 공식적 탄생일로 간주되고 있는 1719년에도 소설은 대단한 불신을 받고 있어서, 어쨌든 소설에 첫 도약을 마련해준 사람으로 평가받고 있는 다니엘 디포는 그의 걸작을 이 하급의 문학과 동일시하려는 모든 시도를 사전에 거부하였다.[50]

로베르의 진술은 아주 미묘하다. 소설은 16세기에 이미, 그것도 대작가들과 함께, 존재하고 있었으나, 그러나, 18세기에도 공식적으로

---

49) Henri Coulet, *Le roman jusqu'à la Révolution*, Armand Colin, 1967, p. 6.

50) Marthe Robert, *Roman des origines et origines du roman*, Grasset, 1972, p. 12.

인정받지 못하였다고 말하고 있기 때문이다. 그리고, 라블레, 세르반 테스의 작품은 소설의 공식적 탄생기인 18세기에 대한 예언적 모범으로서 존재한다고 말한다. 그렇다면, 라블레, 세르반테스와 디포 사이에는 가운데가 단절된[51] 일직선이 존재하는 것 같다. 그러나, 1719년이 소설의 공식적 탄생일이라는 것[52]에 대해 로베르는 '그렇다'고 말하지 않고 그렇게 간주되고 있다고 말하며, 디포에 대해 "소설에 첫 도약을 마련해준 사람으로 평가받고 있"다고 말한다. 로베르는, 그러니까, 그러한 일직선의 소설사가 통념에 불과한 것임을 은근히 시사하고 있는 것이다. 실로, 앞에서 읽었던 쿤데라에게 있어서 근대의 문턱에 세르반테스를 추가하는 것이 데카르트 유의 합리주의적 전통 혹은 편견에 대한 강경한 도전임을 시사하고 있듯이, 소설의 기원을 2세기 이전으로 끌어올리는 소설 이론가들의 생각에는 그것에 전통이라는 권위를 강화하겠다는 의지가 있는 것이 아니라, 소설을 바라보는 중요한 관점의 변화가 있다. 그 관점의 변화는 '소설은 일상적 진실의 드러냄이라기보다는 삶의 변형이다'라는 문장으로 요약할 수 있으며, 그 변형은 허구·모순·변전이라는 세 가지 항목을 갖는다.

  1) 허구: 18세기를 근대 소설의 기점으로 설정하려고 하는 이론들에서 일상적 진실이 특히 강조되고 있다는 것은 그들이 소설의 '허구적 성격'에 대해 무지하거나 적어도 그것을 간과하고 있다는 것을 보여준다. 앞에서 살펴본 와트에게서도 허구에 관한 진술은 눈에 띄지 않는다. 그러나 소설은 무엇보다도 하나의 허구이다. "그것은 소설이

---

51) "순문학의 황금 시대를 지워버리면서" 같은 표현에 유의하자.
52) 1719년은 디포의 『로빈슨 크루소』가 출간된 해다.

라는 단어가 자주 기상천외함extravagance과 동의어로 쓰일 정도로 그러하다."[53] 소설적romanesque라는 단어는 본래 "그럴듯하지 못하고, 환상적인 것을 의미했으며, 따라서 '자연스러운' 것과 대립되었다."[54] 그러한 공상성이 20세기에 들어와서 극복되었다고 말한다고 해서, 20세기 이후의 소설에서 허구가 사라지는 것은 아니다. 발자크는 그의 소설이 실존 인물을 "훼손시키는 '악의적이고 못된' 행위"[55]를 했다는 비난에 맞서, "전형을 창조"[56]했다는 것을 역설하였고, "공드르빌 백작을 창조해야만 했던 필연성" 그리고 "권리"를 설명하였다. 왜냐하면, "진실은 있을 법하지 않기 때문이다."[57] 발자크적 진실에 도달하자면 필연적으로 가공, 즉 허구를 거쳐야 한다.

근대 소설의 기점을 16세기로 소급시킨 연구가들의 중요한 공헌은 소설의 내재적 속성인 허구를 본격적으로 문제 삼았다는 데에 있다. 그 허구는 그러나 리얼리즘 주장자들이 폄하하듯 그저 공상적이기만 할 뿐인 허구가 아니다. 그것은 무엇보다도 "진실인 척하는" 허구이다. 돈키호테의 그 허무맹랑한 모험들이 그렇게 줄기차게 지속된 까닭은 그가 그것들을 진실로 착각했다는 데에 있다. 그 '진실인 체하기'가 문학적 허구, 특히 소설의 본질적 자질이라는 것은 상반된 두 방향에서 동시에 검증될 수 있다. 하나는 『시학』의 전통이며, 다른 하

---

53) Coulet, 앞의 책, p. 9.

54) Paul Robert, *Le Grand Robert de la langue française*, 2ᵉ édition, Le Robert, 1985, T.8. p. 452.

55) Honoré de Balzac, "Préface de la première édition(à *Une ténébreuse affaire*)," *La comédie humaine*, Gallimard/Pléiade, 1977, p. 483.

56) 같은 책, p. 492.

57) 같은 책, p. 493.

나는 마르트 로베르가 "민중적 감성"[58]이라고 부른 사람들의 집단 무의식이다.

아리스토텔레스의 『시학』이 제시한 시를 가름하는 기준이 '모방'보다 '허구'에 있다는 것은 캐테 함부르거Käte Hamburger에 의해서 주장된 사안이다.[59] 그것은 다음과 같은 진술 속에 분명히 드러나 있다: "역사가와 시인의 차이점은 산문을 쓰느냐 운문을 쓰느냐 하는 점에 있는 것이 아니라, 한 사람은 실제로 일어난 일을 이야기하고, 다른 사람은 일어날 것으로 예측되는 일을 이야기한다는 점에 있다"(1451b).[60] 그러나 동시에 『시학』은 그 시인의 임무가 "개연성과 필연성의 법칙"에 따라야 한다고 명시하고 있다. 아니, 역사가 아니라 시이기 때문에 그래야 한다. 왜냐하면, 실제로 일어난 사건들은 대부분 "저절로 또는 우연히 발생"(1452a)[61]한 것이기 때문이다. 시인이 간혹 "실제로 일어난 일을 소재로 하여 시를 쓰는 일이 있는데, 그때 그럼에도 불구하고 그가 시인인 것은, 실제로 일어난 사건 중에도 개연성과 가능성의 법칙에 합치되는 것이 있을 수 있고, 그런 이상 그는 이들 사건의 창작자이기 때문이다"(1451b).[62] 요컨대, 시는 현실보다 더욱 진실에 가까우며, 가까워야 한다는 것이다. 이러한 생각은

---

58) M. Robert, 앞의 책, p. 34.

59) 함부르거에 의하면, 『시학』에서 'mimesis'는 'poièsis'와 동의어인바, 따라서 'imitatio'의 뜻으로 해석되면 안 된다. poièsis는 '창조' '가공fabrique'을 뜻하기 때문이다(Käte Hamburger, *Logique des genres littéraires*, Seuil, 1977, pp. 30~32 참조).

60) 아리스토텔레스, 『시학』, 천병희 옮김, 문예출판사, 1976, p. 72. ; 여기서, 시학의 이러한 기준이, 솔직한 생각을 리듬에 싣는 장르, 즉 서정시를 무시하고 있다는 캐테 함부르거, 주네트 등의 비판은 이 연구의 경계를 넘어서는 문제이므로 지나치기로 한다.

61) 같은 책, pp. 74~75.

62) 같은 책, p. 74.

서구의 문학 이론을 오래도록 지배해온 관념이며, 헤겔, 마르크스, 루카치로 이어지는 철학적 전통 속에서 '추상적 개별성' / '구체적 보편성'이라는 이항 대립적 개념틀로 극명하게 표현되었다. 그것이 보편성이라는 하나의 신화, 현실의 밑에 혹은 저 너머에 있다고 가정되는 절대적 진리의 현존에 대한 신화에 뒷받침되어 있다는 것은 새삼 말할 필요가 없다. 그러나 이 서구적 시학의 전통에서 보편성의 신화를 벗겨내고 그 진술 자체만을 따진다면, 그것은 실제로 문학은 허구, 즉 거짓을 통해서 보편성, 즉 진실을 가장한다는 것을, 그리고 그 진실인 체하는 제스처를 통해서 보다 우월한 현실에 도달하려는 욕망을 은밀히 혹은 공공연하게 드러낸다는 것을 보여준다. 함부르거가 미메시스를 '허구'로 해석한 가장 중요한 의의는 바로 거기에 있다고, 즉 보편성의 신화를 탈구시키고 진술 그 자체의 욕망을 주목했다는 데에 있다고 할 수 있다. 그러한 진실의 가장은 사람들의 집단 무의식 속에서 보다 솔직하게 드러난다. 로베르가 알려주는 바에 의하면, 사람들은 흔히, "믿을 수 없는 우화들로 짜여진 이야기에 대해 '거, 소설이구만c'est du roman'이라고 말하며," 또한 동시에, "너무나 신기하고 충격적이어서 그럴 법한 사실들 속에 넣기 어려운 실제 사실을 두고 '한 편의 소설이야c'est un roman'라고"[63] 말한다. 또한 '소설을 짓다faire un roman'는 모순된 두 개의 뜻을 함께 함유하고 있으니, "소설에서처럼, 우월한 신분의 사람의 마음을 사로잡다"와 "어떤 사건을, 실제 일어난 것과 다른 방식으로 이야기하다"가 그것들이다. 소설에 대한 이러한 집단 무의식적 이해가 시학의 전통

---

63) M. Robert, 앞의 책, p. 34.

보다 더 솔직하다는 것은, 그것이 후자처럼 거짓을 진실로 위장하는 것이 아니라, 거짓을 행동과 연결시키기 때문이다. 아무튼 민중적 감성 속에서 소설의 거짓과 행동은 양자택일적인 것이 아니라, 오직 거짓을 통해서 행동을 한다. 그 거짓말은 "존재하는 것을 변화시키면서" 동시에 그 행동은 "현재의 나를 변화시킨다."[64] 로베르의 진술은 이렇게 요약된다. 1) 소설에서의 허구는 "수정될 수 있는 결함이 아니라, 법칙이다.": 2) 허구의 진실 가장은 "무익한 흉내"가 아니라, 세상과 자아를 동시에 변형시키려는 욕망 속에서 활동한다.

　2) 모순: 그러나, 소설의 변형이 허구를 통해서만 그러하다는 것은 동시에 그것이 결국 허구 속에 갇혀 있을 수밖에 없다는 것을 보여준다. 소설 속에서 아무리 세상을 바꾸어도 실제 세상은 털끝 하나 다치지 않을 수 있으며, 소설 속의 주인공이 신분 상승을 이룰 때 언제나 주인공과 동일시됨으로써 존재하는 독자는 그럼에도 불구하고 여전히 지하생활자의 처지를 벗어날 수 없을 것이다. 하지만 그렇다고 해서 소설이 세상을 변화시키려는 욕망을 추동하는 한, 그것은 언제나 현실과의 팽팽한 긴장을 버리지 못한다. 이러한 사정은 소설의 '변형'을 좀더 신중하게 다룰 것을 요구한다. 그것은 기본적으로 소설의 내재적 구조로서의 허구에 대한 두 가지 상반되는 태도를 낳는다. 하나는 소설에서 펼쳐지는 삶을 현실에 대한 변형으로 보는 것이며, 다른 하나는 소설에서 펼쳐지는 삶에 대한 이야기를 현실에 대한 변형으로 보는 것이다. 『돈키호테』에 대해서도 언제나 많은 연구가들은 그 두 가지 방향 중 하나를 선택해왔다. "'돈키호테'는 그 천성적

---

64) 같은 책, p. 35.

인 광증으로 보아 매우 위험스런 인물이 될 수도 있는 그로테스크하고 무익한 광인"이거나 "그를 둘러싸고 있는 추레한 현실에 맞서 드높은 정신적 이상을 제시한" "일종의 조롱당한 성인"[65]이거나 한 것이다. 전자의 경우에 소설 『돈키호테』는 당대인들의 마음을 사로잡고 있던 헛된 공상성에 대한 풍자로서 해석될 것이고, 후자의 경우엔 그 당시 이미 본격적으로 진행되고 있던 이성 중심주의, 즉 도구적 합리성에 대한 저항이자 보다 높은 정신적 가치에 대한 "변호"[66]로서 읽히게 될 것이다.

소설의 허구가 행동과 불가분리의 것이라는 것을 인정한다면, 앞의 두 가지 해석 중 어느 하나를 선택하는 것으로 문제가 해결되지 않으리라는 것은 명백하다. 소설은 풍자이거나 변호인 것이 아니라, 풍자이며 동시에 변호이다. '동시에'라는 부사는 그 모순이 소설의 내재적 구조라는 것을 다시 한 번 강조한다. 소설은 거짓말을 통해 보다 나은 세계를 꿈꾸며, 동시에 그 언어에 갇힌 꿈의 허망함을 비춘다. 그러니까, 소설의 변형은 중층적인 의미에서 이중적이다. 첫번째 층에서 허구는 세계를 변화시키면서 동시에 나를 변화시킨다. 그것을 앞에서 이미 말했다. 그런데 그때 그 변화는 나의 욕망의 방향 속에 놓여 있다. 따라서 그 이중의 변화는 상극의 지점에서 출발하여 동일한 한 지점으로 수렴되는, 사실상 하나의 변화이다. 그러나 바로 덧쌓인 층에서의 변화는 동시적이지 않고 계기적이며, 동질적이지 않고 상충적이다. 왜냐하면, 거기에서 일어나는 것은 세계와 나를 변화시키려는 나의 욕망의 수정·변화이기 때문이다. 나는 삭막한 현실을 낙원

---

65) 같은 책, p. 182.
66) 같은 책, p. 183.

으로 만들고 나의 신분을 상승시키려는 행동이 결국 불가능한 꿈으로 판명되는 바로 그 순간에 나의 욕망에 대한 근원적인 회의에 직면한다. 그 회의가 극에 달할 때, 소설은 "절대에의 탐구"로 혹은 "소설에 대한 증오"[67]로 나아갈지도 모른다. 소설은 "자신의 내부에 반-소설, 즉 그 자신의 요구에 의해 환상을 후퇴시키고, 허구로 하여금 너무나 보잘것없는 마력을 단념케 하고야 마는 까다로운 검열관을 키우고 있는 것이다."[68]

아니 좀더 정확하게 말하자면, 그러한 순간에 소설은 계류된다고 말하는 것이 타당할 것이다. 반-소설은 소설의 외부에 있지 않고, 소설의 내적 속성이기 때문이다. 르네상스에서 소설의 탄생을 본 연구자들은 그 계류가 단순히 정지가 아니라, 일종의 생산적 지연이라는 것을 밝힌다. 왜냐하면, 그 계류 속에서 소설은 자신의 모순을 하나의 기획된 실천, 설계도와 약호들과 시험의 과정을 가지고 있는 구조적 프로그램으로 바꾸기 때문이다. 그것은 그 허구의 모순이 계류된 자리에 시 · 공간적 깊이와 넓이를 부여함으로써 얻어진다.

3) 변전: 시 공간적 깊이와 넓이를 가진 모순의 전개를 필자는 '변전(變轉)'이라는 이름으로 부르고자 한다. 그것은 소설을 다른 장르들과 구별시켜주는 또 하나의 중요한 특성을 환기시킨다. 소설은 이야기라는 것이 그것이다. "소설은 줄거리를 가지고 있다. 다시 말해, 소설은 하나의 시작과 하나의 끝을 가진 시간 속에 연쇄적으로 이어진 사건들의 연속이다." 따라서 "소설가는 전체의 통일성, 원인들과 결과들, 중요한 에피소드들의 선택, 엉킨 모험의 다양한 실마리들의

---

67) 이 두 명제는 로베르의 책의 마지막 두 장의 제목이다.
68) Coulet, 앞의 책, p. 14.

상관관계, 하나의 결론에 도달하는 움직임을 고려해야 한다"[69]와 같은 진술은 거의 교과서적인 발언이다. 그러나, 줄거리를 가지고 있다는 것은 무슨 뜻인가? 줄거리가 단순히 사건들의 연쇄라는 뜻만을 갖는다면, 사실상 소설만이 줄거리를 가지고 있다고 할 수는 없다. 아무리, 사건의 단일성이 비극의 규칙이라 하더라도, 비극을 구성하는 플롯은 사건들의 연쇄 위에서만 존립할 수 있다. 그 단일성은 차라리 사건들의 통일을 뜻하는 것이지, 단 하나의 사건을 요구하는 것이 아니다. 시학의 전통은 또다시 이러한 문제에 대한 대답과 문제를 동시에 제기한다. 아리스토텔레스의 『시학』에서 시를 가르는 기준은 세 가지로서, 수단·대상·양태가 그것들이다. 오늘날의 문학에서 언어 이외의 수단을 사용하는 것은 제외되므로, 수단의 기준은 논외로 할 수 있을 것이다. 대상은 두 가지로 구별된다. "우월한 인물을 그리는가 열등한 인물을 그리는가"가 그것이다(1448a).[70] 양태는 세 가지이다: 1) 순수한 서술체로 말하는 법; 2) 등장인물에 의해서 실연하는 방법; 3) 호메로스가 한 것처럼 때로는 서술체로, 때로는 작중 인물이 되어 말하는 방법(1448a).[71] 주네트Genette는 우선, "순수 서술체란 가능성으로만 존재할 뿐, 실제로 한 장르는커녕 한 작품에서도 그 예를 찾기 힘들다"[72]는 점을 들어, 양태를 두 가지로 줄인 후, 아리스토텔레스의 장르 체계를 다음과 같은 도표로 나타낸다.[73]

---

69) 같은 책, p. 12.

70) 아리스토텔레스, 앞의 책, p. 33.

71) 같은 책, p. 37.

72) Gérard Genette, 「원 텍스트 서설」, 최애리 옮김, 김현 편, 『장르의 이론』, 문학과지성사, 1987, p. 71.

73) 같은 책, p. 64.

대상 　　　　　　　양태	극 적	서술적
우월한 인물들	비 극	서사시
열등한 인물들	희 극	패러디

소설은 이 도표의 네번째 항목에 포함될 것이다.[74] 여기서 문제는 이 도표가 완벽한가, 혹은 적합한가가 아니라, 소설이 서술적(실제로는 혼합적)이라는 사실에 있다. 그것은 소설이 극과는 달리 행동의 재현적 드러냄이 아니라, '행동에 대한 다시 글쓰기'라는 것을 의미한다. 그것은 궁극적으로 소설 내에 글쓰기의 두 차원이 겹쳐 있다는 것을 보여준다: 행동들을 드러내는 글쓰기와, 그것을 되풀이하면서 그것에 넓이와 깊이를 부여하는 한편으로, 그것을 새롭게 변형시키는 글쓰기. 따라서 소설이 줄거리를 가지고 있다는 것은 단순히 사건들의 연속으로 이루어져 있다는 뜻으로 이해해서는 안 될 것이다. 그것

---

74) 주네트가 직접 소설이라는 명칭을 패러디 안에 넣지 않은 것은 두 가지 이유 때문으로 보인다. 첫째, 아리스토텔레스가 실제로 검토한 작품들만을 문제로 할 때, 소설은 아직 태어나지 않았기 때문에, 당연히 포함될 수가 없다. 둘째, 이 글을 쓸 당시 주네트는 아리스토텔레스가 "시를 운문으로 된 모방 예술이라고 정의"(같은 글, p. 60) 했다고 해석하였기 때문에, 필딩 이래 "산문으로 된 희극적 서사시"로서 정의되어온 소설은 아리스토텔레스의 장르 체계에서 배제된다고 할 수 있다. 그러나 이 글을 책으로 출판할 때 덧붙인 「부기」에서 주네트는 "산문으로 된"이라는 조건을 유보한 채로, "희극적 서사시라는 말은 별 어려움 없이 아리스토텔레스의 도표에서 네번째 칸에 넣을 수 있겠다"(같은 글, p. 118)는 것을 명확히 밝힌다. 그런데 "산문으로 된"이라는 유보조항마저도 주네트는 최근의 글을 통해 사실상 철회한다. 그는 『허구와 진술』에서 자신의 종래의 해석을 섬세하게 교정하고 있는데, 아리스토텔레스의 미메시스를 모방이 아니라 허구로 번역하는 한편, 허구만을 아리스토텔레스 장르 체계의 기준으로 파악하고, '운문'이라는 기준을 삭제하고 있다. 그리고 말한다: "산문으로 된 허구〔즉 소설〕가 二 시대에 존재했더라면, 아리스토텔레스는 그것을 그의 시학 속에 집어넣는 데 반대하지 않았을 것이다"(*Fiction et Diction*, Seuil, 1991, p. 17).

은 그 사건들이 예측 불가능한 유위전변(侑爲轉變)의 과정 속에 놓이며, 층위를 바꾸면서 끊임없이 되풀이된다는 뜻을 함의한다. 그때, 그 되풀이되며 겹쳐지는 시공간적 짜임이 앞에서 말했듯, 허구의 환상과 그것의 좌절의 동시성이라는 계류된 모순의 그것임은 다시 한 번 강조해둘 필요가 있다.

아무튼 아리스토텔레스의 연장선에 놓인 서구 시학의 전통에서, 소설과 극의 구별은 비교적 명료하게 이루어져 왔다고 할 수 있다. 그러나 그 전통은 또한 소설의 서술성이 펼쳐 보여주는 특성의 일면만을 강조해왔던 것 같다. 즉 앞에서 인용한 쿨레의 이야기에 대한 정의("소설은 줄거리를 가지고 있다. 다시 말해, 소설은 하나의 시작과 하나의 끝을 가진 시간 속에 연쇄적으로 이어진 사건들의 연속이다")가 충분히 암시하는 것처럼, 서술성을 오직 시간적 변천으로만 해석해왔다는 것이다. 서사 문학과 극 문학의 차이를 "외연적 총체성"과 "내포적 총체성"[75]의 대립으로 이해한 루카치나, "소설이 전체적 인간의 모습을 나타내기 위해, 신비적인 것을 역사 속에 통합한다"면 "극은 반대로 인간이 역사적 조건에 대해 범할 수 있는 것 혹은 의심할 수 있는 것을 표현한다"고 이해하면서, "소설과 그것의 독서가 필연적으로 시간을 신뢰하고 있는 반면, 극에서 시간은 결코 가치가 아니다"[76]라고 한 제라파의 주장은 깊이가 있으면서도 서술을 시간의 전개로 풀이하는 가장 단적인 보기이다.[77] 이러한 생각이 소설 구조의 이론

---

75) 루카치, 앞의 책. p. 55.

76) Michel Zéraffa, *Roman et Société*, PUF, 1971, pp. 164~65.

77) 제라파의 위의 진술이 깊이를 갖고 있다는 것은 그가 극에서 시간이 부재한다고 보는 극단론을 피하고 있기 때문이다. 와트 식의 극단론이 소설 이외의 장르에서 시간을 없애려고 애쓰는 반면에 그는 역사에 적대적인가 아닌가를 구분선으로 놓고 있다.

에 끼친 영향은 그리 바람직했던 것은 아닌 것으로 보인다. 즉 시간에 일방적인 중요성을 부여함으로써 다른 삶의 형식들, 특히 공간을 사상시켜왔던 것이다. 아마도 소설을 한 개인의 일대기로 이해하는 태도는 그러한 생각의 흐름이 끼친 가장 심각한 현상일 것이다. 그 태도는 아주 일반적이어서, 근대 이후의 대부분의 소설론들은 소설 내의 등장인물들을, 혹은 주인공과 적대자들, 보조자들을 구별함으로써, 혹은 작가를 주인공과 동일시함으로써, 오직 한 사람의 등장인물로 축소시켜놓는다. 그리하여, 소설을 한 문제적 개인 , 따라서 보통 사람들의 평범함을 뛰어넘는 한 특수한 영웅의 특별한 모험으로서 취급되게끔 하여, 소설은 일상적 진실을 다룬다는 또 다른 주장과 완전히 배치되면서까지, 소설에 특이한 환상을 부여하는 오류를 알게 모르게 범해왔던 것이다. 그러나 소쉬르가 '장기판'의 비유를 든 이래, 소설을 포함한 모든 이야기들이 둘 이상의 동등한 인물들을 등장시키고 있다는 것, 즉 이야기는 복수 주체들의 싸움터라는 것은 오늘날 더 이상 의심할 수 없는 규칙이 되었다. 그것이 사실이라기보다는 그렇게 읽는 것이 작품을 보다 풍요롭게, 다시 말해 개인주의의 편견과 작가-인물-독자의 전염적 동일시를 넘어, 치열하고 복합적인 대화의 공간으로 읽을 수 있기 때문이다.

이야기가 시간적 길이뿐만이 아니라 공간적 넓이를 가지고 있다는 것을 인정한다면, 서술의 문제를 시간의 차원으로만 한정시킨 시학의 전통도 재검토될 필요가 있다. 사실, 본래의 『시학』은, 극적인 장르와 서술적 장르를 시간을 기준으로 가르지 않는다. 그것은 등장인물들만이 말을 하느냐 서술자가 따로 있느냐의 여부를 따지는 것이다. 그 진술 자체는 극과는 달리 소설에는 두께가 있다는 것을 의미할 뿐이다. 따라서 소설을 변별적인 장르로 만들어주는 이 서술성이라는 미묘한 대상을 시간과 공간의 두 차원에서 함께 검토하는 것이 타당할 것이다.

그렇다면, 거짓말의 장벽에 갇힌 행동, 그 계류된 모순이 이야기로 풀린다는 것은 무엇을 의미하는가? 르네상스 시대에서 소설의 발원을 본 두 필자는 그것을 각각 시간과 공간의 두 방향에서 풀어 보여준다. 서술의 시간적 깊이에 주목한 이는 지라르René Girard[78]이며, 공간적 부피에 주목한 사람은 바흐친이다.

시간적 깊이: 지라르의 소설론이 모방 욕망을 열쇠단어로 하고 있음은 잘 알려져 있다. 그 모방은 욕망의 대상을 중개하는 중개자에 대한 모방인데 소설 속의 인물들은 중개자에 대한 모방과 경쟁이라는 벗어날 길 없는 악순환에 시달린다. 그러나 지금의 논의에서 중요한 것은 이러한 삼각형적 욕망의 전개 자체가 아니라, 그 욕망을 드러내는 소설 특유의 방식에 있다. 지라르는 소설가만이 그 욕망의 본 모습을 볼 수 있다고 말한다:

오직 소설가들만이 중개자에게 대상에 의해 찬탈된 자리를 되돌려준다. 소설가들만이 일반적으로 인정되고 있는 욕망의 위계 관계를 전복시킨다.[79]

---

78) 지라르는 얼핏 19세기 이후의 근대 소설의 분석가로 볼 수 있으나, 그 소설들의 시초와 종말에 모두 세르반테스가 있다고 생각하는 점에서 그는 분명 르네상스에서 근대 소설의 발원을 보고 있다고 보아야 할 것이다. 그에 의하면, 근대의 모든 (진실한) 소설 작품들은 『돈키호테』의 세르반테스에서 『안셀무스Anselme』의 세르반테스로 이어지는 과정 속에 놓인 계기들인바, 세르반테스는 근대 소설의 아버지로 간주될 수 있다는 것이다(René Girard, *Mensonge romantique et vérité romanesque*, Grasset, 1981, p. 57).

이 진술은 약간의 풀이를 요구한다. 구체적인 내용은 이렇다: 욕망은 기본적으로 삼각형적이다. 즉 주체는 항상 중개자를 모방함으로써 욕망의 대상에 도달하려 한다. 그러나 소설 속의 등장인물들은, 더 나아가, 그들이 체현하고 있는 근대적 사유는 그 욕망을 대상에 대한 직접적이고 자발적 욕망이라고 생각한다. 그러나 그렇게 생각하면 할수록 주체는 더욱더 중개자에게 매달리게 된다. 주체의 눈에 대상을 소유하고 있는 것으로, 혹은 대상을 소유하려는 욕망을 가지그 있는 것으로 비치는 중개자는, 주체에게 질투와 선망 그리고 원한을 유발하고, 그 질투·선망·원한이 증폭되면 될수록 주체는 대상을 소유하는 방식과 수단을 중개자에게서 배우려고 안달하기 때문이다. 주체는 중개자에 대한 '모방의 전제적인 충동'에 시달린다. 그리고 또한 그러면 그럴수록 자신의 욕망이 대상에 대해 자발적이고 직접적이라고, 중개자보다 더 앞선 것이라고 생각한다. "보통 자신에게 자발성이 있다고 확신하고 있는 독자는 그가 이미 세상에 대해 부여한 의미를 작품에도 씌운다. 세르반테스에 대해 아무것도 이해하지 못한 19세기는 그의 작품의 주인공의 '독창성'에 대한 찬가를 지칠 줄 모르고 불러댔다. [……] 낭만적 독서가는 놀라운 오독을 통해, 자신을 돈키호테와 동일시하는바, 돈키호테는 탁월한 모방가인데, 낭만적 독자는 그를 자신의 개인-모델로 만드는 것이다."[80] 그러한 자발성에 대한 환상을 지라르는 스탕달에게서 용어를 빌려 "낭만적 허영"이라고 부르는데, 그 낭만적 허영을 뒤집어 욕망의 본래적인 관계를 회복시켜

---

79) 같은 책, p. 22.
80) 같은 책, pp. 24~25.

보여주는 것이 바로 소설이라는 것이 지라르의 결론이다. 그렇다면 소설은 어떻게 그것을 할 수 있는가? 지라르는 그것을 반전의 관계를 맺는 두 가지 과정의 연쇄로 설명한다:

소설가는 그의 인물들을 행동하고 말하도록 내버려둔다. 그러고는, 한 번의 눈길로 우리에게 중개자를 밝혀준다. 그는 그의 인물이 욕망의 거꾸로 된 위계 관계를 믿게 하기 위해서 늘어놓는 거짓 이유들에 대해 믿음을 더해주는 척하면서, 욕망의 진실한 위계 관계를 남몰래 복구시킨다. 거기에 스탕달적 아이러니의 한결같은 절차 중의 하나가 있다.[81]

인용문에서 "한 번의 눈길로"라는 표현은 신중히 읽힐 필요가 있다. 왜냐하면, 지라르는 또한 "진실은 그 드러냄의 과정 자체 속에 숨겨진 채로 있다"[82]고 말하고 있기 때문이다. "욕망의 진실한 위계 관계를 남몰래 복구시킨다"는 진술은 "드러냄의 과정 자체 속에 숨겨져 있는" 진실의 상태를 분명히 가리킨다. 따라서 그 한 번의 눈길은 어느 한 순간을 이른다기보다는 욕망이 진행되는 전 과정과 맞먹는 길이와 넓이를 가지고 등을 맞대고 있는 동시적인 잠복된 과정의 비유로 이해해야 할 것이다. 따라서, 지라르의 진술을 잘 이해한다면, 그 과정은 이렇게 요약될 수 있다:

1) 소설은 인물들로 하여금 그의 욕망을 끝까지 추구하도록 둔다:

---

81) 같은 책, p. 24.
82) 같은 책, 같은 곳.

심지어 그것을 증폭시킨다(거짓 이유들에 믿음을 더해주는 척하면서).
　2) 그 욕망이 최대한도로 표현되는 그 과정 자체를 통해 그것을 뒤
　　집는다.

　그렇다면, 지라르의 아이러니는 시간적이되 길이를 갖고 있다기보
다는 깊이를 이룬다. 왜냐하면, 욕망의 전 과정과 등을 맞붙인 채로
잠복해 그것을 꿰뚫어버리기 때문이다. 소설의 아이러니는, 극적인
장르가 그러한 모순을 한 순간에 못 박아 얼어붙게 만드는 데 비해,
모순을 지연시키고, 진행시킨다. 그 진행의 모습은 현상적 증폭과 잠
재적·전복의 동체·동시성을 통해 나타난다. 이러한 지라르의 입장은
골드만이 지적한 대로[83] 루카치의 아이러니와 사실상 동일한 개념으
로 나타나는 듯이 보인다. 그들이 각 소설 작품들에 대한 가치 판단
에서 상당한 차이를 보여주고 있다 하더라도, 그들이 궁극적으로 작
품의 가치를 측량하는 자(尺度)는 동일하기 때문이다. 아이러니를
"신으로부터 버림받은 세계가 신에 의해 충만되고 있음을 볼 수 있
는" "직관적인 이중의 시각"으로 규정하는 루카치 역시, 그 아이러니
의 궁극적 모습이 "마지막 한계에 도달한 주관성의 자기 지양으로서
신이 없는 세계에서 얻을 수 있는 최고의 자유"[84]임을 선언함으로써,
언제나 "우회로"와 "매개"를 경유하면서 결코 도달될 수 없는 신성에
접근하는 "구멍투성이의" "마성," 즉 영원히 뒤틀린 모험에 소설의
최고의 의의를 부여하기 때문이다. 크리스테바Kristeva가 텍스트의
기호학에 루카치의 철학을 접합시켜야 한다고 주장하면서 그의 소설

---

83) Goldmann, 앞의 책,
84) 루카치, 앞의 책, pp. 119~20.

관을 "저마다 전체를 기능적으로 현존시키고 있는 부분들의 자율성"
의 "불연속적 무한"[85]으로 이해하고, 그것을 소설의 내적 구조로서의
핵심적 자질들로 거론한 것은 그 때문일 것이다.

공간적 부피: 바흐친의 소설 이론이 대화 개념을 바탕으로 하고 있
는 것도 역시 잘 알려져 있는 바이다. 소설에 있어서 대화의 내재성
은 목소리의 다성주의plurivocalisme로 확산되어 나타난다. 지금의
논의에서 중요한 것은, 그 역시, 다성성 자체가 아니다. 다성으로 말
할 것 같으면, 그것은 극적 장르에서도 충분히 구현될 수 있으며, 생
각하기에 따라서는 극적 장르에서 더 훌륭하게 실현될 수 있다. 등장
인물들의 다양한 목소리를 소설의 서술체는 하나의 목소리로 감싼다
고 파악할 수도 있기 때문이다. 그러나 그러한 판단은 소박한 것이
아닐 수 없으며, 서술체와 다성주의 사이의 관계는 보다 신중하게 탐
구되어야 할 것이다. 바흐친의 말을 직접 들어보자:

소설에 있어서 두 목소리의 존재bivocalité는 수사학적 형태들이나
여타의 다른 형태들과는 다르게 언제나 궁극적인 성취로서 두 언어의
존재bilinguisme를 지향한다. 또한 이 두 목소리의 존재는 논리적 모
순으로도 순수하게 극적인 병첩으로서도 나타나지 않는다. 상이한 언
어들을 말하는 개인들의 상호 몰이해를 그 한계까지 추구하는 것이 바
로 소설적 대화의 특수한 양상이다.[86]

이 진술 역시 약간의 풀이를 요구한다. 도대체 목소리가 언어의 수

---

85) Julia Kristeva, *Le texte du roman*, Mouton Publishers, 1970, pp. 15, 18~19.
86) Bakhtine, *Esthétique et théorie du roman*, p. 173.

준으로 뛰어오른다는 것은 무엇을 말하는가? 바흐친은 소설과 다른 형태의 대화성(타인의 말의 중개)의 차이를 "직접적 도입과 문학적 재현"의 차이로 전제하는데, 그 문학적 재현이란 '화자'의 존재가 등장인물들과 더불어 소설 내적 인자로서 포함되어 있다는 것을 의미한다: "소설 장르의 특수한 대상이 화자와 그가 말하는 것이라면, 소설 문체론의 중심 문제는 '언어의 문학적 재현의 문제, 즉 언어 이미지의 문제'라고 정식화할 수 있다."[87] 이 화자의 특성은 1) "화자의 담론은 단순히 전달되거나 재생산되는 것이 아니라, 기법과 함께 재현된다"는 것; 2) "화자는 사회적 개인이라는" 것; 3) "화자는 언제나 이데올로그"라는 것[88]이다: 따라서, "화자의 담론은, 그가 변호가이자 논객인 한, 즉 다른 다성 언어들에 대해 특별한 하나의 언어로 대립되는 한, 어느 정도 그 자신에게로 되돌려 쬐이게 된다. 달리 말하면, 그것은 재현할 뿐만 아니라, 또한 재현되기도 하는 것이다."[89] 이러한 화자의 존재가 등장인물들의 다양한 목소리들을 개인적 의견으로부터 사회적 언어의 층위로 끌어올리는 한편, 동시에 그 자신이 하나의 사회적 언어로서 소설의 다성적 싸움판에 끼어들게 된다는 것이 바흐친의 결론이다. 만일 그렇다면, 화자의 존재는 등장인물들의 다양한 목소리들에 수평적이고 수직적인 변형을 가하는 촉매재가 된다. 즉 타자의 개입에 의해 소설 내부의 여러 인물들의 목소리가 개인적 발언의 층위에서 사회적 이념의 층위로 수직적 도약이 이루어지는 한편, 소설의 구조 자체에 화자의 목소리까지 포함됨으로써[90] 그 이념

---

87) 같은 책, p. 156.
88) 같은 책, p. 153.
89) 같은 책, pp. 155~56.

들의 싸움 구도의 수평적 확산이 발생하는 것이다. 따라서 소설의 서
술체는 허구의 계류된 모순, 바흐친의 말을 빌리자면, "논리적 모순이
나, 순수하게 극적인 병첩"에 공간적 부피를 부여한다고 할 수 있다.
공간적 부피를 부여함으로써, 그것은 정지된 소통 불가능성을 활동하
는 소통의 싸움으로 만들고, "그 언어들의 상호 몰이해를 그 한계까지
추구하는" 것으로 변용시킨다.

지금까지 소설적 서술의 구조를 보았다면, 이제 그것의 효과 혹은
결과를 볼 때가 된 것 같다. 효과는 이론가들이 주장하는 효과이며
결과는 그 주장의 결과이다. 지라르의 시간적 깊이가 궁극적으로 소
설 쓰기·읽기에 유발하는 효과는 되풀이해서 되돌아보기, 즉 반성이
라고 할 수 있다. 실로 그는 반성을 두드러지게 강조한다. 그에 의하
면, 소설의 진실은 작품 도처에서 활동하고 있으면서, 그러나 특히
결말에 거주[91]하는바, 그곳은 지금까지의 오류로부터 문득 "등 돌리
는 장소"라는 것이다. 결국 지라르의 '반성'은 지금까지 그와 한 몸이
었던 허영의 온갖 환란으로부터 문득 떨어져나와 홀로 "수직적 초월"[92]
을 감행한다. 지라르가 보기에 결정적인 순간은 쥘리엥 소렐이 동굴
속에서, 감옥에서 홀로 내적 성찰에 잠기는 순간이다. 그러나 『적과
흑』을 정말 소설답게 하는 것은 그것일까? 그 대목들은 소설적 모험

---

90) 여기에 또한 독자의 목소리를 포함시킬 수 있을 것이다. 글―이야기를 쓰는 화자는 동
　　시에 글―이야기를 읽는 독자의 존재, 그 역시 이야기를 특유의 독법으로 변용시키고
　　(바흐친의 용어로는 '재현'시키고), 사회적 개인이며, 이데올로그인 존재를 필연적으로
　　전제하기 때문이다. 따라서 소설 작품의 서술적 구조는 화자, 등장인물들, 독자들의 수
　　평적이고 수직적인 내재적 짜임으로 이루어진다고 할 수 있다.
91) Girard, 앞의 책, p. 308.
92) 같은 책, p. 307.

이 아니라 차라리 낭만적 망명이 아닐까? 혹은 그가 "욕망의 진실은 죽음이다. 그러나 죽음은 소설 작품의 진실이 아니다. 날뛰는 광인과도 같은 악마들은 바다 속으로 몸을 던진다. 그들은 모두 죽는다. 그러나 세계는 치유된다"[93]라고 말할 때, 그것은 소설적 광기를 카타르시스화하는 고전적 도덕을 교술하는 것은 아닐까? 아무튼 지라르가 그렇게도 치밀하게 분석해놓은 욕망의 형이상학들은 그의 결론에 의해 뜻 없이 지워져버리고 만다. 그리고 그것은 이미 소설의 울타리 밖으로 그를 탈출시킨다.

루카치에게 있어서 그것은 반성이라기보다는 마성인데,[94] 그러나 그 마성의 무한한 불연속적 모험(크리스테바가 그렇게 해석하는)은 과장된 감이 없지 않다. 왜냐하면, 이미 보았던바, 그것은 결국 한 문제적 개인의 내면성의 고독한 모험에 닫혀 있기 때문이다. 다시 말하자면, 루카치의 모험은 모험의 형식으로 정지되고 마는 것이다. 삶의 총체성을 "추상적으로밖에 표현할 수 없는" 아이러니를 그가 말할 때, 그는 사실 그 추상으로부터 한 걸음도 못 벗어나고 있는 것이다. 그 추상성을 이끌고 가는 구체적 모험들, 즉 생동하는 삶의 활기들은 범죄와 광기 그리고 (추상적) 도덕 사이의 극단을 급격하게 왕복한다. 그러나 그 사이는 여전히 공백으로 남는다. 지라르와 루카치는 모두 알게 모르게 일종의 부정적 극단으로 치닫고 있는 것이다. 루카치가 훗날 『소설의 이론』은 "세계 상황에 대한 지속적인 절망의 분위

---

93) 같은 책, p. 289.
94) 골드만은 지라르의 수직적 초월과 달리, 루카치의 아이러니는 현존의 세계 자체에 끝까지 머무는 것으로 파악한다. 그러나, 곧 상술되듯이, 연구자가 보기에 둘의 차이는 본질적인 차이가 아니다.

기에서 쓰여졌다"[95]고 고백하고 있는 것은, 그 발언의 틈새로 새나오는 이데올로기적 경색에도 불구하고 결코 우연이 아니다.

그에 비하면, 바흐친은 긍정적 극단으로 나아간다고 할 수 있다. 그에게 있어서, 소설의 공간적 부피는 기본적으로 "한 언술의 내부에 두 개 이상의 잠복된 목소리들의 융합"[96]이라는 "혼성구축hybridisa-tion,"[97] 그리고 "순수한 언어들"의 "대화적 상관관계"[98]에 의해 짜여진다. 혼성구축을 직조하는 두 가지 상극의 기법은 "문체화stylisa-tion"와 "패러디parodie"이다. 문체화와 패러디는 본래 "러시아 형식주의자들에 의해 정의된 후 바흐친에 의해 원용된"[99] 개념으로서, 요약하자면, 문체화는 "두 개의 목소리가 같은 방향으로 나아가는" 경우이고, 패러디는 그 반대이다.[100] 바흐친에게 독특하고 돋보이는 것은 그 문체화와 패러디가 등장인물들 사이의 말들의 관계에만 국한된 것이 아니라, 화자(그의 표현으로는 "재현하는 자")와 인물들("재현되는 자")의 관계에도 똑같이 적용된다는 것이다. 따라서 문체화는 화자가 "자신에게 낯선, '문체로 변형될 언어' 안에서만 대상에 대해 말하면서〔……〕, 동시에 그 언어 자체가 동시대의 언어 의식의 조명

---

95) 루카치, 앞의 책, p. 8.

96) Bakhtine, 앞의 책, p. 178.

97) 바흐친은 다른 곳에서는 이 '혼성구축'을 소설 문체의 한 가지 예로서 들고, 그 외의 다른 문체적 기법들, "겹치기" "의사-객관적 동기화" "가장된 작가 혹은 화자" "등장인물의 말과 작가의 말의 뒤섞음" "장르들의 혼합" 등을 함께 거론하고 있다(같은 책, pp. 123~44 참조). 그러나 본문의 문맥에서 그것은, 그 다양한 문체론적 기법들을 통괄하는 소설 문체의 기본 원리로서 제시되고 있다.

98) 같은 책, p. 175.

99) Massimo Fusillo, *Naissance du roman*, Seuil, 1989, p. 110.

100) 같은 책, p. 21.

을 입고 드러나는"[101] 경우를 이르며, 그 대척점에 있는 패러디는 문체로 변형될 언어 안에서 대상에 대해 말하지만, 그러나, "그것을 폭로하고 파괴함으로써 〔……〕 진실한 객관 세계를 형상화하는 경우"이다. 즉 패러디는 "패러디될 언어에 불가분리의 상태로 연결되면서도, 그것을, 자신의 내적 논리를 갖는 독특한 세계를 드러내는 하나의 실질적 전체로서 재창조"[102]한다. 바흐친의 가치 판단이 패러디에 경사되어 있다는 것은 두말할 나위가 없다. 한편, 순수 언어들의 대화적 병첩은 "언어들의 이미지를 창조하기 위한 강력한 수단"으로서, 그것들의 대화적 충돌은 "언어들의 경계를 그리고, 그것을 느끼게 해주며, 언어의 조형적 형식을 엿보게끔 추동한다."[103] 그렇다면, 소설의 문체는 언어들, 즉 이데올로기의 이미지들의 이질성과 그것들의 갈등과 엉킴을 선명하게 부각시키면서 그것들을 뒤덮고 있는 공식 언어의 단일화를 전복시키는 데에서 최고의 효과를 생산할 것이다. 라블레의 소설들은 그러한 바흐친의 문학적 이념이 선명하게 적용될 수 있었던 훌륭한 예였다. 그는 라블레의 소설에서 중세의 민중적 축제 문화로부터 발원하는 "전체적"이고 "보편적"이며 "양가적"이고 "자신에게로 되돌려지며" "유토피아적"인 풍요한 웃음[104]의 최대치의 발현과 그에 상응하여 일원적이고 폐쇄적이며 근엄한 공식 문화에 대한 가장 효과적인 패러디를 본다. 그의 결론은 이렇다:

---

101) Bakhtine, 앞의 책, p. 179.

102) 같은 책, p. 180.

103) 같은 책, p. 181.

104) Bakhtine, *L'œuvre de François Rabelais et la culture populaire au Moyen Age et sous la Renaissance*, pp. 20~21.

　　라블레의 본질적인 과제는 그의 시대와 그 시대의 사건들의 공식적 구도를 파괴하고, 그것들에 새로운 시선을 던져, <u>공공의 광장에서 웃음을 폭발시키는 **민중적 합창**의 관점에서</u> 그 시대의 비극 혹은 희극을 조명하는 데에 있었다. 라블레는 그의 시대와 그 시대의 사건들에 대한 모든 관념에서 지배 계급의 이해관계에 의해 강요된 모든 공식적 허위, 모든 편협한 근엄함을 도려내기 위하여, 명료한 민중적 이미지를 갖는 모든 수단들을 동원한다. 그는 '그의 시대가 스스로 말하고 스스로 그리는' 모습을 문자 그대로 믿지 않는다. 그는 상승하는 불멸의 민중을 위하여 그것의 진실한 의미를 드러내려고 한다.[105] (밑줄은 인용자)

　　그러나 이 대단한 긍정의 철학적 발언은 바흐친이 스스로 자기 모순을 일으키고 있는 것은 아닌가 하는 의심을 불러일으킨다. 바흐친이 라블레의 소설 그리고 그것의 밑바탕을 이루고 있는 사육제적 문화에서 이질적인 언어들의 혼용을 본다는 점에서는 그는 자신의 이론과 배리되지 않는다. 하지만 금세 그는 그 온갖 이질적인 것들의 그로테스크한 뒤섞임을 그 "한계까지" 추구하는 대신, 민중적 '합창'이라는 것으로 단일화시키려 한다. 그 합창 속에는 공식 문화를 뒤집어엎는 폭발적인 웃음만이 있는 것이 아니라, 그 자체 무수한 모순과 갈등의 드잡이들과 일탈과 배반을 포함하고 있는 것이 아닐까? 그 웃음은, 여전히 끈질기게 엄존하는 공식 문화의 지배 욕망의 집요한 개입들에 의해 괴물적인 소음과 잡음으로 바뀌고 있는 것은 아닌가? 중세 사육제의 문화가 실상 지배 계급이 유연한 통치를 위해 마련해준

---

105) 같은 책, pp. 434~35.

'며칠의 만찬'이었던 것처럼, 그리고 라블레의 소설이 "가장 철학적인 짐승"[106]인 개의 뼈다귀를 열심히 빠는 희극적이고도 진지한 노동을 요구하는 것처럼. 그러나 바흐친은 그러한 고뇌와 노동을 신속히 해방과 자유로 바꾸기 위해 애쓰는 것 같다.

바흐친의 언어철학, 문학론 들이 두루 이질적 혼융의 원리에 의해 구성되어 있기 때문에, 바흐친에게서 방금 본 바와 같은 조화주의적 특성을 꼬집는 일은 자칫 확대 해석이 될지도 모른다. 그러나, 바흐친의 이론을 수용한 실용학(특히, 미국을 중심으로 하는)에 대해서는 이미 유럽쪽 이론가들에 의해서 많은 비판이 가해진 바 있다. 비판가들에 의하면 미국, 혹은 실용학의 바흐친 수용은 바흐친에 있어서의 대화의 근원적인 이질성의 원칙을 간과하여, 1) 대화에 "조화, 일치, 합의" 등의 뜻을 부여하고, 2) "직접적 대화"만을 중요시하며, 3) 대화에 있어서의 다층적인 "거리를 무시"[107]함으로써, '이타성(異他性)'의 대화를 일종의 "충만한 의사소통"의 개념으로 뒤바꾸어놓고 있다는 것이다.[108] 그런데, 이 바흐친에 대한 실용학적 과장이 바흐친

---

106) François Rabelais, "prologue de l'auteur," *Œuvres complètes*, Gallimard/Pléiade, 1955, p. 4

107) Franc Schuerewegen, "Télédialogisme Bakhtine contre Jakobson," in *Poétique*, N° 81, fév., 1991. p. 106.

108) 바흐친의 미국적 수용에 대한 비판으로서 두드러진 또 하나의 예는 초기 바흐친에 지나치게 경사되어 있다는 지적이다. 바흐친에 대한 최초의 지적 전기로 알려진 클라크/홀키스트Clark/Holquist의 『미하일 바흐친』(Havard University Press, 1984)을 서평하는 자리에서 로랑 아데르Laurent Adert는, 전기의 저자들이 자아의 타자 인식에 대한 바흐친의 생각을 그가 초기에만 사용했던 개념인 초성분성transgrédience에 의존해 풀이하는데, 그러나 그것은 사실상 "감정이입empathie"과 다를 게 없으며, 따라서 "자아와 타자 사이의 이타성의 관계"를 지우고 마는 것이라고 비판한다(Laurent Adert, "Autour du Mikhail Bakhtine," in *Critique* N° 527, 1991. 4, p. 274). 이러한 비판도 궁극적으로 본문에서의 비판과 같은 맥락에 있다.

의 이론 자체에 의해서 근거를 얻고 있지는 않은가라는 의혹이 제기되는 순간 비판은 미묘해지고 활기를 띤다. 슈에레베겐Schuerewegen의 분석에 의하면, 바흐친에게는 "바흐친적 음성 중심주의"[109]라는 것이 분명히 있어서 앞서의 실용학적 과장과도 같은 이상주의적 경향을 노출하는데, 그것은 그의 '이타성' 개념의 편협성으로부터 온다. 즉 바흐친은 대화 당사자들이 "같은 공간에 있는" 경우만을 "좋은" 대화로 고려하고 있다는 것이다.[110] 그의 추론을 계속 따라간다면, 그것은 결국 부재 속에서 활성화되는 대화, 즉 "도달되지 않을 수 있는 힘"으로 엮어지는 언어들의 틈입과 미끄러짐과 일탈의 운동과 궤적을 그가 놓치고 있다는 것을 의미하며, 말의 바른 의미에서의 '이타성'을, 바흐친은 비켜, 서둘러 동일화와 동질성의 공간으로 건너가려 한다는 것을 보여준다.

이러한 비판은 소설의 서술 구조에 대한 바흐친의 관점을 다른 각도에서 재검토하도록 유도한다. 화자와 인물들과 독자의 변별적 움직임들이 소설의 공간적 부피를 이룬다면, 그러나 그에게 있어서 그 부피는 지나치게 조밀하게 뭉쳐 있는 것은 아닐까? 화자가 움직이는 궤적과 인물들의 싸움판의 움직임 사이에 놓인 시·공간적 어긋남에 대한 고려가 바흐친에게서는 보이지 않는다. 그는 그것들이 맺는 다양한 관계 속에서 공집합의 영역만을 떼내, 그 모임과 집중과 충돌을 통해 강력한 이념적 효과, 공식 문화의 전복이라는 패러디의 효과를 생산해내는 계기를 찾는다.

돈키호테로부터 혹은 라블레로부터 근대 소설의 원형이자 모범을

---

109) Schuerewegen, 앞의 책, p. 108.
110) 같은 책, 같은 곳.

본 지라르와 바흐친의 소설론은, 각기 나아간 방향은 달랐지만 둘 모두 소설의 한가지 측면을, 즉 그들의 주장을 인정한다는 전제 하에 소설의 결과적 양상이라고 부를 수 있는 것을 강조한다는 점에서 동일하다. 그들이 함께 소설의 '진실성'을 힘있게 주장하는 것은 우연한 일이 아니다. 그들은, 이런 말이 허용된다면, 소설의 표층 구조에 점착되어 있다. 혹은 그들이 본 기원의 소설들은 지나친 밝음으로 가리워져 있다. 그러나, 소설이 허구라는 것은 그것이 기나긴 어둠 속을 잠행하면서 사는 것을 숙명적으로 수락하고 있다는 것에 다름 아니다. 소설은 공식 문화의 전복자이며 문학적 패권의 찬탈자이기 '이전에' 공식 문화의 안뜰에서 기생한 식객이며 문학이라는 가문의 못난 서자인 것이다. '이전에'라는 시간부사는 특정한 하나의 시점을 한정하지 않는다. 소설은 언제나 모든 곳에서 공식 문화라는 숙주 속에서만, 그것을 빨아먹으며 산다. 어찌 됐든 문화사의 등장인물이 된 때에야, 다시 말해 그 자신 공식 문화의 일원이 되고 나서야, 소설은 자신의 법적 이름을 얻는다는 주장이 있을 수 있다면, 그러나, 소설의 공식성은 하나의 가장, 교묘한 변장과 뻔뻔스런 허위를 통해서 획득된 것임을 상기시킬 수 있을 것이다. 소설이 허구성을 자신의 공식적 몫으로서 소리 높여 외치든, 혹은 일상적 차원을 뛰어넘는 보다 높은 진실을 담지하고 있다고 강변하든, 소설은 숙명적으로 자신의 거짓에 대한 자격지심을 벗어날 수가 없다. 그 꺼림칙한 감정의 긴장을 놓쳐 버릴 때 소설이 한갓 통속 극화로 전락한다는 것은 오늘날에도 숱하게 산견되는 바와 같다.

따라서 앞에서 거론한 소설 이론가들이 발견한 소설의 구조적 특성들을 충분히 인정하면서도, 그것들에 의해서 은폐된 공백 지대에 눈길을 돌리지 않을 수 없다. 달리 말한다면, 소설적 허구의 현실적 기능에 의해 가리워진 허구의 발생적 정황과 그것의 무의식적 연쇄로서의 과정을 치밀하게 추적해볼 과제가 제기되는 것이다. 삶의 변형으로서의 허구의 이야기가 탄생하게 된 정황은 무엇인가? 그것이 끊임없이 변형되는 삶 자체에 통합되지 않고 또 다른 변형의 가지를 틔우는 까닭은 어디서 유래하는가? 그럼에도 불구하고 그것이 언제나 삶의 그림자로서 빛의 움직임에 자신의 행보를 맞추는 이유는 무엇이며, 자신의 고유한 허구의 삶을 또 하나의 진실로 공공연하게 선언하기에 이르기까지 그가 은밀히 엮어내는 존재의 모험은 어떻게 짜이는가?

마찬가지 시각이 이 연구가 방법적으로 채택하고 있는 시간적 단면에도 적용된다. 라블레와 세르반테스의 소설들이 그 시대정신에 걸맞게 낡은 미학의 구조적 편협함과 수사학적 장난을 조롱하고 규칙의 해방과 현실을 관통하는 문화적 힘으로서 소설의 존재를 연출하였다면, 그러나 거기에 이르기까지 소설이 겪어온 위장의 모험은 무엇이었던가, 혹은 르네상스기 소설들의 풍자적이고 전투적인 화려한 외양 밑에 여전히 작동하고 있는 기생과 위선의 흔적은 어떤 기나긴 역사를 새겨놓고 있는가, 를 묻지 않을 수 없는 것이다.

III

지금까지의 검토를 통해서 길어낼 수 있는 결론은 다음과 같이 요약될 수 있다:

1) 이제까지 검토한, 두 가지 이론은 근대의 기점을 설정하는 문제에 관한 한 둘 다 받아들이기 어려운 것으로 보인다. 그러나, 그들이 근대 소설의 기점을 논하면서 함께 제시한 소설의 구성적 특성 혹은 원리의 모형들은 근대 소설의 탐구에 중요한 시사점들을 제공한다. 단, 그것들은 수용되되 재구성되어야 한다. 근대의 기점에 대한 편견이 소설의 구성적 원리에 대한 편견을 동시에 노출하기 때문이다.

2) 프랑스 혁명에서도, 르네상스에서도 근대 소설의 기점을 찾을 수 없다면, 그것은 도대체 어디에 있는가? 일반사의 시간적 지형도에서 더 이상 근대를 소급시킬 자리는 없다. 그러나, 문학사, 그리고 소설사가 일반사의 흐름과 반드시 일치하라는 법은 없다. 일반사에 대한 집착으로부터 해방될 경우, 프랑스에 있어서, 혹은 유럽에 있어서 로망이라는 단어가 처음 공식적으로 특별한 문학 장르를 의미하게 된 시기, 즉 11, 12세기의 중세(그 시기는 로망어의 탄생기이기도 하다)로 눈길을 돌릴 수도 있을 것이다. 그것은 소설 자체가 근대 소설이라는 암시를 담고 있다. 그러나 그러한 시도는 과감한 정도만큼 신중하게 행해져야 한다. 그것은 적어도, 근대에 대한 새로운 시각에 의한 정의, 그리고 그것을 소설의 구성적 원리를 보다 포괄적으로 구성할 수 있는 방향으로 문학화하는 것, 그리고 중세에 있어서의 근대적인 것의 존재가 발견될 수 있다면, 그것은 무엇을 의미하는가에 대한 질문을 업고서 나아가야 한다. 그것이 다음의 연구 과제가 될 것이다.[111]

---

111) 이 결론에 이어진 탐구가, 필자의 박사학위 논문, 『크레티엥 드 트르와 소설의 구성적 원리―프랑스 근대 소설의 기원에 관한 한 연구』(서울대학교 대학원 불어불문학과, 1993. 2)이다.